»Die lyrische Sphäre sollte mir so wenig zur künstlerischen Heimat werden wie die dramatische.« Mit dramatischen Versuchen und Gedichten hatte Thomas Mann seine literarischen Fingerübungen gemacht, bis er, etwa zwanzigjährig, die Prosa als seine eigentliche Sprachform entdeckte. Skizzen entstanden, Studien, die Lust, Erfahrenes und Erlebtes zu berichten, wuchs, entwickelte sich zur Erzählung – Ambiente und Ereignisse, Charaktere und Handlungen griffen ineinander. Beschreibung und direkte Rede forderten klare Diktion, der Wortlaut verband sich dem Satzbau. Weder Rhythmus und Klang noch Dialog gab er auf – Thomas Mann hat sie früh schon für seine Prosa genutzt.

Die Schauplätze der letzten drei Erzählungen, die Thomas Mann zwischen 1940 und 1953, zwischen der Arbeit an ›Joseph und seine Brüder‹, ›Doktor Faustus‹, ›Der Erwählte‹ und ›Felix Krull‹ geschrieben hat, sind sehr unterschiedlich: Indien in den ›Vertauschten Köpfen‹, Ägypten und der Berg Sinai in der Mosesgeschichte ›Das Gesetz‹ und Deutschland in ›Die Betrogene‹. Und entsprechend gegensätzlich sind auch die Themen. Auf die »Geschichte von der schönhüftigen Sita und ihren beiden Gatten« folgt die Mosesgeschichte ›Das Gesetz‹, die Franz Werfel als ein »Vorspiel auf der Orgel« bezeichnet hatte, und schließlich ›Die Betrogene‹ als »Tod in Düsseldorf« eine Art »Gegenschöpfung« zum ›Tod in Venedig‹.

Thomas Mann wurde 1875 in Lübeck geboren und wohnte seit 1894 in München. 1933 verließ er Deutschland und lebte zuerst in der Schweiz am Zürichsee, dann in den Vereinigten Staaten, wo er 1938 eine Professur an der Universität Princeton annahm. Später hatte er seinen Wohnsitz in Kalifornien, danach wieder in der Schweiz. Er starb in Zürich am 12. August 1955.

Unsere Adresse im Internet: www.fischerverlage.de

Thomas Mann
Die Betrogene

Erzählungen 1940–1953

Fischer
Taschenbuch
Verlag

Der Text wurde anhand der Erstausgaben
›Die vertauschten Köpfe‹, Stockholm,
Bermann-Fischer Verlag 1940,
›Das Gesetz‹, Stockholm, Bermann-Fischer Verlag 1944,
›Die Betrogene‹, Frankfurt am Main, S. Fischer Verlag 1953,
neu durchgesehen

11. Auflage: März 2005

Veröffentlicht im Fischer Taschenbuch Verlag,
einem Unternehmen der S. Fischer Verlag GmbH,
Frankfurt am Main, August 1991

Inhalt

Die vertauschten Köpfe

Eine indische Legende

I.

Die Geschichte der schönhüftigen Sita, Tochter des aus Kriegerblut stammenden Kuhzüchters Sumantra, und ihrer beiden Gatten (wenn man so sagen darf) stellt, blutig und sinnverwirrend
wie sie ist, die höchsten Anforderungen an die Seelenstärke des
Lauschenden und an sein Vermögen, den grausamen Gaukeleien
der Maya des Geistes Spitze zu bieten. Es wäre zu wünschen,
daß die Zuhörer sich an der Festigkeit des Überliefernden ein
Beispiel nähmen, denn fast mehr Mut noch gehört dazu, eine
solche Geschichte zu erzählen, als sie zu vernehmen. Von Anfang bis zu Ende trug sie sich aber zu, wie folgt.

Zu der Zeit, als Erinnerung in den Seelen der Menschen emporstieg, wie wenn ein Opfergefäß sich vom Fuße her langsam
mit Rauschtrank füllte oder mit Blut; als der Schoß strenger
Herrenfrömmigkeit sich dem Samen des Ur-Vorherigen öff-
nete, Heimweh nach der Mutter alte Sinnbilder mit verjüngten
Schauern umgab und die Pilgerzüge anschwellen ließ, die im
Frühjahr zu den Wohnhäusern der großen Weltamme drängten:
zu dieser Zeit hielten zwei Jünglinge, wenig verschieden an Jahren und Kastenzugehörigkeit, aber sehr ungleich nach ihrer Verkörperung, enge Freundschaft. Der Jüngere von ihnen hieß
Nanda, der etwas Ältere Schridaman. Jener war achtzehn Jahre
alt, dieser schon einundzwanzig, und beide waren, je an ihrem
Tage, mit der heiligen Schnur umgürtet und in die Gemeinschaft
der Zweimalgeborenen aufgenommen worden. Beheimatet
waren sie in demselben Tempeldorfe, mit Namen »Wohlfahrt
der Kühe«, und hingesiedelt vor Zeiten auf Fingerzeig der Götter an seiner Stätte im Lande Kosala. Es war mit einer Kaktus-

hecke und einer Holzmauer umhegt, von deren nach den vier Himmelsgegenden gerichteten Toren ein wandernder Wesenserkenner und Eingeweihter der Göttin Rede, der kein unrichtiges Wort sprach und im Dorf gespeist worden war, den Segens-Ausspruch getan hatte, daß ihre Pfosten und Querbalken von Honig und Butter tröffen.

Die Freundschaft der beiden Jünglinge beruhte auf der Unterschiedlichkeit ihrer Ich- und Mein-Gefühle, von denen die des einen nach denen des anderen trachteten. Einkörperung nämlich schafft Vereinzelung, Vereinzelung schafft Verschiedenheit, Verschiedenheit schafft Vergleichung, Vergleichung schafft Unruhe, Unruhe schafft Verwunderung, Verwunderung schafft Bewunderung, Bewunderung aber Verlangen nach Austausch und Vereinigung. Etad vai tad. Dieses ist das. Und auf die Jugend zumal trifft die Lehre zu, wenn der Ton des Lebens noch weich ist und die Ich- und Mein-Gefühle noch nicht erstarrt sind in der Zersplitterung des Einen.

Der Jüngling Schridaman war ein Kaufmann und eines Kaufmanns Sohn, Nanda dagegen zugleich ein Schmied und ein Kuhhirt, da sein Vater Garga sowohl den Hammer führte und den Vogelfittich zur Auffachung des Feuers, wie auch Hornvieh unterhielt im Pferch und auf der Weide. Schridamans Erzeuger betreffend, Bhavabhûti mit Namen, so leitete er seine Geburt in der männlichen Linie aus einem vedakundigen Brahmanengeschlechte her, was Garga und sein Sohn Nanda weit entfernt waren zu tun. Dennoch waren auch sie keine Shûdra, sondern gehörten, obgleich etwas ziegennasig, durchaus der menschlichen Gesellschaft an. Auch war für Schridaman und schon für Bhavabhûti das Brahmanentum nur noch eine Erinnerung, denn der Vater dieses bereits war auf der Lebensstufe des Hausvaters, welche auf die des Lernenden folgt, mit Bewußtsein stehen geblieben und hatte sein Leben lang die des Einsiedlers und des Asketen nicht beschritten. Er hatte es verschmäht, nur von frommen Gaben zu leben, die seiner Vedakundigkeit gezollt wurden, oder war nicht satt davon geworden, und hatte einen würdigen Handel aufgetan mit Mull, Kampfer, Sandel, Seide und Zitz. So war auch der Sohn, den er sich zum Opferdienste erzeugt, ein Wânidja oder Kaufmann geworden an der Dorfstätte »Wohlfahrt der Kühe«, und dessen Sohn wieder, Schridaman eben, war in dieselben Fußstapfen getreten, nicht ohne einige Knabenjahre hindurch unter der Obhut eines Guru und geistlichen Meisters der Grammatik, der Sternenkunde und den Grundelementen der Wesensbetrachtung gewidmet zu haben.

Nicht also Nanda, des Garga Sohn. Sein Karman war anders, und nie hatte er, durch Überlieferung und Blutsmischung dazu angehalten, sich mit Geistigem abgegeben, sondern war wie er war, ein Sohn des Volks und von lustiger Einfalt, eine Krischna-Erscheinung, denn er war dunkel nach Haut und Haaren, und sogar die Locke »Glückskalb« hatte er auf der Brust. Vom Schmiedehandwerk hatte er die wackeren Arme und vom Hirtentum noch weiterhin ein gutes Gepräge; denn sein Körper, den er mit Senföl zu salben und mit Ketten wilder Blumen, auch mit Goldschmuck zu behängen liebte, war wohlgestalt, entsprechend seinem netten bartlosen Gesicht, das allenfalls, wie erwähnt, etwas ziegennasig war und gewissermaßen auch wulstlippig, aber beides auf einnehmende Art, und seine schwarzen Augen pflegten zu lachen.

Dies alles gefiel Schridaman bei der Vergleichung mit sich selbst, der um mehrere Schattierungen heller war, als Nanda an Haupt und Gliedern und auch eine abweichende Gesichtsbildung aufwies. Der Rücken seiner Nase war dünn wie Messersschneide, und Augen hatte er, sanft von Stern und Lid, dazu einen weichen fächerförmigen Bart um die Wangen. Weich waren auch seine Glieder und nicht geprägt von Schmiede- und Hirtenwerk, vielmehr teils brahmanenmäßig, teils kaufmannshaft: mit schmaler, etwas schwammiger Brust und einigem Schmer um das Bäuchlein, – übrigens untadlig, mit feinen Knieen und Füßen. Es war ein Körper, wie er wohl einem edlen und wissenden Haupt, welches bei dem Ganzen eben die Hauptsache, als Zubehör und Anhängsel dient, wohingegen bei dem ganzen Nanda sozusagen der Körper die Hauptsache war und der Kopf bloß ein nettes Zubehör. Alles in allem waren die beiden wie Schiwa, wenn er sich verdoppelt und einmal als bärtiger Asket der Göttin wie tot zu Füßen liegt, einmal aber, ihr aufrecht zugewandt, als blühende Jünglingsgestalt die Glieder dehnt.

Da sie jedoch nicht Eins waren, wie Schiwa, der Leben und Tod, Welt und Ewigkeit ist in der Mutter, sondern zweierlei darstellten hienieden, so waren sie einander wie Schaubilder. Eines jeden Meingefühl langweilte sich an sich selbst, und ob auch wissend, daß alles ja doch nur aus Mängeln besteht, lugten sie nach einander um ihrer Verschiedenheit willen. Schridaman, mit seinem feinen Mund im Barte, fand Gefallen an der urwüchsigen Krischna-Natur des wulstlippigen Nanda; und dieser, teils geschmeichelt hiervon, teils auch, und noch mehr, weil Schridamans hellere Farbe, sein edles Haupt und seine richtige Rede, welche bekanntlich mit Weisheit und Wesenserkenntnis Hand in Hand geht und von Anbeginn damit verschmolzen ist, ihm großen Eindruck machten, kannte seinerseits nichts Lieberes, als den Umgang mit jenem, sodaß sie unzertrennliche Freunde wurden. Allerdings war in der Zuneigung eines jeden für den anderen auch einiger Spott enthalten, insofern als Nanda sich über Schridamans hellen Schmer, dünne Nase und richtige Rede, Schridaman dagegen über Nanda's Ziegennasigkeit und nette Popularität sich unter der Hand auch wieder etwas lustig machte. Aber diese Art innere Spötterei ist meistens in Vergleichung und Unruhe einschlägig und bedeutet einen Tribut an das Ich- und Mein-Gefühl, welches dem weiter daraus erwachsenden Maya-Verlangen nicht im geringsten Abbruch tut.

II.

Es geschah nun aber zur lieblichen, von Vogellärm durchtönten Jahreszeit des Frühlings, daß Nanda und Schridaman zusammen eine Fußreise taten über Land, ein jeder aus besonderem Anlaß. Nanda hatte von seinem Vater Garga den Auftrag erhalten, ein Quantum Roherz einzuhandeln von einer gewissen Gruppe tiefstehender, nur mit Schilf geschürzter Leute, die gewohnt und geschickt waren, solches aus dem Eisenstein zu schmelzen, und mit denen Nanda zu reden wußte. Sie wohnten in Kralen einige Tagereisen westlich von der Heimat der Freunde, unweit des städtischen Kuruksheta, das seinerseits etwas nördlich vom volkreichen Indraprastha am Strome Djamna gelegen ist, und wo Schridaman zu tun hatte. Denn er sollte bei einem dortigen Geschäftsfreunde seines Hauses, der ebenfalls ein auf der Stufe des Hausvaters verharrender Brahmane war, eine Partie bunter Gespinste, die die Frauen daheim aus feinem Faden gewoben, mit möglichstem Vorteil eintauschen gegen Reis-Stampfer und eine Art besonders praktischer Feuerhölzer, an denen zu »Wohlfahrt der Kühe« Knappheit eingetreten war.

Als sie nun schon einen Tag und einen halben gereist waren, unter Menschen auf Landstraßen, wie auch allein durch Wälder und Einöden, wobei jeder seine Wegeslast auf dem Rücken trug: Nanda einen Kasten mit Betelnüssen, Kaurimuscheln und auf Bastpapier aufgetragenem Alta-Rot zum Schminken der Fußsohlen, womit er das Roherz der Tiefstehenden zu bezahlen gedachte, und Schridaman die in ein Rehfell eingenähten Gespinste, die aber Nanda aus Freundschaft auch zuweilen noch aufhuckte, kamen sie an einen heiligen Badeplatz Kali's; der Allumfangenden, der Mutter aller Welten und Wesen, die Vischnu's Traumtrunkenheit ist, am Flüßchen »Goldfliege«, das fröhlich wie eine losgelassene Stute aus der Berge Schoß kommt, dann aber seinen Lauf mäßigt und an heiliger Stelle sanft mit dem Strome Djamna zusammenfließt, der seinerseits an überheiliger Stelle in die ewige Ganga mündet, – diese aber mündet vielfach ins Meer. Zahlreiche Badeplätze, hochberühmt, die alle Befleckung tilgen, und wo man, das Wasser des Lebens schöpfend und im Schoße untertauchend, Wiedergeburt empfängt, – viele solche säumen die Ufer und Mündungsstellen der Ganga, und wo andere Flüsse sich in die irdische Milchstraße ergießen, auch wo wieder andere sich mit diesem verbinden, wie »Goldfliege«, das Töchterchen Schneeheims, mit der Djamna tut, überall dort findet man bestimmt solche Stätten der Reinigung und Vereinigung, bequem gemacht für jedermann zu

Opfer und Kommunion, versehen mit heiligen Stufen zum Einstieg, daß nicht der Fromme ohne Form und Weihe durch Lotos und Uferschilf muß in den Schoß patschen, sondern würdig hinabschreiten kann, zu trinken und sich zu begießen.

Der Badeplatz nun, auf den die Freunde stießen, war keiner der großen und vielbeschenkten, von denen die Wissenden Wunderwirkungen auskünden, und zu denen Vornehme und Geringe (allerdings zu verschiedenen Stunden) sich in Scharen drängen. Es war ein kleiner, stiller und heimlicher, an keinem Zusammenfluß, sondern irgendwo schlecht und recht an »Goldflieges« Ufer gelegen, das hügelig anstieg einige Schritte vom Flußbett und auf dessen Höhe ein kleiner, bloß hölzerner und schon etwas baufälliger, aber recht bildreich geschnitzter Tempel der Herrin aller Wünsche und Freuden mit einem bukkelig ausladenden Turm über der Cella stand. Auch die zum Schoße leitenden Stufen waren hölzern und schadhaft, aber zum würdigen Einstieg waren sie hinreichend.

Die Jünglinge äußerten einander ihr Vergnügen, auf diese Stätte gestoßen zu sein, die Gelegenheit zu Andacht, Erfrischung und schattiger Rast auf einmal gewährte. Es war schon sehr heiß um die Tagesmitte; frühzeitig drohte im Frühling der schwere Sommer, und seitwärts vom Tempelchen zog auf der Uferhöhe Gebüsch und Gehölz sich hin von Mango-, Tiek- und Kadambabäumen, Magnolien, Tamarisken und Talapalmen, in deren Schutz gut frühstücken und ruhen sein würde. Die Freunde erfüllten zuerst ihre religiösen Pflichten, so gut die Umstände es erlaubten. Kein Priester war da, der ihnen Öl oder geklärte Butter hätte liefern können, die steinernen Lingam-Bilder damit zu begießen, die auf der kleinen, dem Tempel vorgelagerten Terrasse aufgestellt waren. Mit einer dort vorgefundenen Kelle schöpften sie Wasser aus dem Fluß und tätigten damit, das Zugehörige murmelnd, die gute Handlung. Dann stiegen sie, die hohlen Hände zusammengelegt, in den grünlichen Schoß, tranken, übergossen sich sinngemäß, tauchten und dankten, verweilten auch zum bloßen Vergnügen noch etwas länger als geistlich notwendig im Bade und bezogen danach, den Segen der Vereinigung in allen Gliedern spürend, ihren erkorenen Rastplatz unter den Bäumen.

Hier teilten sie ihr Reise-Mahl miteinander wie Brüder, teilten es, obgleich jeder das Seine hätte essen können und einer auch nichts anderes hatte, als der andere. Wenn Nanda einen Gerstenfladen brach, so reichte er dem Schridaman die eine Hälfte hinüber, indem er sagte: »Da, mein Guter«, und wenn Schridaman eine Frucht zerteilt hatte, gab er mit denselben Worten dem Nanda die Hälfte davon. Schridaman saß seitlich beim Essen in dem hier noch ganz frischgrünen und unversengten Grase, die Kniee und Füße neben sich angeordnet; Nanda dagegen hockte auf etwas populäre Art, mit hochgezogenen Knieen, die Füße vor sich hin gestellt, wie man's nicht lange aushält, wenn man nicht von Geblütes wegen daran gewöhnt ist. Sie nahmen diese Stellungen unbewußt und ohne Überlegung ein, denn wenn sie auf ihre Sitzart acht gehabt hätten, so hätte Schridaman aus Neigung zur Urwüchsigkeit die Kniee aufgestellt und Nanda aus gegenteiligem Verlangen seitlich gesessen. Er trug ein Käppchen auf seinem schwarzen, schlichten, noch nassen Haar, ein Lendentuch aus weißer Baumwolle, Ringe um die Oberarme und um den Hals einen mit goldenen Bändern zusammengefaßten Kettenschmuck von Steinperlen, in dessen Umrahmung man auf seiner Brust die Locke »Glückskalb« bemerkte. Schridaman hatte ein weißes Tuch um den Kopf gewunden und war in seinen ebenfalls weißbaumwollenen Hemdrock mit kurzen Ärmeln gekleidet, der über seinen gebauschten und hosenartig geschlungenen Schurz fiel, und in dessen Halsausschnitt ein Amulett-Beutelchen an dünner Kette hing. Beide trugen das Zeichen ihres Glaubens in mineralischem Weiß auf die Stirn gemalt.

Als sie gegessen hatten, beseitigten sie die Reste und plauderten. Es war so hübsch hier, daß Fürsten und große Könige es nicht besser hätten haben können. Zwischen den Bäumen, in deren Blattwerk und Blütenbüscheln es sich leise regte, den hohen Calamus- und Bambusstämmen des Abhangs erblickte man das Wasser und die unteren Stufen des Einstiegs. Grüne

Schlauch-Girlanden von Schlingpflanzen hingen rings von den Zweigen, die sie anmutig verbanden. Mit dem Zirpen und Trillern unsichtbarer Vögel vermischte sich das Summen der Goldbienen, welche über den Blumen des Grases hin und herschossen und zu dringlichem Besuche bei ihnen einkehrten. Es roch nach Pflanzenkühle und -wärme, sehr stark nach Jasmin, nach dem besonderen Parfüm der Tala-Frucht, nach Sandelholz, außerdem nach dem Senföl, womit Nanda nach der Tauch-Kommunion sich sogleich wieder eingerieben hatte.

»Hier ist es ja wie jenseits der sechs Wogen von Hunger und Durst, Alter und Tod, Leid und Verblendung«, sagte Schridaman. »Außerordentlich friedevoll ist es hier. Es ist, als wäre man aus dem rastlosen Umtriebe des Lebens in seine ruhende Mitte versetzt und dürfte eratmen. Horch, wie lauschig! Ich gebrauche das Wort ›lauschig‹, weil es von der Tätigkeit des Lauschens abstammt, die nur durch die Stille erregt wird. Denn eine solche läßt uns aufhorchen auf alles, was nicht ganz still darin ist, und worin die Stille im Traume redet, wir aber hören es auch wie im Traum.«

»Es ist schon so, wie dein Wort sagt«, erwiderte Nanda. »Im Lärm eines Marktes lauscht man nicht, aber lauschig ist auch wieder nur eine Stille, in der es doch dies und das zu belauschen gibt. Ganz still und von Schweigen erfüllt ist nur Nirwâna, darum kann man's nicht lauschig nennen.«

»Nein«, antwortete Schridaman und mußte lachen. »Darauf ist wohl noch keiner verfallen, das Nirwâna lauschig zu nennen. Du aber verfällst gewissermaßen darauf, wenn auch nur verneinenderweise, indem du sagst, daß man es nicht so nennen kann und dir von allen Verneinungen, die sich darüber aussagen lassen – denn man kann vom Nirwâna ja nur in Verneinungen reden – die allerdrolligste aussuchst. Du äußerst oft so schlaue Dinge, – wenn man das Wort ›schlau‹ anwenden darf auf etwas, was zugleich richtig und lächerlich ist. Ich habe viel dafür übrig, weil es mir manchmal plötzlich die Bauchdecke vibrieren läßt fast wie beim Schluchzen. Da sieht man, wie verwandt doch Lachen und Weinen sind, und daß es nur Täuschung ist, wenn wir zwischen

Lust und Leid einen Wesensunterschied machen und das eine bejahen, das andere aber verneinen, wo sich doch nur beide gemeinsam gut oder schlimm heißen lassen. Es gibt aber eine Verbindung von Weinen und Lachen, die man noch am ehesten bejahen und gut heißen kann unter den Erregungen des Lebens. Für sie ist das Wort ›Rührung‹ geschaffen, welches nämlich ein heiteres Mitleid bezeichnet, und daß das Vibrieren meiner Bauchdecke dem Schluchzen so ähnlich ist, kommt eben von der Rührung her, und daß du mir auch wieder leid tust in deiner Schläue.«

»Warum tue ich dir denn leid?« fragte Nanda.

»Weil du doch eigentlich ein rechtes Kind des Samsâra und der In-sich-Befangenheit des Lebens bist«, erwiderte Schridaman, »und garnicht zu den Seelen gehörst, die es verlangt, aus dem schrecklichen Ozean von Weinen und Lachen hervorzutauchen wie Lotosse sich über die Flut erheben und ihre Kelche dem Himmel öffnen. Dir ist ganz wohl in der Tiefe, wimmelnd voll von Gestalten und Masken, die in verschlungenem Wandel wesen, und daß dir wohl ist, das macht, daß einem ebenfalls wohl wird bei deinem Anblick. Nun aber setzest du dir's in den Kopf und läßt dir's nicht nehmen, dich mit dem Nirwâna abzugeben und Bemerkungen zu machen zu seiner Nein-Bestimmung, der Art, es sei nicht lauschig, was eben zum Weinen drollig oder, mit dem hierfür geschaffenen Worte, rührend ist, indem es einem leid tut um dein wohltuendes Wohlsein.«

»Na, höre mal«, erwiderte Nanda, »wie meinst denn du es mit mir? Wenn ich dir leid täte, weil ich in der Verblendung Samsâra's befangen bin und kein Geschick zum Lotos habe, das ließe ich mir gefallen. Aber daß ich dir leid tue, gerade weil ich mich doch auch, so gut ich es verstehe, mit dem Nirwâna etwas abzugeben versuche, das könnte mich kränken. Ich will dir sagen: du tust mir auch leid.«

»Warum tue denn nun umgekehrt auch ich dir wieder leid?« fragte Schridaman.

»Weil du zwar die Veden gelesen und von Wesenserkenntnis was abbekommen hast«, versetzte Nanda, »dabei aber der Verblendung sogar leichter und bereitwilliger aufsitzest, als solche, die das nicht getan haben. Das ist es, was mir einen Leibkitzel der Rührung erregt, nämlich ein heiteres Mitleid. Denn wo es nur ein bißchen lauschig ist, wie an diesem Ort, da läßt du dich gleich verblenden vom scheinbaren Frieden, träumst dich über die sechs Wogen von Hunger und Durst hinaus und denkst, du bist in des Umtriebes ruhender Mitte. Und dabei ist die Lauschigkeit hier, und daß es so mancherlei zu belauschen gibt in dieser Stille, doch gerade das Zeichen, daß es umtreibt darin mit größter Geschäftigkeit und all deine Friedensgefühle nur Einbildung sind. Diese Vögel girren einander nur zu, um Liebe zu machen, diese Bienen, Libellen und Flugkäfer zucken umher, vom Hunger getrieben, im Grase rumort es heimlich von tausendfachem Lebensstreit, und diese Lianen, die so zierlich die Bäume kränzen, möchten ihnen Odem und Saft abwürgen, um nur selber recht fett und zäh zu werden. Das ist die wahre Wesenserkenntnis. «

»Ich weiß es wohl«, sagte Schridaman, »und verblende mich nicht darüber, oder doch nur für den Augenblick und aus freiem Willen. Denn es gibt nicht nur die Wahrheit und Erkenntnis des Verstandes, sondern auch die gleichnishafte Anschauung des menschlichen Herzens, welche die Schrift der Erscheinungen nicht nur nach ihrem ersten, nüchternen Sinn, sondern auch nach ihrem zweiten und höheren zu lesen weiß und sie als Mittel gebraucht, das Reine und Geistige dadurch anzuschauen. Wie willst du zur Wahrnehmung des Friedens gelangen, und das Glück des Stillstandes im Gemüte erfahren, ohne daß ein Maya-Bild, welches freilich in sich das Glück und der Friede nicht ist, die Handhabe dazu böte? Das ist den Menschen erlaubt und gegeben, daß er sich der Wirklichkeit bediene zur Anschauung der Wahrheit, und es ist das Wort ›Poesie‹, welches die Sprache für diese Gegebenheit und Erlaubnis geprägt hat. «

»Ach, so meinst du das?« lachte Nanda. »Demnach, und wenn man dich hört, wär' also die Poesie die Dummheit, die nach der Gescheitheit kommt, und ist einer dumm, so wäre zu fragen, ob er noch dumm ist oder schon wieder. Ich muß schon sagen, ihr Gescheiten macht's unsereinem nicht leicht. Da denkt man, es kommt darauf an, gescheit zu werden, aber eh' man's noch ist, erfährt man, daß es darauf ankommt, wieder dumm zu werden. Ihr solltet uns die neue und höhere Stufe nicht zeigen, damit wir den Mut nicht verlieren, die vorhergehende zu erklimmen.«

»Von mir hast du's nicht gehört«, sagte Schridaman, »daß man gescheit werden muß. Komm, wir wollen uns ausstrecken im sanften Grase, nachdem wir gespeist, und durch das Gezweig der Bäume in den Himmel blicken. Es ist eine so merkwürdige Schauenserfahrung, aus einer Lage, die uns nicht eigentlich aufzublicken nötigt, sondern in der die Augen schon von selbst nach oben gerichtet sind, den Himmel zu betrachten, auf die Art, wie Erde, die Mutter, selbst es tut.«

»Siyâ, es sei«, stimmte Nanda zu.

»Siyât!« verbesserte ihn Schridaman nach der reinen und richtigen Sprache; und Nanda lachte über sich und ihn.

»Siyât, siyât!« sprach er nach. »Du Silbenstecher, laß mir mein Messingsch! Wenn ich Sanskrit rede, das klingt wie das Schnüffeln einer jungen Kuh, der man einen Strick durch die Nase gezogen.«

Über diesen urwüchsigen Vergleich lachte nun auch Schridaman herzlich, und so streckten sie sich aus nach seinem Vorschlag und sahen geradeaus zwischen den Zweigen und wiegenden Blütenbüscheln in die Bläue Vischnu's hinauf, indem sie mit Blätterwedeln die rot-weißen Fliegen, genannt »Indra-Schützling«, abwehrten, die von ihrer Haut angezogen wurden. Nanda verstand sich zur ebenen Lage nicht, weil ihm sonderlich daran gelegen war, den Himmel nach Art der Mutter Erde zu betrachten, sondern nur aus Gefügigkeit. Er setzte sich auch bald wieder auf und nahm, eine Blume im Mund, seine dravidische Hockstellung wieder ein.

»Der Indra-Schützling ist verdammt lästig«, sagte er, indem er die vielen umherschießenden Fliegen als ein und dasselbe Individuum behandelte. »Wahrscheinlich ist er auf mein gutes Senföl erpicht. Es kann aber auch sein, daß er Auftrag hat von seinem Beschützer, dem Elephantenreiter, dem Herrn des Blitz-keils, dem großen Gott, uns zur Strafe zu quälen – du weißt schon wofür.«

»Das sollte nicht dich betreffen«, erwiderte Schridaman, »denn du warst ja unterm Baume dafür, daß Indra's Dankfest vorigen Herbst nach alter, oder sagen wir lieber: nach neuerer Art, den geistlichen Bräuchen gemäß und nach brahmanischer Observanz begangen werde, und kannst deine Hände in Un-schuld waschen, daß wir's im Rate dennoch anders beschlossen und Indra den Dienst kündigten, um uns einem neuen, oder vielmehr älteren Dankesdienst zuzuwenden, der uns Leuten vom Dorf gemäßer und unsrer Frömmigkeit natürlicher ist, als das Sprüche-Brimborium des brahmanischen Zeremoniells für Indra, den Donnerer, der die Burgen des Urvolkes brach.«

»Allerdings, wie dein Wort sagt, so ist es«, versetzte Nanda, »und mir ist noch immer unheimlich davon in der Seele, denn wenn ich auch unterm Baum meine Meinung abgab für Indra, so fürchte ich doch, daß er sich um solche Einzelheiten nicht kümmert und Gesamthaftung walten läßt für ›Wohlfahrt der Kühe‹, weil er um sein Fest gebracht wurde. Da fällt es den Leuten ein und steigt ihnen auf, ich weiß nicht woher, daß es mit dem Indra-Dank-Dienste nicht mehr das Rechte ist, zum min-desten nicht für uns Hirten und Ackerbürger, sondern daß man auf fromme Vereinfachung sinnen müsse. Was, fragten sie, geht uns der große Indra an? Ihm opfern die vedakundigen Brahma-nen unter endlosen Sprüchen. Wir aber wollen den Kühen und Bergen und Waldweiden opfern, weil es unsere echten und an-gemessenen Gottheiten sind, denn uns ist ganz, als hätten wir es schon früher so gehalten, bevor Indra kam, der den Kommen-den voranzog und die Burgen der Ur-Eingesessenen brach, und wenn wir auch nicht mehr recht wissen, wie es zu machen ist, so wird es uns schon aufsteigen, und unser Herz wird es uns lehren. Wir wollen dem Weideberg ›Buntgipfel‹ dienen, hier in der Nähe, mit frommen Bräuchen, die insofern neu sind, als wir sie erst wieder heraufholen müssen aus unseres Herzens Erinne-rung. Ihm wollen wir reine Tiere opfern und ihm Spenden bringen von saurer Milch, Blumen, Früchten und rohem Reis. Danach sollen die Scharen der Kühe, mit Herbstblumen bekränzt, den Berg umwandeln, indem sie ihm die rechte Flanke zukehren, und die Stiere sollen ihm zubrüllen mit der Donnerstimme regenschwerer Wolken. Das sei unser neu-alter Bergdienst. Damit aber die Brahmanen nichts dagegen haben, werden wir sie speisen zu mehreren Hundert und aus sämtlichen Hürden die Milch zusammentragen, daß sie sich vollschlagen mögen mit Dickmilch und Milchreis, dann werden sie's schon zufrieden sein. – So sprachen einige Leute unter dem Baum, und andere fielen ihnen bei, wieder andere aber nicht. Ich stimmte von Anfang an gegen den Bergdienst, denn ich habe große Furcht und Achtung vor Indra, der die Burgen der Schwarzen brach, und halte nichts vom Heraufholen dessen, wovon man doch nichts Rechtes mehr weiß. Du aber sprachst in reinen und richtigen Worten – ich meine ›richtig‹ in Ansehung der Worte – zugunsten der neuen Festgestaltung und für die Erneuerung des Bergdienstes über Indra's Kopf hinweg, und da verstummte ich. Wenn diejenigen, dachte ich, die in die Schule gegangen sind und vom Wesenswissen was abgekriegt haben, gegen Indra sprechen und für die Vereinfachung, dann haben wir nichts zu sagen und können nur hoffen, daß der große Kömmling und Burgenbrecher ein Einsehen hat und sich mit der Speisung zahlreicher Brahmanen zufrieden gibt, sodaß er uns nicht mit Regenlosigkeit oder mit maßlosen Regen schlägt. Vielleicht, dachte ich, ist er selbst seines Festes müde und wünscht der Belustigung halber, das Bergopfer und den Umzug der Kühe dafür eingesetzt zu sehen. Wir Einfältigen hatten Ehrfurcht vor ihm, aber vielleicht hat er neuerdings keine mehr vor sich selbst. Ich habe denn auch das heraufgeholte Fest sehr genossen und mit Vergnügen geholfen, die bekränzten Kühe um den Berg zu treiben. Aber noch eben wieder, als du mein Prakrit verbessertest und wolltest, daß ich ›Siyât‹ sagte, fiel es mir ein, wie sonderbar es doch ist, daß du in richtigen und geschulten Worten fürs Einfältige redetest.«

»Du kannst mir nichts vorwerfen«, antwortete Schridaman, »denn auf Volkes Art hast du für den Sprüchedienst der Brahmanen geredet. Das freute dich wohl und machte dich glücklich. Ich kann dir aber sagen: Noch weit beglückender ist es, in richtig gebildeten Worten dem Einfachen zugunsten zu reden. «

III.

Danach verstummten sie eine Weile. Schridaman lag weiter so und sah in den Himmel hinauf. Nanda hielt seine wackeren Arme um die aufgestellten Kniee geschlungen und blickte zwischen den Bäumen und Büschen des Abhangs hin nach dem Badeplatz Kali's, der Mutter.

»Pst, Blitzkeil, Wurfring und Wolkendonner!« flüsterte er von einem Augenblick zum anderen und legte den Finger auf seine wulstigen Lippen. »Schridaman, Bruder, sitz leise auf und sieh dir das an! Was dort zum Bade steigt, mein' ich. Mach' deine Augen auf, es lohnt der Mühe! Sie sieht uns nicht, aber wir sehen sie. «

Ein junges Mädchen stand an dem einsamen Ort der Vereinigung, im Begriff, ihre Bade-Andacht zu verrichten. Sie hatte Sari und Mieder auf den Stufen des Einstiegs niedergelegt und stand da ganz nackt, angetan nur mit einigem Kettenschmuck an ihrem Halse, mit schaukelnden Ohrringen und einem weißen Bande um ihr reich geknotetes Haar. Die Lieblichkeit ihres Leibes war blendend. Er war wie aus Maya gefertigt und vom reizendsten Farbton weder zu dunkel noch allzu weißlich, vielmehr wie golden aufgehelltes Erz und herrlich nach Brahma's Gedanken gestaltet, mit süßesten Kinderschultern und wonnig geschwungenen Hüften dazu, die eine geräumige Bauchfläche ergaben, mit jungfräulich starrenden, knospenden Brüsten und prangend ausladendem Hinterteil, sich verjüngend nach oben zum schmalsten, zierlichsten Rücken, der geschmeidig eingebogen erschien, da sie die Lianenarme erhoben und die Hände im Nacken verschränkt hielt, sodaß ihre zarten Achselhöhlen sich dunkelnd eröffneten. Das Aller-Eindrucksvollste und dem Gedanken Brahma's Gemäßeste bei alldem war, unbeschadet der verblendenden und die Seele dem Erscheinungsleben gewinnenden Süßigkeit der Brüste, die Verbindung dieses großartigen Hinterteils mit der Schmalheit und Gertenschmiegsamkeit des Elfen-Rückens, hervorgebracht und ermöglicht durch den anderen Gegensatz zwischen dem preisgesangwürdig ausladenden Schwunge der Hüften und der ziersamen Eingezogenheit der Taillengegend darüber. Nicht anders konnte das Himmelsmädchen Pramlotscha gebildet gewesen sein, das Indra zu dem großen Asketen Kandu geschickt hatte, damit er durch seine ungeheure Askese nicht göttergleiche Kräfte sammle.

»Wir wollen uns verziehen«, sagte der aufgesessene Schridaman leise, die Augen auf des Mädchens Erscheinung geheftet. »Es ist nicht recht, daß sie uns nicht sieht und wir sie sehen.«

»Warum denn?« erwiderte Nanda flüsternd. »Wir waren hier zuerst, wo es lauschig ist, und belauschten, was es zu belauschen gibt, da können wir nichts dafür. Wir rühren uns nicht, es wäre ja grausam, wenn wir uns knackend und lärmend davon machten und sie gewahrte, daß sie gesehen wurde, während sie nicht sah. Ich sehe das mit Vergnügen. Du etwa nicht? Du hast ja schon rote Augen, wie wenn du Rigveda-Verse sagst.«

»Sei still!« ermahnte ihn Schridaman seinerseits. »Und sei ernst! Es ist eine ernste, heilige Erscheinung, und daß wir sie belauschen, ist nur zu entschuldigen, wenn wir es ernsten und frommen Sinnes tun.«

»Na, sicher doch!« antwortete Nanda. »So etwas ist kein Spaß, aber vergnüglich ist's trotzdem. Du wolltest in den Himmel blicken von ebener Erde hinauf. Nun siehst du, daß man aufrecht und geradeaus manchmal erst recht in den Himmel blickt.«

Danach schwiegen sie eine Weile, hielten sich still und schauten. Das goldene Mädchen legte, wie sie selbst vorhin getan, die hohlen Hände zusammen und betete, bevor sie die Vereinigung vornahm. Sie sahen sie ein wenig von der Seite, sodaß ihnen nicht entging, wie nicht nur ihr Körper, sondern auch ihr Gesicht zwischen den Ohrgehängen von größter Lieblichkeit war, das Näschen, die Lippen, die Brauen und namentlich die wie Lotosblätter langgeschweiften Augen. Besonders, als sie ein wenig den Kopf wendete, sodaß die Freunde schon erschraken, ob sie nicht gar der Belauschung inne geworden sei, konnten sie wahrnehmen, daß nicht etwa diese reizende Körpergestalt durch ein häßliches Antlitz entwertet und seiner Bedeutung beraubt wurde, sondern daß Einheit waltete und die Anmut des Köpfchens diejenige des Wuchses vollauf bestätigte.

»Aber ich kenne sie ja!« raunte Nanda plötzlich, indem er mit den Fingern schnippte. »Diesen Augenblick erkenne ich sie, und nur bis jetzt entging mir ihre Selbstheit. Es ist Sita, des Sumantra Tochter, vom Dorfe ›Buckelstierheim‹ hier in der Nähe. Von dort kommt sie her, sich rein zu baden, das ist ja klar. Wie sollte ich sie nicht kennen? Ich hab' sie zur Sonne geschaukelt.«

»Du hast sie geschaukelt?« fragte Schridaman leise-eindringlich. Und Nanda entgegnete:

»Und ob! Aus Armes Kräften hab ich's getan vor allem Volk. Im Kleide hätt' ich sie augenblicklich erkannt. Aber wen erkennt man denn nackend gleich! Es ist die Sita von ›Buckelstierheim‹. Dort war ich voriges Frühjahr zum Besuch meiner Tante, und Sonnen-Hilfsfest war gerade, sie aber...«

»Erzähle mir's später, ich bitte dich!« fiel Schridaman ihm ängstlich flüsternd in die Rede. »Die große Gunst, daß wir sie von nahe sehen, ist von der Ungunst begleitet, daß sie uns leichtlich hören könnte. Kein Wort mehr, daß wir sie nicht erschrekken!«

»Dann könnte sie fliehen, und du würdest sie nicht mehr sehen, wovon du doch noch lange nicht satt bist«, neckte ihn Nanda. Aber der andere winkte ihm, nur entschieden zu schweigen, und so saßen sie denn wieder still und sahen Sita von »Buckelstierheim« ihre Badeandacht verrichten. Nachdem sie ausgebetet, sich gebeugt, sowie das Antlitz zum Himmel gekehrt, stieg sie behutsam in den Schoß, schöpfte und trank, duckte sich dann in die Flut und tauchte ein bis zum Scheitel, auf den sie die Hand legte, labte sich danach noch eine Weile fort in anmutigem Auftauchen und seitlichem Sich-wieder-Einschmiegen, und stieg, als das seine Zeit gehabt, wieder aufs Trockene in tropfend gekühlter Schönheit. Aber auch damit war die Gunst, die den

Freunden an diesem Orte gewährt war, noch nicht beendet, sondern nach dem Bade saß die Gereinigte auf den Stufen nieder, um sich von der Sonne trocknen zu lassen, wobei die natürliche Anmut ihres Leibes, im Wahn des Alleinseins gelöst, ihr bald diese bald jene gefällige Stellung eingab, und erst als auch das seine Zeit gehabt, legte sie gemächlich ihr Kleid wieder an und entschwand die Treppe des Einstiegs hinauf gegen den Tempel.

»Aus ist's und gar ist's«, sagte Nanda. »Jetzt können wir wenigstens wieder reden und uns regen. Es ist auf die Dauer recht langweilig, zu tun, als ob man nicht da wäre.«

»Ich begreife nicht, wie du von Langer-Weile sprechen magst«, erwiderte Schridaman. »Gibt es denn einen seligeren Zustand, als sich in einem solchen Bilde zu verlieren und nur in ihm noch da zu sein? Den Atem hätte ich einbehalten mögen die ganze Zeit, nicht aus der Furcht, ihres Anblicks verlustig zu gehen, sondern aus der, sie um die Vorstellung ihres Alleinseins zu bringen, um die ich zitterte, und der ich mich heilig verschuldet fühle. Sita, sagtest du, heißt sie? Es tut mir wohl, das zu wissen, es tröstet mich über meine Verschuldung, daß ich sie bei mir mit ihrem Namen ehren kann. Und du kennst sie vom Schaukeln?«

»Aber wie ich dir sage!« versicherte Nanda. »Sie war zur Sonnenjungfrau gewählt worden voriges Frühjahr, als ich in ihrem Dorfe war, und ich hab' sie geschaukelt, der Sonne zu helfen, so hoch in den Himmel, daß man von oben ihr Kreischen kaum hörte. Es verging ja übrigens auch im allgemeinen Gekreisch.«

»Da warst du gut daran«, sagte Schridaman. »Du bist immer gut daran. Offenbar deiner rüstigen Arme wegen hatte man dich zu ihrem Schaukelherrn bestimmt. Ich stelle mir vor, wie sie stieg und ins Blaue flog. Das Flugbild meiner Vorstellung vermischt sich mit dem Standbilde unserer Wahrnehmung, wie sie betend stand und sich in Frömmigkeit neigte.«

»Allenfalls hat sie Ursach«, erwiderte Nanda, »zum Beten und Büßen, – nicht wegen ihres Tuns, sie ist ein sehr sittsames Mädchen, aber wegen ihrer Erscheinung, für die sie freilich nichts kann, und deren sie, streng genommen, doch auch wieder irgendwie schuldig ist. So eine Wohlgestalt, sagt man, ist fesselnd. Warum aber fesselnd? Nun, eben weil sie uns fesselt an die Welt der Wünsche und Freuden und den, der sie sieht, nur tiefer in die Befangenheit Samsâra's verstrickt, sodaß den Geschöpfen das lautere Bewußtsein ausgeht, genau wie einem der Atem ausgeht. Das ist ihre Wirkung, wenn auch nicht ihre Absicht; aber daß sie sich die Augen so lotosblattförmig verlängert, läßt doch auch wieder auf Absicht schließen. Man hat gut sagen: die Wohlgestalt ist ihr gegeben, sie hat sie nicht willentlich angenommen und hat also nichts zu beten und abzubüßen. Es ist doch so, daß irgendwo kein wahrer Unterschied ist zwischen ›gegeben‹ und ›angenommen‹, das weiß sie auch selbst und betet wohl um Verzeihung, daß sie so fesselnd wirkt. Aber die Wohlgestalt hat sie nun einmal angenommen, – nicht wie man nur etwas annimmt, was einem gegeben wird, sondern von sich aus nahm sie sie an, und daran kann kein frommes Bad etwas ändern: mit demselben verstrickenden Hinterteil ist sie wieder herausgekommen.«

»Du sollst nicht so derb reden«, tadelte Schridaman ihn bewegt, »von einer so zarten und heiligen Erscheinung. Zwar hast du dir vom Wesenswissen einiges beigehen lassen, aber bäurisch kommt's heraus, das laß dir sagen, und der Gebrauch, den du davon machst, läßt klar erkennen, daß du dieser Erscheinung nicht würdig warst, wo doch in unserer Lage alles darauf ankam und davon abhing, ob wir uns ihrer würdig erwiesen und in welchem Geiste wir die Belauschung übten.«

Nanda nahm diese Mißbilligung seiner Rede in aller Bescheidenheit hin.

»Lehre mich also, Dau-ji«, bat er, indem er den Freund mit »Älterer Bruder« anredete, »in welchem Geist du gelauscht hast, und in welchem ich auch hätte lauschen sollen!«

»Sieh!« sagte Schridaman, »alle Wesen haben zweierlei Dasein: eines für sich und eines für die Augen der anderen. Sie sind, und sie sind zu sehen, sind Seele und Bild, und immer ist's sündhaft, sich nur von ihrem Bilde beeindrucken zu lassen, um ihre Seele sich aber nicht zu kümmern. Es ist notwendig, den Ekel zu überwinden, den des räudigen Bettlers Bild uns einflößt. Nicht bei diesem dürfen wir stehen bleiben, wie es auf unsere Augen und anderen Sinne wirkt. Denn was wirkt, ist noch nicht die Wirklichkeit, sondern wir müssen gleichsam dahinter gehen, um die Erkenntnis zu gewinnen, auf die jede Erscheinung Anspruch hat, denn sie ist mehr, als Erscheinung, und ihr Sein, ihre Seele gilt es hinter dem Bilde zu finden. Aber nicht nur nicht in dem Ekel sollen wir stecken bleiben, den uns das Bild des Elends erregt, sondern ebenso wenig, ja, wohl noch weniger, in der Lust, die das Bild des Schönen uns einflößt, denn auch dieses ist mehr als Bild, obgleich die Versuchung der Sinne, es nur als solches zu nehmen, vielleicht noch größer ist als im Falle des Ekel-Erregenden. Scheinbar nämlich stellt das Schöne gar keine Ansprüche an unser Gewissen und an unser Eingehen auf seine Seele, wie des Bettlers Bild, eben vermöge seines Elends, es immerhin tut. Und doch werden wir schuldig auch vor jenem, wenn wir uns nur an seinem Anblick ergötzen, ohne nach seinem Sein zu fragen, und besonders tief, dünkt mich, geraten wir dabei in seine Verschuldung, wenn nur wir es sehen, aber es uns nicht sieht. Wisse, Nanda, es war eine wahre Wohltat für mich, daß du mir den Namen nennen konntest derer, die wir belauschten, Sita, des Sumantra Tochter; denn so hatte und wußte ich doch etwas von dem, was mehr ist, als ihr Bild, da ja der Name ein Stück des Seins und der Seele ist. Aber wie glücklich war ich erst, von dir zu hören, daß sie ein sittsames Mädchen ist, was denn doch heißt, noch besser hinter ihr Bild kommen und sich auf ihre Seele verstehen. Ferner aber heißt es, daß es nur Sitte ist, welche nichts mit der Sittsamkeit zu tun hat, wenn sie sich die Augen lotosblattförmig verlängert, und sich allenfalls ein wenig die Wimpern schminkt, – daß sie es in aller Unschuld tut, in Abhängigkeit ihrer Sittsamkeit von der Gesittung. Hat doch die Schönheit auch Pflichten gegen ihr Bild, mit deren Erfüllung sie vielleicht nur den Anreiz zu erhöhen beabsichtigt, ihrer Seele nachzufragen. Wie gern stelle ich mir vor, daß sie einen würdigen Vater, nämlich den Sumantra, und eine besorgte Mutter hat, die sie in Sittsamkeit aufzogen, und vergegenwärtige mir ihr Leben und Wirken als Tochter des Hauses, wie sie das Korn reibt auf dem Steine, am Herde das Mus bereitet oder die Wolle zu feinem Faden spinnt. Denn mein ganzes Herz, das ihrer Belauschung schuldig geworden, verlangt danach, daß ihm aus dem Bilde eine Person werde.«

»Das kann ich verstehen«, entgegnete Nanda. »Du mußt aber bedenken, daß bei mir dieser Wunsch nicht ebenso lebhaft sein konnte, da sie mir ja dadurch, daß ich sie zur Sonne geschaukelt, schon mehr zur Person geworden war.«

»Nur zu sehr«, versetzte Schridaman mit einem gewissen Beben, das seine Stimme bei diesem Gespräch angenommen hatte. »Offenbar nur zu sehr, denn diese Vertrautheit, deren du gewürdigt warst, – ob mit Recht oder Unrecht, das will ich dahinstellen, denn deiner Arme und überhaupt deines rüstigen Körpers, nicht deines Hauptes und seiner Gedanken wegen warst du ihrer gewürdigt – diese Vertrautheit scheint sie dir ganz und gar zur stofflichen Einzelperson gemacht und dir den Blick gestumpft zu haben für den höheren Sinn einer solchen Erscheinung, sonst hättest du nicht so unverzeihlich derb von der Wohlgestalt reden können, die sie angenommen. Weißt du denn nicht, daß in aller Weibesgestalt, Kind, Jungfrau, Mutter oder Greisin, sie sich verbirgt, die Allgebärerin, Allernährerin, Schakti, die große Göttin, aus deren Schoß alles kommt, und in deren Schoß alles geht, und daß wir in jeder Erscheinung, die ihr Zeichen trägt, sie selbst zu verehren und zu bewundern haben? In ihrer huldvollsten Gestalt hat sie sich uns offenbart hier am Ufer des Flüßchens ›Goldfliege‹, und wir sollten nicht aufs tiefste ergriffen sein von ihrer Selbstoffenbarung in der Erscheinung, also daß mir in der Tat, wie ich selber bemerke, die Stimme etwas zittert beim Sprechen, was aber zum Teil auch aus Unwillen über deine Redeweise geschieht –?«

»Auch deine Wangen und deine Stirn sind gerötet wie vom Sonnenbrand«, sagte Nanda, »und deine Stimme, obgleich sie zittert, hat einen volleren Klang als gewöhnlich. Übrigens kann ich dir versichern, daß ich auch, auf meine Art, ganz hübsch ergriffen war.«

»Dann verstehe ich nicht«, antwortete Schridaman, »wie du

so ungenügend reden und ihr die Wohlgestalt zum Vorwurf machen konntest, mit der sie die Geschöpfe in die Befangenheit verstricke, sodaß ihnen der Atem des Bewußtseins ausgehe. Das heißt doch die Dinge mit sträflicher Einseitigkeit betrachten und sich gänzlich unerfüllt zeigen von dem wahren und ganzen Wesen derer, die sich uns im süßesten Bild offenbarte. Denn sie ist Alles und nicht nur Eines: Leben und Tod, Wahn und Weisheit, Zauberin und Befreierin, weißt du das nicht? Weißt du nur, daß sie der Geschöpfe Schar betört und bezaubert, und nicht auch, daß sie hinausführt über das Dunkel der Befangenheit zur Erkenntnis der Wahrheit? Dann weißt du wenig und hast ein allerdings schwer zu fassendes Geheimnis nicht erfaßt: daß nämlich die Trunkenheit, die sie uns antut, zugleich die Begeisterung ist, die uns zur Wahrheit und Freiheit trägt. Denn dies ist es, daß, was fesselt, zugleich befreit, und daß es die Begeisterung ist, welche Sinnenschönheit und Geist verbindet.«

Nanda's schwarze Augen glitzerten von Tränen, denn er hatte ein leicht bewegliches Gemüt und konnte metaphysische Worte überhaupt kaum hören, ohne zu weinen, besonders aber jetzt nicht, wo Schridamans sonst ziemlich dünne Stimme plötzlich einen so vollen, zu Herzen gehenden Klang angenommen hatte. So schluchzte er etwas durch seine Ziegennase, indem er sagte:

»Wie du heute sprichst, Dau-ji, so feierlich! Ich glaube, noch nie hab' ich dich so gehört; es geht mir sehr nahe. Ich sollte wünschen, daß du nicht fortführest, eben weil es mir gar so nahegeht. Aber sprich doch, bitte, noch weiter von Fessel und Geist und von der Allumfassenden!«

»Da siehst du«, antwortete Schridaman in hoher Stimmung, »welche Bewandtnis es mit ihr hat, und daß sie nicht nur Betörung, sondern auch Weisheit schafft. Wenn meine Worte dir nahe gehen, so darum, weil sie die Herrin der flutenreichen Rede ist, diese aber ist verschmolzen mit Brahmâ's Weisheit. In ihrer Doppelheit müssen wir die Große erkennen, denn sie ist die Zornmütige, schwarz und grauenerregend und trinkt das Blut der Wesen aus dampfender Schale, aber in einem damit ist sie die Weihe- und Huldvolle, aus der alles Dasein quillt, und die alle

Lebensgestalten liebreich an ihren nährenden Brüsten birgt. Vischnu's Große Maya ist sie, und sie hält ihn umfangen, der in ihr träumt; wir aber träumen in ihm. Viele Wasser münden in die ewige Ganga, diese aber mündet in das Meer. So münden wir in Vischnu's weltträumende Gottheit, die aber mündet in das Meer der Mutter. Wisse, wir sind an eine Mündungsstelle unseres Lebenstraumes mit heiligem Badeplatz gekommen, und dort erschien uns die Allgebärerin, Allverschlingerin, in deren Schoß wir gebadet, in ihrer süßesten Gestalt, um uns zu betören und zu begeistern, mutmaßlich zur Belohnung dafür, daß wir ihr zeugendes Zeichen geehrt und es mit Wasser begossen. Lingam und Yoni – es gibt kein größeres Zeichen und keine größere Stunde des Lebens, als wenn der Berufene mit seiner Schakti das Hochzeitsfeuer umkreist, wenn man ihre Hände mit dem Blumenbande vereint und er das Wort spricht: ›Ich habe sie erhalten!‹ Wenn er sie empfängt aus ihrer Eltern Hand und das Königswort spricht: ›Dies bin ich, das bist du; Himmel ich, Erde du; ich Liedes Weise, du Liedes Wort; so wollen wir die Fahrt tun mitsammen!‹ Wenn sie Begegnung feiern, – nicht Menschen mehr, nicht dieser und jene, sondern das große Paar, er Schiwa, sie Durga, die hehre Göttin; wenn ihre Worte irre werden und nicht mehr i h r e Rede sind, sondern ein Stammeln aus trunkenen Tiefen und sie zu höchstem Leben ersterben im Überglück der Umarmung. Dies ist die heilige Stunde, die uns ins Wissen taucht und uns Erlösung schenkt vom Wahn des Ich im Schoß der Mutter. Denn wie Schönheit und Geist zusammenfließen in der Begeisterung, so Leben und Tod in der Liebe!«

Nanda war gänzlich hingerissen von diesen metaphysischen Worten.

»Nein«, sagte er kopfschüttelnd, während ihm die Tränen aus den Augen sprangen, »wie dir die Göttin Rede hold ist und dich mit Brahmâ's Weisheit beschenkt, das ist kaum auszustehen, und doch möchte man zuhören unendlich lange. Wenn ich nur ein Fünftel zu singen und zu sagen vermöchte, was dein Haupt erzeugt, da wollte ich mich lieben und achten in allen meinen Gliedern. Darum bist du mir so nötig, mein älterer Bruder, denn was ich nicht habe, hast du und bist mein Freund, sodaß es beinahe ist, als ob ich selber es hätte. Denn als dein Genoß habe ich Teil an dir und bin auch etwas Schridaman, ohne dich aber wär' ich nur Nanda, und damit komm' ich nicht aus. Offen sag' ich es: Ich würde die Trennung von dir keinen Augenblick überleben wollen, sondern würde ersuchen, mir den Scheiterhaufen zu rüsten und mich zu verbrennen. Soviel sei gesagt. Nimm dies hier, bevor wir gehen!«

Und er suchte in seinem Reisekram mit seinen dunklen, beringten Händen und zog eine Betelrolle hervor, wie man sie gern nach der Mahlzeit kaut, dem Munde Wohlgeruch zu verleihen. Die übergab er dem Schridaman abgewandten, von Tränen befeuchteten Gesichtes. Denn man verehrt sie einander auch zur Besiegelung des Vertrags und der Freundschaft.

IV.

Also zogen sie weiter und gingen ihren Geschäften nach auf zeitweise getrennten Wegen; denn als sie zum segelreichen Djamna-Strome gelangt waren und den Schattenriß des städtischen Kurukshetâ am Horizonte erblickten, war es an Schridaman, die breite, von Ochsenkarren bedeckte Straße weiter zu verfolgen, um in den drangvollen Gassen der Stadt das Haus des Mannes zu finden, von dem er die Reisstampfer und Feuerhölzer erhandeln sollte; an Nanda aber war es, dem schmalen Pfade nachzugehen, der von der Landstraße abzweigte und zu den Kralen der Tiefstehenden führte, die Roheisen zu vergeben hatten für seines Vaters Schmiede. Sie segneten einander beim Abschiednehmen und kamen überein, am dritten Tage zu bestimmter Stunde an dieser Wegesscheide wieder zusammen zu treffen, um nach Besorgung ihrer Angelegenheiten gemeinsam, wie sie gekommen, nach ihrem Heimatdorfe zurückzukehren.

Als nun die Sonne dreimal aufgegangen war, hatte Nanda auf dem Graueselchen, das er auch von den Tiefstehenden erstanden und dem er die Eisenlast aufgeladen, am Punkt des Scheidens und Wiedertreffens etwas zu warten, denn Schridaman verspätete sich um einiges, und als er schließlich auf der breiten Straße mit seinem Warenpack daherkam, waren seine Schritte matt und schleppend, seine Wangen hohl im weichen, fächerförmigen Barte und seine Augen von Trübnis erfüllt. Keine Freude legte er an den Tag, den Kameraden wiederzusehen, und als dieser sich beeilt hatte, ihm die Traglast abzunehmen und sie ebenfalls seinem Grauesel aufzubürden, änderte Schridamans Haltung sich nicht, sondern noch ebenso gebückt und bedrückt, wie er gekommen, ging er an des Freundes Seite hin, seine Rede war kaum mehr als »Ja, ja«, nämlich auch dann, wenn sie »Nein, nein« hätte lauten sollen, wie sie aber auch gelegentlich lautete, nur leider gerade dann, wenn »Ja, ja« an der Zeit gewesen wäre, nämlich zu Stunden der Stärkungsrast, wo denn Schridaman erklärte, er möge und könne nicht essen, und auf Befragen hinzufügte, daß er auch nicht schlafen könne.

Alles deutete auf eine Krankheit hin, und als es am zweiten Abend der Rückreise unter den Sternen dem besorgten Nanda gelang, ihn ein wenig zum Sprechen zu bringen, gab er nicht nur zu, daß er krank sei, sondern fügte mit verschnürter Stimme bei, daß es sich um eine unheilbare Krankheit, eine Krankheit zum Tode handle, und zwar dergestalt, daß er nicht nur sterben müsse, sondern auch sterben wolle, und daß hier Müssen und Wollen ganz in Eins verflochten und nicht zu unterscheiden seien, sondern zusammen einen zwanghaften Wunsch ausmachten, in welchem das Wollen aus dem Müssen, das Müssen aber aus dem Wollen sich unweigerlich ergäbe. »Wenn es dir mit deiner Freundschaft ernst ist«, sagte er, immer mit jener erstickten und zugleich wild bewegten Stimme zu Nanda, »so erweise mir den letzten Liebesdienst und schichte mir die Scheiterhütte, daß ich mich hineinsetze und im Feuer verbrenne. Denn die unheilbare Krankheit verbrennt mich von innen her unter solchen Qualen, daß die verzehrende Feuersglut mich dagegen wie linderndes Öl und wie ein Labebad anmuten wird in heiligen Fluten. «

»Ja, ihr großen Götter, wo will es mit dir hinaus!« dachte

30

Nanda, als er dies hören mußte. Es ist aber zu sagen, daß er, obgleich ziegennasig und seiner Verkörperung nach eine nette Mitte bildend zwischen den Tiefstehenden, von denen er sein Eisen gekauft, und dem Brahmanen-Enkel Schridaman, sich dieser schwierigen Lage löblich gewachsen zeigte und vor des Freundes erkrankter Überlegenheit nicht den Kopf verlor, sondern diejenige Überlegenheit nutzte, welche ihm, dem Nicht-Erkrankten unter diesen Umständen zufiel, indem er sie treulich in den Dienst seiner Freundschaft für den Erkrankten stellte und, unter Zurückdrängung seines Schreckens, zugleich nachgiebig und vernünftig zu ihm zu reden wußte.

»Sei versichert«, sagte er, »daß ich, wenn wirklich die Unheilbarkeit deiner Krankheit, wie ich nach deiner Versicherung allerdings wohl nicht zweifeln darf, sich herausstellen sollte, nicht zögern werde, deine Anweisung auszuführen und dir die Scheiterhütte zu bauen. Sogar werde ich sie groß genug machen, daß ich, nachdem ich sie angezündet, selbst neben dir Platz habe; denn die Trennung von dir gedenke ich nicht eine Stunde zu überleben, sondern werde mit dir zusammen ins Feuer gehen. Gerade deswegen aber und weil die Sache auch mich so stark angeht, mußt du vor allem mir sagen, was dir fehlt, und mir deine Krankheit nennen, wäre es eben auch nur, damit ich die Überzeugung von ihrer Unheilbarkeit gewinne und unsere gemeinsame Einäscherung zurüste. Du mußt zugeben, daß diese Rede recht und billig ist, und wenn schon ich, bei meinem beschränkten Verstande ihre Richtigkeit einsehe, wieviel mehr mußt dann du, der Klügere, sie billigen. Wenn ich mich an deine Stelle versetze und einen Augenblick mit deinem Kopfe zu denken versuche, als säße er auf meinen Schultern, so kann ich garnicht umhin, mir darin zuzustimmen, daß meine – ich will sagen: deine Überzeugung von der Unheilbarkeit deiner Krankheit der Prüfung und Bestätigung durch andere bedarf, bevor man so weittragende Entschlüsse faßt, wie du sie im Sinne hast. Darum sprich!«

Der hohlwangige Schridaman wollte lange nicht mit der Sprache herauskommen, sondern erklärte, die tödliche Hoffnungslosigkeit seines Leidens bedürfe keines Beweises und keiner Erörterung. Schließlich aber, nach vielem Drängen, bequemte er sich, indem er eine Hand über die Augen legte, um während seiner Rede den Freund nicht ansehen zu müssen, zu folgendem Bekenntnis.

»Seit wir«, sagte er, »jenes Mädchen nackt aber sittsam, die du einmal zur Sonne geschaukelt, Sita, des Sumantra Tochter, am Badeplatze der Dewi belauscht, hat sich der Keim eines Leidens um sie, das sowohl ihrer Nacktheit wie ihrer Sittsamkeit gilt und in beidem zusammen seinen Ursprung hat, in meine Seele gesenkt und seitdem ein stündliches Wachstum erfahren, sodaß es alle meine Glieder bis in die feinsten Verzweigungen ihrer Fibern durchdrungen, mir die Geisteskräfte ausgezehrt, mich des Schlafes und jeder Eßlust beraubt hat und mich langsam aber sicher zu Grunde richtet.« Dieses Leiden, fuhr er fort, sei darum ein Leiden zum Tode und hoffnungslos, weil seine Heilung, nämlich die Erfüllung der in des Mädchens Schönheit und Sittsamkeit gründenden Wünsche, unausdenkbar und unvorstellbar und von überschwänglicher Art sei, kurz über das den Menschen Zustehende weit hinausgehe. Es sei klar, daß, wenn ein Mensch von Glückswünschen heimgesucht würde, an deren Erfüllung, so sehr sie zur Bedingung seines Fortlebens geworden sei, nur ein Gott überhaupt denken dürfe, er zu Grunde gehen müsse. »Wenn ich«, so schloß er, »sie nicht habe, Sita, die Rebhuhnäugige, die Schönfarbene mit den herrlichen Hüften, so werden meine Lebensgeister sich von selbst verflüchtigen. Darum richte mir die Feuerhütte, denn nur in der Glut ist Rettung vor dem Widerstreit des Menschlichen und Göttlichen. Wenn du aber mit mir hineinsitzen willst, so tut es mir zwar leid um deine Jugend und um dein frohes, mit der Locke gezeichnetes Wesen, aber auch wieder recht soll es mir sein; denn ohnedies trägt der Gedanke, daß du sie geschaukelt hast, sehr zu dem Brande in meiner Seele bei, und nur ungern würde ich jemanden, dem dies vergönnt war, auf Erden zurücklassen.«

Nachdem er solches vernommen, brach Nanda zu Schridamans tiefernst-verständnislosem Erstaunen in unendliches Gelächter aus, indem er abwechselnd den Freund umarmte und auf seinen Beinen am Platze herumtanzte und sprang.

»Verliebt, verliebt, verliebt!« rief er. »Und das ist das Ganze! Und das ist die Krankheit zum Tode! Ist das ein Spaß! Ist das eine Gaudi!« Und er fing an zu singen:

> »Der weise Mann, der weise Mann,
> Wie würdig war sein Sinnen!
> Nun ist's um seinen Witz getan,
> Erleuchtung floh von hinnen.
>
> Ach, eines Mägdleins Augenspiel
> Tät ihm den Kopf verdrehen.
> Ein Affe, der vom Baume fiel,
> Kann nicht verlorener sehen.«

Danach lachte er wieder aus vollem Halse, die Hände auf den Knieen, und rief:

»Schridaman, Bruder, wie froh bin ich, daß es weiter nichts ist, und daß du vom Scheiterhaufen nur faselst, weil deines Herzens Strohhütte Feuer gefangen! Die kleine Hex stand zu lange im Pfad deiner Blicke, da hat dich Kama, der Gott, mit dem Blumenpfeile getroffen, denn was uns das Summen von Honigbienen schien, das war das Schwirren seiner Sehne, und Rati hat es dir angetan, des Lenzes Schwester, die Liebeslust. Das ist ja alles ganz gewöhnlich und lustig-alltäglich und geht über das, was dem Menschen zusteht, um garnichts hinaus. Denn wenn es dir vorkommt, als ob an die Erfüllung deiner Wünsche ein Gott überhaupt nur denken dürfe, so liegt das eben nur an der Innigkeit deiner Wünsche und daran, daß sie zwar von einem Gotte, nämlich Kama, ausgehen, daß sie ihm aber keineswegs zukommen, sondern daß er sie dir hat zukommen lassen. Ich sage es nicht aus Lieblosigkeit, sondern nur, um dir den liebe-entzündeten Sinn etwas zu kühlen, daß du dein Ziel gewaltig überschätzest, wenn du meinst, nur Götter, aber nicht Menschen hätten ein Anrecht darauf, – wo doch nichts menschlicher und natürlicher ist, als daß es dich verlangt, in diese Furche zu säen.« (So drückte er sich aus, weil Sita ›die Furche‹ heißt.) »Aber auf dich«, fuhr er fort, »paßt wahrhaftig der Spruch: ›Am Tag ist die Eule blind, bei Nacht die Krähe. Wen aber die Liebe verblendet, der ist blind bei Tag und Nacht.‹ Diesen Lehrsatz halte ich dir darum vor, damit du dich darin wiedererkennst und dich darauf besinnst, daß die Sita von Buckelstierheim gar keine Göttin ist, obgleich sie dir in ihrer Nacktheit am Badeplatze der Durga so erscheinen mochte, sondern ein ganz gewöhnliches, wenn auch ausnehmend hübsches Ding, das lebt wie andere, Korn reibt, Mus kocht und Wolle spinnt und Eltern hat, die sind wie andere Leut', wenn auch Sumantra, der Vater, noch von ein bißchen Kriegerblut zu sagen weiß in seinen Adern – weit ist's nicht her damit oder allzu weit her! Kurz, es sind Leute, mit denen sich's reden läßt, und wozu hast du einen Freund, wie deinen Nanda, wenn er sich nicht auf die Bein' machen sollt' und diese ganz gewöhnliche und tunliche Sache für dich einfädeln, daß du zu deinem Glücke kommst? Nun? He? Was, du Dummkopf? Statt uns die Gluthütte zu richten, wo ich neben dir hinhocken wollt', will ich dir helfen, dein Ehehaus zimmern, darin du mit deiner Schönhüftigen wohnen sollst!«

»Deine Worte«, antwortete Schridaman nach einem Stillschweigen, »enthielten viel Kränkendes, von dem, was du sangest, ganz abgesehen. Denn kränkend ist es, daß du meine Wunschpein gewöhnlich und alltäglich nennst, wo sie doch über meine Kräfte geht und im Begriffe ist, mir das Leben zu sprengen, und man ein Verlangen, das stärker ist als wir, das heißt: zu stark für uns, mit vollem Recht als dem Menschen unzukömmlich und nur als eines Gottes Sache bezeichnet. Aber ich weiß, daß du es gut mit mir meinst und mich trösten möchtest, und darum verzeihe ich dir die populäre und unwissende Art, wie du dich über meine Todeskrankheit ausgedrückt hast. Nicht nur sogar, daß ich dir verzeihe, sondern deine letzten Worte, und daß du für möglich zu halten scheinst, was du mir damit als möglich darstelltest, haben mein Herz, das sich schon in den Tod zu ergeben gedachte, zu neuem, heftigem Lebensschlage angetrieben – nur durch die Vorstellung der Möglichkeit, durch den Glauben daran, dessen ich nicht fähig bin. Zwar ahnt mir augenblicksweise, daß Unbetroffene, die sich in einer anderen Verfassung befinden, als ich, die Sachlage klarer und richtiger möchten beurteilen können. Dann aber mißtraue ich sogleich wieder jeder anderen Verfassung, als der meinen, und glaube nur dieser, die mich auf den Tod verweist. Wie wahrscheinlich ist es allein schon, daß die himmlische Sita als Kind bereits eine Ehe eingegangen ist und demnächst schon dem mit ihr herangewachsenen Gatten vereint werden soll, – ein Gedanke von so gräßlicher Flammenqual, daß garnichts anderes, als die Flucht in die kühlende Scheiterhütte übrig bleibt!«

Aber Nanda versicherte ihm bei seiner Freundschaft, daß diese Befürchtung vollkommen hinfällig und Sita tatsächlich durch keine Kinderehe gebunden sei. Ihr Vater Sumantra habe sich einer solchen widersetzt, aus dem Hauptgrunde, weil er sie nicht der Schmach des Witwenstandes aussetzen wollte, im Fall, daß der Eheknabe vorzeitig stürbe. Hätte sie doch auch garnicht zur Schaukel-Jungfrau erwählt werden können, wenn sie ein vermähltes Mädchen gewesen wäre. Nein, Sita sei frei und verfügbar, und bei Schridamans guter Kaste, seinen häuslichen Verhältnissen und seiner Beschlagenheit in den Veden bedürfe es nur seines formellen Auftrages an den Freund, die Sache in die Hand zu nehmen und die Verhandlungen von Haus zu Haus zu beginnen, um einen glücklichen Ausgang so gut wie gewiß zu machen.

Bei der Wiedererwähnung des Schaukel-Vorkommnisses hatte es leidend in Schridamans einer Wange gezuckt, aber er erwies sich dem Freunde doch dankbar für seine Hilfsbereitschaft und ließ sich von Nanda's unerkranktem Verstande nach und nach vom Todesverlangen zu dem Glauben bekehren, daß die Erfüllung seiner Glückswünsche, nämlich die Sita als Gattin in seine Arme zu schließen, nicht außer dem Bereich des Faßlichen und einem Menschen Zukömmlichen liege, in dem er allerdings dabei blieb, daß Nanda, wenn die Werbung fehl schlüge, ihm unweigerlich mit seinen wackeren Armen die Brandhütte zu rüsten habe. Das versprach Gargas Sohn ihm mit beschwichtigenden Worten, redete aber vor allem und Schritt für Schritt die vorgezeichnete Prozedur der Werbung mit ihm ab, bei der Schridaman ganz zurückzutreten und nur des Erfolges zu warten hatte: wie also Nanda fürs Erste einmal dem Bhavabhûti, Schridamans Vater, die Gedanken des Sohnes eröffnen und ihn bestimmen sollte, mit des Mädchens Eltern die Verhandlungen aufzunehmen; wie dann auch Nanda als Stellvertreter des Freienden und als Brautwerber sich zu Buckelstierheim einfinden und durch seine Freundesperson die weitere Annäherung zwischen dem Paare vermitteln würde.

Wie aber gesagt, so getan. Bhavabhûti, der Wânidja aus Brahmanenblut, war erfreut über die Mitteilungen, die der Vertraute seines Sohnes ihm machte; Sumantra, der Kuhzüchter kriegerischer Abkunft, zeigte sich nicht ungehalten über die von ansehnlichen Geschenken begleiteten Vorschläge, die man ihm unterbreitete; Nanda sang im Hause der Freiung das Lob des Freundes in populären aber überzeugenden Tönen; es nahm auch der Gegenbesuch von Sitas Eltern zu »Wohlfahrt der Kühe«, bei dem sie des Werbers Rechtschaffenheit prüften, einen förderlichen Verlauf; und wie unter solchen Schritten und Handlungen die Tage vergingen, lernte das Mädchen in Schridaman, dem Kaufmannssohn, von weitem den ihr bestimmten Herrn und Gemahl zu sehen. Der Ehevertrag ward aufgesetzt und seine Unterfertigung mit einem gastfreien Mahl und dem Austausch glückverheißender Gaben gefeiert. Der Tag der Vermählung, unter sternkundigem Beirat sorgfältig erlesen, kam näher, und Nanda, der wußte, daß er herankommen würde, ungeachtet daß Schridamans Vereinigung mit Sita auf ihn angesetzt war, was Schridaman hinderte, an sein Erscheinen zu glauben, lief als Hochzeitsbitter umher, um Magen und Freunde dazu zu laden. Er war es auch, der, als man im Innenhofe des Brauthauses unter Spruchlesungen des Hausbrahmanen aus Fladen getrockneten Kuhmistes den Stoß zum Hochzeitsfeuer schichtete, mit seinen wackeren Armen das Beste tat.

So kam der Tag, wo Sita, die ringsum Schöngliedrige, den Leib mit Sandel, Kampfer und Kokos gesalbt, mit Geschmeide geschmückt, im Flittermieder und Wickelkleid, den Kopf in eine Schleierwolke gehüllt, den ihr Beschiedenen erstmals erblickte (während er sie bekanntlich zuvor schon erblickt hatte) und ihn zum ersten Male bei Namen nannte. Es ließ die Stunde zwar auf sich warten, nahm aber endlich dennoch Gegenwart an, wo er das Wort sprach: »Ich habe sie erhalten«; wo er sie unter Reis- und Butteropfern empfing aus ihrer Eltern Hand, sich Himmel nannte und Erde sie, des Liedes Weise sich selbst und sie des Liedes Wort und zum Gesange händeklatschender Frauen dreimal mit ihr den lodernden Stoß umwandelte, worauf er sie mit einem Gespanne weißer Stiere und festlich geleitet heimführte in sein Dorf und in seiner Mutter Schoß.

Da gab es der glückverheißenden Riten noch mehr zu erfüllen, sie gingen ums Feuer auch hier, mit Zuckerrohr speiste er sie, den Ring ließ er in ihr Gewand fallen, zum Festmahl saßen sie nieder mit Sippen und Freunden. Als sie aber gegessen und getrunken hatten, auch noch mit Wasser der Ganga und Rosenöl waren besprengt worden, geleiteten alle sie zu dem Gemach, das den Namen erhalten hatte »Gemach des glücklichen Paares«, und wo das Blumenbett für sie aufgeschlagen war. Dort nahm unter Küssen, Scherzen und Tränen jedermann von ihnen Abschied – Nanda, der immer mit ihnen gewesen war, noch ganz zuletzt auf der Schwelle.

V.

Möchten doch nur die Lauschenden nicht, verführt durch den bisher so freundlichen Gang dieser Geschichte, der Fanggrube der Täuschung anheimgefallen sein über ihren wahren Charakter! Während wir schwiegen, hat sie einen Augenblick ihr Gesicht abgewandt, und wie sie es euch wieder zuwendet, ist es dasselbe nicht mehr: es ist zu einer gräßlichen Maske verzerrt, einem verstörenden, versteinernden oder zu wilden Opfertaten hinreißenden Schreckensantlitz, wie Schridaman, Nanda und Sita es auf der Reise erblickten, welche sie... Aber eins nach dem anderen.

Sechs Monate waren verflossen, seit Schridamans Mutter die schöne Sita als Tochter auf den Schoß genommen und diese ihrem schmalnasigen Gatten den Vollgenuss ehelicher Lust gewährte. Der schwere Sommer war hingegangen, auch schon die Regenzeit, die den Himmel mit Wolkenfluten, die Erde aber mit frisch aufsprießenden Blumen bedeckt, wollte sich enden, fleckenlos war das Gezelt, und herbstlich blühte der Lotos, als die Jungvermählten im Gespräch mit ihrem Freunde Nanda und unter Zustimmung von Schridamans Eltern eine Reise beschlossen zu Sita's Eltern, die ihre Tochter, seit sie den Mann umarmte, nicht mehr gesehen und sich zu überzeugen wünschten, wie ihr die Ehelust anschlüge. Obgleich Sita seit Kurzem Mutterfreuden entgegensah, wagten sie die Wanderung, die nicht weit und bei abkühlendem Jahre nicht sehr beschwerlich war.

Sie reisten in einem überdachten und verhangenen, von einem Zebu-Ochsen und einem einhöckrigen Kamel gezogenen Karren, und Nanda, der Freund, lenkte das Gespann. Vor dem Ehepaar saß er, das Mützchen schief auf dem Kopf, und ließ die Beine baumeln, zu achtsam auf Weg und Schritt, wie es schien, als daß er sich viel nach denen im Wagen hätte umwenden mögen, mit ihnen zu plaudern. Ein und das andere Wort sprach er zu den Tieren, begann auch von Zeit zu Zeit wohl sehr laut und hell ein Lied zu singen, – worauf jedoch jedesmal schon nach den ersten Tönen die Stimme ihm einschrumpfte und zum Summen wurde, ausgehend in ein still gesprochenes Hüh oder Hott. Seine Art aber, aus bedrängter Brust heftig loszusingen, hatte etwas Erschreckendes, und das rasche Zurückgehen der Stimme wiederum auch.

Hinter ihm die Eheleute saßen in Schweigen. Da sie ihn eben vor sich hatten, wäre ihr Blick, wenn sie ihn geradeaus richteten, in Nanda's Nacken gegangen, und das taten zuweilen die Augen der jungen Frau, indem sie sich langsam aus ihrem Schoße erhoben, um nach kurzem Verweilen sehr rasch in diesen zurückzukehren. Schridaman vermied diese Aussicht ganz und gar, indem er das Gesicht seitlich gegen das hängende Sackleinen wendete. Gern hätte er mit Nanda den Platz gewechselt und selber kutschiert, um nicht, wie neben ihm seine Frau, den bräunlichen Rücken mit dem Wirbelgrat, den beweglichen Schulterblättern vor sich zu haben. Doch ging das nicht an, da jene Anordnung, die er sich zur Erleichterung wünschte, auch wieder nicht das Rechte gewesen wäre. – So zogen sie still ihre Straße dahin, dabei aber ging allen dreien der Atem rasch, als wären sie gelaufen, und Röte äderte das Weiße ihrer Augen, was immer ein schweres Zeichen ist. Gewiß, ein Mann von Sehergabe hätte schwarze Fittiche über ihrem Gefährte schattend mitziehen sehen.

Mit Vorliebe zogen sie unterm Fittich der Nacht, will sagen vor Tag, in den frühesten Morgenstunden, wie man es wohl tut, um die Sonnenlast des hohen Tages zu meiden. Sie aber hatten dafür ihre eigenen Gründe. Da nun in ihren Seelen Verirrung wohnte, und Dunkelheit Verirrung begünstigt, so nahmen sie ohne ihr Wissen die Gelegenheit wahr, die Verirrung ihres Inneren im Räumlichen darzustellen und verirrten sich in der Gegend. Nanda nämlich lenkte den Ochsen und das Kamel nicht an dem Punkte von der Straße zur Seite ab, wo es nötig gewesen wäre, um nach Sitas Heimatdorf zu gelangen, sondern, entschuldigt durch den mondlosen, nur von Sternen erhellten Himmel, tat er es an irriger Stelle, und der Weg, den er einschlug, war bald kein Weg mehr, sondern nur noch eine dergleichen vortäuschende Lichtung zwischen Bäumen, die anfangs einzeln gestanden hatten, dann aber sich mehrten, und die ein dichter Wald ihnen entgegensandte, um sie einzufangen und ihnen bald auch die Lichtung aus den Augen zu bringen, der sie gefolgt waren, und die sie zur Rückkehr hätten benutzen können.

Unmöglich war es, zwischen den umringenden Stämmen und auf dem weichen Boden des Waldes mit ihrem Gefährte noch vorwärts zu kommen, und sie gestanden einander zu, sich verfahren zu haben, ohne sich zuzugestehen, daß sie eine Lage herbeigeführt hatten, die der Verfahrenheit ihrer Gemüter entsprach; denn Schridaman und Sita, hinter dem lenkenden Nanda, hatten nicht etwa geschlafen, sondern es offenen Auges zugelassen, daß jener sie in die Irre fuhr. Es blieb ihnen nichts übrig, als an der Stelle, wo sie waren, ein Feuer zu machen, um mit mehr Sicherheit gegen reißende Tiere den Aufgang der Sonne zu erwarten. Als dann der Tag in den Wald schien, untersuchten sie die Umgebung nach verschiedenen Seiten, ließen das ausgeschirrte Gespann einzeln gehen und schoben unter großen Mühen den Reisekarren in die Kreuz und Quere, wo immer das Tiek- und Sandelholz Durchlaß gewährte, zum Rande des Dschungels, wo eine allenfalls fahrbare buschige Steinschlucht sich ihnen auftat, von der Nanda mit Bestimmtheit erklärte, daß sie sie auf den rechten Weg zum Ziele bringen müsse.

Wie sie nun in schiefer Fahrt und unter Stößen den Schluchtweg verfolgten, kamen sie zu einem aus dem Felsen gehauenen Tempel, den sie als ein Heiligtum der Dewi, Durgâ's, der Unnahbaren und Gefahrvollen, Kâlî's, der dunklen Mutter, erkannten; und einem Zuge seines Inneren folgend gab Schridaman den Wunsch zu erkennen, auszusteigen und der Göttin seine Verehrung zu bezeigen. »Ich will nur eben nach ihr schauen, anbeten und in wenigen Augenblicken wiederkehren«, sagte er zu seinen Begleitern. »Wartet ihr hier unterdessen!« Und er verließ den Wagen und stieg zur Seite die rauhen zum Tempel führenden Stufen hinan.

So wenig wie jenes Mutterhaus am lauschigen Badeplatz des Flüßchens »Goldfliege« war dieses hier eins von den großen; doch war es mit reicher Frömmigkeit ausgemeißelt nach Pfeilern und Bildschmuck. Der wilde Berg wuchtete über dem Eingang herab, gestützt von Säulen, die fauchende Pardeltiere bewachten, und bemalte Schildereien waren rechts und links, wie auch zuseiten des inneren Zutritts, aus den Flächen des Felsens gemetzt: Gesichte des Lebens im Fleisch, wie es aus Knochen, Haut, Sehnen und Mark, aus Samen, Schweiß, Tränen und Augenbutter, Kot, Harn und Galle zusammengeschüttet, behaftet mit Leidenschaft, Zorn, Wahn, Begierde, Neid und Verzagen, mit Trennung von Liebem, Bindung an Unliebes, Hunger, Durst, Alter, Kummer und Tod, unversieglich durchströmt vom süßen und heißen Blutstrom, in tausend Gestalten sich leidend genießt, sich wimmelnd verschlingt und in einander sich wandelt, wo denn im fließend-allerfüllenden Gewirr des

Menschlichen, Göttlichen, Tierischen ein Elephantenrüssel den Arm eines Mannes abzugeben, ein Eberkopf aber an die Stelle zu treten schien von eines Weibes Haupt. – Schridaman achtete des Gebildes nicht und glaubte es nicht zu sehen: aber wie beim Zwischendurchgehen seine von Rot durchzogenen Augen es streiften, ging es doch, Zärtlichkeit, Schwindel und Mitleid erregend, in seine Seele ein, sie vorzubereiten auf den Anblick der Mutter.

Halbdunkel herrschte im Felsenhaus; nur von oben her durch den Berg fiel Tageslicht ein in die Versammlungshalle, die er zuerst durchschritt, in die niedriger eingesenkte Torhalle, die sich daran schloß. Da tat sich ihm durch eine tiefe Tür, in der Stufen hinabführten abermals, der Mutterleib auf, der Schoß des Hauses.

Er erbebte am Fuße der Stufen und taumelte auf sie zurück, die Hände gegen die beiden Lingam-Steine zuseiten des Eintritts gespreizt. Das Bild der Kâlî war grauenerregend. Schien es seinen rotgeäderten Augen nur so, oder hatte er die Zornmütige in so triumphierend gräßlicher Gestalt noch nie und nirgends erblickt? Aus einem Rahmenbogen von Schädeln und abgehauenen Händen und Füßen trat das Idol in Farben, die alles Licht an sich rafften und von sich schleuderten, im glitzernden Kronenputz, geschürzt und bekränzt mit Gebein und Gliedmaßen der Wesen, im wirbelnden Rad seiner achtzehn Arme aus der Felswand hervor. Schwerter und Fackeln schwang die Mutter ringsum, Blut dampfte in der Hirnschale, die eine ihrer Hände zum Munde führte, Blut breitete sich zu ihren Füßen aus, – in einem Kahn stand die Entsetzenerregende, der auf dem Meere der Lebensflut, auf einem Blutmeere schwamm. Wirklicher Blutgeruch aber schwebte, Schridamans dünnrückige Nase streifend, ältlich-süßlich in der stockenden Luft der Berghöhle, des unterirdischen Schlachthauses, in dessen Boden klebrig starrende Rinnen zum Abfluß des Lebenssaftes enthaupteter, schnell ausblutender Tiere eingelassen waren. Tierköpfe mit offenen, verglasten Augen, vier oder fünf, vom Büffel, vom Schwein und von der Ziege waren pyramidenförmig auf dem Altar vor

41

dem Bilde der Unentrinnbaren zusammengestellt, und ein Schwert, das zu ihrer Halsschlachtung gedient, scharfschneidend, blank, wenn auch von getrocknetem Blute fleckig ebenfalls, lag seitlich davon auf den Fliesen.

Schridaman starrte mit einem Grausen, das von Augenblick zu Augenblick zur Begeisterung anschwoll, in das wild glotzende Antlitz der Opferheischenden, der Todbringend-Lebenschenkenden, und auf den Wirbel ihrer Arme, der auch ihm den Sinn in trunkenes Kreisen versetzte. Er drückte die geballten Hände gegen seine gewaltsam gehende Brust, und ungeheuerliche Schauer, kalt und heiß, überfluteten ihn einer nach dem anderen und rührten zu äußerster Tat mahnend, zur Tat gegen sich selbst und für den ewigen Schoß, sein Hinterhaupt, seine Herzgrube und sein in Jammer erregtes Geschlecht an. Seine schon blutleeren Lippen beteten:

»Anfangslose, die vor allen Entstandenen war! Mutter ohne Mann, deren Kleid niemand hebt! Lust- und schreckensvoll Allumfangende, die du wieder einschlürfst alle Welten und Bilder, die aus dir quillen! Mit vielen Opfern lebender Wesen verehrt dich das Volk, denn dir gebührt das Lebensblut aller! Wie sollte ich deine Gnade nicht finden zu meinem Heil, wenn ich mich selbst dir zum Opfer bringe? Ich weiß wohl, daß ich dadurch nicht dem Leben entkomme, ob es auch wünschenswert wäre. Aber laß mich wieder eingehen durch die Pforte des Mutterleibes in dich zurück, daß ich dieses Ichs ledig werde und nicht mehr Schridaman bin, dem alle Lust verwirrt ist, weil nicht er es ist, der sie spendet!«

Sprach diese dunklen Worte, griff das Schwert auf dem Boden und trennte sich selbst das Haupt vom Rumpf. –

Das ist schnell gesagt, auch war es nicht anders als schnell zu tun. Und doch hat hier der Überliefernde nur Einen Wunsch: es möchte nämlich der Lauscher die Aussage nicht gleichmütig-gedankenlos hinnehmen als etwas Gewohntes und Natürliches, nur weil es so oft überliefert ist, und in den Berichten als etwas Gewöhnliches vorkommt, daß Leute sich selber den Kopf abschnitten. Der Einzelfall ist nie gewöhnlich: das Allergewöhnlichste für den Gedanken und die Aussage sind Geburt und Tod; wohne aber einer Geburt bei oder einem Sterben und frage dich, frage die Kreißende oder den Abscheidenden, ob das etwas Gewöhnliches ist! Die Selbstenthauptung, so oft sie berichtet sein mag, ist eine fast untunliche Tat, zu deren gründlicher Ausführung eine ungeheure Begeisterung und eine furchtbare Versammlung aller Lebens- und Willenskräfte auf den Punkt der Vollbringung gehört; und daß Schridaman mit den gedankensanften Augen und den wenig wackeren brahmanischen Kaufmannsarmen sie hier vollendete, sollte nicht wie etwas Gewohntes, sondern mit fast ungläubigem Staunen hingenommen werden.

Genug nun freilich, daß er das grause Opfer im Handumdrehen tätigte, sodaß hier sein Haupt mit dem sanften Bart um die Wangen und dort sein Körper lag, der das weniger wichtige Zubehör dieses edlen Hauptes gewesen war, und dessen beide Hände noch den Griff des Opferschwertes umklammert hielten. Aus dem Rumpf aber stürzte das Blut mit großer Gewalt, um dann in den schrägwandigen Rinnen, die den Boden durchzogen und nur ein geringes Gefälle hatten, langsam gegen die unter dem Altar ausgehobene Grube zu schleichen, – sehr ähnlich dem Flüßchen »Goldfliege«, das erst wie ein Füllen aus Himawants Tor gerannt kommt, dann aber stiller und stiller seinen Weg zur Mündung dahingeht. –

VI.

Kehren wir nun aus dem Mutterschoß dieses Felsenhauses zurück zu den draußen Wartenden, so dürfen wir uns nicht wundern, sie in anfangs stummer, dann aber auch gesprächsweise ausgetauschter Nachfrage nach Schridaman zu finden, der doch nur zu kurzer Huldigung hatte eintreten wollen, aber so lange nicht wiederkehrte. Die schöne Sita, hinter Nanda sitzend, hatte längere Zeit abwechselnd in seinen Nacken und in ihren Schoß geblickt und sich so still verhalten wie er, der seine Ziegennase und populären Wulstlippen immer vorwärts gegen das Gespann

43

gewandt hielt. Schließlich aber begannen beide auf ihren Sitzen hin und her zu rücken, und nach aber einer Weile wandte der Freund sich mit einem Entschluß nach der jungen Ehefrau um und fragte:

»Hast du eine Idee, warum er uns warten läßt und was er so lange dort treibt?«

»Ich kann es nicht ahnen, Nanda«, versetzte sie, genau mit der süß schwingenden und klingenden Stimme, die zu vernehmen er sich gefürchtet hatte, und sogar, daß sie überflüssiger Weise seinen Namen hinzufügen würde, hatte er im Voraus gefürchtet, obgleich es nicht weniger unnötig war, als wenn er gesagt hätte: »Wo bleibt denn nur Schridaman?« statt einfach zu fragen: »Wo bleibt er nur?«

»Ich kann es mir«, fuhr sie fort, »längst nicht mehr denken, lieber Nanda, und wenn jetzt du dich nicht nach mir umgewandt und mich gefragt hättest, so hätte ich, höchstens ein wenig später, von mir aus die Frage an dich gerichtet.«

Er schüttelte den Kopf, teils aus Verwunderung über des Freundes Säumen, teils auch zur Abwehr des Überflüssigen, das sie immer sagte; denn zu sagen: »umgewandt«, hätte völlig genügt, und die Hinzufügung »nach mir«, obgleich selbstverständlich richtig, war unnötig bis zur Gefährlichkeit – gesprochen beim Warten auf Schridaman mit süß schwingender, leicht unnatürlicher Stimme.

Er schwieg aus Furcht, auch seinerseits mit unnatürlicher Stimme zu sprechen und sie vielleicht dabei mit ihrem Namen anzureden, wozu er nach ihrem Beispiel eine gewisse Versuchung empfand; und so war sie es, die nach kurzer Pause den Vorschlag machte:

»Ich will dir etwas sagen, Nanda, du solltest ihm nachgehen und dich nach ihm umsehen, wo er bleibt, und ihn mit deinen kräftigen Armen rütteln, wenn er sich im Gebete vergessen hat – wir können nicht länger warten, und es ist auffallend sonderbar von ihm, uns hier sitzen und bei steigender Sonne die Zeit versäumen zu lassen, wo wir durch die Verirrung ohnedies schon verspätet sind und meine Eltern vielleicht schon allmählich anfangen, sich Sorge um mich zu machen, denn sie lieben mich über alles. Geh' also, bitte, und hole ihn, Nanda! Selbst wenn er noch nicht kommen möchte und sich etwas wehrt, so bringe ihn her! Du bist ja stärker als er.«

»Gut, ich will gehen und ihn holen«, erwiderte Nanda, – »natürlich im Guten. Ich brauche ihn nur an die Zeit zu erinnern. Übrigens war es meine Schuld, daß wir den Weg verloren, und sonst Niemandes. Ich hatte schon selbst daran gedacht, ihm nachzugehen, und meinte nur, es sei dir vielleicht ängstlich, hier ganz allein zu warten. Aber es ist nur auf wenige Augenblicke.«

Damit ließ er sich vom Lenkerbrett hinab und ging hinauf in das Heiligtum.

Und wir, die wir wissen, welcher Anblick ihn erwartet! Wir müssen ihn begleiten durch die Versammlungshalle, wo er noch nichts ahnte, und durch die Torhalle, wo ebenfalls noch volle Unwissenheit ihn einhüllte, und endlich hinab in den Mutterschoß. Nun ja, da strauchelte und taumelte er, einen dumpfen Ausruf des Entsetzens auf seinen Lippen, und hielt sich mit Mühe fest an den Lingamsteinen, ganz so wie Schridaman es getan, aber nicht des Bildes wegen tat er es, das jenen erschreckt und furchtbar begeistert hatte, sondern vor dem grausen Anblick am Boden. Da lag sein Freund, das wachsfarbene Haupt mit gelöstem Kopftuch vom Rumpfe getrennt, und sein Blut schlich auf geteilten Wegen gegen die Grube.

Der arme Nanda zitterte wie ein Elephantenohr. Er hielt sich die Wangen mit seinen dunklen, beringten Händen, und zwischen seinen volkstümlichen Lippen preßte sich halb erstickt der Name des Freundes hervor, wieder und wieder. Vorgebeugt tat er hilflose Bewegungen gegen den zerteilten Schridaman am Boden, denn er wußte nicht, an welchen Teil er sich wenden, welchen er umfangen, zu welchem er reden sollte, zum Körper oder zum Haupt. Für dieses entschied er sich endlich, da es immer so entschieden die Hauptsache gewesen war, kniete hin zu dem Bleichen und sprach, das ziegennasige Gesicht von bitterm Weinen verzogen, darauf ein, indem er immerhin auch eine Hand auf den Körper legte und sich gelegentlich auch an diesen wandte.

»Schridaman«, schluchzte er, »mein Lieber, was hast du getan, und wie konntest du's nur über dich gewinnen und dies vollbringen mit deinen Händen und Armen, eine so schwer auszuführende Tat! Es war doch nicht deine Sache! Aber was niemand dir zugemutet hätte, das hast du geleistet! Immer habe ich dich bewundert im Geiste, nun muß ich dich jammervoll bewundern auch von Leibes wegen, weil du dies Allerschwerste vermocht! Wie muß es ausgesehen haben in dir, daß du es schafftest! Welchen Opfertanz müssen Großherzigkeit und Verzweiflung, Hand in Hand, in deiner Brust vollführt haben, daß du dich schlachtetest! Ach, wehe, wehe, getrennt das feine Haupt vom feinen Leibe! Noch sitzt der zarte Schmer in seiner Gegend, aber er ist um Sinn und Bedeutung gebracht, da die Verbindung fehlt mit dem edlen Haupt! Sage, bin ich schuld? Bin ich etwa schuld an deiner Tat durch mein Sein, wenn auch nicht durch mein Tun? Siehe, ich denke dir nach, da mein Kopf noch denkt, – du hättest vielleicht nach der Wesenskunde diese Unterscheidung gemacht und die Schuld durch das Sein für wesentlicher erklärt, als die durch das Tun. Aber was kann der Mensch mehr tun, als das Tun vermeiden? Ich habe geschwiegen soviel wie möglich, um nicht etwa auch mit girrender Stimme zu sprechen. Ich habe nichts Überflüssiges gesagt und nicht ihren Namen hinzugefügt, wenn ich zu ihr redete. Ich selbst bin mein Zeuge und sonst freilich niemand, daß ich auf nichts eingegangen bin, wenn sie sticheln wollte auf dich zu meinen Gunsten. Aber was nützt das alles, wenn ich schuld bin einfach durch mein Dasein im Fleische? In die Wüste hätte ich gehen sollen und als Einsiedler strenge Observanzen erfüllen! Ich hätte es tun sollen, ohne daß du zu mir redetest, zerknirscht will ich's zugeben; aber soviel kann ich sagen zu meiner Entlastung, daß ich es bestimmt getan hätte, wenn du zu mir gesprochen hättest! Warum hast du nicht zu mir gesprochen, liebes Haupt, als du noch nicht abgesondert dalagst, sondern auf deinem Leibe saßest? Immer haben unsere Häupter mit einander geredet, deins klug und meins simpel, aber wo es ernst und gefährlich wurde, da schwiegst du! Nun ist es zu spät, und du hast nicht gesprochen, sondern gehandelt großherzig grausam und mir vorgeschrieben, wie ich zu handeln habe. Denn das hast du wohl nicht geglaubt, daß ich hinter dir zurückstehen würde, und daß einer Tat, die du mit deinen zarten Armen vollbracht, meine prallen sich weigern würden! Oft habe ich dir gesagt, daß ich die Trennung von dir nicht zu überleben gedächte, und als du mir in deiner Liebeskrankheit befahlst, dir die Feuerhütte zu rüsten, da erklärte ich dir, daß ich sie, wenn überhaupt, dann für zweie rüsten und mit dir einhocken würde. Was jetzt zu geschehen hat, das weiß ich längst, wenn ich auch jetzt erst dazu komme, es klar aus dem Getümmel meiner Gedanken herauszulösen, und schon gleich als ich hier hereinkam und dich liegen sah – dich, das heißt den Leib da und das Haupt nebenbei, – da war Nanda's Urteil sofort gesprochen. Ich wollte mit dir brennen, so will ich auch mit dir bluten, denn etwas anderes bleibt mir überhaupt nicht übrig. Soll ich etwa hinausgehen, um ihr zu melden, was du getan, und aus den Schreckensschreien, die sie ausstoßen wird, ihre heimliche Freude herauszuhören? Soll ich umhergehen mit beflecktem Namen und die Leute reden lassen, wie sie mit Bestimmtheit reden werden, nämlich: ›Nanda, der Bösewicht, hat sich an seinem Freunde vergangen, hat ihn aus Gier nach seinem Weibe ermordet‹? Das denn doch nicht! Das nimmermehr! Ich folge dir, und der ewige Schoß trinke mein Blut mit deinem!«

Dies gesagt, wandte er sich vom Haupte zum Körper, löste den Schwertgriff aus den schon erstarrenden Händen und vollstreckte mit seinen wackeren Armen aufs gründlichste das sich selbst gesprochene Urteil, sodaß sein Körper, um diesen zuerst zu nennen, quer über denjenigen Schridamans fiel und sein netter Kopf neben den des Freundes rollte, wo er mit verdrehten Augen liegen blieb. Sein Blut aber ebenfalls quoll erst wild und geschwinde hervor im Entspringen und schlich dann langsam durch die Rinnen zur Mündungsgrube.

VII.

Unterdessen saß Sita, die Furche, draußen allein in ihrem Wagenzelt, und die Zeit wurde ihr umso länger, als kein Nacken mehr vor ihr war, in den sie blicken konnte. Was, während sie sich einer alltäglichen Ungeduld überließ, mit diesem Nacken geschehen war, ließ sie sich nicht träumen, – es sei denn, daß dennoch in ihrem Innersten, tief unter dem zwar lebhaften, aber doch nur einer Welt harmloser Denkbarkeiten zugehörigen Unmut, der sie mit den Füßchen strampeln und trampeln ließ, die Ahnung von etwas Fürchterlichem sich regte, woraus ihr Wartenmüssen sich erklärte, wozu aber Ungeduld und Ärger keine passenden Verhaltungsweisen bildeten, weil es einer Ordnung von Möglichkeiten angehörte, bei der es garnichts zu strampeln und zu trampeln gab. Mit einer heimlichen Aufgeschlossenheit der jungen Frau für Vermutungen dieser Art ist zu rechnen, weil sie seit einiger Zeit in Zuständen und Erfahrungen gelebt hatte, die, um nur soviel zu sagen, einer gewissen Verwandtschaft mit jener übermäßigen Ordnung nicht entbehrten. Aber in dem, was sie vor sich selber äußerte, kam dergleichen nicht vor.

»Es ist doch nicht zu sagen und kaum zu ertragen!« dachte sie. »Diese Männer, einer ist wie der andere, man sollte keinem vor dem andern den Vorzug geben, denn Verlaß ist auf keinen. Der eine läßt einen mit dem anderen sitzen, sodaß er, ich weiß nicht, was, dafür verdient hätte, und schickt man den anderen, so sitzt man allein. Und das bei steigender Sonne, da durch die Verirrung schon soviel Zeit verloren gegangen! Nicht viel fehlte, so führe ich vor Ärger aus der Haut. Es ist doch im ganzen Bereich vernünftiger und zulässiger Möglichkeiten keine Erklärung und keine Entschuldigung dafür zu finden, daß erst der Eine ausbleibt, und dann der, der ihn holen soll, auch. Das Äußerste, was ich denken kann, ist, daß sie in Streit und Kampf geraten sind, weil Schridaman so am Gebete hängt, daß er nicht von der Stelle mag, und Nanda ihn zwingen will, zu kommen, dabei aber aus Rücksicht auf meines Mannes Zartheit nicht seine volle Kraft aufzubieten wagt; denn wenn er wollte, so könnte er jenen ja auf

48

seinen Armen, die sich wie Eisen anfühlen, wenn man gelegentlich daran streift, zu mir heraustragen wie ein Kind. Das wäre demütigend für Schridaman, und doch hat die Kränkung des Wartenmüssens mich dem Wunsch schon sehr nahe gebracht, daß Nanda so handelte. Ich will euch etwas sagen: ihr verdientet, daß ich die Zügel nähme und allein zu meinen Eltern führe, – wenn ihr endlich herauskämt, so wäre die Stätte leer. Wäre es nicht so ehrlos, ohne Mann und Freund dort anzukommen, weil beide einen haben sitzen lassen, ich führte stracks den Gedanken aus. So aber bleibt mir nichts anderes übrig (und der Augenblick dazu ist nun ganz entschieden gekommen), als selbst aufzustehen, ihnen nachzugehen und nachzusehen, was in aller Welt sie treiben. Kein Wunder, daß mich armes, schwangeres Weib etwas Ängstlichkeit ankommt vor dem Ungewöhnlichen, das hinter ihrem rätselhaften Benehmen stecken muß. Aber die schlimmste unter den Denkbarkeiten ist ja schließlich, daß sie aus irgendwelchen Gründen, die ein anderer sich ausdenken mag, in Streit geraten sind, und daß der Hader sie festhält. Dann werde ich mich ins Mittel legen und ihnen schon die Köpfe zurechtsetzen.«

Damit stieg auch die schöne Sita vom Wagen, machte sich, indes ihr die Hüften in dem gewundenen Kleide wogten, auf den Weg zum Mutterhause, – und stand fünfzig Atemzüge später vor der gräßlichsten der Bescherungen.

Sie warf die Arme empor, die Augen traten ihr aus den Höhlen, und von einer Ohnmacht entseelt, sank sie lang hin zu Boden. Allein was half ihr das? Die gräßliche Bescherung hatte Zeit, zu warten, wie sie gewartet hatte, während Sita ihrerseits zu warten vermeinte; sie blieb beliebig lange dieselbe, und als die Unglückliche endlich wieder zu sich kam, war alles wie zuvor. Sie versuchte aufs neue in Ohnmacht zu fallen, was ihr aber dank ihrer guten Natur nicht gelang. So kauerte sie auf den Steinen, die Finger in ihrem Haare vergraben, und starrte auf die abgesonderten Köpfe, die überkreuz liegenden Leiber und all das schleichende Blut.

»Ihr Götter, Geister und großen Asketen«, flüsterten ihre

bläulichen Lippen, – »ich bin verloren! Beide Männer, gleich alle beide – mit mir ist's aus! Mein Herr und Gatte, der mit mir ums Feuer ging, mein Schridaman mit dem hochgeachteten Haupt und dem immerhin warmen Leibe, der mich die Lust lehrte, so gut ich sie eben kenne, in heiligen Ehenächten – getrennt das verehrte Haupt von seinem Körper, dahin und tot! Dahin und tot auch der andere, Nanda, der mich schaukelte und mich ihm warb, – blutig getrennt der Körper von seinem Haupt – da liegt er, die Locke ›Glückskalb‹ noch auf der fröhlichen Brust, – ohne Kopf, was ist's nun damit? Ich könnte ihn anrühren, ich könnte die Kraft und Schönheit seiner Arme und Schenkel berühren, wenn mir danach zu Mute wäre. Aber mir ist nicht; der blutige Tod setzt eine Schranke zwischen ihn und diesen Mutwillen, wie früher Ehre und Freundschaft es taten. Sie haben einander die Köpfe abgeschlagen! Aus einem Grunde, den ich mir nicht länger verhehle, ist ihr Zorn aufgeflammt wie Feuer, in das man Butter gießt, und sie sind in so furchtbaren Streit geraten, daß es zu dieser Wechseltat kam – ich seh's mit Augen! Es ist aber nur ein Schwert da – und Nanda hält es? Wie konnten die Wütenden mit nur einem Schwert kämpfen? Schridaman hat, aller Weisheit und Milde vergessen, zum Schwerte gegriffen und dem Nanda den Kopf abgehauen, worauf dieser – aber nein! Nanda hat aus Gründen, die mich überrieseln in meinem Elend, den Schridaman geköpft, und darauf hat dieser – aber nein – aber nein! Höre doch auf zu denken, es kommt nichts dabei heraus, als die blutige Finsternis, die ohnedies schon da ist, und nur das Eine ist klar, daß sie gehandelt haben wie wüste Männer und nicht einen Augenblick meiner gedachten. Das heißt, meiner gedachten sie schon, um mich Arme ging es ja bei ihrem gräßlichen Mannestun, und das überrieselt mich gewissermaßen; aber nur in Bezug auf sich selbst gedachten sie meiner, nicht in Bezug auf mich und darauf, was aus mir werden würde – das kümmerte sie so wenig in ihrer Raserei, wie es sie jetzt kümmert, wo sie stille daliegen ohne Kopf und es mir überlassen, was ich nun anfange! Anfange? Hier gibt's nur zu enden und gar nichts anzufangen. Soll ich als Witwe durchs Leben irren und den Makel und Abscheu tragen der Frau, die ihres Herrn so schlecht gepflegt, daß er umkam? So steht's um eine Witwe schon ohnehin, aber welchen Makel wird man mir erst anheften, wenn ich allein in meines Vaters und meines Schwiegervaters Haus komme? Nur ein Schwert ist vorhanden, sie können sich nicht wechselweis damit umgebracht haben, mit einem Schwert kommen zweie nicht aus. Aber eine dritte Person ist übrig, und das bin ich. Man wird sagen, ich sei ein zügelloses Weib und hätte meinen Gatten und seinen Wahlbruder, meinen Schwager, ermordet, – die Beweiskette ist schlüssig. Sie ist falsch, aber sie ist schlüssig, und unschuldig wird man mich brandmarken. Nicht unschuldig, nein, es hätte noch Sinn und wäre der Mühe wert, sich zu belügen, wenn nicht alles zu Ende wäre, so aber hat es keinen Sinn. Unschuldig bin ich nicht, bin es schon lange nicht mehr, und die Zügellosigkeit angehend, so ist schon etwas daran, – viel, viel sogar ist daran; nur nicht gerade so, wie die Leute meinen werden, und also gibt es denn eine irrtümliche Gerechtigkeit? – Der muß ich zuvorkommen und muß mich selber richten. Ich muß ihnen folgen – nichts anderes in aller Welt bleibt mir übrig. Das Schwert kann ich nicht handhaben mit diesen Händchen, die zu klein und ängstlich sind, um den Körper zu zerstören, zu dem sie gehören, und der schwellende Lockung ist um und um, aber aus Schwäche besteht. Ach, es ist schade um seinen Liebreiz, und doch muß er ebenso starr und sinnlos werden wie diese hier, daß er hinfort weder Lust erwecke noch Lüsternheit leide. Das ist es, was unbedingt sein muß, möge auch dadurch die Zahl der Opfer auf viere steigen. Was hätte es auch vom Leben, das Witwenkind? Ein Krüppel des Unglücks würde es ohne Zweifel, würde sicherlich blaß und blind, weil ich erblaßte vor Kummer in der Lust und die Augen schloß, vor dem, der sie spendete. Wie ich's anfange, das haben sie mir überlassen. Seht, denn, wie ich mir zu helfen weiß!«

Und sie raffte sich auf, taumelte hin und her, strauchelte die Stufen hinauf und lief, den Blick in die Vernichtung gerichtet, durch den Tempel zurück ins Freie. Es stand ein Feigenbaum vor dem Heiligtum, mit Lianen behangen. Von den grünen Schläuchen ergriff sie einen, machte eine Schlinge daraus, legte sie sich um den Hals und war in genauem Begriff, sich darin zu erwürgen.

VIII.

In diesem Augenblick geschah eine Stimme zu ihr aus den Lüften, die unzweifelhaft nur die Stimme Durgâ-Dewi's, der Unnahbaren, Kâlî's, der Dunklen, die Stimme der Weltenmutter selbst sein konnte. Es war eine tiefe und rauhe, mütterlich-resolute Stimme.

»Willst du das wohl augenblicklich sein lassen, du dumme Ziege?« so ließ sie sich vernehmen, »es ist dir wohl nicht genug, das Blut meiner Söhne in die Grube gebracht zu haben, daß du auch noch meinen Baum verunzieren und, was eine ganz hübsche Ausprägung meiner Wesenheit war, deinen Leib, zum Rabenfraße machen willst mitsamt dem lieben, süßen, warmen kleinwinzigen Lebenskeim, der darin wächst? Hast du etwa nicht gemerkt, du Pute, daß es dir ausgeblieben ist, und daß du in der Hoffnung bist von meinem Sohn? Wenn du nicht bis drei zählen kannst auf unserem Gebiet, dann hänge dich auf allerdings, aber nicht hier in meinem Revier, es sieht ja aus, als sollte das liebe Leben auf einmal zu Grunde gehen und aus der Welt kommen, nur deiner Albernheit wegen. Ich habe die Ohren voll so wie so von der Salbaderei der Denker, das menschliche Dasein sei eine Krankheit, die ihre Ansteckung durch die Liebeslust weitertrage auf neue Geschlechter, – und du Närrin stellst mir hier solche Tänze an. Zieh den Kopf aus der Schlinge, oder es gibt Ohrfeigen!«

»Heilige Göttin«, antwortete Sita, »gewiß, ich gehorche. Ich höre deine Wolkendonnerstimme und unterbreche natürlich sofort meine verzweifelte Handlung, da du es befiehlst. Aber dagegen muß ich mich verwahren, daß ich mich nicht einmal auf meinen Zustand verstünde und nicht gemerkt hätte, daß du mir's hast still stehen lassen und mich gesegnet hast. Ich dachte nur, daß es ohnedies blaß und blind und ein Krüppel des Unglücks sein würde.«

»Sei so gut und laß das meine Sorge sein! Erstens ist es ein dämlicher Weibs-Aberglaube, und zweitens muß es auch blasse und blinde Krüppel geben in meinem Getriebe. Rechtfertige dich lieber und gestehe, warum das Blut meiner Söhne mir zugeflossen ist dort drinnen, die beide in ihrer Art ausgezeichnete Jungen waren! Nicht als ob ihr Blut mir nicht angenehm gewesen wäre, aber ich hätte es gern noch eine Weile in ihren braven Adern gelassen. Rede also, aber sage die Wahrheit! Du kannst dir denken, daß mir ohnehin jedwedes Ding offenbar ist.«

»Sie haben einander umgebracht, heilige Göttin, und mich haben sie sitzen lassen. Sie sind in heftigen Streit geraten um meinetwillen und haben mit ein und demselben Schwert einander die Köpfe –«

»Unsinn. Es kann wirklich nur ein Frauenzimmer so hochgradigen Unsinn schwätzen! Sie haben sich mir selber einer nach dem anderen in männlicher Frömmigkeit zum Opfer gebracht, damit du's weißt. Warum aber haben sie das getan?«

Die schöne Sita begann zu weinen und antwortete schluchzend:

»Ach, heilige Göttin, ich weiß und gestehe, daß ich schuldig bin, aber was kann ich dafür? Es war solch ein Unglück, wenn auch ein unvermeidliches wohl, also ein Verhängnis, wenn es dir recht ist, daß ich es so ausdrücke« (hier schluchzte sie mehrmals hintereinander), »– es war so ein Unheil und Schlangengift für mich, daß ich zum Weibe wurde aus dem schnippisch verschlossenen und noch nichts wissenden Mädchen, das ich war und das in Frieden seines Vaters Herdfeuer speiste, bevor es den Mann erkannte und in deine Geschäfte eingeführt wurde, – das war für dein fröhliches Kind, als hätt' es Tollkirschen gegessen, – verändert ist es seitdem um und um, und die Sünde hat Gewalt über seinen erschlossenen Sinn mit unwiderstehlicher Süßigkeit. Nicht, daß ich mich zurückwünsche in die fröhliche, schnippische Unerschlossenheit, welche Unwissenheit war, – das kann ich nicht, nicht einmal das ist einem möglich. Ich weiß nur, daß ich den Mann nicht kannte in jener Vorzeit und ihn nicht sah, daß er mich nicht kümmerte und meine Seele frei war von ihm und von jener heißen Neugier nach seinen Geheimnissen, so daß ich ihm Scherzworte zuwarf und keck und kühl meines Weges ging. Hat je der Anblick von eines Jünglings Brust mich in Verwirrung gestürzt oder hat's mir das Blut in die Augen getrieben, wenn ich auf seine Arme und Beine sah? Nein, das war mir wie Luft und Nichts dazumal und focht meine Keckheit und Kühle nicht so viel an, denn ich war unerschlossen. Ein Junge kam mit einer Plattnase und schwarzen Augen, bildsauber von Gestalt, Nanda von ›Wohlfahrt der Kühe‹, der schaukelte mich zur Sonne im Fest, und es machte mir keinerlei Hitze. Von der streichenden Luft wurde mir heiß, aber sonst von nichts, und zum Dank gab ich ihm einen Nasenstüber. Dann kehrte er wieder als Freiwerber für Schridaman, seinen Freund, nachdem dessen Eltern und meine einig geworden. Da war es vielleicht schon etwas anders, mag sein, das Unglück wurzelt in jenen Tagen, als er warb für den, der mich als Gatte umfangen sollte, und der noch nicht da war; nur jener war da.

Er war immer da, vor der Hochzeit und während derselben, als wir ums Feuer schritten und nachher auch. Tags, meine ich, war er da, aber natürlich nicht nachts, wenn ich mit seinem Freunde schlief, Schridaman, meinem Gemahl, und wir Begegnung hielten als das göttliche Paar, wie es zum ersten Male auf dem Blumenbett in der Nacht unserer Hochzeit geschah, wo er mich aufschloß mit Mannesmacht und meiner Unerfahrenheit ein Ende setzte, indem er mich zum Weibe machte und mir die schnippische Kühle der Vorzeit nahm. Das vermochte er, wie denn nicht, er war ja dein Sohn, und er wußte auch die Liebesvereinigung recht hold zu gestalten – nichts dagegen und nichts davon, daß ich ihn nicht geliebt, geehrt und gefürchtet hätte – ach, gewiß, ich bin nicht so ausgeartet, beste Göttin, daß ich meinen Herrn und Gatten nicht hätte lieben und namentlich fürchten und ehren sollen, sein fein-feines, wissendes Haupt, worin der Bart so sanft wie die Augen nach Stern und Lid, und den zugehörigen Körper. Nur mußt' ich mich immer fragen in meiner Hochachtung vor ihm, ob es eigentlich seine Sache gewesen, mich zum Weibe zu machen und meine kecke Kühle den süßen und furchtbaren Ernst der Sinne zu lehren – immer war mir's, als käm's ihm nicht zu, sei seiner nicht würdig und stände ihm nicht zu Haupt, und immer, wenn sein Fleisch sich erhob gegen mich in den Nächten der Ehe, war mir's wie eine Beschämung für ihn und eine Erniedrigung seiner Feinheit – eine Scham und Erniedrigung aber damit zugleich auch für mich, die Erweckte.

Ewige Göttin, so war es. Schilt mich, strafe mich, ich, dein Wesen, bekenne dir in dieser entsetzlichen Stunde ohne Rückhalt, wie sich's verhielt, eingedenk, daß dir ohnehin jedwedes Ding offenbar ist. Die Liebeslust stand Schridaman, meinem edlen Gemahl, nicht zu Haupt, und nicht einmal zu seinem Körper, der dabei, wie du zugeben wirst, die Hauptsache ist, wollte sie passen, so daß er, der nun jammervoller Weise getrennt ist vom zugehörigen Haupt, die Liebesvereinigung nicht so gut zu gestalten wußte, daß mein ganzes Herz daran gehangen hätte, indem er mich zwar zu seiner Lust erweckte, sie aber nicht stillte. Erbarme dich, Göttin! Die Lust deines erweckten Wesens war größer, als sein Glück, und sein Verlangen größer, als seine Lust.

Am Tag aber und auch abends noch, vor Schlafengehen, sah ich Nanda, den Ziegennasigen, unseren Freund. Ich sah ihn nicht nur, ich betrachtete ihn, wie die heilige Ehe mich Männer zu betrachten und zu prüfen gelehrt hatte, und die Frage schlich sich in meine Gedanken und meine Träume, wie wohl er die Liebesvereinigung zu gestalten wissen würde und wie mit ihm, der bei weitem so richtig nicht spricht, wie Schridaman, die göttliche Begegnung sich abspielen würde, statt mit diesem. Auch nicht anders, du Elende, du Lasterhafte, Unehrerbietige gegen deinen Gemahl! So sagte ich mir. Es ist immer dasselbe, und was wird denn schon Nanda, der nichts weiter als nett ist nach Gliedern und Worten, während dein Herr und Gemahl geradezu bedeutend genannt werden darf, was wird denn er weiter daraus zu gestalten wissen? Aber das half mir nichts; die Frage nach Nanda und der Gedanke, wie doch die Liebeslust ihm müsse ganz ohne Beschämung und Erniedrigung zu Haupt und Gliedern stehen, also daß er der Mann sei, mein Glück mit meiner Erwecktheit ins Gleiche zu bringen, – das saß mir in Fleisch und Seele wie die Angel dem Fische im Schlund, und war an kein Herausziehen zu denken, denn die Angel war widerhakig.

Wie sollte ich die Frage nach Nanda mir aus dem Fleisch und der Seele reißen, da er immer um uns war, und Schridaman und er nicht ohne einander sein konnten, ihrer Verschiedenheit wegen? Immer mußte ich ihn sehen am Tage und mir ihn erträumen statt Schridamans für die Nacht. Wenn ich seine Brust sah, mit der Locke ›Glückskalb‹ gezeichnet, seine schmalen Hüften und sein ganz kleines Hinterteil (während meines so groß ist; Schridaman aber bildet nach Hüften und Hinterteil ungefähr die Mitte zwischen Nanda und mir), so verließ mich die Fassung. Wenn sein Arm den meinen berührte, so sträubten sich die Härchen meiner Poren vor Wonne. Wenn ich gedachte, wie das herrliche Paar seiner Beine, auf dem ich ihn gehen sah, und deren untere Schenkel mit schwarzen Haaren bewachsen sind, mich umklammern möchten im Liebesspiel, so riß ein Schwindel mich hin, und vor Zärtlichkeit tropften mir die Brüste. Immer schöner wurde er mir von Tag zu Tag, und ich begriff nicht mehr die unglaubliche Unerwecktheit, in der ich mir aus ihm und dem Senfölgeruch seiner Haut so garnichts gemacht hatte zu der Zeit, als er mein Schaukelherr war: Wie der Gandharvenfürst Citraratha erschien er mir nun in überirdischem Reiz, wie der Liebesgott in allersüßester Gestalt, voll Schönheit und Jugend, sinnberückend und mit himmlischem Schmuck geziert, mit Blumenketten, Düften und allem Liebreiz, – Vischnu, auf die Erde herabgestiegen in Krischna's Gestalt.

Darum, wenn Schridaman mir nahe war in der Nacht, so erblaßte ich vor Kummer, daß er es war und nicht jener, und schloß die Augen, um denken zu können, daß mich Nanda umarmte. Daran aber, daß ich zuweilen nicht umhin konnte, in der Lust den Namen dessen zu lallen, von dem ich gewünscht hätte, daß er sie mir bereitete, nahm Schridaman wahr, daß ich Ehebruch trieb in seinen sanften Armen. Denn ich rede leider auch aus dem Schlaf und habe gewiß vor seinen schmerzlich berührten Ohren Traumesäußerungen getan, die ihm alles verrieten.

Das schließe ich aus der tiefen Traurigkeit, in der er umher ging, und daraus, daß er abließ von mir und mich nicht mehr berührte. Nanda aber rührte mich auch nicht an, – nicht, weil er nicht versucht dazu gewesen wäre – er war schon versucht, er war sicher versucht, ich lasse es nicht auf mir sitzen, daß er nicht höchlichst versucht gewesen wäre! Aber aus unverbrüchlicher Treue zu seinem Freunde bot er der Versuchung die Stirn, und auch ich, glaube mir, ewige Mutter, wenigstens will ich es glauben, – auch ich hätte ihm, wenn seine Versuchung wäre zum Versuch geworden, aus Ehrerbietung vor dem Gattenhaupt streng die Wege gewiesen. So aber hatte ich garkeinen Mann, und wir alle drei befanden uns in entbehrungsreicher Lage.

Unter solchen Umständen, Mutter der Welt, traten wir die Reise an, die wir meinen Eltern schuldeten, und kamen auf versehentlichen Wegen zu deinem Hause. Nur ein bißchen, sagte Schridaman, wolle er bei dir absteigen und dir im Vorübergehen seine Verehrung bezeigen. In deiner Schlachtzelle aber hat er, von den Umständen bedrängt, das Grauenvolle getan und seine Glieder des verehrten Hauptes oder besser gesagt, sein hochgeachtetes Haupt der Glieder beraubt und mich in den elenden Witwenstand versetzt. Aus kummervollem Verzicht hat er's ausgeführt und in guter Meinung gegen mich, die Verbrecherin. Denn, große Göttin, verzeih mir das Wahrwort: nicht dir hat er sich zum Opfer gebracht, sondern mir und dem Freunde, damit wir fortan im Vollgenusse der Sinnenlust die Zeit verbringen könnten. Nanda aber, der ihn suchen ging, wollte das Opfer nicht auf sich sitzen lassen und hat sich gleichfalls den Kopf von den Krischna-Gliedern gehackt, sodaß sie nun wertlos sind. Wertlos aber, ja tief unterwertig ist damit auch mein Leben geworden, und ich bin ebenfalls so gut wie geköpft, nämlich ohne Mann und Freund. Die Schuld an meinem Unglück muß ich wohl meinen Taten in einem früheren Dasein zuschreiben. Wie aber kannst du dich nach alldem wundern, daß ich entschlossen war, meinem gegenwärtigen ein Ende zu setzen?«

»Du bist eine neugierige Gans und nichts weiter«, sagte die Göttin mit Wolkendonnerstimme. »Es ist ja lächerlich, was du dir in deiner Neugier aus diesem Nanda gemacht hast, dessen ganzes Drum und Dran nicht mehr als normal ist. Mit solchen Armen und auf solchen Beinen laufen mir Söhne millionenweise herum, du aber machtest dir einen Gandharven aus ihm! Es ist im Grunde rührend«, fügte die göttliche Stimme hinzu und wurde milder. »Ich, die Mutter, finde die Fleischeslust im Grunde rührend und bin der Meinung, daß man im Ganzen zuviel davon hermacht. Aber freilich, Ordnung muß sein!« Und die Stimme wurde urplötzlich wieder rauh und polternd. »Ich bin zwar die Unordnung, aber gerade deshalb muß ich mit aller Entschiedenheit auf Ordnung halten und mir die Unverletzlichkeit der Ehe-Einrichtung ausbitten, das laß dir gesagt sein! Alles ginge ja drunter und drüber, wenn ich nur meiner Gutmütigkeit folgte. Mit dir aber bin ich mehr als unzufrieden. Du richtest mir hier dies Kuddel-Muddel an und sagst mir zudem noch Ungezogenheiten. Denn du gibst mir zu verstehen, nicht mir hätten meine Söhne sich zum Opfer gebracht, so daß ihr Blut mir zufloß, sondern der Eine dir und der Zweite dem Ersten. Was ist das für ein Ton? Laß einmal einen Mann sich den Kopf abhauen – nicht nur die Kehle spalten, sondern sich richtig nach dem Opfer-Ritus den Kopf abschneiden – noch dazu einen Belesenen, wie dein Schridaman, der sich nicht einmal in der Liebe besonders geschickt ausnimmt, – ohne daß er die dazu nötige Kraft und Wildheit aus der Begeisterung schöpfte, die ich ihm einflößte! Ich verbitte mir also deinen Ton, ganz abgesehen davon, ob etwas Wahres an deinen Worten ist oder nicht. Denn das Wahre daran mag sein, daß hier eine Tat mit gemischten Beweggründen vorliegt, was sagen will: eine unklare Tat. Nicht ganz ausschließlich um meine Gnade zu finden, hat mein Sohn Schridaman sich mir zum Opfer gebracht, sondern tatsächlich auch aus Kummer um dich, ob er sich darüber auch im Klaren war oder nicht. Und das Opfer des kleinen Nanda war ja nur die unausbleibliche Folge davon. Darum spüre ich geringe Neigung, ihr Blut anzunehmen und es bei dem Opfer bleiben zu lassen. Wenn ich nun das Doppelopfer zurückerstattete und alles wieder herstellte, wie es war, würde ich dann erwarten dürfen, daß du dich in Zukunft anständig aufführst?«

»Ach, heilige Göttin und liebe Mutter!« rief Sita unter Tränen. »Wenn du das vermöchtest und könntest die furchtbaren Taten rückgängig machen, so daß du mir Mann und Freund zurückgäbest und alles beim Alten wäre, – wie wollte ich dich da segnen und selbst meine Traumesworte beherrschen, damit der edle Schridaman keinen Kummer mehr hätte! Unbeschreiblich dankbar wollte ich dir sein, wenn du es fertig brächtest und stelltest alles wieder her, wie es war! Denn wenn es auch sehr traurig geworden war vorher, sodaß ich, als ich in deinem Schoß vor der entsetzlichen Bescherung stand, klar und deutlich erkannte, daß es garnicht anders hätte ausgehen können, so wäre es doch wundervoll, wenn es deiner Macht gelänge, den Ausgang aufzuheben, sodaß es das nächste Mal einen besseren nehmen könnte!«

»Was heißt ›vermöchtest‹ und ›fertig brächtest‹?« erwiderte die göttliche Stimme. »Du zweifelst hoffentlich nicht, daß das meiner Macht eine Kleinigkeit ist! Mehr als einmal im Hergang der Welt habe ich es bewiesen. Du dauerst mich nun einmal, obgleich du es nicht verdienst, mitsamt dem blassen und blinden Keimchen in deinem Schoß, und die beiden Jungen dort drinnen dauern mich auch. Sperr also deine Ohren auf und hör’, was ich dir sage! Du läßt jetzt diesen Schlingstengel in Ruh und machst, daß du zurückkommst in mein Heiligtum vor mein Bild und zu der Bescherung, die du angerichtet. Dort spielst du nicht die Zimperliche und fällst nicht in Ohnmacht, sondern du nimmst die Köpfe beim Schopf und passest sie den armen Rümpfen wieder auf. Wenn du dabei die Schnittstellen mit dem Opferschwerte segnest, die Schneide nach unten, und beide Male meinen Namen rufst – du magst Durgâ oder Kâlî sagen oder auch einfach Dewi, darauf kommt es nicht an –, so sind die Jünglinge wieder hergestellt. Hast du mich verstanden? Nähere die Köpfe den Leibern nicht zu schnell, trotz der starken Anziehungskraft, die du zwischen Kopf und Rumpf spüren wirst, damit das vergossene Blut Zeit hat, zurückzukehren und wieder eingeschlürft zu werden. Das geht mit Zauberschnelligkeit, aber einen Augenblick Zeit will es immerhin haben. Ich hoffe, du hast zugehört? Dann lauf'! Aber mach' deine Sache ordentlich und setze ihnen nicht die Köpfe verkehrt auf in deiner Huschlichkeit, daß sie mit dem Gesicht im Nacken herumlaufen und das Gespött der Leute werden! Mach'! Wenn du bis morgen wartest, ist es zu spät.«

IX.

Die schöne Sita sagte garnichts mehr, sie sagte nicht einmal »Danke«, sondern tat einen Satz und lief, so schnell ihr Wickelkleid es nur erlaubte, zurück in das Mutterhaus. Sie lief durch die Versammlungshalle und durch die Torhalle und in den heiligen Schoß und machte sich vor dem schrecklichen Angesicht der Göttin mit fiebriger, fliegender Geschäftigkeit ans vorgeschriebene Werk. Die Anziehungskraft zwischen Köpfen und Rümpfen war nicht so stark, wie man nach den Worten der Dewi hätte erwarten sollen. Spürbar war sie, aber nicht so gewaltig, daß sie eine Gefahr für die rechtzeitige Rückkehr des Blutes, die Rinnen hinauf, gebildet hätte, die sich während der Annäherung mit Zauberschnelligkeit und unter einem lebhaft schmatzenden Geräusche vollzog. Unfehlbar taten dabei der Schwertsegen und der göttliche Name, den Sita mit gepreßtem Jubel sogar dreimal in jedem Fall ausrief, ihre Wirkung: – mit befestigten Köpfen, ohne Schnittmal und Narbe erstanden vor ihr die Jünglinge, sahen sie an und sahen an sich hinunter; oder vielmehr: indem sie das taten, sahen sie an einander hinunter, denn um an sich selbst hinunterzusehen, hätten sie zu einander hinüber sehen müssen – dieser Art war ihre Herstellung.

Sita, was hast du gemacht? Oder, was ist geschehen? Oder was hast du geschehen machen in deiner Huschlichkeit? Mit einem Worte (und um die Frage so zu stellen, daß sie die fließende Grenze zwischen Geschehen und Machen gebührend wahrnimmt): Was ist dir passiert? Die Aufregung, in der du handeltest, ist begreiflich, aber hättest du nicht trotzdem ein wenig besser die Augen aufmachen können bei deinem Geschäft? Nein, du hast deinen Jünglingen die Köpfe nicht verkehrt aufgesetzt, daß ihnen das Gesicht im Nacken stände – dies passierte dir keineswegs. Aber, – sei denn herausgesagt, was dir begegnete, sei die verwirrende Tatsache denn bei Namen genannt, das Unglück, das Malheur, die Bescherung, oder wie ihr alle drei nun geneigt sein mögt, es zu nennen, – du hast dem einen den Kopf des anderen aufgepaßt und festgesegnet: den Kopf des Nanda dem Schridaman – wenn man dessen Rumpf ohne die Hauptsache eben noch als Schridaman bezeichnen konnte – und das Haupt des Schridaman dem Nanda, wenn der kopflose Nanda noch Nanda war, – kurzum, nicht als die, die sie waren, erstanden dir Gatte und Freund, sondern in verwechselter Anordnung: du gewahrst Nanda – wenn derjenige Nanda ist, der seinen populären Kopf trägt – in dem Hemdrock, dem Hosenschurz, die Schridamans feinen und speckigen Körper umhüllen; und Schridaman – wenn die Figur so bezeichnet werden darf, die mit seinem milden Haupte versehen ist – steht vor dir auf Nandas wohlschaffenen Beinen, die Locke »Glückskalb« im Rahmen der Steinperlenkette auf »seiner« breiten und bräunlichen Brust!

Welch eine Bescherung – als Folge der Übereilung! Die Geopferten lebten, aber sie lebten vertauscht: der Leib des Gatten mit dem Haupt des Freundes, des Freundes Leib mit dem Haupte des Gatten. Was Wunder, daß minutenlang der Felsenschoß widerhallte von den staunenden Ausrufungen der Drei? Der mit dem Nanda-Kopf betastete, indem er die ihm zugehörigen Glieder untersuchte, den Leib, der einst dem edlen Haupte des Schridaman nebensächlich angehört hatte; und dieser, Schridaman nämlich (dem Haupte nach) prüfte voller Betroffenheit als seinen eigenen den Körper, der in Verbindung mit Nanda's nettem Kopf die Hauptsache gewesen war. Was die Urheberin dieser neuen Anordnung betraf, so eilte sie unter Rufen des Jubels, des Jammers, der Verzeihung heischenden Selbstanklage von einem zum anderen, umhalste abwechselnd beide und warf sich ihnen zu Füßen, um ihnen unter Schluchzen und Lachen die Beichte ihrer Erlebnisse und des ihr untergelaufenen Versehens abzulegen.

»Vergebt mir, wenn ihr könnt!« rief sie. »Vergib du mir, bester Schridaman« – und sie wandte sich mit Betonung an dessen
Haupt, indem sie den damit verbundenen Nanda-Körper geflissentlich übersah –; »vergib auch du mir, Nanda!« – und wieder
redete sie zu dem betreffenden Haupt empor, indem sie es trotz
seiner Unbedeutendheit als die Hauptsache und den damit verbundenen Schridaman-Leib auch jetzt als gleichgültiges Anhängsel betrachtete. »Ach, ihr solltet es über euch gewinnen,
mir zu vergeben, denn wenn ihr der gräßlichen Tat gedenkt, die
ihr in euerer vorigen Verkörperung über euch gewannt, und der
Verzweiflung, in die ihr mich dadurch stürztet; wenn ihr bedenkt, daß ich in vollem Begriffe war, mich zu erwürgen und
dann ein sinnberaubendes Gespräch mit der Wolkendonnerstimme der Unnahbaren selbst hatte, so müßt ihr verstehen, daß
ich bei der Ausführung ihrer Befehle nicht meine volle Urteils-
kraft und Geistesgegenwart beisammen hatte, – es schwamm
mir vor den Augen, ich erkannte nur undeutlich, wessen Haupt
und Glieder ich unter den Händen hatte, und mußte es dem guten Glück überlassen, daß sich das Rechte zum Rechten finde.
Die halbe Wahrscheinlichkeit sprach dafür, daß ich das Rechte
traf, und genau ebensoviel dagegen – da hat sich's nun so gefügt
und ihr habt euch so gefügt, denn wie konnte ich wissen, ob die
Anziehungskraft zwischen Häuptern und Gliedern das rechte
Maß hatte, da sie ja deutlich und kräftig vorhanden war, wenn
sie auch vielleicht bei anderer Zusammenfügung noch stärker
gewesen wäre. Auch die Unnahbare trifft einige Schuld, denn
sie hat mich nur verwarnt, euch nicht die Gesichter in den Nakken zu setzen, sodaß ich darauf wohl acht gab; daß es sich fügen
könnte, wie sich's gefügt, daran hat die Erhabene nicht gedacht!
Sagt, seid ihr verzweifelt über die Art eures Erstehens und flucht
ihr mir ewig? Dann will ich hinausgehen und die Tat vollenden,
in der die Anfangslose mich unterbrach. Oder seid ihr geneigt,
mir zu vergeben, und haltet ihr für denkbar, daß unter den Umständen, wie das blinde Ungefähr sie gefügt, ein neues und besseres Leben zwischen uns Dreien beginnen könnte, – ein besseres, meine ich, als möglich gewesen wäre, wenn nur der vorige

Zustand sich wiederhergestellt hätte, der einen so traurigen Ausgang nahm und nach menschlichem Ermessen einen ebensolchen wieder hätte nehmen müssen? Das sage mir, kraftvoller Schridaman! Das laß mich wissen, edel gestalteter Nanda!«

Wetteifernd im Verzeihen neigten die vertauschten Jünglinge sich zu ihr, hoben sie auf, der eine mit den Armen des anderen, und alle drei standen weinend und lachend umschlungen in inniger Gruppe, wobei zweierlei mit Gewißheit zu Tage trat. Erstens erwies sich, daß Sita ganz recht getan, die Erstandenen nach ihren Häuptern anzureden; denn nach diesen ging es, nach den Köpfen bestimmten sich unzweifelhaft die Ich- und Meingefühle, und als Nanda fühlte und wußte sich derjenige, der das volkstümliche Haupt des Sohnes Gargas auf schmalen und hellen Schultern trug; als Schridaman gebärdete sich mit Selbstverständlichkeit jener, dem auf prächtigen, dunklen Schultern das Haupt des Brahmanenenkels saß. Zum zweiten aber wurde klar, daß beide wirklich der Sita wegen ihres Versehens nicht zürnten, sondern großes Vergnügen an ihrer neuen Verfassung hatten.

»Vorausgesetzt«, sagte Schridaman, »daß Nanda sich des Körpers nicht schämt, der ihm zuteil geworden, und Krischna's Brustlocke nicht allzu sehr vermißt, was mir schmerzlich wäre, – von mir kann ich nur sagen, daß ich mich als den glücklichsten der Menschen fühle. Immer habe ich mir solche Leiblichkeit gewünscht, und wenn ich die Muskeln meiner Arme prüfe, auf meine Schultern blicke und an meinen prächtigen Beinen heruntersehe, so überkommt mich unbezähmbare Freude, und ich sage mir, daß ich fortan ganz anders, als bisher, den Kopf hochtragen werde, erstens im Bewußtsein meiner Kraft und Schönheit, und zweitens, weil die Neigungen meines Geistes jetzt mit meiner Körperbeschaffenheit in Einklang stehen werden, sodaß es nichts Unzukömmliches und Verkehrtes mehr haben wird, wenn ich der Vereinfachung zugunsten rede und unterm Baume den Umzug der Kühe um den Berg ›Buntgipfel‹ anstelle des Sprüchedienstes befürworte, denn es steht mir an, und das Fremde ist mein worden. Liebe Freunde, hierin liegt unzweifelhaft eine gewisse Traurigkeit, daß das Fremde nun mein geworden und kein Gegenstand des Verlangens und der Bewunderung mehr ist, außer daß ich mich selbst bewundere, und daß ich nicht mehr den anderen diene, indem ich den Bergdienst statt des Indra-Festes empfehle, sondern dem, was ich selber bin. Ja, ich will es zugeben, diese gewisse Traurigkeit, daß ich nun bin, wonach mich verlangte, sie ist vorhanden. Aber sie wird vollkommen in den Hintergrund gedrängt durch den Gedanken an dich, süße Sita, der mir weit vor dem an mich selber geht, nämlich durch den Gedanken an die Vorteile, die dir aus meiner neuen Beschaffenheit erwachsen, und die mich im Voraus unaussprechlich stolz und glücklich machen, sodaß ich, was an mir liegt, dieses ganze Wunder nur mit den Worten segnen kann: Siyâ, es sei!«

»Du könntest wirklich ›Siyât‹ sagen nach der richtigen Rede«, sprach nun Nanda, der bei den letzten Worten seines Freundes die Augen niedergeschlagen hatte, »und deinen Mund nicht von deinen bäurischen Gliedern beeinflussen lassen, um die ich dich wahrhaftig nicht beneide, denn allzu lange waren sie mein. Auch ich, Sita, bin dir im Geringsten nicht böse, sondern sage ›Siyât‹ zu diesem Wunder ebenfalls, denn immer habe ich mir einen solchen feinen Leib gewünscht, wie er nun mein ist, und wenn ich in Zukunft Indra's Sprüchedienst gegen die Vereinfachung verteidigen werde, so wird mir das besser als vormals zu Gesichte stehen, oder doch wenigstens zu Leibe, der dir, Schridaman, eine Nebensache gewesen sein mag, aber mir ist er die Hauptsache. Ich wundere mich keinen Augenblick, daß unsere Köpfe und Leiber, wie du, Sita, sie zusammenfügtest, eine so starke Anziehungskraft auf einander spüren ließen, denn in dieser Anziehungskraft gab sich die Freundschaft kund, die Schridaman und mich verband, und von der ich nur wünschen kann, es möchte ihr durch das Geschehene kein Abbruch geschehen. Das Eine aber muß ich sagen: Mein armer Kopf kann nicht umhin, für den Leib zu denken, der ihm zuteil geworden, und seine Rechte wahrzunehmen, und darum bin ich erstaunt und betrübt, Schridaman, über die Selbstverständlichkeit einiger Worte, mit denen du vorhin auf Sitas eheliche Zukunft anspieltest. Sie wollen mir nicht zu Haupt, denn keine Selbstverständlichkeit scheint es mir zu geben, sondern eine große Frage, und mein Kopf beantwortet sie anders, als sie der deine zu beantworten scheint.«

»Wieso!« riefen Sita und Schridaman wie aus einem Munde.

»Wieso?« wiederholte der feingliedrige Freund. »Wie könnt ihr nur fragen? Mir ist mein Leib die Hauptsache, und darin denke ich nach dem Sinn der Ehe, in der auch der Leib die Hauptsache ist, denn mit ihm werden Kinder gezeugt und nicht mit dem Kopf. Ich möchte den sehen, der mir bestreitet, daß ich der Vater des Früchtchens bin, das Sita im Schoße trägt.«

»Aber nimm doch deinen Kopf zusammen«, rief Schridaman, indem er die kräftigen Glieder unwillig regte, »und besinne dich auf dich selbst! Bist du Nanda, oder wer bist du?«

»Ich bin Nanda«, erwiderte jener, »aber so wahr ich diesen Gattenleib mein eigen nenne und von ihm Ich sage, so wahr ist die ringsum schöngliedrige Sita mein Weib und ihr Früchtchen ist mein Erzeugnis.«

»Wirklich?« erwiderte Schridaman mit leise bebender Stimme. »Ist es das? Ich hätte das nicht zu behaupten gewagt, als dein gegenwärtiger Leib noch der meine war und bei Sita ruhte. Denn nicht er war es, wie aus ihrem Flüstern und Lallen zu meinem unendlichen Leide hervorging, den sie in Wahrheit umarmte, sondern der, den ich nunmehr mein eigen nenne. Es ist nicht schön von dir, Freund, daß du an diese schmerzlichen Dinge rührst und mich zwingst, sie zur Sprache zu bringen. Wie magst du in dieser Weise auf deinem Kopfe bestehen, oder vielmehr auf deinem Leibe, und so tun, als seist du ich worden, ich aber du? Es ist doch klar, daß, wenn hier eine solche Vertauschung stattgefunden hätte und du Schridaman geworden wärest, Sitas Mann, ich aber wäre Nanda geworden –, daß in diesem Fall gar keine Vertauschung vorläge, sondern alles wäre beim Alten. Das glückliche Wunder besteht doch gerade darin, daß nur eine Vertauschung von Häuptern und Gliedern sich unter Sitas Händen vollzogen hat, an der unsere maßgebenden Häupter sich freuen, und die vor allem der schönhüftigen Sita

Freude zu machen bestimmt ist. Indem du dich, unter hartnäckiger Berufung auf deinen Eheleib, zu ihrem Gatten aufwirfst, mir aber die Rolle des Ehefreundes zuweist, legst du eine tadelnswerte Ichsucht an den Tag, denn nur auf dich und deine vermeintlichen Rechte, nicht aber auf Sitas Glück und auf die Vorteile bist du bedacht, die ihr aus der Vertauschung erwachsen sollen.«

»Vorteile«, versetzte Nanda nicht ohne Bitterkeit, »auf die du stolz zu sein gedenkst, sodaß sie ebenso gut deine Vorteile sind und deine Ichsucht zutage liegt. Sie ist auch schuld daran, daß du mich so fälschlich verstehst. Denn in Wahrheit berufe ich mich garnicht auf den Gattenleib, der mir zugefallen, sondern auf meinen gewohnten und selbsteigenen Kopf, den du selbst für maßgebend erklärst, und der mich auch in Verbindung mit dem neuen und feineren Leibe zum Nanda macht. Ganz unrichtigerweise stellst du es so hin, als wäre ich nicht mindestens so sehr wie du auf Sitas Glück und Vorteil bedacht. Wenn sie mich ansah in letzter Zeit und zu mir sprach mit süßschwingender und klingender Stimme, die ich mich fürchtete zu vernehmen, weil die Gefahr groß war, daß ich mit verwandter Stimme darauf erwiderte, so blickte sie mir ins Gesicht – in die Augen blickte sie mir, indem sie mit den ihren darin zu lesen suchte, und nannte mich ›Nanda‹ und ›lieber Nanda‹ dabei, was mir überflüssig scheinen wollte, aber es war nicht überflüssig, wie mir nun klar ist, sondern von höchster Bedeutsamkeit. Denn es war der Ausdruck dafür, daß sie nicht meinen Leib meinte, der an und für sich diesen Namen nicht verdient, wie du selbst am besten beweisest, indem du dich auch in seinem Besitz nach wie vor Schridaman heißest. Ich habe ihr nicht geantwortet oder kaum das Notwendigste, um nicht auch ins Schwingende und Klingende zu fallen, habe sie nicht ebenfalls bei Namen genannt und meine Augen vor ihr verborgen, damit sie nicht darin lesen könne – alles aus Freundschaft für dich und aus Ehrfurcht vor deiner Gattenschaft. Aber nun, da dem Haupt, in dessen Augen sie so tief und fragend blickte, und zu dem sie ›Nanda‹ und ›lieber Nanda‹ sagte, auch noch der Gattenleib zugefallen und dem Gattenleibe der Nandakopf, – nun hat sich die Lage denn doch von Grund aus zu meinen und Sitas Gunsten verändert. Zu ihren vor allem! Denn gerade wenn wir ihr Glück und ihre Zufriedenheit allem voranstellen, so sind doch gar keine reineren und vollkommeneren Verhältnisse denkbar, als wie ich sie nun darstelle.«

»Nein«, sagte Schridaman, »ich hätte so etwas nicht von dir erwartet. Ich habe befürchtet, daß du dich meines Leibes schämen möchtest, aber mein ehemaliger Leib könnte sich ja deines Kopfes schämen, in solche Widersprüche verwickelst du dich, indem du einmal den Kopf und einmal den Körper als das Ehewichtigste hinstellst, genau, wie es dir paßt! Immer warst du ein bescheidener Junge, und nun auf einmal erklimmst du den Gipfel der Anmaßung und Selbstgefälligkeit, indem du deine Verhältnisse für die reinsten und vollkommensten der Welt erklärst, um Sitas Glück zu verbürgen, wo doch auf der flachen Hand liegt, daß ich es bin, der ihr die bestmöglichen, das heißt: die zugleich glücklichsten und beruhigendsten Bedingungen zu bieten hat! Aber es hat gar keinen Zweck und keine Aussicht, noch weiter Worte zu wechseln. Hier steht Sita. Sie soll sagen, wem sie gehört, und Richterin sein über uns und ihr Glück.«

Sita blickte verwirrt von einem zum anderen. Dann barg sie ihr Gesicht in den Händen und weinte.

»Ich kann es nicht«, schluchzte sie. »Zwingt mich, bitte, nicht, mich zu entscheiden, ich bin nur ein armes Weib, und es ist mir zu schwer. Anfangs freilich schien es mir leicht, und so sehr ich mich meines Mißgriffs schämte, so war ich doch glücklich darüber, besonders, da ich euch glücklich sah. Aber eure Reden haben mir den Kopf verrückt und das Herz gespalten, sodaß die eine Hälfte der anderen erwidert, wie ihr euch erwidert. In deinen Worten, bester Schridaman, ist viel Wahres, und dabei hast du noch nicht einmal geltend gemacht, daß ich doch nur mit einem Gatten nach Hause kommen kann, der deine Züge trägt. Aber auch Nanda's Ansichten gehen mir teilweise nahe, und wenn ich mich erinnere, wie traurig und bedeutungslos sein Körper mir war, als er keinen Kopf mehr hatte, so muß ich ihm recht darin geben, daß ich doch auch, und vielleicht in erster Linie sein Haupt meinte, wenn ich wohl einmal ›lieber Nanda‹ zu ihm sagte. Wenn du aber von Beruhigung sprichst, lieber Schridaman, von Beruhigung im Glücke, so ist es doch eine große und furchtbar schwer zu beantwortende Frage, was meinem Glücke mehr Beruhigung gewähren kann: der Gattenleib oder das Gattenhaupt. Nein, quält mich nicht, ich bin ganz außerstande, eueren Streit zu schlichten und habe kein Urteil darüber, wer von euch beiden mein Gatte ist!«

»Wenn es so steht«, sagte Nanda nach einem ratlosen Stillschweigen, »und Sita sich nicht entscheiden und zwischen uns richten kann, dann muß das Urteil von dritter oder richtig gesagt: vierter Seite kommen. Als Sita vorhin erwähnte, daß sie nur mit einem Manne heimkehren kann, der Schridamans Züge trägt, da dachte ich in meinem Sinn, daß sie und ich eben nicht heimkehren, sondern in der Einsamkeit leben würden, falls sie ihr beruhigtes Glück in mir, ihrem leiblichen Gatten finden sollte. Mir liegt der Gedanke an Einsamkeit und Wildnis schon lange nahe, denn wiederholt ging ich mit der Absicht um, ein Waldeinsiedel zu werden, wenn Sitas Stimme mir Angst machte um meine Freundestreue. Darum suchte ich die Bekanntschaft eines Asketen voll Selbstbezwingung, Kamadamana mit Namen, damit er mir Anweisungen gäbe über das Leben im Menschenleeren, und besuchte ihn im Dankakawalde, wo er lebt, und wo es ringsum viele Heilige gibt. Von Hause aus heißt er einfach Guha, hat sich aber den asketischen Namen Kamadamana beigelegt, mit dem er genannt sein will, soweit er überhaupt jemandem gestattet, ihn anzureden. Seit vielen Jahren lebt er im Dankakawalde nach strengen Observanzen von Baden und Schweigen und ist, glaube ich, seiner Verklärung schon nicht mehr fern. Zu diesem Weisen, der das Leben kennt und es überwunden hat, wollen wir reisen, wollen ihm unsere Geschichte erzählen und ihn zum Richter einsetzen über Sitas Glück. Er soll entscheiden, wenn ihr's zufrieden seid, wer von uns beiden ihr Gatte ist, und sein Spruch soll gelten.«

»Ja, ja«, rief Sita erleichtert, »Nanda hat recht, machen wir uns auf zu dem Heiligen!«

»Da ich einsehe«, sagte Schridaman, »daß hier ein sachliches Problem vorliegt, das nicht aus unserer Mitte, sondern nur durch äußeren Spruch gelöst werden kann, so stimme auch ich dem Vorschlag zu und bin bereit, mich dem Urteil des Weisen zu unterwerfen.«

Da sie denn in diesen Grenzen einig waren, so verließen sie miteinander das Mutterhaus und kehrten zu ihrem Gefährt zurück, das noch immer drunten im Hohlweg auf sie wartete. Hier warf gleich die Frage sich auf, wer von den Männern den Fahrer und Lenker abgeben sollte; denn das ist eine leibliche Sache und eine Sache des Kopfes zugleich, und Nanda wußte den Weg zum Dankakawalde, der zwei Tagesreisen weit war, er hatte ihn im Kopf; nach seiner Körperbeschaffenheit aber war Schridaman besser zum Führen der Zügel geeignet, weshalb ja auch Nanda bisher dies Amt versehen hatte. Er überließ es nun aber dem Schridaman, indem er sich mit Sita hinter ihn setzte und ihm die Wege einsagte, die er fahren sollte.

X.

Der regengrüne Dankakawald, zu dem unsere Freunde am dritten Tage gelangten, war stark bevölkert mit Heiligen; doch war er groß genug, um einem jeden hinlängliche Abgeschiedenheit und ein Stück grausiger Menschenleere zu bieten. Es wurde den Wallfahrern nicht leicht, sich von Einsamkeit zu Einsamkeit zu Kamadamana, dem Bezwinger der Wünsche, durchzufragen. Denn die Einsiedler rings wollten Einer vom Andern nichts wissen, und jeder beharrte auf seinem Eindruck, daß er allein sei im weiten Walde und vollkommene Menschenleere ihn umgebe. Es waren Heilige verschiedenen Grades, welche die Einsamkeiten bewohnten: teils solche, die die Lebensstufe des Hausvaters zurückgelegt hatten und nun, zuweilen sogar in Gesellschaft ihrer Frauen, den Rest ihres Lebens einer mäßigen Betrachtsamkeit widmeten, teils aber auch sehr wilde und zu letzter Vergeistigung entschlossene Yogin, welche die Hengste ihrer Sinne so gut wie gänzlich gezügelt hatten und, indem sie ihr Fleisch durch Entziehung und Zufügung bis aufs Messer bekämpften, in der Erfüllung schonungsloser Gelübde das Grimmigste leisteten. Sie fasteten ungeheuer, schliefen im Regen nackt auf der Erde und trugen bei kalter Jahreszeit nur nasse Kleider. Bei Sommerhitze dagegen nahmen sie zwischen vier Feuerbränden Platz zur Verzehrung ihres irdischen Stoffes, der teils von ihnen troff, teils in dörrender Glut dahinschwand, und den sie zusätzlicher Züchtigung unterwarfen, indem sie sich tagelang am Boden hin und her rollten, unausgesetzt auf den Zehenspitzen standen oder sich in rastloser Bewegung hielten, dadurch, daß sie in steter und rascher Abwechslung aufstanden und niedersaßen. Trat bei solchen Gepflogenheiten ein Siechtum sie an, das die Aussicht auf nahe Verklärung eröffnete, so machten sie sich auf zur letzten Pilgerfahrt in gerader Richtung gegen Nordosten, sich nährend nicht länger von Kräutern und Knollen, sondern nur noch von Wasser und Luft, bis der Leib zusammenbrach und die Seele sich mit Brahman vereinigte.

Heiligen der einen wie auch der anderen Art begegneten die Bescheidsuchenden auf ihrer Wanderung durch die Parzellen der Abgeschiedenheit, nachdem sie ihr Gefährt am Rande des Büßer-Waldes bei einer Einsiedlerfamilie zurückgelassen, welche dort, nicht ganz ohne Berührung mit der äußeren Menschenwelt, ein vergleichsweise lockeres Leben führte. Schwer, wie gesagt, wurde es den Dreien, die Menschenleere aufzutreiben, in der Kamadamana hauste; denn hatte auch Nanda schon früher einmal den Weg durchs Weglose zu ihm gefunden, so hatte er's doch mit anderem Körper getan, was seine Ortserinnerung und Findigkeit einschränkte. Die Baum- und Höhlenbewohner aber drinnen im Walde stellten sich unwissend oder waren es wirklich, und nur mit Hilfe der Weiber einiger ehemaliger Hausväter, die ihnen hinter den Rücken ihrer Herren aus Gutherzigkeit die Richtung deuteten, gelangten sie, nachdem sie noch einen ganzen Tag gesucht und in der Wildnis genächtigt, glücklich in des Heiligen Revier, wo sie denn seinen weißgetünchten Kopf mit aufgeflochtenem Haarwulst und seine zum Himmel gereckten

Arme, die dürren Zweigen glichen, aus einem sumpfigen Wassertümpel ragen sahen, worin er, den Geist in eine Spitze gesammelt, wer weiß, wie lange schon, bis zum Halse stand.

Ehrfurcht vor der Glutgewalt seiner Askese bewahrte sie davor, ihn anzurufen; vielmehr warteten sie geduldig, daß er seine Übung unterbräche, was aber, sei es, weil er sie nicht bemerkte, sei es auch eben, weil er sie sehr wohl bemerkt hatte, noch lange nicht geschah. Wohl eine Stunde noch hatten sie, in scheuer Entfernung vom Saum des Wasserloches zu warten, ehe er daraus hervorkam, ganz nackt, Bart- und Leibeshaare mit tropfendem Schlamm behangen. Da sein Körper des Fleisches bereits so gut wie ledig war und nur noch aus Haut und Knochen bestand, so hatte es mit seiner Blöße sozusagen nichts auf sich. Indem er sich den Wartenden näherte, kehrte er mit einem Besen, den er vom Ufer aufgenommen, den Grund, wo er ging, was, wie sie wohl verstanden, geschah, damit er nicht irgendwelche Lebewesen, die dort heimlich vorkommen mochten, unter seinen Tritten vernichte. Nicht so mild erwies er sich anfangs gegen die ungebetenen Gäste, sondern erhob im Näherkommen drohend den Besen gegen sie, sodaß leicht unterdessen durch ihre Schuld zu seinen Füßen etwas nicht Wiedergutzumachendes hätte geschehen können, und rief ihnen zu:

»Fort, Gaffer und Tagediebe! Was habt ihr zu suchen in meiner Menschenleere!«

»Besieger der Wünsche, Kamadamana«, antwortete Nanda voller Bescheidenheit, »vergib uns Bedürftigen die Kühnheit unserer Annäherung! Der Ruhm deiner Selbstbezwingung hat uns hergelockt, aber hergetrieben haben uns die Nöte des Lebens im Fleische, in denen du, Stier unter den Weisen, uns Rat und gültiges Urteil spenden sollst, wenn du die Herablassung haben willst. Sei doch so gut und erinnere dich meiner! Schon einmal hab ich mich zu dir getraut, um deiner Unterweisung teilhaftig zu werden über das Leben im Menschenleeren.«

»Es mag sein, daß du mir bekannt vorkommst«, sagte der Klausner, indem er ihn unter dem drohenden Gestrüpp seiner Brauen mit seinen tief in den Höhlen liegenden Augen betrachtete. »Wenigstens deinen Zügen nach mag das der Fall sein, deine Gestalt aber scheint in der Zwischenzeit eine gewisse Läuterung erfahren zu haben, die ich wohl deinem damaligen Besuch bei mir zuschreiben darf.«

»Es hat mir sehr wohlgetan«, erwiderte Nanda ausweichend. »Aber die Veränderung, die du an mir wahrnimmst, hat noch einen anderen Zusammenhang und gehört zu einer Geschichte voller Not und Wunder, die eben die Geschichte von uns drei Bedürftigen ist. Sie hat uns vor eine Frage gestellt, die wir von uns aus nicht lösen können, sodaß wir notwendig deinen Bescheid und Urteilsspruch brauchen. Uns wundert, ob deine Selbstbezwingung wohl so groß ist, daß du es über dich gewinnst, uns anzuhören.«

»Sie sei es«, antwortete Kamadamana. »Niemand soll sagen, daß sie so groß nicht gewesen wäre. Wohl war es mein erster Antrieb, euch zu verscheuchen aus meiner Menschenleere, aber auch das war ein Trieb, den ich verneine, und eine Versuchung, der ich zu widerstehen gewillt bin. Denn ist es Askese, die Menschen zu meiden, so ist es eine noch größere, sie bei sich aufzunehmen. Ihr könnt mir glauben, daß euere Nähe und der Lebensdunst, den ihr mit euch bringt, sich mir schwer auf die Brust legt und mir unliebsam die Wangen erhitzt, wie ihr sehen könntet ohne die Aschentünche, mit der ich mir schicklicherweise das Gesicht bestrichen. Aber ich bin bereit, euren dunstigen Besuch zu bestehen, besonders noch aus dem Grunde, weil, wie ich schon lange bemerkt habe, zu euerer Dreizahl ein Frauenzimmer gehört, des Wuchses, den die Sinne herrlich nennen, lianenschlank mit weichen Schenkeln und vollen Brüsten, o ja, o pfui. Ihre Leibesmitte ist schön, ihr Gesicht reizend und rebhuhnäugig und ihre Brüste, um es noch einmal auszusprechen, sind voll und steil. Guten Tag, du Weib! Nicht wahr, wenn die Männer dich sehen, so sträuben sich ihnen die Haare an ihrem Leibe vor Lust, und euere Lebensnöte sind zweifellos dein Werk, du Fanggrube und Lockspeise. Sei gegrüßt! Die Jungen da hätte ich wohl zum Teufel gejagt, aber da du mit ihnen bist, meine Teuere, so bleibt doch nur da, bleibt doch nur ja, so lange ihr wollt – mit wirklicher Zuvorkommenheit lade ich euch ein zu mir vor meinen hohlen Baum und werde euch mit Jujuben-beeren bewirten, die ich in Blättern gesammelt, nicht um sie zu essen, sondern um darauf zu verzichten, und angesichts ihrer erdige Knollen zu mir zu nehmen, da denn dieses Gebein von Zeit zu Zeit immer noch einmal geatzt sein muß. Aber euere Geschichte, von der gewiß ein erstickender Lebensdunst auf mich ausgehen wird, werde ich anhören – Wort für Wort werde ich ihr lauschen, denn niemand soll den Kamadamana der Furchtsamkeit zeihen. Zwar ist es schwer, zwischen Uner-schrockenheit und Neugier zu unterscheiden, und die Einflüste-rung, ich wolle euch nur lauschen, weil ich hungrig und lüstern geworden sei in meiner Menschenleere nach dunstenden Le-bensgeschichten, will abgewiesen sein, nebst der weiteren Ein-flüsterung, daß die Abweisung und Ertötung des Einwandes eben nur um der Neugier willen geschehe, sodaß eigentlich diese es sei, die ertötet werden müsse, – aber wo bliebe dann die Uner-schrockenheit? Es ist genau wie mit den Jujubenbeeren. Auch ihretwegen versucht mich wohl der Gedanke, daß ich sie mir hinstelle – nicht sowohl als Gegenstand des Verzichtes, als um meine Augenweide daran zu haben, – worauf ich unerschrocken entgegne, daß in der Augenweide ja gerade die Versuchung be-ruht, sie zu essen, und daß ich mir das Leben also zu leicht ma-chen würde, wenn ich sie mir nicht hinstellte. Dabei will freilich der Verdacht ertötet sein, daß ich diese Entgegnung nur ersinne, um eben doch des leckeren Anblicks teilhaftig zu werden, – wie ich ja auch, wenn ich die Beeren zwar nicht selber esse, aber sie euch zu essen gebe, doch meinen Genuß darin finde, sie euch prepeln zu sehen, was in Anbetracht des trügerischen Charak-ters der Welt-Vielfalt und des Unterschiedes von Ich und Du beinahe dasselbe ist, als ob ich sie selber äße. Kurzum, die As-kese ist ein Faß ohne Boden, ein unergründlich Ding, weil sich die Versuchungen des Geistes darin mit den sinnlichen Versu-chungen vermischen und ein Stück Arbeit ist es damit wie mit der Schlange, der zwei Köpfe nachwachsen, wenn man ihr einen abschlägt. Aber so ist es gerade recht, und die Hauptsache bleibt die Unerschrockenheit. Darum kommt nur mit, ihr dunstiges Lebensvolk beiderlei Geschlechts, kommt nur immer mit zu meiner Baumeshöhle und erzählt mir Lebensunrat soviel ihr wollt, – zu meiner Kasteiung will ich euch anhören und dabei die Einflüsterung ertöten, ich täte es zu meiner Unterhaltung – es kann garnicht genug zu ertöten geben!«

Nach diesen Worten führte der Heilige sie, immer sorgsam mit dem Besen vor sich kehrend, eine Strecke weit durch das Dickicht zu seiner Heimstätte, einem mächtigen und sehr alten Kadambabaum, der noch grünte, obgleich er klaffend hohl war, und dessen erdig-moosiges Inneres Kamadamana sich zum Hause erwählt hatte, nicht um darin Schutz zu finden gegen die Witterung, denn dieser gab er seine Verkörperung immerwährend preis, indem er die Hitze durch Feuerbrände, die Kälte aber durch Nässe unterstützte, – sondern nur um zu wissen, wohin er gehörte, und um, was er brauchte an Wurzeln, Knollen und Früchten zur Atzung, an Brennholz, Blumen und Gras zur Opferstreu, in dem Hohlraum aufzubewahren.

Hier hieß er seine Gäste sich niedersetzen, welche, wohl wissend, daß sie nur ein Gegenstand der Askese waren, sich immerfort der größten Bescheidenheit befleißigten, und gab ihnen, wie er versprochen, die Jujubenbeeren zu essen, die sie nicht wenig erquickten. Er selbst nahm während dessen eine asketische Stellung ein, welche man die Kajotsarga-Stellung nennt: mit unbeweglichen Gliedern, straff abwärts gerichteten Armen und durchgedrückten Knieen, wobei er nicht nur seine Finger, sondern auch seine Zehen auf eine eigentümliche Art zu teilen wußte. Und so, den Geist in eine Spitze gesammelt, blieb er auch stehen in seiner Blöße, mit der es nichts auf sich hatte, während der prächtig gestaltete Schridaman, dem seines Hauptes wegen dies Amt zugefallen war, die Geschichte vortrug, die sie hierher geführt, da sie in einer Streitfrage gipfelte, die nur von außen, von einem Könige oder einem Heiligen geschlichtet werden konnte.

Er erzählte sie der Wahrheit gemäß, wie wir sie erzählt haben, zum Teil mit denselben Worten. Die Streitfrage klarzustellen,

74

hätte es allenfalls genügt, daß er nur ihre letzten Stadien erzählt hätte; aber um dem Heiligen in seiner Menschenleere etwas zu bieten, berichtete er sie von Anfang an, genau wie es hier geschehen, mit der Darlegung beginnend von Nanda's und seiner eigenen Daseinsform, der Freundschaft zwischen ihnen und ihrer Reise-Rast am Flüßchen »Goldfliege«, fortschreitend zu seiner Liebeskrankheit, Freiung und Ehe, indem er das Zurückliegende, wie Nandas Schaukelbekanntschaft mit der reizenden Sita an schicklicher Stelle einwob und nachholte und anderes, wie die bitteren Erfahrungen seiner Ehe, nur traurig durchblikken ließ und zart zu verstehen gab, – nicht so sehr zu seiner eigenen Schonung, da sein ja nun die wackeren Arme waren, die Sita geschaukelt, und sein der Lebensleib, von dem sie in seinen ehemaligen Armen geträumt, als aus Rücksicht auf Sita, der dies alles nicht angenehm sein konnte, und die denn auch, solange die Erzählung dauerte, das Köpfchen mit ihrem gestickten Tuche verhüllt hielt.

Der kräftige Schridaman erwies sich dank seinem Kopfe als ein guter und kunstreicher Erzähler. Selbst Sita und Nanda, denen doch alles genau bekannt war, hörten ihre Geschichte, so schrecklich sie war, gern noch einmal aus seinem Munde, und es ist anzunehmen, daß auch Kamadamana, obgleich er sich in seiner Kajotsarga-Stellung nichts anmerken ließ, davon gefesselt war. Nachdem der Berichterstatter seine und Nanda's grause Tat, die Begnadigung Sita's durch die Göttin und ihren verzeihlichen Mißgriff beim Wiederherstellungswerk geschildert, kam er denn also zum Schluß und zur Fragestellung.

»So und so«, sagte er, »dem Gattenhaupt wurde der Freundesleib, dem Gattenleib aber das Freundeshaupt zuteil. Sei so gut und befinde Kraft deiner Weisheit über unseren verworrenen Zustand, heiliger Kamadamana! Wie du entscheidest, so wollen wir's bindend annehmen und uns danach einrichten, denn wir selber können's nicht ausmachen. Wem gehört nun dieses ringsum schöngliedrige Weib, und wer ist rechtens ihr Mann?«

»Ja, das sage uns, Überwinder der Wünsche!« rief auch Nanda mit betonter Zuversicht, während Sita nur hastig ihr Tuch vom

75

Kopf zog, um ihre Lotosaugen in großer Erwartung auf Kama-damana zu richten.

Dieser tat seine Finger und Zehen zusammen und seufzte tief. Danach nahm er seinen Besen, kehrte sich ein Plätzchen am Boden frei von verletzlicher Kreatur und saß zu seinen Gästen nieder.

»Uf!« sagte er. »Ihr drei seid mir die Rechten. Ich war wohl auf eine lebensdunstige Geschichte gefaßt gewesen, aber die eure qualmt ja nur so aus allen Poren der Tastbarkeit, und zwischen meinen vier Feuerbränden zur Sommerszeit ist besser aushalten, als in ihrem Brodem. Wäre nicht meine Aschenschminke, ihr könntet die rote Hitze sehen, die sie mir auf den anständig abgezehrten Wangen entzündet hat, oder vielmehr auf den Knochen darüber, beim asketischen Zuhören. Ach, Kinder, Kinder! wie den Ochsen, der mit verbundenen Augen die Ölmühle dreht, treibt es euch um das Rad des Werdens, wobei ihr noch ächzt vor Inbrunst, ins zuckende Fleisch gestachelt von den sechs Mühlknechten der Leidenschaften. Könnt ihr's nicht lassen? Müßt ihr äugen und züngeln und speicheln, vor Begierde schwach in den Knieen beim Anblick des Trug-Objekts? Nun ja, nun ja, ich weiß es ja! Der Liebesleib, von bitterer Lust betaut, – gleitendes Gliedwerk unter fettiger Seidenhaut, – der Schultern holdes Kuppelrund, – schnüffelnde Nas', irrender Mund, – die süße Brust, geschmückt mit Sternen zart, – der schweißgetränkte Achselbart, – ihr Weidetrifte ruheloser Hände, – geschmeidiger Rücken, atmender Weichbauch, schöne Hüft' und Lende, – der Arme Wonnedruck, der Schenkel Blust, – des Hinterfleisches kühle Doppellust, – und von dem allen gierig aufgebracht, – das Zeugezeug in schwül unflätiger Nacht, – das man sich voll Entsetzen zeigt, – einand' damit zum siebenten Himmel geigt – und dies und das und hier und da, – ich weiß es ja! Ich weiß es ja...«

»Aber das wissen wir ja alles schon selbst und ganz von allein, großer Kamadamana«, sagte Nanda, einige unterdrückte Ungeduld in der Stimme. »Willst du nicht so gut sein, zum Schiedspruch zu kommen und uns zu belehren, wer Sita's Mann ist, daß wir es endlich wissen und uns danach richten?«

»Der Spruch«, erwiderte der Heilige, »der ist so gut wie gefällt. Es liegt ja auf der Hand, und ich wundere mich, daß ihr nicht soweit Bescheid wißt in Ordnung und Recht, daß ihr einen Schiedsrichter braucht in einer so klar sich selbst entscheidenden Sache. Die Lockspeise da ist selbstverständlich die Frau dessen, der des Freundes Haupt auf den Schultern trägt. Denn bei der Trauung reicht man der Braut die rechte Hand; die aber gehört zum Rumpf; und der ist des Freundes.«

Mit einem Jubelruf sprang Nanda auf seine fein gebildeten Füße, indessen Sita und Schridaman gesenkten Kopfes stille sitzen blieben.

»Das ist aber nur der Vordersatz«, fuhr Kamadamana mit erhobener Stimme fort, »auf welchen der Nachsatz folgt, der ihn überhöht, übertönt und mit Wahrheit bekrönt. Wartet gefälligst!«

Damit stand er auf und begab sich zur Baumeshöhle, holte ein rauhes Gewandstück, einen Schurz aus dünner Borke daraus hervor und bekleidete damit seine Blöße. Dann sprach er:

»Gemahl ist, der da trägt des Gatten Haupt.
Kein Zweifel ist an diesem Spruch erlaubt.
Denn wie das Weib der Wonnen höchste ist und
                                Born der Lieder,
So ist das Haupt das höchste aller Glieder.«

Da war es denn an Sita und Schridaman die Köpfe zu heben und beglückt einander anzublicken. Nanda aber, der sich schon so sehr gefreut, äußerte mit kleiner Stimme:

»Aber du hast es vorher doch ganz anders gesagt!«

»Was ich zuletzt gesagt habe«, erwiderte Kamadamana, »das gilt.«

So hatten sie ihren Bescheid, und der verfeinerte Nanda durfte am allerwenigsten dagegen murren, da er selbst es angeregt hatte, den Heiligen zum Schiedsmann zu bestellen, – ganz abgesehen von der untadlig galanten Begründung, die dieser seinem Spruche gegeben.

Alle drei verneigten sich vor Kamadamana und schieden von

seiner Heimstätte. Als sie aber schweigend mit einander wieder ein Stück durch den regengrünen Dankakawald gegangen waren, hielt Nanda seine Füße an und verabschiedete sich von ihnen.

»Viel Gutes!« sagte er. »Ich gehe nun meiner Wege. Eine Menschenleere will ich mir suchen, und ein Wald-Einsiedel werden, wie ich's schon früher vorhatte. In meiner gegenwärtigen Verkörperung fühle ich mich ohnedies für die Welt etwas zu schade.«

Die Beiden konnten seinen Entschluß nicht tadeln; auf eine leicht betrübte Weise waren sie einverstanden und erwiesen sich freundlich gegen den Scheidenden wie gegen Einen, der den kürzeren gezogen hat. Schridaman klopfte ihm ermutigend die vertraute Schulter und riet ihm aus alter Anhänglichkeit und einer Fürsorge, wie ein Wesen sie selten dem anderen widmet, seinem Körper keine übertriebenen Observanzen zuzumuten und nicht zuviel Knollen zu essen, denn er wisse, daß eine so einförmige Kost ihm nicht bekomme.

»Laß das meine Sache sein«, antwortete Nanda abweisend, und auch als Sita ihm tröstliche Worte spenden wollte, schüttelte er nur bitter traurig den ziegennasigen Kopf.

»Nimm dir's nicht zu sehr zu Herzen«, sagte sie, »und bedenke immer, daß ja im Grunde nicht viel fehlt, und du wärest es selbst, der nun das Lager der Ehelust mit mir teilen wird in gesetzlichen Nächten! Sei gewiß, daß ich, was dein war, in die süßeste Zärtlichkeit hüllen werde von oben bis unten und ihm die Freude verdanken will mit Hand und Mund auf so erlesene Art, wie nur immer die ewige Mutter mich's lehren wird!«

»Davon habe ich nichts«, erwiderte er eigensinnig. Und sogar als sie ihm heimlich zuflüsterte: »Manchmal will ich mir auch deinen Kopf hinzuträumen«, blieb er dabei und sagte wieder nur traurig-störrig: »Davon habe ich auch nichts.«

So gingen sie voneinander, einer und zwei. Aber Sita kehrte nochmals zu dem Einen um, als er schon ein Stück weggegangen war, und schlang die Arme um ihn.

»Lebe wohl!« sagte sie. »Du warst doch mein erster Mann,

der mich erweckte und mich die Lust lehrte, so gut ich sie eben kenne, und was der dürre Heilige auch dichten und richten mag von Weib und Haupt, das Früchtchen unter meinem Herzen ist doch von dir!«

Damit lief sie zurück zum wacker beleibten Schridaman.

XI.

Im Vollgenusse der Sinnenlust verbrachten Sita und Schridaman nun die Zeit an ihrer Stätte »Wohlfahrt der Kühe«, und kein Schatten trübte vorerst den wolkenlosen Himmel ihres Glückes. Das Wörtchen »vorerst«, welches allerdings als eine leichte, ahnungsvolle Trübung über diese Klarheit läuft, ist unsere Hinzufügung, die wir außer der Geschichte sind und sie berichten; jene, die in ihr lebten, und deren Geschichte es war, wußten von keinem »Vorerst«, sondern lediglich von ihrem Glück, das beiderseits ungemein zu nennen war.

Wirklich war es ein Glück, wie es sonst auf Erden kaum vorkommt, sondern dem Paradiese angehört. Das gemeine Erdenglück, die Befriedigung der Wünsche, die der großen Masse der menschlichen Geschöpfe unter den Bedingungen der Ordnung, des Gesetzes, der Frömmigkeit, des Sittenzwanges zuteil wird, ist beschränkt und mäßig, nach allen Seiten eingegrenzt von Verbot und unvermeidlichem Verzicht. Notbehelf, Entbehrung, Entsagung ist das Los der Wesen. Unser Verlangen ist grenzenlos, seine Erfüllung karg begrenzt, und sein drängendes »Wenn doch nur« stößt an allen Enden auf das eherne »Geht nicht an«, das trockene »Nimm vorlieb« des Lebens. Einiges ist uns gewährt, verwehrt das Meiste, und gemeinhin bleibt es ein Traum, daß das Verwehrte eines Tages das Zeichen der Gewährung trüge. Ein paradiesischer Traum, – denn darin eben müssen die Wonnen des Paradieses bestehen, daß dort das Erlaubte und das Verbotene, die hienieden so sehr zweierlei sind, in Eins zusammenwachsen und das schöne Verbotene die geistige Haupteskrone des Erlaubten trägt, das Erlaubte aber noch zum Über-

79

fluß den Reiz des Verbotenen gewinnt. Wie sollte der darbende Mensch sich sonst das Paradies vorstellen?

Genau dieses Glück nun, das man überirdisch nennen darf, hatte ein launisches Geschick dem ehelichen Liebespaar zugespielt, das nach »Wohlfahrt« zurückgekehrt war, und sie genossen es in trunkenen Zügen – vorerst. Gatte und Freund waren zweierlei gewesen für Sita, die Erweckte, – nun waren sie eins worden, was sich glückseliger Weise so vollzogen hatte – und ja auch garnicht anders hatte vollziehen können –, daß das Beste von beiden, und was in der Einheit eines jeden die Hauptsache gewesen war, sich zusammengefunden und eine neue, alle Wünsche erfüllende Einheit gebildet hatte. Nächtlich, auf gesetzlichem Lager, schmiegte sie sich in die wackeren Arme des Freundes und empfing seine Wonne, wie sie es sich früher an des zarten Gatten Brust nur mit geschlossenen Augen erträumt hatte, küßte jedoch zum Dank das Haupt des Brahmanenenkels, – die begünstigtste Frau der Welt, denn sie war im Besitz eines Gemahls, der, wenn man so sagen darf, aus lauter Hauptsachen bestand.

Wie vergnügt und stolz war nicht aber auch seinerseits der verwandelte Schridaman! Niemand brauchte sich Sorge zu machen, daß seine Verwandlung dem Bhavabhûti, seinem Vater, oder seiner Mutter, deren Náme nicht vorkommt, weil sie überhaupt eine bescheidene Rolle spielte, oder sonst einem Mitgliede des brahmanischen Kaufmannshauses, oder den übrigen Bewohnern des Tempeldorfes anders als angenehm aufgefallen wäre. Der Gedanke, daß bei der günstigen Veränderung seiner Leiblichkeit etwas nicht mit rechten, soll heißen: nicht mit natürlichen Dingen zugegangen sein möchte (als ob noch dazu die natürlichen Dinge die einzig rechten wären!), hätte leichter aufkommen können, wenn der entsprechend veränderte Nanda ihm noch zur Seite gewesen wäre. Dieser aber war dem Gesichtskreis entrückt und ein Wald-Einsiedel geworden, wozu er früher schon manchmal die Absicht kundgegeben; seiner Veränderung, die mit der seines Freundes allerdings vielleicht auffallend zusammengewirkt hätte, ward niemand gewahr, und nur

Schridaman bot sich den Blicken dar – in einer bräunlichen Kräftigung und Verschönerung seiner Glieder, die man mit gelassenem Beifall einer männlichen Reifung durchs Eheglück zuschreiben mochte, soweit sie überhaupt in die Augen fielen. Denn es versteht sich, daß Sita's Eheherr fortfuhr, sich nach den Gesetzen seines Kopfes zu kleiden und nicht in Nanda's Lendentuch, Armringen und Steinperlenschmuck herumging, sondern nach wie vor in dem bauschigen Hosenschurz und dem baumwollenen Hemdrock erschien, die immer seine Tracht gewesen. Was sich aber hier vor allem bewährte, war die entscheidende und keinen Zweifel zulassende Bedeutung des Hauptes für die Selbstheit einer Menschenperson in den Augen aller. Man lasse doch nur einmal einen Bruder, Sohn oder Mitbürger durch die Türe hereinkommen, seinen wohlbekannten Kopf auf den Schultern, und fühle sich, selbst wenn mit seiner übrigen Erscheinung nicht alles in der gewohnten Ordnung wäre, des geringsten Zweifels fähig, daß dieses Einzelwesen etwa nicht der betreffende Bruder, Sohn oder Mitbürger sein könnte!

Wir haben der Lobpreisung von Sita's Eheglück den ersten Platz eingeräumt, wie auch Schridaman sogleich nach seiner Verwandlung den Gedanken an die Vorteile, die seiner Eheliebsten daraus erwüchsen, allem Übrigen vorangestellt hatte. Sein Glück aber, wie sich versteht, entsprach vollkommen dem ihrigen und trug auf dieselbe Weise Paradiesescharakter. Nicht genug kann man die Lauschenden auffordern, sich in die unvergleichliche Lage eines Liebhabers zu versetzen, der in tiefer Verzagtheit von der Geliebten abließ, weil er gewahr werden mußte, daß sie sich nach anderer Umarmung sehnte, und der nun, er selbst, ihr das zu bieten hat, wonach sie so sterblich verlangte. Indem man auf sein Glück die Aufmerksamkeit lenkt, fühlt man sich versucht, es noch über das der reizenden Sita zu stellen. Die Liebe, die Schridaman zu Sumantras goldfarbenem Kinde ergriffen hatte, nachdem er sie im frommen Bade belauscht, – eine Liebe, so feurig-ernst, daß sie für ihn, zu Nanda's populärer Erheiterung, die Gestalt einer Krankheit zum Tode und der Überzeugung, sterben zu müssen, angenommen hatte, – diese heftige, leidende und im Grunde zartsinnige Ergriffenheit also, entzündet durch ein reizendes Bild, dem er jedoch sogleich die Würde der Person zu wahren bestrebt gewesen war, – kurzum, diese, aus der Vermählung von Sinnenschönheit und Geist geborene Begeisterung war, wie sich versteht, eine Sache seiner gesamten Selbstheit, – vor allem und in wesentlichem Betracht aber doch eine Sache seines brahmanischen, von der Göttin »Rede« mit Gedanken-Inbrunst und Einbildungskraft begabten Hauptes gewesen, welchem der ihm anhängende, milde Körper, wie das in der Ehe deutlich geworden sein mochte, keine ganz ebenbürtige Gesellschaft dabei geleistet hatte. Nun aber ist man dringlich aufgefordert, das Glück, die Genugtuung einer Selbstheit nachzufühlen, der zu solchem feurig-fein und tief-ernst veranlagten Haupt ein heiter-populärer Leib, ein Leib einfältiger Kraft gegeben wurde, welcher für die geistige Leidenschaft dieses Hauptes voll und ganz einzustehen geschaffen ist! Es ist ein zweckloser Versuch, sich die Wonnen des Paradieses, also etwa das Leben im Götterhain »Freude«, anders vorzustellen, als im Bilde der Vollkommenheit.

Selbst das trübende »Vorerst«, das dort oben freilich nicht vorkommt, macht insofern keinen Unterschied zwischen hier und dort, als es ja nicht dem Bewußtsein des Genießenden, sondern nur dem des geistig Obwaltenden, dem erzählenden Bewußtsein angehört und also nur eine sachliche, keine persönliche Trübung mit sich bringt. Und doch ist zu sagen, daß es sich bald, sehr früh auch schon ins Persönliche einzuschleichen begann, ja eigentlich von Anfang an auch hier seine irdisch einschränkende und bedingende, vom paradiesischen abweichende Rolle spielte. Es ist zu sagen, daß die schönhüftige Sita einen Irrtum begangen hatte, als sie den gnädigen Befehl der Göttin in der Weise ausgeführt hatte, wie es ihr passiert war – einen Irrtum nicht nur, so weit sie ihn aus blinder Hast, sondern auch so weit sie ihn etwa nicht ganz allein aus blinder Hast so ausgeführt hatte. Dieser Satz ist wohl bedacht und will wohl verstanden sein.

Nirgends tut der welterhaltende Zauber der Maya, das Lebens-Grundgesetz des Wahns, des Truges, der Einbildung, das alle Wesen im Banne hält, sich stärker und foppender hervor, als im Liebesverlangen, dem zärtlichen Begehren der Einzel-Geschöpfe nach einander, das so recht der Inbegriff und das Musterbeispiel alles Anhangens, aller Umfangenheit und Verstrickung, aller das Leben hinfristenden, zu seiner Fortsetzung verlockenden Täuschung ist. Nicht umsonst heißt die Lust, des Liebesgottes gewitzigte Ehegesellin, – nicht umsonst heißt diese Göttin »Die mit Maya Begabte«; denn sie ist es, welche die Erscheinungen reizend und begehrenswert macht, oder vielmehr sie so erscheinen läßt: wie ja denn auch in dem Worte »Erscheinung« das Sinn-Element bloßen Scheines schon enthalten ist, dieses aber wieder mit den Begriffen von Schimmer und Schönheit nahe zusammenhängt. Lust, die göttliche Gauklerin, war es gewesen, die den Jünglingen am Badeplatz der Durgâ, besonders aber dem begeisterungswilligen Schridaman, Sita's Leib so schimmernd schön, so ehrfurchtgebietend-anbetungswürdig hatte erscheinen lassen. Man muß aber nur beobachten, wie froh und dankbar die Freunde damals gewesen waren, als die Badende das Köpfchen gewandt hatte und sie gewahr geworden waren, daß auch dieses lieblich war nach Näschen, Lippen, Brauen und Augen, sodaß nicht etwa die süße Figur durch ein häßlich Gesicht um Wert und Bedeutung gebracht würde, – nur hieran muß man zurückdenken, um inne zu werden, wie sehr versessen der Mensch nicht etwa erst auf das Begehrte, sondern auf das Begehren selber ist; daß er nicht nach Ernüchterung, sondern nach Rausch und Verlangen trachtet und nichts mehr fürchtet, als enttäuscht, das heißt: der Täuschung enthoben zu werden.

Nun gebt aber acht, wie die Sorge der jungen Leute, daß nur auch ja das Frätzchen der Belauschten hübsch sein möchte, die Abhängigkeit des Körpers nach seinem Maya-Sinn und -Wert von dem Kopfe beweist, dem er zugehört! Mit Recht hatte Kamadamana, der Bezwinger der Wünsche, das Haupt für der Glieder höchstes erklärt und darauf seinen Schiedsspruch gegründet. Denn in der Tat ist das Haupt bestimmend für die Erscheinung und den Liebeswert auch des Leibes, und es ist wenig gesagt, daß dieser ein anderer ist, verbunden mit einem anderen Haupt, – nein, laßt nur einen Zug, ein Ausdrucksfältchen des Antlitzes ein anderes sein, und das Ganze ist nicht mehr dasselbe. Hier lag der Irrtum, den Sita im Irrtum beging. Sie pries sich glücklich, diesen begangen zu haben, weil es ihr paradiesisch schien – und vielleicht im Voraus so erschienen war –, den Freundesleib im Zeichen des Gattenhauptes zu besitzen: aber sie hatte nicht vorbedacht, und ihr Glück wollte es vorerst nicht wahrhaben, daß der Nanda-Leib in Einheit mit dem schmalnäsigen Schridaman-Haupt, seinen gedankensanften Augen und dem milden, fächerförmigen Bart um die Wangen nicht mehr derselbe, nicht länger Nanda's fröhlicher Leib, sondern ein anderer war.

Ein anderer war er sofort und vom ersten Augenblick an nach seiner Maya. Nicht aber von dieser nur ist hier die Rede. Denn mit der Zeit – der Zeit, die Sita und Schridaman vorerst im Vollgenusse der Sinnenlust, in unvergleichlichen Liebesfreuden verbrachten –, wurde der begehrte und gewonnene Freundesleib (wenn man Nanda's Leib im Zeichen von Schridamans Haupt noch als den Leib des Freundes bezeichnen kann, da ja nun eigentlich der ferne Gattenleib zum Freundesleib geworden war) – mit der Zeit also, und zwar in garnicht langer Zeit, wurde der vom verehrten Gattenhaupt gekrönte Nanda-Leib auch an und für sich und von aller Maya ganz abgesehen ein anderer, indem er sich unter dem Einfluß des Hauptes und seiner Gesetze nach und nach ins Gattenmäßige wandelte.

Das ist gemeines Geschick und das gewöhnliche Werk der Ehe: Sita's schwermütige Erfahrung unterschied sich in diesem Punkte nicht sehr von derjenigen anderer Frauen, die auch binnen kurzem in dem bequemen Gemahl den ranken und feurigen Jüngling nicht wiedererkennen, der um sie freite. Das Üblich-Menschliche war hier aber doch besonders betont und begründet.

Der maßgebliche Einfluß des Schridaman-Hauptes, der schon darin zu Tage trat, daß Sitas Eheherr seinen neuen Leib wie den früheren, und nicht im Nanda-Stil, kleidete, bekundete sich auch in der Weigerung, seine Poren, wie Nanda immer getan, mit Senföl zu tränken: denn er konnte, von Hauptes wegen, diesen Geruch durchaus nicht an sich selber leiden und mied das Kosmetikum, was gleich eine gewisse Enttäuschung für Sita bedeutete. Eine leichte Enttäuschung war es für sie vielleicht sogar, daß Schridamans Haltung beim Sitzen am Boden, wie kaum gesagt werden muß, nicht vom Körper, sondern von seinem Kopf bestimmt wurde, und daß er also die populäre Hockstellung, die Nanda gewohnheitsmäßig eingenommen, verschmähte und seitlich saß. Das alles aber waren nur Kleinigkeiten des Anfangs.

Schridaman, der Brahmanenenkel, fuhr auch mit dem Nanda-Leib fort, zu sein, was er gewesen, und zu leben, wie er gelebt hatte. Er war kein Schmied noch Hirt, sondern ein Wânidja und eines Wânidjas Sohn, der seines Vaters würdigen Handel betreiben half und ihm bei zunehmender Mattigkeit seines Erzeugers bald selber vorstand. Nicht führte er den schweren Hammer, noch weidete er das Vieh auf dem Berge »Buntgipfel«, sondern kaufte und verkaufte Mull, Kampfer, Seide und Zitz, auch Reisstampfer und Feuerhölzer, die Leute von »Wohlfahrt der Kühe« damit versehend, wobei er zwischenein in den Veden las; und gar kein Wunder denn, so wunderbar sonst die Geschichte lauten mag, daß Nanda's Arme bald an ihm ihre Wackerkeit einbüßten und dünner wurden, seine Brust sich verschmälerte und entstraffte, einiger Schmer sich wieder ans Bäuchlein versammelte, kurzum, daß er mehr und mehr ins Gattenmäßige fiel. Sogar die Locke »Glückskalb« ging ihm aus, nicht ganz, aber schütter wurde sie, sodaß sie kaum noch als Krischna-Zeichen erkennbar war: Sita, sein Weib, stellte es mit Wehmut fest. Doch soll nicht geleugnet werden, daß mit der tatsächlichen und nicht bloß mayamäßigen Umprägung, die sich selbst auf den Farbton der Haut erstreckte, welche heller wurde, auch eine Verfeinerung und, wenn man will, eine Veredelung verbunden war – das Wort in einem teils brahmanen-, teils kaufmannmäßigen Sinne verstanden –; denn kleiner und feiner wurden seine Hände und Füße, zarter die Kniee und Knöchel, und alles in allem: der fröhliche Freundesleib, in seiner früheren Zusammengehörigkeit die Hauptsache, wurde zum milden Anhängsel und Zubehör eines Hauptes, für dessen edelmütige Impulse er bald nicht mehr in paradiesischer Vollkommenheit einstehen mochte und konnte, und dem er nur noch mit einer gewissen Trägheit Gesellschaft dabei leistete.

Dies Sita's und Schridamans eheliche Erfahrung nach den allerdings unvergleichlichen Freuden des Honigmondes. Sie ging nicht so weit, daß nun etwa wirklich und gänzlich der Nanda-Leib sich in den des Schridaman zurückverwandelt hätte, sodaß alles beim alten gewesen wäre, das nicht. In dieser Geschichte wird nicht übertrieben, sondern vielmehr betont sie die Bedingtheit der körperlichen Verwandlung und ihre Beschränkung aufs allerdings Unverkennbare, um Verständnisraum zu schaffen für die Tatsache, daß es sich um eine Wechselwirkung zwischen Haupt und Gliedern handelte und auch das Ich- und Meingefühle bestimmende Schridamanhaupt Veränderungen der Anpassung unterlag, die sich dem Natursinn aus dem Säfte-Zusammenhang von Haupt und Körper, der Wesenserkenntnis aber aus höheren Zusammenhängen erklären mögen.

Es gibt eine geistige Schönheit und eine solche, die zu den Sinnen spricht. Einige aber wollen das Schöne ganz und gar der Sinnenwelt zuteilen und das Geistige grundsätzlich davon absondern, sodaß sich die Welt in Geist und Schönheit gegensätzlich aufgespalten erwiese. Darauf beruht denn auch die vedische Väterlehre: »Zweierlei Seligkeit nur wird in den Welten erfahren: durch dieses Leibes Freuden und in erlösender Ruhe des Geistes.« Aus dieser Seligkeitslehre aber geht schon hervor, daß sich das Geistige zum Schönen keineswegs in der selben Weise gegensätzlich verhält, wie das Häßliche, und daß es nur bedingtermaßen mit diesem ein und dasselbe ist. Das Geistige ist nicht gleichbedeutend mit dem Häßlichen oder muß es nicht sein; denn es nimmt Schönheit an durch Erkenntnis des Schönen und die Liebe zu ihm, die sich als geistige Schönheit äußert und aus dem Grunde mitnichten eine ganz fremde und hoffnungslose Liebe ist, weil nach dem Anziehungsgesetz des Verschiedenen auch das Schöne seinerseits nach dem Geistigen strebt, es bewundert und seiner Werbung entgegenkommt. Diese Welt ist nicht so beschaffen, daß darin der Geist nur Geistiges, die Schönheit aber nur Schönes zu lieben bestimmt wäre. Sondern der Gegensatz zwischen den beiden läßt mit einer Deutlichkeit, die sowohl geistig wie schön ist, das Weltziel der Vereinigung von Geist und Schönheit, das heißt der Vollkommenheit und nicht länger zwiegespaltenen Seligkeit erkennen; und unsere gegenwärtige Geschichte ist nur ein Beispiel für die Mißlichkeiten und Fehlschläge, unter denen nach diesem Endziel gestrebt wird.

Schridaman, des Bhavabhûti Sohn, hatte versehentlich zu einem edlen Haupt, das heißt einem solchen, in dem sich die Liebe zum Schönen ausdrückte, einen schönen und wackeren Leib erhalten; und da er Geist besaß, war ihm gleich so gewesen, als liege etwas wie Traurigkeit darin, daß das Fremde nun sein geworden und kein Gegenstand der Bewunderung mehr war, – mit anderen Worten: daß er nun selber war, wonach ihn verlangt hatte. Diese »Traurigkeit« bewährte sich leider in den Veränderungen, denen auch sein Kopf im Zusammenhang mit dem neuen Leib unterlag, denn es waren solche, wie sie an einem Haupte vor sich gehen, das durch den Besitz des Schönen der Liebe zu diesem und damit der geistigen Schönheit mehr oder weniger verlustig geht.

Die Frage steht offen, ob dieser Vorgang sich nicht auf jeden Fall, auch ohne den Leibestausch und rein auf Grund des ehelichen Besitzes der schönen Sita vollzogen hätte: wir wiesen auf den Einschlag von Allgemeingültigkeit in diesem Geschick, das durch die besonderen Umstände nur verstärkt und zugespitzt wurde, ja schon hin. Auf jeden Fall ist es für den Lauscher mit sachlich beobachtendem Natursinn nur interessant, für die schöne Sita aber war es schmerzlich und ernüchternd zu bemerken, wie ihres Gemahles einst so feine und schmale Lippen im Barte satter und voller wurden, ja, sich nach außen kehrten und der Wulstigkeit nahe kamen; wie seine Nase, ehemals dünn wie Messersschneide, an Fleischigkeit zunahm, ja eine unleugbare

Neigung zeigte, sich zu senken und ins Ziegenmäßige zu fallen, und seine Augen den Ausdruck einer gewissen stumpfen Fröhlichkeit annahmen. Es war auf die Dauer ein Schridaman mit verfeinertem Nanda-Leib und vergröbertem Schridaman-Kopf; es war nichts Rechtes mehr mit ihm. Der Vortragende ruft auch darum, und darum besonders das Verständnis der Hörer für die Empfindungen auf, die Sita bei diesem Vorgang erfüllten, weil sie garnicht umhin konnte, aus den Veränderungen, die sie an ihrem Gatten beobachtete, auf entsprechende Veränderungen zu schließen, die sich unterdessen an der Gesamtperson des fernen Freundes vollzogen haben mochten.

Wenn sie des Gattenleibes gedachte, den sie in nicht gerade überseliger, aber heiliger und erweckender Brautnacht umfangen, und den sie nicht mehr, oder, wenn man will, da er nun der Freundesleib war, noch immer nicht besaß –, so zweifelte sie nicht, daß die Maya des Nanda-Leibes auf jenen übergegangen –, sie zweifelte nicht, wo jetzt die Locke »Glückskalb« anzutreffen war. Mit aller Bestimmtheit vermutete sie aber auch, daß dem treuherzigen Freundeshaupt, das nun den Gattenleib krönte, eine Verfeinerung zuteil geworden sein müsse, wie sie derjenigen des vom Gattenhaupte gekrönten Freundesleibes entsprach; und gerade diese Vorstellung, mehr noch als die andere, rührte sie tief und ließ ihr bald bei Tag und Nacht und selbst in ihres Eheherren mäßigen Armen keine Ruhe mehr. Der einsam verschönte Gattenleib schwebte ihr vor, wie er im Zusammenhang mit dem armen, verfeinerten Freundeshaupt auf eine geistige Weise unter der Trennung von ihr litt; und ein sehnsüchtiges Mitleid mit dem Fernen wuchs in ihr auf, sodaß sie die Augen schloß in Schridamans ehelicher Umarmung und in der Lust vor Kummer erbleichte.

XII

Als ihre Zeit gekommen war, gebar Sita dem Schridaman ihr Früchtchen, ein Knäblein, das sie Samadhi, will sagen: »Sammlung« nannten. Man schwenkte einen Kuhschweif über dem Neugeborenen, um Unheil von ihm abzuwehren, und tat Mist von der Kuh auf seinen Kopf zu verwandtem Zweck – alles, wie es sich gehört. Die Freude der Eltern (wenn dieses Wort ganz am Platze ist) war groß, denn der Knabe war weder blaß noch blind. Aber sehr hellfarbig war er allerdings von Haut, was mit der mütterlichen Abstammung aus Kshatriya- oder Kriegerblut zusammenhängen mochte, und war dazu, wie sich allmählich herausstellte, in hohem Grade kurzsichtig. In dieser Weise erfüllen sich Wahrsagungen und alte Volksüberzeugungen: Sie erfüllen sich andeutungsweise und etwas verwischt; man kann behaupten, sie seien eingetroffen und kann es auch wieder bestreiten.

Seines kurzen Gesichtes wegen wurde Samadhi später auch Andhaka, das ist: ›Blindling‹ genannt, und dieser Name gewann allmählich die Oberhand über den ersten. Es verlieh aber diese Eigenschaft seinen Gazellenaugen einen weichen und einnehmenden Schimmer, sodaß sie noch schöner waren, als Sita's Augen, denen sie übrigens glichen; wie denn überhaupt der Knabe keinem der beiden Väter, sondern aufs allerentschiedenste seiner Mutter glich, die ja auch der klare und eindeutige Teil seiner Herkunft war, weshalb wohl seine Gestaltwerdung sich auf sie angewiesen gefühlt hatte. Demnach war er bildhübsch, und sein Gliederbau erwies sich, sobald nur die krumme Zeit der besudelten Windeln vorüber war und er sich ein wenig streckte, vom reinsten und kräftigsten Ebenmaß. Schridaman liebte ihn wie sein eigenes Fleisch und Blut, und Abdankungsgefühle, die Neigung, nun dem Sohn das Dasein zu überlassen und in ihm zu leben, zeichneten sich in seiner Seele ab.

Die Jahre aber, in denen Samadhi-Andhaka sich lieblich herausmachte an seiner Mutter Brust und in seiner Hängewiege, waren eben die, in denen die geschilderte Umprägung Schridamans nach Haupt und Gliedern sich abspielte, und die seine Gesamtperson dermaßen ins Gattenmäßige wandelten, daß Sita es nicht mehr aushielt und das Mitleid mit dem fernen Freund, in dem sie den Erzeuger ihres Knäbleins sah, überstark in ihr wurde. Der Wunsch, ihn wiederzusehen, wie er seines Teils nach dem Gesetz der Entsprechung geworden sein mochte, und ihm ihr reizendes Früchtchen vorzustellen, damit auch er seine Freude an ihm habe, erfüllte sie ganz und gar, ohne daß sie doch dem Gattenhaupt Mitteilung davon zu machen wagte. Darum, als Samadhi vier Jahre alt war, schon anfing, überwiegend Andhaka zu heißen, und, wenn auch nur trippelnd, laufen konnte, Schridaman sich aber gerade auf einer Geschäftsreise befand, beschloß sie, auf und davon zu gehen, um, was es auch kosten möge, den Einsiedel Nanda ausfindig zu machen und ihn zu trösten.

Eines Morgens im Frühjahr, noch vor Tag, bei Sternenschein, legte sie Wanderschuhe an, nahm einen langen Stab in die Hand, ergriff mit der anderen die ihres Söhnchens, dem sie sein Hemdchen aus Kattun von Kalikat angezogen, und schritt, einen Beutel mit Wegzehrung auf dem Rücken, ungesehen und auf gut Glück mit ihm davon aus Haus und Dorf.

Die Tapferkeit, mit der sie die Beschwerden und Fährlichkeiten dieser Wanderschaft bestand, legt Zeugnis ab für die entschiedene Dringlichkeit ihres Wunsches. Auch mochte ihr Kriegerblut, so verdünnt es war, ihr dabei zustatten kommen, und gewiß tat das ihre Schönheit, sowie die ihres Knaben, denn jeder machte sich ein Vergnügen daraus, einer so liebreizenden Pilgerin und ihrem glanzäugigen Begleiter weiter zu helfen mit Rat und Tat. Den Leuten sagte sie, daß sie auf der Fahrt und Suche sei nach dem Vater dieses Kindes, ihrem Mann, der aus unüberwindlicher Neigung zur Wesensbetrachtung ein Wald-Einsiedel geworden sei, und dem sie seinen Sohn zuführen wolle, damit er ihn belehre und segne; und auch dies stimmte die Menschen weich, ehrerbietig und gefällig gegen sie. In Dörfern und Weilern bekam sie Milch für ihren Kleinen, fast immer bekam sie ein Nachtlager für sich und ihn in Scheunen und auf den Erdbänken der Feuerstätten. Oft nahmen Jute- und Reisbauern sie auf ihren

Karren mit für weite Strecken, und bot sich keine solche Gelegenheit des Fortkommens, so schritt sie unverzagt, das Kind bei der Hand, an ihrem Stabe, im Staube der Landstraßen, wobei Andhaka zwei Schritte machte auf einen von ihren und nur ein ganz kurzes Stück der Straße mit seinen schimmernden Augen vor sich ersah. Sie aber sah weit hinaus in die zu erwandernde Ferne, das Ziel ihrer mitleidigen Sehnsucht unverrückt vor Augen.

So erwanderte sie den Dankakawald, denn sie vermutete, daß der Freund sich dort eine Menschenleere gesucht habe. Aber an Ort und Stelle erfuhr sie von den Heiligen, die sie befragte, daß er nicht da sei. Viele konnten oder wollten ihr eben nur dieses sagen; aber einige Einsiedler-Frauen, die den kleinen Samadhi herzten und fütterten, lehrten sie guten Herzens ein Weiteres, nämlich, wo er denn sei. Denn die Welt der Zurückgezogenen ist eine Welt wie eine andere, in der man Bescheid weiß, wenn man dazu gehört, und in der es viel Klatsch, Bemängelung, Eifersucht, Neugier und Überbietungsbegierde gibt, und ein Klausner weiß sehr wohl, wo ein anderer haust und wie er's treibt. Darum konnten jene guten Weiber der Sita verraten, daß der Einsiedel Nanda seine Stätte nahe dem Flusse Gomati oder dem »Kuhfluß«, sieben Tagereisen von hier gegen Süden und Westen, aufgeschlagen habe, und es sei eine herzerfreuende Stätte, mit vielerlei Bäumen, Blumen und Schlingpflanzen, voll von Vogelruf und Tieren in Rudeln, und das Ufer des Flusses trage Wurzeln, Knollen und Früchte. Alles in Allem habe Nanda den Ort seiner Zurückgezogenheit wohl etwas zu herzerfreuend gewählt, als daß die strengeren Heiligen seine Askese ganz ernst zu nehmen vermöchten, zumal da er außer Baden und Schweigen keine nennenswerten Observanzen befolge, sich schlecht und recht von den Früchten des Waldes, dem wilden Reis der Regenzeit und gelegentlich sogar von gebratenen Vögeln nähre und eben nur das betrachtsame Leben eines Betrübten und Enttäuschten führe. Was den Weg zu ihm betreffe, so sei er ohne besondere Beschwerden und Anstände, ausgenommen den Engpaß der Räuber, die Tigerschlucht und das Schlangental, wo man allerdings acht geben und sein Herz in beide Hände nehmen müsse.

So unterwiesen, schied Sita von den hilfreichen Weibern des Dankakawaldes und setzte voll neu belebter Hoffnung nach gewohnter Art ihre Reise fort. Glücklich bestand sie sie von Tag zu Tag, und vielleicht waren es Kama, der Gott der Liebe, im Bunde mit Schri-Lakschmi, der Herrin des Glücks, die ihre Schritte behüteten. Unangefochten legte sie den Engpaß der Räuber zurück; die Tigerschlucht lehrten freundliche Hirten sie zu umgehen, und im Tal der Vipern, das unvermeidlich war, trug sie den kleinen Samadhi-Andhaka die ganze Zeit auf dem Arm.

Aber als sie zum Kuhfluß kam, führte sie ihn wieder an der Hand, mit ihrer anderen den Wanderstab aufsetzend. Es war ein tauschimmernder Morgen, an dem sie dort anlangte. Eine Weile schritt sie am blumigen Ufer hin, und wandte sich dann, ihrer Belehrung gemäß, landeinwärts über die Flur gegen einen Waldstrich, hinter dem eben die Sonne emporstieg und der von den Blüten der roten Aschoka und des Kimschukabaumes wie Feuer leuchtete. Ihre Augen waren geblendet vom Morgenglanz, als sie sie aber mit ihrer Hand beschattete, unterschied sie am Waldesrand eine Hütte, mit Stroh und Rinde gedeckt, und dahinter einen Jüngling im Bastkleide und mit Gräsern gegürtet, der mit der Axt etwas am Gezimmer besserte. Und als sie sich noch mehr näherte, gewahrte sie, daß seine Arme wacker waren, wie die, die sie zur Sonne geschaukelt, daß aber dabei seine Nase auf eine nicht ziegenmäßig zu nennende, sondern sehr edle Art gegen die nur mäßig gewölbten Lippen abfiel.

»Nanda!« rief sie, und das Herz war ihr hochrot vor Freude. Denn er erschien ihr wie Krischna, der vom Safte kraftvoller Zärtlichkeit überströmt. »Nanda, schau her, es ist Sita, die zu dir kommt!«

Da ließ er sein Beil fallen, und lief ihr entgegen und hatte die Locke »Glückskalb« auf seiner Brust. Mit hundert Willkommens- und Liebesnamen nannte er sie, denn er hatte sich sehr nach ihrer Ganzheit gesehnt mit Leib und Seele. »Kommst du endlich«, rief er, »du Mondmilde, du Rebhuhnäugige, du ringsum Feingliedrige, Schönfarbene du, Sita, mein Weib mit den herrlichen Hüften? In wieviel Nächten hat mir geträumt, daß du so zu dem Ausgestoßenen, Einsamen übers Gebreite kämest, und nun bist du's wirklich und hast den Räubersteg, den Tiger-Dschungel und das Schlangental bestanden, die ich geflissentlich zwischen uns legte aus Zornmut über den Schicksalsspruch! Ach, du bist eine großartige Frau! Und wer ist denn das, den du mit dir führst?«

»Es ist das Früchtchen«, sagte sie, »das du mir schenktest in erster heiliger Ehenacht, als du noch nicht Nanda warst.«

»Das wird nicht besonders gewesen sein«, sagte er. »Wie heißt er denn?«

»Er heißt Samadhi«, antwortete sie, »aber mehr und mehr nimmt er den Namen Andhaka an.«

»Warum das?« fragte er.

»Glaube nicht, daß er blind ist!« erwiderte sie. »Er ist es so wenig, wie man ihn bleich nennen kann, trotz seiner weißen Haut. Aber sehr kurz von Gesicht ist er allerdings, sodaß er keine drei Schritt weit sehen kann.«

»Das hat seine Vorteile«, sagte Nanda. Und sie setzten den Knaben ein Stückchen weit weg von der Hütte ins frische Gras und gaben ihm Blumen und Nüsse zum Spielen. So war er beschäftigt, und was sie selber spielten, umfächelt vom Duft der Mangoblüten, der im Frühling die Liebeslust mehrt, und zum Getriller des Kokils in den bestrahlten Wipfeln, lag außerhalb seines Gesichtskreises. –

Ferner erzählt die Geschichte, daß das Ehe-Glück dieser Liebenden nur einen Tag und eine Nacht dauerte, denn noch hatte die Sonne sich nicht abermals über den rotblühenden Waldstrich erhoben, an dem Nanda's Hütte lehnte, als Schridaman dort anlangte, dem es bei der Rückkehr in sein verwaistes Haus sogleich klar gewesen war, wohin seine Frau sich gewandt. Die Hausgenossen zu »Wohlfahrt der Kühe«, die ihm mit Zagen das Verschwinden Sitas meldeten, hatten wohl erwartet, daß sein Zorn aufflammen werde, wie ein Feuer, in das man Butter gießt. Das aber geschah nicht, sondern er hatte nur langsam genickt, wie ein Mann, der alles vorher gewußt, und nicht nachgesetzt war er seinem Weibe in Wut und Rachbegier, sondern hatte sich zwar ohne Rast, aber auch ohne Hast nach Nanda's Einsiedelei auf den Weg gemacht. Denn wo diese gelegen war, hatte er längst gewußt und es nur vor Sita verborgen gehalten, um das Verhängnis nicht zu beschleunigen.

Sachte kam er und gesenkten Hauptes geritten auf seinem Reisetier, einem Yak-Ochsen, stieg ab unterm Morgenstern vor der Hütte und störte nicht einmal die Umarmung des Paares drinnen, sondern saß und wartete, daß der Tag sie löse. Denn seine Eifersucht war nicht von alltäglicher Art, wie sie gemeinhin schnaubend erlitten wird unter gesonderten Wesen, sondern sie war durch das Bewußtsein geläutert, daß es sein eigener ehemaliger Leib war, mit dem Sita die Ehe wieder aufgenommen hatte, was man ebenso wohl einen Akt der Treue wie einen solchen des Verrates nennen konnte; und die Wesenserkenntnis lehrte ihn, daß es im Grunde ganz gleichgültig war, mit wem Sita schlief, mit dem Freunde oder mit ihm, da sie es, mochte auch der andere weiter nichts davon haben, immer mit ihnen beiden tat.

Daher die Unüberstürztheit, mit der er die Reise zurückgelegt und die Ruhe und Geduld, mit denen er vor der Hütte sitzend den Aufgang des Tages erwartete. Daß er bei alldem nicht gewillt war, den Dingen ihren Lauf zu lassen, lehrt die Fortsetzung der Geschichte, der zufolge Sita und Nanda, als sie beim ersten Sonnenstrahl, während der kleine Andhaka noch schlief, aus der Hütte traten, Handtücher um die Hälse gehängt, da sie beabsichtigten, im nahen Flusse zu baden, und den Freund und Gatten gewahrten, der mit dem Rücken zu ihnen saß und sich bei ihrem Herauskommen nicht umwandte, – sie vor ihn traten, ihn in Demut begrüßten und in der Folge ihren Willen ganz mit dem seinen vereinigten, indem sie als notwendig anerkannten, was er unterwegs über sie alle drei zur Lösung ihrer Wirrnis beschlossen.

»Schridaman, du mein Herr und verehrtes Gattenhaupt!«

sagte Sita, indem sie sich tief vor ihm verneigte. »Sei gegrüßt und glaube nicht, daß dein Eintreffen uns entsetzlich und unwillkommen ist! Denn wo zwei von uns sind, wird immer der dritte fehlen, und so vergib mir, daß ich's nicht aushielt mit dir und es mich in übermäßigem Mitleid zum einsamen Freundeshaupt zog!«

»Und zum Gattenleib«, antwortete Schridaman. »Ich vergebe dir. Und auch dir vergebe ich, Nanda, wie du deinerseits mir vergeben magst, daß ich auf den Spruch des Heiligen pochte und Sita für mich nahm, indem ich nur meinen Ich- und Mein-Gefühlen Rechnung trug, mich um die deinigen aber nicht kümmerte. Zwar hättest du es ebenso gemacht, wenn der Endspruch des Heiligen nach deinem Sinne gelautet hätte. Denn in dem Wahn und der Sonderung dieses Lebens ist es das Los der Wesen, einander im Lichte zu stehen, und vergebens sehnen die Besseren sich nach einem Dasein, in dem nicht das Lachen des einen des anderen Weinen wäre. Allzu sehr habe ich auf meinem Kopfe beharrt, der sich deines Leibes erfreute. Denn mit diesen nun etwas gemagerten Armen hattest du Sita zur Sonne geschaukelt, und in unserer neuen Sonderung schmeichelte ich mir, ich hätte ihr alles zu bieten, wonach sie verlangte. Aber die Liebe geht aufs Ganze. Darum mußt' ich's erleben, daß unsere Sita auf deinem Kopfe beharrte und mir aus dem Hause ging. Wenn ich nun glauben könnte, sie werde in dir, mein Freund, ihr dauerndes Glück und Genüge finden, so würde ich meiner Wege ziehen und das Haus meines Vaters zu meiner Wildnis machen. Aber ich glaube es nicht; sondern wie sie sich vom Gattenhaupt überm Freundesleib nach dem Freundeshaupt sehnte überm Gattenleib, so wird ganz bestimmt ein mitleidiges Sehnen sie ergreifen nach dem Gattenhaupt überm Freundesleib und ihr wird keine Ruhe und kein Genüge beschieden sein, denn der ferne Gatte wird immer zum Freunde werden, den sie liebt, ihm wird sie unser Söhnchen Andhaka bringen, weil sie in ihm dessen Vater erblickt. Mit uns beiden aber kann sie nicht leben, da Vielmännerei unter höheren Wesen nicht in Betracht kommt. Habe ich recht, Sita, mit dem, was ich sage?«

»Wie dein Wort es ausspricht, so ist es leider, mein Herr und Freund«, antwortete Sita. »Mein Bedauern aber, das ich in das Wörtchen ›leider‹ fasse, bezieht sich nur auf einen Teil deiner Rede, nicht etwa darauf, daß der Greuel der Vielmännerei für eine Frau wie mich nicht in Betracht kommt. Dafür habe ich kein ›leider‹, sondern bin stolz darauf, denn vonseiten meines Vaters Sumantra fließt noch einiges Kriegerblut in meinen Adern, und gegen etwas so Tiefstehendes wie die Vielmännerei empört sich alles in mir: In aller Schwäche und Wirrnis des Fleisches hat man doch seinen Stolz und seine Ehre als höheres Wesen!«

»Ich habe es nicht anders erwartet«, sagte Schridaman, »und du magst versichert sein, daß ich diese von deiner Weibesschwäche unabhängige Gesinnung von Anfang an in meine Überlegungen einbezogen habe. Da du nämlich nicht mit uns beiden leben kannst, so bin ich gewiß, daß dieser Jüngling hier, Nanda, mein Freund, mit dem ich das Haupt tauschte, oder den Körper, wenn man will, – daß er mit mir darin übereinstimmt, daß auch wir nicht leben können, sondern daß uns nichts übrig bleibt, als unsere vertauschte Sonderung abzulegen und unser Wesen wieder mit dem Allwesen zu vereinigen. Denn wo das Einzelwesen in solche Wirrnis geraten, wie in unserem Fall, da ist es am besten, es schmelze in der Flamme des Lebens wie eine Spende Butter im Opferfeuer.«

»Mit vollem Recht«, sagte Nanda, »Schridaman, mein Bruder, rechnest du auf meine Zustimmung bei deinen Worten. Sie ist unumwunden. Ich wüßte auch wirklich nicht, was wir noch im Fleische zu suchen hätten, da wir beide unsere Wünsche gebüßt und bei Sita geruht haben: mein Leib durfte sich ihrer erfreuen im Bewußtsein deines Hauptes und der deine im Bewußtsein des meinen, wie sie sich meiner erfreute in deines Hauptes Zeichen und deiner im Zeichen des meinen. Unsere Ehre aber mag als gerettet gelten, denn ich habe nur dein Haupt mit deinem Leibe betrogen, was gewissermaßen dadurch wettgemacht wird, daß Sita, die Schönhüftige, meinen Leib mit meinem Haupte betrog; davor aber, daß ich, der ich dir doch einst

die Betelrolle verehrte zum Zeichen der Treue, dich mit ihr betrogen hätte als Nanda nach Haupt und Gliedern, davor hat
glücklicherweise Brahma uns bewahrt. Trotzdem kann es so mit
Ehren nicht weitergehen, denn für Vielmännerei und Weiberge-
meinschaft sind wir denn doch zu hochstehende Leute: Sita gewiß und ebenso gewiß du, selbst noch mit meinem Leibe. Aber
auch ich, besonders mit deinem. Darum stimme ich dir unumwunden zu in allem, was du von Einschmelzung sagst, und er-
biete mich, uns mit diesen in der Wildnis erstarkten Armen die
Scheiterhütte zu rüsten. Du weißt, daß ich mich schon früher
dazu erboten habe. Du weißt auch, daß ich stets entschlossen
war, dich nicht zu überleben und dir ohne Zögern in den Tod
gefolgt bin, als du dich der Göttin zum Opfer gebracht hattest.
Betrogen aber habe ich dich erst, als mein Gattenleib mir ein
gewisses Recht darauf gab und Sita mir den kleinen Samadhi
brachte, als dessen leiblichen Vater ich mich zu betrachten habe,
indem ich dir gern und mit Respekt die Vaterschaft dem Haupte
nach zugestehe.«

»Wo ist Andhaka?« fragte Schridaman.

»Er liegt in der Hütte«, antwortete Sita, »und sammelt im
Schlafe Kraft und Schönheit für sein Leben. Es war an der Zeit,
daß wir auf ihn zu sprechen kamen, denn seine Zukunft muß uns
wichtiger sein als die Frage, wie wir uns mit Ehre aus dieser
Wirrnis ziehen. Beides aber hängt nahe zusammen, und wir sorgen für seine Ehre, indem wir für unsere sorgen. Bliebe ich, wie
ich wohl möchte, allein bei ihm zurück, wenn ihr ins Allwesen
zurückkehrt, so würde er als elendes Witwenkind durchs Leben
irren, von Ehre und Freude verlassen. Nur wenn ich dem Beispiel der edlen Sati's folge, die sich dem Leib des toten Gatten
gesellten und mit ihm ins Feuer des Scheiterhaufens eingingen,
sodaß man ihrem Andenken Steinplatten und Obelisken setzte
auf den Verbrennungsplätzen, – nur wenn ich ihn mit euch ver-
lasse, wird sein Leben ehrenvoll sein, und die Gunst der Menschen wird ihm entgegenkommen. Darum fordere ich, des Sumantra Tochter, daß Nanda die Feuerhütte für dreie rüste. Wie
ich das Lager des Lebens mit euch beiden geteilt, so soll auch das

Glutbett des Todes uns drei vereinen. Denn auch auf jenem schon waren wir eigentlich immer zu dritt.«

»Nie«, sagte Schridaman, »habe ich etwas anderes von dir erwartet, sondern von vornherein den Stolz und Hochsinn in Rechnung gestellt, die dir neben der Fleischesschwäche innewohnen. Im Namen unseres Sohnes danke ich dir für dein Vorhaben. Um aber Ehre und Menschenstolz aus den Wirrnissen, in die uns das Fleisch gebracht, wahrhaftig wiederherzustellen, müssen wir sehr auf die Form der Wiederherstellung achten, und in dieser Beziehung weichen meine Gedanken und Entwürfe, wie ich sie auf der Reise entwickelt, von den euren ab. Mit dem toten Gemahl äschert die stolze Witwe sich ein. Du aber bist keine Witwe, solange auch nur Einer von uns beiden am Leben ist, und es ist sehr die Frage, ob du zur Witwe würdest, indem du mit uns Lebenden einsäßest in die Gluthütte und mit uns stürbest. Darum, um dich zur Witwe zu machen, müssen Nanda und ich uns töten, womit ich meine: wir müssen einander töten; denn ›uns‹ und ›einander‹ ist beides der richtigen Rede gemäß in unserem Fall und ist ein und dasselbe. Wie Hirsche um die Hirschkuh müssen wir kämpfen mit zwei Schwertern, für die gesorgt ist, denn sie hängen meinem Yak-Ochsen am Gurt. Aber nicht, damit einer siege und überlebe und die schönhüftige Sita davontrage, dürfen wir es tun: damit wäre nichts gebessert, denn immer wäre der Tote der Freund, nach dem sie sich in Sehnsucht verzehren würde, sodaß sie erblaßte in den Armen des Gatten. Nein, sondern beide müssen wir fallen, ins Herz getroffen einer vom Schwert des anderen, – denn nur das Schwert ist des anderen, nicht aber das Herz. So wird es besser sein, als wenn jeder das Schwert gegen die eigene gegenwärtige Sonderung kehrte; denn mir scheint, unsere Häupter haben kein Recht zum Todesbeschluß über den einem jeden anhängenden Leib, wie auch wohl unsere Leiber kein Recht hatten zur Wonne und Ehelust unter fremden Häuptern. Zwar wird es ein schwerer Kampf sein, insofern eines jeden Haupt und Leib davor auf der Hut werden sein müssen, nicht für sich selbst und um Sita's Alleinbesitz zu kämpfen, sondern auf das Doppelte bedacht, den tödlichen Streich zu führen und zu empfangen. Aber schwerer, als sich den Kopf abzuschlagen, was wir doch beide geleistet und über uns gewonnen haben, wird die doppelseitige Selbsttötung auch nicht sein.«

»Her mit den Schwertern!« rief Nanda. »Ich bin bereit zu diesem Kampf, denn es ist die rechte Art für uns Rivalen, diese Sache auszutragen. Er ist gerecht, denn bei der Aneignung unserer Leiber durch unsere Häupter sind unser beider Arme ziemlich gleich stark geworden: die meinen zarter an dir, die deinen stärker an mir. Mit Freuden werde ich dir mein Herz bieten, weil ich dich mit Sita betrog, das deine aber werde ich durchstoßen, damit sie nicht in deinen Armen erblasse um meinetwillen, sondern als Doppelwitwe sich uns im Feuer geselle.«

Da auch Sita sich einverstanden erklärte mit dieser Ordnung der Dinge, durch die, wie sie sagte, ihr Kriegerblut sich angesprochen fühle, weshalb sie sich denn auch nicht vom Kampfe beiseite drücken, sondern ihm, ohne mit der Wimper zu zucken, beiwohnen wolle, – so trug denn sogleich dies Todestreffen sich zu vor der Hütte, in der Andhaka schlief, auf dem blumigen Anger zwischen dem Kuhfluß und dem rotblühenden Waldstrich, und beide Jünglinge sanken in die Blumen, ein jeder getroffen in des anderen Herz. Ihr Leichenbegängnis aber gestaltete sich, weil das heilige Ereignis einer Witwenverbrennung damit verbunden war, zu einem großen Fest, und Tausende strömten zusammen auf dem Verbrennungsplatz, um zu beobachten, wie der kleine Samadhi, genannt Andhaka, als nächster männlicher Anverwandter sein kurzes Gesicht nahe hinhaltend, die Fackel legte an den aus Mango- und wohlriechenden Sandelklötzen errichteten Scheiterhaufen, dessen Fugenfüllung aus trockenem Stroh man reichlich mit zerlassener Butter begossen hatte, damit er rasch und gewaltig Feuer fange, und in welchem Sita von ›Buckelstierheim‹ zwischen dem Gatten und dem Freunde ihr Unterkommen gefunden hatte. Das Scheiterhaus loderte himmelhoch, wie man es selten gesehen, und sollte die schöne Sita eine Weile geschrien haben, weil Feuer, wenn man nicht tot ist, entsetzlich weh tut, so wurde ihre Stimme vom

Gellen der Muschelhörner und rasselndem Trommellärm übertönt, sodaß es so gut war, als hätte sie nicht geschrien. Die Geschichte aber will wissen, und wir wollen ihr glauben, daß die Glut ihr kühl gewesen sei in der Freude, mit den Geliebten vereinigt zu sein.

Sie bekam einen Obelisken an Ort und Stelle zum Gedenken ihres Opfers, und was von den Gebeinen der Drei nicht völlig verbrannt war, wurde gesammelt, mit Milch und Honig begossen und in einem Tonkrug geborgen, den man in die heilige Ganga versenkte.

Ihrem Früchtchen aber, Samadhi, der bald nur noch Andhaka hieß, ging es vortrefflich auf Erden. Berühmt durch das Brandfest, als Sohn einer Denkstein-Witwe, genoß er das Wohlwollen aller, das durch seine wachsende Schönheit bis zur Zärtlichkeit verstärkt wurde. Mit zwölf Jahren bereits glich seine Verkörperung einem Gandharven nach Anmut und lichter Kraft, und auf seiner Brust begann die Locke »Glückskalb« sich abzuzeichnen. Sein Blindlingstum indessen, weit entfernt, ihm zum Nachteil zu gereichen, behütete ihn davor, allzusehr im Körper zu leben, und hielt seinen Kopf zum Geistigen an. Den Siebenjährigen nahm ein vedakundiger Brahmane in seine Hut, bei dem er die richtig gebildete Rede, Grammatik, Astronomie und Denkkunst studierte, und nicht älter als zwanzig war er schon Vorleser des Königs von Benares. Auf einer herrlichen Palastterrasse saß er, in feinen Kleidern, unter einem weiß-seidenen Sonnenschirm, und las dem Fürsten mit einnehmender Stimme aus heiligen und profanen Schriften vor, wobei er das Buch sehr dicht vor seine schimmernden Augen hielt.

Das Gesetz

I.

Seine Geburt war unordentlich, darum liebte er leidenschaftlich Ordnung, das Unverbrüchliche, Gebot und Verbot.

Er tötete früh im Auflodern, darum wußte er besser, als jeder Unerfahrene, daß Töten zwar köstlich, aber getötet zu haben höchst gräßlich ist, und daß du nicht töten sollst.

Er war sinnenheiß, darum verlangte es ihn nach dem Geistigen, Reinen und Heiligen, dem Unsichtbaren, denn dieses schien ihm geistlich, heilig und rein.

Bei den Midianitern, einem rührig ausgebreiteten Hirten- und Handelsvolk der Wüste, zu dem er aus Ägypten, dem Lande seiner Geburt, fliehen mußte, da er getötet hatte (das Nähere sogleich), machte er die Bekanntschaft eines Gottes, den man nicht sehen konnte, der aber dich sah; eines Bergbewohners, der zugleich unsichtbar auf einer tragbaren Lade saß, in einem Zelt, wo er durch Schüttel-Lose Orakel erteilte. Den Kindern Midians war dieses Numen, Jahwe genannt, ein Gott unter anderen; sie dachten sich nicht viel bei seinem Dienst, den sie nur zur Sicherheit und für alle Fälle mitversahen. Es war ihnen eingefallen, daß unter den Göttern ja auch vielleicht einer sein könnte, den man nicht sah, ein Gestaltloser, und sie opferten ihm nur, um nichts zu versäumen, niemanden zu kränken und sich von keiner möglichen Seite her Unannehmlichkeiten zuzuziehen.

Mose dagegen, kraft seiner Begierde nach dem Reinen und Heiligen, war tief beeindruckt von der Unsichtbarkeit Jahwe's; er fand, daß kein sichtbarer Gott es an Heiligkeit mit einem unsichtbaren aufnehmen könne, und staunte, daß die Kinder Midians fast garkein Gewicht legten auf eine Eigenschaft, die ihm unermeßlicher Implikationen voll zu sein schien. In langen, schweren und heftigen Überlegungen, während er in der Wüste die Schafe des Bruders seines midianitischen Weibes hütete, erschüttert von Eingebungen und Offenbarungen, die in einem gewissen Fall sogar sein Inneres verließen und als flammendes Außen-Gesicht, als wörtlich einschärfende Kundgebung und unausweichlicher Auftrag seine Seele heimsuchten, gelangte er zu der Überzeugung, daß Jahwe kein anderer sei als El 'eljon, der Einzig-Höchste, El ro'i, der Gott, der mich sieht, – als Er, der immer schon »El Schaddai«, »der Gott des Berges«, geheißen, als El'olam, der Gott der Welt und der Ewigkeiten, – mit einem Wort, kein anderer, als Abrahams, Jizchaks und Jakobs Gott, der Gott der Väter, will sagen: der Väter der armen, dunklen, in ihrer Anbetung schon ganz konfusen, entwurzelten und versklavten Sippen, zu Haus in Ägyptenland, deren Blut von Vaters Seite in seinen, des Mose, Adern floß.

Darum und dieser Entdeckung voll, mit schwer beauftragter Seele, aber auch bebend vor Begierde, das Geheiß zu erfüllen, brach er seinen vieljährigen Aufenthalt bei den Kindern Midians ab, setzte seine Frau Zipora, ein recht vornehmes Weib, da sie eine Tochter Reguels, des Priesterkönigs in Midian, und die Schwester seines herdenbesitzenden Sohnes Jethro war, auf einen Esel, nahm auch seine zween Söhne, Gersom und Eliezer, mit und kehrte in sieben Tagereisen durch viele Wüsten gen Westen nach Ägyptenland zurück, das heißt in das brachige Unterland, wo der Nil sich teilt und wo, in einem Distrikte, der Kos, beziehungsweise auch Goschem, Gosem und Gosen hieß, das Blut seines Vaters wohnte und fronte.

Dort begann er sogleich, wo er ging und stand, in den Hütten und auf den Weide- und Arbeitsplätzen, diesem Blut seine große Erfahrung auseinanderzusetzen, wobei er eine bestimmte Art hatte, mit gestreckten Armen seine Fäuste zu beiden Seiten des Körpers bebend zu schütteln. Er benachrichtigte sie, daß der Gott der Väter wiedergefunden sei, daß er sich ihm, Moscheh ben 'Amram zu erkennen gegeben habe am Berge Hor in der Wüste Sin, aus einem Busch, der brannte und nicht verbrannte, daß er Jahwe heiße, was zu verstehen sei als: »Ich bin der ich bin, von Ewigkeit zu Ewigkeit«, aber auch als wehende Luft und als ein großes Tosen; daß er Lust habe zu ihrem Blut und unter Umständen einen Bund der Erwählung aus allen Völkern mit ihm zu schließen bereit sei, vorausgesetzt nämlich, daß es sich ihm in völliger Ausschließlichkeit verschwöre und eine Eidgenossenschaft aufrichte zum alleinigen, bildlosen Dienste des Unsichtbaren.

Hiermit drang er bohrend in sie und bebte mit den Fäusten dazu an außerordentlich breiten Handgelenken. Und doch war er nicht ganz aufrichtig mit ihnen, sondern hielt hinterm Berge mit mehrerem, was er meinte, ja mit dem Eigentlichen, aus Furcht, sie kopfscheu zu machen. Von den Implikationen der Unsichtbarkeit, also der Geistigkeit, Reinheit und Heiligkeit, sagte er ihnen nichts und wies sie lieber nicht darauf hin, daß sie als verschworene Diener des Unsichtbaren ein abgesondertes Volk des Geistes, der Reinheit und Heiligkeit würden zu sein haben. Aus Sorge verschwieg er es, sie zu erschrecken; denn sie waren ein so elendes, bedrücktes und in der Anbetung konfuses Fleisch, seines Vaters Blut, und er mißtraute ihnen, obgleich er sie liebte. Ja, wenn er ihnen verkündete, daß Jahwe, der Unsichtbare, Lust zu ihnen habe, so deutete er dem Gotte zu und trug in ihn hinein, was möglicherweise auch des Gottes war, zugleich aber mindestens auch sein Eigen: Er selbst hatte Lust zu seines Vaters Blut, wie der Steinmetz Lust hat zu dem ungestalten Block, woraus er feine und hohe Gestalt, seiner Hände Werk, zu metzen gedenkt, – daher die bebende Begier, die ihn, zugleich mit großer Seelenbeschwernis durch das Geheiß, bei seinem Aufbruch von Midian erfüllt hatte.

Womit er aber ebenfalls noch zurückhielt, das war des Geheißes zweite Hälfte; denn es war doppelt gewesen. Nicht nur dahin, daß er den Sippen die Wiederentdeckung des Vätergottes und seine Lust zu ihnen verkünde, hatte es gelautet, sondern zugleich dahin, daß er sie aus dem ägyptischen Diensthause hinausführen solle ins Freie und durch viele Wüsten ins Land der Verheißung, das Land der Väter. Dieser Auftrag war dem der Verkündigung einhängig und unzertrennbar mit ihm verschränkt. Gott – und Befreiung zur Heimkehr; der Unsichtbare

– und die Abschüttelung des Joches der Fremde, das war ein und derselbe Gedanke für ihn. Dem Volke aber sprach er noch nicht davon, weil er wußte, daß sich aus dem einen das andere ergeben werde, und auch, weil er hoffte, das Zweite auf eigene Hand bei Pharao, dem Könige Ägyptens auszuwirken, dem er garnicht so ferne stand.

Sei es nun aber, daß dem Volk seine Rede mißfiel – denn er sprach schlecht und stockend und fand öfters die Worte nicht –, oder daß es beim bebenden Schütteln seiner Fäuste die Implikationen der Unsichtbarkeit sowohl wie des Bundesangebots ahnte und merkte, daß er es zu anstrengenden und gefährlichen Dingen verlocken wollte, – es verhielt sich mißtrauisch, halsstarrig und ängstlich gegen sein Bohren, sah nach den ägyptischen Stockmeistern hin und sprach zwischen den Zähnen:

»Was stößt du Worte? Und was für Worte sind's, die du stößt? Es hat dich wohl einer zum Obersten oder zum Richter gesetzt über uns? Wir wüßten nicht wer.«

Das war ihm nicht neu. Er hatte es früher schon von ihnen gehört, bevor er nach Midian floh.

II.

Sein Vater war nicht sein Vater, und seine Mutter war seine Mutter nicht, – so unordentlich war seine Geburt. Ramessu's des Pharao's zweite Tochter ergötzte sich mit dienenden Gespielinnen und unterm Schutze Bewaffneter in dem königlichen Garten am Nil. Da wurde sie eines ebräischen Knechtes gewahr, der Wasser schöpfte, und fiel in Begierde um seinetwillen. Er hatte traurige Augen, ein Jugendbärtchen ums Kinn und starke Arme, wie man beim Schöpfen sah. Er werkte im Schweiß seines Angesichts und hatte seine Plage; für Pharao's Tochter aber war er ein Bild der Schönheit und des Verlangens, und sie befahl, daß man ihn zu ihr einlasse in einen Pavillon; da fuhr sie ihm mit dem kostbaren Händchen ins schweißnasse Haar, küßte den Muskel seines Arms und neckte seine Mannheit auf, daß er sich ihrer bemächtigte, der Fremdsklave des Königskindes. Als sie's gehabt, ließ sie ihn gehen, aber er ging nicht weit, nach dreißig Schritten ward er erschlagen und rasch begraben, so war nichts übrig von dem Vergnügen der Sonnentochter.

»Der Arme!« sagte sie, als sie's hörte. »Ihr seid auch immer so übergeschäftig. Er hätte schon stillgeschwiegen. Er liebte mich.« Danach aber wurde sie schwanger, und nach neun Monaten gebar sie in aller Heimlichkeit einen Knaben, den legten ihre Frauen in ein verpichtes Kästlein aus Rohr und verbargen dasselbe im Schilf am Rande des Wassers. Da fanden sie's dann und riefen:» O Wunder, ein Findling und Schilfknabe, ein ausgesetztes Kindlein! Wie in alten Mären ist es, genau wie mit Sargon, den Akki, der Wasserschöpfer im Schilfe fand und aufzog in der Güte seines Herzens. Immer wieder kommt dergleichen vor! Wohin nun mit diesem Fund? Das Allervernünftigste ist, wir geben ihn einer säugenden Mutter von schlichtem Stand, die übrige Milch hat, daß er als ihr und ihres redlichen Mannes Sohn erwachse.« Und sie händigten das Kind einem ebräischen Weibe ein, die brachte es hinab in die Gegend Gosen zu Jochebed, dem Weibe Amrams, von den Zugelassenen, eines Mannes aus Levi's Samen. Sie säugte ihren Sohn Aaron und hatte übrige Milch; darum, und weil ihrer Hütte heimlich zuweilen Gutes zukam von oben herab, zog sie das unbestimmte Kind mit auf in der Güte ihres Herzens. So wurden Amram und Jochebed sein Elternpaar vor den Menschen und Aaron sein Bruder. Amram hatte Rinder und Feld, und Jochebed war eines Steinmetzen Tochter. Sie wußten aber nicht, wie sie das fragliche Knäblein nennen sollten; darum gaben sie ihm einen halb ägyptischen Namen, will sagen: die Hälfte eines ägyptischen. Denn öfters hießen die Söhne des Landes Ptach-Mose, Amen-Mose oder Ra-Mose und waren als Söhne ihrer Götter genannt. Den Gottesnamen nun ließen Amram und Jochebed lieber aus und nannten den Knaben kurzweg Mose. So war er ein »Sohn« ganz einfach. Fragte sich eben nur, wessen.

III.

Als einer der Zugelassenen wuchs er auf und drückte sich aus in ihrer Mundart. Die Vorfahren dieses Blutes waren einst, zur Zeit einer Dürre, als »hungernde Beduinen von Edom«, wie Pharao's Schreiber sie nannten, mit Erlaubnis der Grenzbehörde ins Land gekommen, und der Distrikt Gosen, im Niederland, war ihnen zur Weidenutzung angewiesen worden. Wer da glaubt, sie hätten umsonst dort weiden dürfen, der kennt ihre Wirte schlecht, die Kinder Ägyptens. Nicht nur, daß sie steuern mußten von ihrem Vieh, und zwar daß es drückte, sondern alles, was Kräfte hatte bei ihnen, mußte auch Arbeitsdienst leisten, Fronwerk bei den mancherlei Bauten, die in einem solchen Lande, wie Ägypten es ist, immer im Gange sind. Besonders aber seit Ramessu, seines Namens der Zweite, Pharao war zu Theben, wurde ausschweifend gebaut, das war seine Lust und seine Königswonne. Verschwenderische Tempel baute er über das ganze Land, und drunten im Mündungsgebiet ließ er nicht nur den lange vernachlässigten Kanal erneuern und sehr verbessern, der den östlichsten Nilarm mit den Bitterseen und so das große Meer mit dem Zipfel des Roten Meeres verband, sondern er richtete auch zwei ganze Magazin-Städte am Lauf des Kanales auf, genannt Pitom und Ramses, und dazu wurden die Kinder der Zugelassenen, diese Ibrim ausgehoben, daß sie Ziegel büken, schleppten und rackerten im Schweiß ihrer Leiber unterm ägyptischen Stock.

Dieser Stock war mehr nur das Abzeichen von Pharao's Aufsehern, sie wurden nicht unnötig damit geschlagen. Auch hatten sie gut zu essen bei ihrer Fron: viel Fisch aus dem Nilarm, Brot, Bier und Rindfleisch recht wohl zur Genüge. Dem ungeachtet aber paßte und schmeckte die Fron ihnen wenig, denn sie waren Nomadenblut, mit der Überlieferung frei schweifenden Lebens, und stündlich geregelte Arbeit, bei der man schwitzte, war ihnen im Herzen fremd und kränkend. Sich aber über ihren Mißmut zu verständigen und eines Sinnes darüber zu werden, waren diese Sippen zu locker verbunden und ihrer selbst nicht hinläng-

lich bewußt. Seit mehreren Geschlechtern in einem Übergangs-
lande zeltend zwischen der Väterheimat und dem eigentlichen
Ägypten, waren sie von gestaltloser Seele, ohne sichere Lehre
und schwankenden Geistes; hatten vieles vergessen, einiges
halbwegs aufgenommen, und eines rechten Mittelpunktes er-
mangelnd trauten sie ihrem eigenen Gemüte nicht, auch nicht
dem Ingrimm, der darin war, über die Fron, an dem aber Fisch,
Bier und Rindfleisch sie irre machten.

Mosche nun, angeblich des Amram Sohn, hätte, als er dem
Knabenalter entwuchs, wohl ebenfalls für Pharao Ziegel strei-
chen müssen. Das geschah aber nicht, sondern der Jüngling
wurde von seinen Eltern genommen und nach Ober-Ägypten in
ein Schulhaus gebracht, so ein sehr feines Internat, wo die Söhne
syrischer Stadtkönige zusammen mit einheimischen Adels-
sprossen erzogen wurden. Da wurde er hingetan; denn seine
leibliche Mutter, Pharao's Kind, die ihn ins Schilf geboren, ein
zwar lüsternes, aber nicht gemütloses Ding, hatte sein gedacht
um seines verscharrten Vaters willen, des Wasserziehers mit
Bärtchen und mit den traurigen Augen, und wollte nicht, daß er
bei den Wilden bleibe, sondern zum Ägypter gebildet werde
und ein Hofamt erlange, in halber, verschwiegener Anerken-
nung seiner göttlichen Halbblütigkeit. So lernte denn Mose, gekleidet in weißes Leinen und eine Perücke auf dem Kopf, Stern-
und Länderkunde, Schriftkunst und Recht, war aber nicht
glücklich unter den Gecken des vornehmen Internats, sondern
ein Einsamer unter ihnen, voller Abneigung gegen die ganze
ägyptische Feinheit, aus deren Lust er entsprungen war. Das
Blut des Verscharrten, der dieser Lust hatte dienen müssen, war
stärker in ihm als sein ägyptischer Teil, und in seiner Seele hielt
er es mit den armen Gestaltlosen daheim in Gosen, die nicht Mut
hatten zu ihrem Ingrimm, hielt es mit ihnen gegen den lüsternen
Dünkel des Mutterblutes.

»Wie ist doch dein Name?« fragten ihn wohl die Genossen
vom Schulhause.

»Mose heiße ich«, antwortete er.

»Ach-Mose oder Ptach-Mose?« fragten sie.

»Nein, nur Mose«, erwiderte er.

»Das ist ja dürftig und ausgefallen«, sagten die Schnösel, und er ergrimmte, daß er sie hätte erschlagen und verscharren mögen. Denn er verstand, daß sie mit solchen Fragen nur in seiner Unregelmäßigkeit stochern wollten, die in schwankenden Umrissen allen bekannt war. Hätte er doch selbst nicht gewußt, daß er nur eine diskrete Frucht ägyptischen Vergnügens war, wenn es nicht allgemeine, ob auch meistens nur ungenaue Kenntnis gewesen wäre – bis zu Pharao hinauf, dem die Schäkerei seines Kindes so wenig verborgen geblieben war, wie dem Mose die Tatsache, daß Ramessu, der Bauherr, sein Lüsternheits-Großvater war, von schnöden, mörderischen Vergnügens wegen. Ja, Mose wußte dies und wußte auch, daß Pharao es wisse, und hatte ein drohendes Nicken bei dem Gedanken, in der Richtung von Pharao's Thron.

IV.

Als er zwei Jahre unter den Stutzern gelebt hatte des thebanischen Schulhauses, hielt er es nicht mehr aus, entwich bei Nacht über die Mauer und wanderte heim nach Gosen zum Vatergeblüt. Unter dem strich er bitteren Angesichtes herum und sah eines Tages, am Kanal, nahe den Neubauten von Ramses, wie ein ägyptischer Aufseher einen der Fronenden, der wohl lässig gewesen war oder widerspenstig, mit seinem Stock schlug. Erbleichend und mit lodernden Augen stellte er den Ägypter zur Rede, der ihm statt aller Antwort das Nasenbein einschlug, so daß Mose eine Nase mit gebrochenem, flach eingetriebenem Knochen hatte sein Leben lang. Er entriß aber dem Aufseher den Stock, holte fürchterlich aus und zertrümmerte dem Mann den Schädel, daß er tot war auf der Stelle. Nicht einmal umgeblickt hatte er sich, ob auch niemand es sah. Es war aber ein einsamer Ort und kein Mensch sonst in der Nähe. So verscharrte er den Erschlagenen ganz allein, denn den er verteidigt, der hatte das Weite gesucht; und es war ihm, als sei ihm nach Erschlagen und Verscharren schon immer zu Sinne gewesen.

Seine lodernde Tat blieb verborgen, zum mindesten den Ägyptern, die nicht herausbekamen, wo ihr Mann geblieben war, und Jahr und Tag verging über die Tat. Mose fuhr fort, zwischen seines Vaters Leuten umherzustreifen, und mischte sich auf eigentümlich herrische Art in ihre Händel. Einst sah er zwei fronende Ibrim mit einander zanken, und wenig fehlte, daß sie zu Tätlichkeiten schritten. »Was zankt ihr und wollt gar noch raufen?« sprach er zu ihnen. »Seid ihr nicht elend und verwahrlost genug, daß lieber Blut sollte halten zu Blut, statt einander die Zähne zu blecken? Der da hat Unrecht, ich hab's gesehen. Er gebe nach und bescheide sich, ohne daß der andere sich überhebe.«

Wie es aber geschieht, so waren plötzlich die beiden vereint gegen ihn und sprachen: »Was redest du in unsere Sachen?« Besonders der, dem er Unrecht gegeben, war äußerst patzig und sprach ganz laut: »Das ist denn doch wohl der Gipfel! Wer bist du, daß du deine Ziegennase in Dinge steckst, die dich nichts angehen? Aha, Moscheh bist du, des Amram Sohn, aber damit ist wenig gesagt, und weiß niemand recht, wer du bist, du selber auch nicht. Neugierig sind wir zu erfahren, wer dich zum Meister und Richter gesetzt hat über uns. Willst du mich vielleicht auch erwürgen, wie du damals den Ägypter erwürgt und verscharrt hast?«

»Still doch!« machte Mose erschrocken und dachte: Wie ist das herumgekommen? Des Tages noch sah er ein, daß seines Bleibens nicht war im Lande, und ging über die Grenze, wo sie nicht fest war, bei den Bitterseen, durch die Watten. Durch viele Wüsten des Landes Sinai wanderte er, und kam nach Midian, zu den Minäern und ihrem Priesterkönige Reguel.

V.

Als er von dort zurückkehrte, seiner Gottesentdeckung und seines Auftrages voll, war er ein Mann auf der Höhe der Jahre, stämmig, mit gedrückter Nase, vortretenden Backenknochen, einem geteilten Bart, weit stehenden Augen und breiten Handgelenken, wie man besonders sah, wenn er, was oft geschah, grübelnd Mund und Bart mit der Rechten bedeckte. Von Hütte zu Hütte ging er und von Fronplatz zu Fronplatz, schüttelte die Fäuste zu seiten seiner Schenkel und sprach von dem Unsichtbaren, dem zum Bunde bereiten Gotte der Väter, obgleich er im Grunde nicht sprechen konnte. Denn er war stockend gestauten Wesens überhaupt und neigte in der Erregung zum Zungenschlag, war aber außerdem so recht in keiner Sprache zu Hause und suchte in dreien herum beim Reden. Das aramäische Syro-Chaldäisch, das sein Vaterblut sprach, und das er von seinen Eltern gelernt, war überdeckt worden vom Ägyptischen, das er sich in dem Schulhause hatte aneignen müssen, und dazu kam das midianitische Arabisch, das er solange in der Wüste gesprochen. So brachte er alles durcheinander.

Sehr behilflich war ihm sein Bruder Aaron, ein hochgewachsener, sanfter Mann mit schwarzem Bart und schwarzen Ringellocken im Nacken, der seine großen, gewölbten Augenlider gern fromm gesenkt hielt. Ihn hatte er in alles eingeweiht, hatte ihn ganz für den Unsichtbaren und sämtliche Implikationen gewonnen, und da Aaron aus seinem Barte heraus salbungsvollfließend zu reden verstand, so begleitete er Mose meistens auf seinen Werbe-Wegen und sprach statt seiner, allerdings etwas gaumig und ölig und nicht hinreißend genug, sodaß Mose durch begleitendes Fäusteschütteln mehr Feuer hinter seine Worte zu bringen suchte und ihm oft auch holterdiepolter auf aramäisch-ägyptisch-arabisch ins Wort fiel.

Aarons Weib hieß Eliseba, die Tochter Amminadabs; sie war auch mit vom Schwure und von der Propaganda, sowie eine jüngere Schwester Mose's und Aaron's, Mirjam, ein begeistertes Weib, das singen und pauken konnte. Besonders aber war Mose einem Jüngling geneigt, der seinerseits mit Leib und Seele zu ihm, seiner Verkündigung und seinen Plänen stand und ihm nicht von der Seite wich. Eigentlich hieß er Hosea, der Sohn des Nun (das ist »Fisch«), vom Stamme Ephraim. Aber Mose hatte ihm den Jahwe-Namen Jehoschua, auch kurzweg Joschua, verliehen, und den trug er nun mit Stolz, – ein gerade stehender, sehniger junger Mensch mit einem Krauskopf, vortretendem Adamsapfel und einem bestimmt eingezeichneten Faltenpaar zwischen seinen Brauen, der bei der ganzen Sache seinen eigenen Gesichtspunkt hatte: nicht so sehr den religiösen nämlich, als den militärischen; denn für ihn war Jahwe, der Vätergott, vor allem der Gott der Heerscharen, und der an seinen Namen geknüpfte Gedanke des Entweichens aus diesem Diensthause fiel für ihn zusammen mit der Eroberung neuen und eigenen Siedelgrundes für die ebräischen Sippen, – folgerichtiger Weise, denn irgendwo mußten sie wohnen, und kein Land, verheißen oder nicht, würde ihnen geschenkt werden.

Joschua, so jung er war, hatte alle einschlägigen Fakten in seinem gerade und fest blickenden Krauskopf und besprach sie unaufhörlich mit Mose, seinem älteren Freunde und Herrn. Ohne über die Mittel zu einer genauen Volkszählung zu verfügen, hatte er veranschlagt, daß die Stärke der in Gosen zeltenden und in den Zwing-Städten Pitom und Ramses wohnenden Sippen, einschließlich ihrer als Sklaven über das weitere Land verstreuten Glieder, alles in allem ungefähr zwölf- oder dreizehntausend Köpfe betrug, was eine waffenfähige Mannschaft von ungefähr dreitausend ausmachte. Die Zahlen sind später ohne Maß übertrieben worden, aber Joschua wußte sie annähernd richtig, und er war wenig zufrieden damit. Dreitausend Mann war keine sehr schreckliche Streitmacht, selbst wenn man damit rechnete, daß, war man einmal unterwegs, allerlei verwandtes Blut, das im Wüsten umherschweifte, sich diesem Kerne zur Landgewinnung anschließen würde. Größere Unternehmungen konnte man, gestützt nur auf solche Macht, nicht ins Auge fassen; sich damit ins verheißene Land hineinzuschlagen war untunlich. Joschua sah das ein, und darum trachtete er nach einem Ort im Freien, wo das Geblüt sich erst einmal festsetzen – und wo man es, unter leidlich günstigen Umständen, erst noch eine Weile seinem natürlichen Wachstum überlassen könnte, welches, wie Joschua seine Leute kannte, zweieinhalb aufs Hundert und auf jedes Jahr betrug. Nach einem solchen Hege- und Heckplatz, wo mehr Waffenkraft anwachsen könnte, schaute der Jüngling aus und beriet sich oft mit Mose darüber, wobei es sich erwies, daß er überraschend klar überblickte, wie Ort und Ort in der Welt zu einander lagen, und eine Art von Karte der interessierenden Gebreite nach Strecken, Tagesmärschen und Wasserstellen im Kopfe hatte, sowie besonders noch nach der Streitbarkeit der Bewohner.

Mose wußte, was er an seinem Joschua hatte, wußte wohl, daß er ihn würde nötig haben, und liebte seinen Eifer, obgleich dessen unmittelbare Gegenstände ihn wenig beschäftigten. Mund und Bart mit der Rechten bedeckend hörte er den strategischen Auslassungen des Jünglings zu, indem er dabei an anderes dachte. Für ihn bedeutete Jahwe zwar ebenfalls den Auszug, aber nicht sowohl den Kriegszug zur Landgewinnung, sondern den Auszug ins Freie und in die Absonderung, daß er all dies ratlose, zwischen den Gesittungen schwankende Fleisch, diese zeugenden Männer, milchenden Weiber, sich versuchenden Jünglinge, rotznäsigen Kinder, seines Vaters Blut, für sich habe irgendwo draußen im Freien, ihnen den heilig-unsichtbaren Gott, den reinen, geistigen, einprägen, ihnen denselben zum sammelnden, formenden Mittelpunkt setzen könne und sie bilden möge zu seinem Gebilde, zu einer von allen Völkern verschiedenen, Gott gehörigen, durch das Heilige und Geistige bestimmten Volksgestalt, ausgezeichnet vor allen anderen durch Scheu, Unterlassung, Gottesfurcht, das wollte sagen: Furcht vor dem Gedanken der Reinheit, zügelnde Satzung, welche, da der Unsichtbare eigentlich der Gott aller Welt war, zukünftig alle binden, aber für sie zuerst erlassen und ihr strenges Vorrecht sein sollte unter den Heiden.

Dies war Mose's Lust zum Vaterblut, Bildnerlust, die ihm Eines war mit des Gottes Gnadenwahl und Bundesgewilltheit; und da er dafür hielt, daß die Gestaltung in Gott allen Unternehmungen vorangehen müsse, die der junge Joschua im Kopfe hatte, ferner auch, daß Zeit dafür nötig sei, freie Zeit draußen im Freien, – so war's ihm nicht unlieb, daß es mit Joschua's Plänen noch haperte, und daß sie sich an der unzulänglichen Zahl von waffenfähiger Mannschaft stießen. Joschua brauchte Zeit, daß erst noch auf natürlichem Wege das Volk sich mehre, – übrigens auch dazu, daß er älter würde, er selbst, um sich zum Feldherrn aufwerfen zu dürfen; und Mose brauchte Zeit für das Bildungswerk, nach dem er in Gott begierig war. So stimmten sie überein unter verschiedenen Gesichtspunkten.

VI.

Unterdessen aber war der Beauftragte nebst seinen nächsten Anhängern, dem beredten Aaron, Eliseba, Mirjam, Joschua und einem gewissen Kaleb, der des Joschua gleichaltriger Busenfreund war, auch ein starker, einfacher, tapferer junger Mann, – unterdessen waren diese alle nicht einen Tag müßig, die Botschaft Jahwe's, des Unsichtbaren, und seines ehrenden Bundesangebots unter den Ihren zu verbreiten und gleichzeitig deren Bitterkeit über die Arbeit unterm ägyptischen Stock zu schüren, den Gedanken der Abschüttelung dieses Jochs und den der Auswanderung unter ihnen aufzubringen. Jeder übte es auf seine Art: Mose selbst mit stockenden Worten und unter Fäusteschütteln, Aaron in gaumig fließender Rede, Eliseba schwatzhaft überredend, Joschua und Kaleb kommandomäßig, in kurz angebundenen Losungen, und Mirjam, die bald »die Prophetin« genannt wurde, tat es in höherem Ton, mit Paukenbegleitung. Auch fiel ihre Predigt nicht auf steinigen Boden; der Gedanke, sich Mose's bundeslustigem Gott zu verschwören, sich dem Bildlosen zum Volke zu weihen und unter ihm und seinem Verkünder ins Freie zu ziehen, schlug Wurzel unter den Sippen und begann, ihren einigenden Mittelpunkt zu bilden, – dies noch besonders, weil Mose versprach, oder doch in hoffnungsreiche Aussicht stellte, daß er an oberster Stelle, durch Verhandlungen, die Erlaubnis zu ihrer aller Auszug aus Ägyptenland erlangen werde, sodaß dieser sich nicht in der Form gewagten Aufstandes werde vollziehen müssen, sondern nach gütlicher Übereinkunft vonstatten gehen könnte. Sie kannten, wenn auch ungenau, seine halb-ägyptische Schilfgeburt, wußten von der feinen Erziehung, die er zeitweise genossen, und von dunklen Beziehungen zum Hof, über die er verfügte. Was sonst ein Grund des Mißtrauens gegen ihn und der Ablehnung gewesen war, nämlich seine Halbblütigkeit, und daß er mit einem Fuß im Ägyptischen stand, wandelte sich jetzt in eine Quelle des Zutrauens und verlieh ihm Autorität. Gewiß, wenn einer, so war er der Mann, vor Pharao zu stehen und ihre Sache zu führen. Und so beauftragten sie ihn mit dem Versuch, bei Ramessu, dem Bau- und Zwingherrn, ihre Entlassung ins Freie zu erwirken, – ihn und seinen Milchbruder Aaron, denn diesen gedachte er mitzunehmen, erstens, weil er selbst nicht zusammenhängend zu sprechen vermochte, Aaron dies aber konnte, dann aber auch, weil dieser über gewisse Kunststücke gebot, mit denen man bei Hofe zu Ehren Jahwe's Eindruck zu machen hoffte: Er konnte eine Brillenschlange, indem er sie im Nacken drückte, stocksteif machen; warf er den Stock aber zu Boden, so ringelte er sich und »verwandelte sich in eine Schlange«. Weder Mose noch Aaron rechnete damit, daß Pharao's Magiern dieses Wunder auch bekannt sei, und daß es also nicht als erschreckender Beweis für Jahwe's Macht würde dienen können.

Überhaupt hatten sie kein Glück – es sei vorweggenommen – so listig sie, dem Beschluß eines mit den Jünglingen Joschua und Kaleb gehaltenen Kriegsrates gemäß, die Sache anstellten. Beschlossen war nämlich worden, den König nur um die Erlaubnis zu bitten, daß die ebräischen Leute sich sammelten und drei Tage weit über die Grenze in die Wüste zögen, um dort draußen dem Herrn, Ihrem Gott, der sie gerufen habe, ein Opferfest zu feiern und dann zur Arbeit zurückzukehren. Man erwartete kaum, daß Pharao sich von dieser Finte blenden lassen und glauben werde, sie würden zurückkehren. Es war nur eine mildere, höfliche Form, das Gesuch der Freilassung vorzubringen. Aber der König wußte ihnen keinen Dank dafür.

Erfolg allerdings hatten die Brüder darin, daß sie überhaupt in das Große Haus und vor Pharao's Stuhl gelangten, und zwar nicht nur einmal, sondern bei zäh andauernder Verhandlung wieder und wieder. Hierin hatte Mose seinen Leuten nicht zuviel versprochen, denn er fußte darauf, daß Ramessu sein heimlicher Lüsternheits-Großvater war, und darauf, daß beide wußten, daß jeder es wisse. Damit hatte Mose ein starkes Druckmittel in der Hand, und wenn es auch niemals ausreichte, dem König die Zusage zum Auszuge abzugewinnen, so machte es Mosen doch ernstlich verhandlungsfähig und verschaffte ihm ein übers andere Mal Zutritt zu dem Gewaltigen, da dieser ihn fürchtete. Zwar ist die Furcht eines Königs gefährlich, und Mose spielte die ganze Zeit ein gewagtes Spiel. Er war mutig – wie mutig er war, und welchen Eindruck er den Seinen machte, werden wir baldigst sehen. Leicht konnte Ramessu ihn still erwürgen und verscharren lassen, damit endlich wirklich nichts mehr übrig sei von seines Kindes Sinnengrille. Die Prinzessin aber bewahrte jenem Stündchen ein süßes Angedenken und wollte nun einmal nicht, daß ihrem Schilfknaben ein Leid geschehe, – in ihrem Schutze stand er, wie undankbar er ihrer Fürsorge, ihren Erziehungs- und Förderungsplänen auch begegnet war.

So durften Mose und Aaron vor Pharao stehen, aber die Opferferien im Freien, zu denen angeblich ihr Gott die Ihren berief, schlug er ihnen rundweg ab. Es nützte nichts, daß Aaron in salbungsvollem Zusammenhang redete und Mose leidenschaftlich dazu die Fäuste an seinen Schenkeln schüttelte. Es half auch nichts, daß Aaron seinen Stab in eine Schlange verwandelte, denn Pharao's Magier machten stehenden Fußes dasselbe, dadurch beweisend, daß dem Unsichtbaren, in dessen Namen die beiden redeten, keine überragende Macht zukomme, und daß Pharao die Stimme dieses Herrn nicht hören müsse. »Aber unseren Sippen wird Pestilenz oder Schwert widerfahren, wenn wir nicht drei Tagereisen hinziehen in die Wüste und dem Herrn ein Fest bereiten«, sagten die Brüder. Aber der König antwortete: »Das geht uns nicht nahe. Ihr seid zahlreich genug, mehr als zwölftausend Köpfe, und könnt eine Abminderung wohl vertragen, sei es durch Pestilenz oder Schwert oder harte Arbeit. Du, Mose und Aaron, ihr wollt nichts, als den Leuten Müßiggang gewähren und sie feiern heißen von ihrem schuldigen

Dienst. Das kann ich nicht dulden und will's nicht gewähren. Ich habe mehrere unerhörte Tempel in Arbeit und will außerdem noch eine dritte Magazin-Stadt bauen, außer Pitom und Ramses, zu diesen noch obendrein, dazu brauche ich eurer Leute Arme. Ich danke für den geläufigen Vortrag, und dich, Mose, entlasse ich wohl oder übel sogar in besonderen Gnaden. Aber kein Wort weiter von Wüstenferien!«

Damit war diese Audienz beendet, und war nicht nur nichts Gutes dabei herausgekommen, sondern entschieden Böses kam nachträglich dabei heraus. Denn Pharao, verletzt in seiner Baubegier und unmutig darüber, daß er Mose nicht wohl erwürgen konnte, da sonst seine Tochter ihm einen Auftritt gemacht hätte, gab Order aus, daß man die Gosen-Leute härter mit Arbeit drücke als bisher, und nicht den Stock spare, wenn sie säumig wären; zu schaffen solle man ihnen geben, daß ihnen die Besinnung schwinde und alle müßigen Gedanken vergingen an Wüstenfeste für ihren Gott. Und so geschah es. Die Fron wurde härter von einem Tag auf den andern, dadurch daß Mose und Aaron vor Pharao geredet hatten. Zum Beispiel wurde den Leuten das Stroh für die Ziegel nicht mehr geliefert, die sie zu brennen hatten, sondern selbst mußten sie in die Stoppeln gehen, das nötige Stroh zu sammeln, ohne daß darum die Zahl der beizustellenden Ziegel herabgesetzt worden wäre, sondern erfüllt werden mußte die Zahl, sonst tanzte der Stock auf den armen Rücken. Vergebens wurden die ebräischen Obmänner, die man über das Volk gesetzt, bei den Behörden wegen Überforderung vorstellig. Die Antwort war: »Ihr seid müßig, müßig seid ihr, darum schreit ihr und sprecht: ›Wir wollen ausziehen und opfern.‹ Es bleibt dabei: Selber das Stroh beschafft und dabei die gleiche Zahl Ziegel.«

VII

Für Mose und Aaron war es keine kleine Verlegenheit. Die Obmänner sprachen zu ihnen: »Da habt ihr's, und das haben wir
nun vom Bunde mit eurem Gott und von Mose's Beziehungen.
Nichts habt ihr erreicht, als daß ihr unseren Geruch stinkend
gemacht habt vor Pharao und seinen Knechten, und habt ihnen
das Schwert in die Hand gegeben, uns damit umzubringen.«

Darauf war schlecht antworten, und Mose hatte schwere
Stunden mit dem Gott des Dornbusches unter vier Augen, wo
er ihm vorhielt, wie er, Mose, gleich dagegen gewesen sei, daß
ihm dies aufgetragen werde, und gleich gebeten habe, wen immer sonst, nur ihn nicht zu senden, da er nicht ordentlich reden
könne. Der Herr aber habe ihm geantwortet, Aaron sei ja be-
redt. Der habe nun freilich das Wort geführt, aber viel zu ölig,
und es habe sich gezeigt, wie verkehrt es sei, eine solche Sache zu
übernehmen, wenn man selbst eine schwere Zunge habe und
andre rednerisch für sich eintreten lassen müsse. Aber der Gott
tröstete und strafte ihn aus seinem Inneren und antwortete ihm
von da, er solle sich seines Kleinmuts schämen; seine Entschul-
digungen seien reine Ziererei gewesen, denn im Grunde habe er
selbst auf die Sendung gebrannt, weil er nämlich ebenso große
Lust zu dem Volk und seiner Gestaltung habe wie er, der Gott,
ja, daß seine eigene Lust von der des Gottes garnicht zu unterscheiden, sondern einerlei sei mit ihr: Gotteslust sei es, was ihn
zum Werke getrieben, und er solle sich schämen, an ihr beim
ersten Mißerfolg zu verzagen.

Dies ließ sich Mose gesagt sein, umsomehr, als man im
Kriegsrat mit Joschua, Kaleb, Aaron und den begeisterten Weibern zu dem Beschluß gelangte, daß die verstärkte Bedrückung,
so böses Blut sie mache, genau betrachtet kein schlechter An-
fangserfolg sei; denn böses Blut schaffe sie nicht nur gegen
Mose, sondern vorzüglich auch gegen die Ägypter und werde
das Volk nur empfänglicher machen für den Ruf des Retter-Got-
tes und den Gedanken des Auszuges ins Freie. So war es auch;
die Gärung wegen des Strohs und der Ziegel wuchs unter den

Fronenden, und der Vorwurf, Mose habe ihren Geruch stinkend gemacht und ihnen nur geschadet, trat zurück hinter dem Wunsch, Amrams Sohn möchte doch wieder seine Beziehungen spielen lassen und neuerdings für sie hineingehen zu Pharao.

Das tat er, jetzt nicht mehr zusammen mit Aaron, sondern allein, mochte es mit seiner Zunge gehen, wie es wollte; die Fäuste schüttelte er vor dem Stuhl und verlangte in stockenden, stürzenden Worten den Auszug der Seinen ins Freie unter dem Namen von Opferferien in der Wüste. Nicht einmal tat er so, sondern wohl zehnmal, denn Pharao konnte ihm den Zutritt zu seinem Stuhl nicht wohl verweigern, zu gut waren Mose's Beziehungen. Ein Kampf entspann sich zwischen dem König und ihm, zäh und gedehnt, der zwar nie dazu führte, daß jener in Mose's Ansinnen willigte, wohl aber dazu, daß man eines Tages die Gosen-Leute mehr aus dem Lande stieß und trieb, als daß man sie daraus entlassen hätte, nur froh schließlich, sie los zu sein. Über diesen Kampf und die Druckmittel, welche dabei auf den hartnäckig widerstrebenden König ausgeübt wurden, hat es viel Gerede gegeben, das nicht jedes Hintergrundes entbehrt, doch aber stark den Charakter der Ausschmückung trägt. Man spricht von zehn Plagen, die Jahwe eine nach der anderen über Ägypten verhängt habe, um Pharao mürbe zu machen, indem er zugleich dessen Herz absichtlich gegen Mose's Anliegen verstockte, um der Gelegenheit willen, mit immer neuen Plagen seine Macht zu beweisen. Blut, Frösche, Ungeziefer, Gewild, Grind, Seuche, Hagel, Heuschrecke, Finsternis und Sterben der Erstgeburt, so heißen diese zehn Plagen, und etwas Unmögliches ist an keiner von ihnen; nur fragt es sich, ob sie, die letzte ausgenommen, mit der es eine undurchsichtige, nie wirklich aufgeklärte Bewandtnis hat, zum Endergebnis wesentlich beitrugen. Der Nil nimmt unter Umständen eine blutrote Färbung an, sein Wasser wird vorübergehend untrinkbar und die Fische sterben. Das kommt so gut vor, wie daß die Frösche des Sumpfes sich über Gebühr vermehren oder die Propagation der immer vorhandenen Läuse sich der Heimsuchung annähert. Auch gab es der Löwen noch viele, sowohl am Rande der Wüste schweifend wie in den Dschungeln lauernd der toten Stromarme, und wenn die Zahl der reißenden Anfälle stieg auf Mann und Vieh, so mochte man's wohl eine Plage nennen. Wie häufig sind nicht Krätze und Grind in Ägyptenland, und wie leicht fahren nicht aus der Unsauberkeit böse Blattern auf und schwären pestilenzialisch im Volke? Meist ist der Himmel blau dortzulande, und desto tieferen Eindruck muß ein seltenes heftiges Unwetter machen, bei dem das niederfahrende Feuer der Wolken sich mit dem derben Grieße des Hagels vermischt, der die Saaten schlägt und Bäume zerdrischt, ohne daß eine bestimmte Absicht damit verbunden wäre. Die Heuschrecke ist ein nur allzu bekannter Gast, und gegen ihr Massen-Anrücken hat der Mensch mancherlei Scheuch- und Absperrungsmittel erfunden, über welche die Gier denn doch wohl obsiegt, sodaß ganze Gebreite abgefressener Kahlheit verfallen. Und wer nur einmal die ängstlich-düstere Stimmung erfahren hat, die eine kosmisch verschattete Sonne auf Erden verbreitet, begreift recht wohl, daß ein lichtverwöhntes Volk einer solchen Finsternis den Namen der Plage gibt.

Damit aber ist die Zahl der berichteten Übel erschöpft, denn das zehnte, das Sterben der Erstgeburt, gehört eigentlich nicht in diese Zahl, sondern bildet eine zweideutige Begleiterscheinung des Auszuges selbst, unheimlich zu untersuchen. Die anderen mochten sich teilweise oder – auf einen größeren Zeitraum verteilt – sämtlich ereignen: man hat ihre Namen doch mehr oder weniger nur als schmuckhafte Umschreibungen für ein einziges Druckmittel anzusehen, dessen sich Mose gegen Ramessu bediente, nämlich einfach immer nur für die Tatsache, daß Pharao sein Lüsternheits-Großvater war, und daß Mose es in der Hand hatte, dies an die große Glocke zu hängen. Mehr als einmal war der König nahe daran, diesem Drucke zu unterliegen; zum mindesten machte er große Zugeständnisse. Er willigte darein, daß die Männer hinauszögen zum Opferfest, die Weiber, Kinder und Herden aber sollten zurückbleiben. Mose nahm das nicht an: Mit jung und alt, mit Söhnen und Töchtern, Schafen und Rindern müsse man ziehen, denn es gelte ein Fest des Herrn. Da bewilligte Pharao auch Weiber und Brut, und nahm nur das Vieh aus, das solle zum Pfande bleiben. Aber Mose fragte dagegen, woher sie denn Schlacht- und Brandopfer nehmen sollten zum Fest, wenn ihnen das Vieh fehle? Nicht eine Klaue, verlangte er, dürfe dahinten bleiben, – wodurch recht klar wurde, daß es sich nicht um Urlaub, sondern um Auszug handelte.

Wegen der Klaue kam es zwischen der ägyptischen Majestät und Jahwe's Beauftragtem zu einer letzten stürmischen Scene. Mose hatte während der ganzen Verhandlungen große Geduld bewährt, doch ebenso wie diese, lag fäusteschüttelnder Zornmut in seiner Natur. Es kam dahin, daß Pharao es auf alles ankommen ließ und ihn buchstäblich aus dem Saale jagte. »Fort«, rief er, »und hüte dich, mir je noch einmal vor die Augen zu kommen. Wo doch, so sollst du des Todes sterben.« Da wurde Mose, der eben noch hoch erregt gewesen, vollkommen ruhig und antwortete nur: »Du hast es gesagt. Ich gehe und will dir nicht mehr vor die Augen kommen.« Woran er dachte bei diesem furchtbaren, gelassenen Abschied, war nicht nach seinem Sinn. Aber Joschua und Kaleb, die Jünglinge, nach deren Sinn war es.

VIII.

Dies ist ein dunkles Kapitel, in halben, verhüllten Worten nur abzufassen. Es kam ein Tag, besser gesagt: eine Nacht, eine arge Vesper, wo Jahwe umging, oder sein Würgengel, und die letzte zehnte Plage über die Kinder Ägyptens, oder doch einen Teil von ihnen, das ägyptische Element unter den Bewohnern von Gosen, sowie der Städte Pitom und Ramses, verhängte, indem er diejenigen Hütten und Häuser, deren Pfosten zu seiner Verständigung mit Blut bestrichen waren, ausließ und verschonend an ihnen vorüberging.

Was tat er? Er stellte ein Sterben an, das Sterben der Erstgeborenen des ägyptischen Elements, womit er manchen heimlichen Wünschen entgegenkam und manchem Zweitgeborenen zu

Rechten verhalf, die ihm sonst vorenthalten geblieben wären. Die Unterscheidung zwischen Jahwe und seinem Würgengel will wohl vermerkt sein: sie hält fest, daß nicht Jahwe selbst es war, der umging, sondern eben sein Würgengel, – richtiger gesagt wohl eine ganze, vorsorglich zusammengestellte Schar von solchen. Will man die vielen aber auf eine Einzelerscheinung zurückführen, so spricht vieles dafür, sich Jahwe's Würgengel als eine stracke Jünglingsfigur mit Krauskopf, vortretendem Adamsapfel und bestimmt gefalteten Brauen vorzustellen, als einen Engelstyp jenes Schlages, der jederzeit froh ist, wenn es mit nutzlosen Verhandlungen ein Ende hat und zu Taten geschritten werden kann.

An Vorbereitungen zu entschiedenen Taten hatte es während der zähen Verhandlungen Mose's mit Pharao nicht gefehlt: Für Mose selbst hatten sie sich darauf beschränkt, daß er, in Erwartung schwerer Ereignisse, Weib und Söhne unter der Hand nach Midian, zu seinem Schwager Jethro zurückgeschickt hatte, um nicht bei dem Kommenden mit der Sorge um sie belastet zu sein. Joschua aber, dessen Verhältnis zu Mose unverkennbar demjenigen des Würgengels zu Jahwe ähnelt, hatte nach seiner Art gehandelt und, da er nicht die Mittel und auch noch nicht das Ansehen besaß, die dreitausend waffenfähigen Blutsgenossen unter seinem Befehl auf Kriegsfuß zu bringen, wenigstens eine Rotte daraus erlesen, bewaffnet, exerziert und in Zucht gebannt, so daß für den Anfang etwas damit zu leisten war.

Die Vorgänge von dazumal sind in Dunkel gehüllt, – in das Dunkel jener Vesper-Nacht, die in den Augen der Kinder Ägyptens eine Festnacht war für das fronende Blut, das unter ihnen lebte. Wie es schien, wollte dies Blut sich schadlos halten für das verwehrte Opferfest in der Wüste durch ein mit Schmauserei verbundenes Lampen- und Gottesfest an Ort und Stelle, und sogar goldene und silberne Gefäße hatte es sich dazu von der ägyptischen Nachbarschaft ausgeliehen. Unterdessen aber, oder statt dessen, ereignete sich jenes Umgehen des Würgengels, das Sterben der Erstgeburt in allen Wohnungen, die nicht der Ysopbüschel mit Blut gezeichnet hat, diese Heimsuchung, die eine so große Verwirrung, einen so plötzlichen Umsturz der Rechts- und Anspruchsverhältnisse mit sich bringt, daß von einer Stunde zur anderen den Moseleuten der Weg aus dem Lande nicht nur offensteht, sondern sie geradezu auf ihn gedrängt werden und ihn für die Ägypter nicht schnell genug einschlagen können. Tatsächlich scheint es, daß die Zweitgeborenen weniger eifrig waren, den Tod derer zu rächen, an deren Stelle sie rückten, als die Urheber ihrer Erhöhung zum Verschwinden anzuspornen. Die Einkleidung lautet: Diese zehnte Plage habe endlich Pharao's Stolz gebrochen, sodaß er Mose's Vaterblut aus der Knechtschaft entlassen habe. Er schickte den Entwichenen jedoch sehr bald eine verfolgende Heeresabteilung nach, die nur wunderbarerweise verunglückte.

Sei dem wie ihm sei, auf jeden Fall nahm die Auswanderung die Gestalt der Austreibung an, und die Hast, mit der diese geschah, ist in der Einzelheit festgehalten, daß niemand Zeit hatte, sein Brot für die Reise zu säuern; mit unaufgegangenen Not-Fladen nur konnte man sich versehen, woraus dann Mose dem Volk einen Fest- und Gedenkbrauch machte für alle Zeiten. Im übrigen war man, so groß wie klein, zum Aufbruch völlig bereit gewesen. Die Lenden gegürtet, hatte man, während der Würgengel umging, bei gepackten Karren gesessen, die Schuhe schon an den Füßen, den Wanderstab in der Hand. Die goldenen und silbernen Gefäße, die man von den Landeskindern entliehen, nahm man mit.

Meine Freunde! Beim Auszuge aus Ägypten ist sowohl getötet wie auch gestohlen worden. Nach Mose's festem Willen sollte es jedoch das letzte Mal gewesen sein. Wie soll sich der Mensch auch der Unreinheit entwinden, ohne ihr ein letztes Opfer zu bringen, sich einmal noch gründlich dabei zu verunreinigen? Mose hatte den fleischlichen Gegenstand seiner Bildungslust, dies formlose Menschentum, seines Vaters Blut, nun im Freien, und Freiheit war ihm der Raum der Heiligung.

IX.

Die Wandermasse, sehr viel geringer nach ihrer Kopfzahl, als legendäre Ziffern es wahrhaben wollen, aber schwierig genug zu handhaben, zu leiten und zu versorgen, eine hinlänglich schwere Schulterlast für den, der die Verantwortung für ihr Los, ihr Fortkommen im Freien trug, schlug den Weg ein, der sich von selber ergab, wenn man, aus guten Gründen, die nördlich der Bitterseen beginnenden ägyptischen Grenzbefestigungen vermeiden wollte: er führte durch das Salzseengebiet, in das der größere, westliche der beiden Arme des Roten Meeres ausläuft, welche das Sinailand zur Halbinsel machen. Mose kannte diese Gegend, da er sie auf seiner Flucht nach Midian und von dort zurückkehrend passiert hatte. Besser als dem jungen Joschua, der nur abgezogene Karten im Kopfe hatte, war ihm ihre Beschaffenheit vertraut, die Natur dieser schilfigen Watten, die die zeitweilig offene Verbindung der Bitterseen mit dem Meerbusen bildeten, und durch die man unter Umständen trockenen Fußes das Sinailand gewinnen konnte. Ging nämlich ein starker Ostwind, so boten sie, bei zurückgetriebenem Meere, einen freien Durchgang, – und in dieser Verfassung fanden die Flüchtigen, dank Jahwe's begünstigender Fügung, das Schilfmeer vor.

Es waren Joschua und Kaleb, die in der Menge die Nachricht verbreiteten, Mose habe unter Anrufung des Gottes seinen Stab über die Wasser gehalten und sie dadurch bewogen, zurückzutreten und dem Volke den Weg freizugeben. Wahrscheinlich hatte er das auch getan und war mit feierlicher Gebärde in Jahwe's Namen dem Ostwinde zu Hilfe gekommen. Jedenfalls konnte der Glaube des Volkes an seinen Führer umso mehr eine Stärkung brauchen, als dieser Glaube gerade hier, und hier zuerst, auf eine schwere Belastungsprobe gestellt wurde. Denn hier war es ja, wo Pharao's Heeresmacht, Mann und Wagen, grimme Sichelwagen, die man nur zu gut kannte, die Auswanderer einholte und um ein Haar ihrer Wanderung zu Gott ein blutiges Ende gesetzt hätte.

Die Kunde ihrer Annäherung, von Joschua's Nachhut ausgegeben, erregte äußersten Schrecken und wildes Verzagen im Volke. Sofort schlug die Reue darüber, daß man »diesem Mann Mose« gefolgt war, in hellen Flammen auf, und jenes Massen-Murren erhob sich, das sich zu Mose's Gram und Bitternis bei jeder Schwierigkeit wiederholen sollte, in die man danach noch geriet. Die Weiber zeterten, die Männer fluchten und schüttelten ganz ähnlich die Fäuste an ihren Schenkeln, wie Mose es in der Erregung zu tun pflegte. »Warum nicht Gräber in Ägypten«, hieß es, »darin wir friedlich zu unserer Stunde hätten eingehen können, wären wir zu Hause geblieben?« Auf einmal war Ägypten »Zu Hause«, da es doch sonst eine Fron-Fremde gewesen war. »Es wäre uns ja besser, den Ägyptern zu dienen, als in der Wildnis durchs Schwert zu verderben!« So hörte Mose es tausendfach, und es verbitterte ihm sogar die Rettung, die überwältigend war. Er war »der Mann Mose, der uns aus Ägypten geführt hat«, – was Lobpreisung bedeutete, so lang' alles gut ging. Ging's aber schlecht, so wechselte es sofort die Färbung und meinte murrenden Vorwurf, dem der Gedanke der Steinigung niemals ferne war.

Nun denn, es ging, nach kurzer Beängstigung, beschämend und unglaubwürdig gut hier zur Stelle. Mose stand sehr groß da durch ein Gotteswunder und war »der Mann, der uns aus Ägypten geführt hat« – nun wieder anders herum gemeint. Das Geblüt wälzt sich durch die trocken gelegten Watten, ihm nach die ägyptische Wagenmacht. Da stirbt der Wind, die Flut kehrt zurück, und gurgelnd verderben Mann und Roß in verschlingenden Wassern.

Der Triumph war beispiellos. Mirjam, die Prophetin, Aarons Schwester, sang paukend den Weibern im Reigen vor: »Singet dem Herrn – eine herrliche Tat – Roß und Mann – hat er ins Meer gestürzt.« Sie hatte es selbst gedichtet. Man muß es sich mit Paukenbegleitung denken.

Das Volk war tief ergriffen. Die Worte »Mächtig, heilig, schrecklich, löblich und wundertätig« hörten nicht auf, von seinen Lippen zu kommen, und es war unklar, ob sie der Gottheit galten, oder Mosen, dem Gottesmann, von dem man annahm,

daß sein Stab die ersäufende Flut über die Macht Ägyptens gebracht habe. Die Verwechslung lag immer nahe. Wenn gerade
das Volk nicht murrte, hatte Mose stets seine liebe Not, zu verhindern, daß es ihn selber für einen Gott, für den hielt, den er
verkündete.

X.

Das war im Grunde so lächerlich nicht, denn was er den Armse-
ligen zuzumuten begann, ging über alles Menschengewöhnliche
und konnte kaum im Kopf eines Sterblichen entstanden sein.
Der Mund blieb einem dabei offen stehen. Sogleich nach Mir-
jams Singetanz verbot er jeden weiteren Jubel über den Untergang der Ägypter. Er verkündete: Jahwe's obere Scharen selbst
seien im Begriffe gewesen, in das Siegeslied einzustimmen, aber
der Heilige habe sie angelassen: »Wie, meine Geschöpfe versin-
ken im Meer, und ihr wollt singen?« Diese kurze, aber erstaun-
liche Geschichte brachte er in Umlauf. Er fügte hinzu: »Du sollst
dich des Falles deines Feindes nicht freuen; nicht sei dein Herz
froh über sein Unglück.« Es war das erste Mal, daß dergestalt
das ganze Gehudel, zwölftausend und einige Hundert Köpfe, die
dreitausend Waffenfähigen eingeschlossen, mit Du angesprochen wurde, dieser Redeform, die ihre Gesamtheit umfaßte und
zugleich das Auge auf jeden Einzelnen, Mann und Weib, Greis
und Kind, richtete, einen jeden wie mit dem Finger vor die Brust
traf. »Du sollst kein Freudengeschrei machen über den Fall deines Feindes.« Das war hochgradig unnatürlich! Aber sichtlich
hing diese Unnatur mit der Unsichtbarkeit des Gottes Mose's,
der unser Gott sein wollte, zusammen. Den Bewußteren unter
dem braunen Gehudel fing es zu dämmern an, was es meinte,
und wie Unheimlich-Anspruchsvolles es damit auf sich hatte,
sich einem unsichtbaren Gott verschworen zu haben.

Man war im Sinailande, und zwar in der Wüste Sur, einem
unholden Gelände, das man nur verlassen würde, um in ein
ebenso beweinenswertes, die Wüste Paran, zu gelangen. Warum
diese Wüsten verschiedene Namen hatten, war unerfindlich; sie

stießen dürr aneinander und war alles dasselbe steinige, in toten Hügeln hinlaufende, wasser- und fruchtlose Fluchgebreite, drei Tage lang und vier und fünf. Mose hatte gut getan, das ihm beim Schilfmeer erwachsene Ansehen ungesäumt zu jener übernatürlichen Einschärfung zu benutzen: alsbald schon wieder war er »dieser Mann Mose, der uns aus Ägypten geführt« – das hieß: »ins Unglück gebracht hat«, und lautes Murren schlug an sein Ohr. Nach dreien Tagen wurde das mitgenommene Wasser schmal. Tausende dürsteten, die unerbittliche Sonne zu Häupten und unter den Füßen die bare Trostlosigkeit, ob es nun diejenige noch der Wüste Sur oder schon die der Wüste Paran war. »Was sollen wir trinken?« Sie riefen es laut, ohne Zartgefühl für das Leiden des Führers an seiner Verantwortlichkeit. Er wünschte, ganz allein nichts zu trinken – nie wieder etwas zu trinken zu haben, wenn nur sie etwas gehabt hätten, damit er nicht hören müßte: »Warum hast du uns lassen aus Ägypten ziehen?« Allein zu leiden ist leichte Qual im Vergleiche mit der, für solches Gehudel aufkommen zu müssen, und Mose war ein sehr geplagter Mensch, blieb es auch alle Zeit – geplagt über alle Menschen auf Erden.

Sehr bald denn auch gab es nichts mehr zu essen, denn wie lange hatten die eilig mitgenommenen Flachbrote wohl reichen können? »Was sollen wir essen?« Auch dieser Ruf erscholl nun, weinend und schimpfend, und Mose hatte schwere Stunden mit Gott unter vier Augen, wo er ihm vorhielt, wie hart es von ihm gewesen sei, die Last dieses ganzen Volkes auf ihn, seinen Knecht, zu legen. »Hab ich denn all das Volk empfangen und geboren«, fragte er, »daß du zu mir sagen magst: ›Trag es in deinen Armen!‹ Woher soll ich Speise nehmen, daß ich all diesem Volk gebe? Sie weinen vor mir und sprechen: ›Gib uns Fleisch, daß wir essen!‹ Ich kann allein soviel Volks nicht tragen, es ist mir zu schwer. Und willst du so mit mir tun, so erwürge mich lieber, daß ich mein Unglück und ihres nicht sehen müsse!«

Und Jahwe ließ ihn nicht ganz im Stich. Die Tränkung angehend, so machten sie den fünften Tag, auf einer Hochebene, über die sie zogen, eine Quelle aus, mit Bäumen daran, die übrigens auch unter dem Namen ›Quelle Mara‹ auf der Karte verzeichnet war, die Joschua im Kopfe trug. Zwar schmeckte ihr Wasser widerlich, dank unzuträglicher Beisätze, was bittere Enttäuschung und weit hinrollendes Murren hervorrief. Aber Mose, erfinderisch gemacht durch die Not, setzte eine Art von Filter-Vorrichtung ein, die die üblen Beimengungen, wenn nicht ganz, so doch zum guten Teile zurückhielt, und verrichtete so ein Quell-Wunder, das das Gezeter in Beifallsjauchzen verwandelte und seinem Ansehen sehr auf die Füße half. Das Wort »der uns aus Ägypten geführt hat« nahm gleich wieder eine rosigere Färbung an.

Was aber die Speisung betraf, so geschah gleichfalls ein Wunder, über das zunächst freudiges Staunen herrschte. Denn es erwies sich, daß große Strecken der Wüste Paran mit einer Flechte bedeckt waren, die man essen konnte, der Manna-Flechte, einem zuckrigen Gefilz, rund und klein, wie Koriandersamen zu sehen und wie Bedellion, das sehr verderblich war und übel zu riechen begann, wenn man es nicht gleich aß, sonst aber, zerrieben, zerstoßen und als Aschenkuchen bereitet, eine recht leidliche Notspeise gab, beinahe wie Semmel mit Honig schmekkend, so fanden einige, und andere fanden: wie Ölkuchen.

So war das erste, günstige Urteil, das aber nicht vorhielt. Denn bald, schon nach einigen Tagen, waren die Leute des Mannas satt und müde, sich damit zu sättigen; als einzige Nahrung widerstand es sehr rasch und stieß ihnen auf zum Ekel, so daß sie klagten: »Wir gedenken der Fische, die wir in Ägypten umsonst aßen, der Kürbisse, Pheben, Lauchs, Zwiebeln und Knoblauchs. Nun aber ist unsere Seele matt, denn unsere Augen sehen nichts denn Man.«

So hörte es Mose mit Schmerzen, nebst der Frage natürlich: »Warum hast du uns lassen aus Ägypten ziehen?« Was er Gott fragte, war: »Wie soll ich tun mit dem Volk? Sie mögen kein Manna mehr. Du sollst sehen, es fehlt nicht weit, so werden sie mich noch steinigen.«

XI.

Davor war er allerdings so ziemlich geschützt durch Jehoschua, seinen Jüngling, und die reisige Mannschaft, die dieser sich schon zu Gosen herangezogen hatte, und die den Befreier umringte, sobald bedrohliches Murren aufkam im Pöbelvolk. Es war eine kleine Mannschaft von Jugendlichen vorderhand, mit Kaleb als Leutnant, aber Joschua wartete nur auf eine Gelegenheit, sich als Feldherr und Vorkämpfer auszuweisen, um alle Waffenfähigen, die ganzen dreitausend, seinem Befehl zu verpflichten. Er wußte auch, daß diese Gelegenheit bevorstand.

Mose hatte viel an dem Jüngling, den er auf Gottes Namen getauft; er wäre ohne ihn manchmal ganz verloren gewesen. Er war ein geistlicher Mann, und seine Männlichkeit, stämmig und stark wie sie war, mit Handgelenken, breit wie die eines Steinmetzen, war eine geistliche, in sich gewandte, von Gott gehemmte und heftig befeuerte Männlichkeit, den äußeren Dingen fremd, ums Heilige nur besorgt. Mit einer Art von Leichtsinn, der in eigentümlichem Gegensatz stand zu der grübelnden Nachdenklichkeit, in der er Mund und Bart mit der Hand zu bedecken pflegte, war all sein Denken und Trachten darauf beschränkt gewesen, seines Vaters Geblüt in der Absonderung für sich allein zu haben, um es zu bilden und ungestört aus der heillosen Masse, die er liebte, eine heilige Gottesgestalt zu metzen. Um die Gefahren der Freiheit, die Schwierigkeiten der Wüste und um die Frage, wie soviel Pöbelvolk heil durch sie hindurchzubringen sei, ja, auch nur, wohin er räumlich mit jenen wollte, hatte er sich wenig oder gar nicht bekümmert und sich mitnichten auf praktische Führerschaft vorbereitet. Nur froh konnte er darum sein, Joschua an seiner Seite zu haben, der nun gerade wieder die geistliche Männlichkeit in Mosen verehrte und ihm seine stracke, ganz aufs Äußere gerichtete Jung-Männlichkeit unbedingt zur Verfügung stellte.

Ihm war es zu danken, daß man überhaupt in der Wildnis zielgerecht von der Stelle kam und nicht verderblich darin herumirrte. Er bestimmte die Marschrichtung nach den Gestirnen, berechnete die Tagesmärsche und sorgte dafür, daß man in erträglichen, manchmal freilich nur eben noch erträglichen Abständen zu Wasserstellen gelangte. Daß man die rundliche Bodenflechte essen könne, hatte er ausgemacht. Mit einem Wort er sorgte für das Führeransehen des Meisters und dafür, daß das Wort »– der uns aus Ägypten geführt hat«, wenn es zum Murren geworden war, wieder löblichen Sinn annahm. Das Ziel hatte er klar im Kopfe und steuerte ihm an der Hand der Sterne, im Einverständnis mit Mose, auf kürzestem Wege zu. Denn beide waren ja darin einig, daß man ein erstes Ziel, eine feste, wenn auch vorläufige Unterkunft brauche, einen Aufenthalt, wo sich leben ließe, und wo man Zeit gewönne, sogar viel Zeit: teils (nach Joschua's Gedanken), damit das Volk sich hecke und ihm, dem Heranreifenden, eine stärkere Anzahl Waffenfähiger stelle, teils (nach Mose's Gedanken), damit er vor allem einmal das Gehudel zu Gott bilde und etwas Heilig-Anständiges, ein reines Werk, dem Unsichtbaren geweiht, daraus haue, – wonach ihm Geist und Handgelenke verlangten.

Das Ziel nun war die Oase Kadesch. Wie nämlich an die Wüste Sur die Wüste Paran stieß, so stieß an diese südlich die Wüste Sin, – aber nicht überall und nicht unmittelbar. Denn irgendwo dazwischen lag die Oase Kadesch, vergleichsweise eine köstliche Ebene, ein grünes Labsal im Wasserlosen, mit drei starken Quellen und einer Anzahl kleinerer noch obendrein, lang eine Tagereise und eine halbe breit, mit frischer Weide bedeckt und Ackerboden, ein lockender Landstrich, tierreich und fruchtreich und groß genug, eine Kopfzahl wie diese zu beherbergen und zu ernähren.

Jehoschua wußte von dem anziehenden Ländchen, es war bestens verzeichnet auf der Karte, die er im Kopfe hatte. Auch Mose wußte davon, aber daß man darauf lossteuerte und sich Kadesch zum Ziel nahm, war Joschua's Veranstaltung. Seine Gelegenheit – hier war sie. Eine solche Perle, wie Kadesch, lag selbstverständlich nicht ohne Besitzer da. Sie war in festen Händen, – in nicht allzu festen, hoffte Joschua. Wollte man sie haben, so mußte man darum kämpfen mit dem, der sie hatte, und das war Amalek.

Ein Teil des Stammes der Amalekiter hielt Kadesch in Besitz und würde es verteidigen. Joschua machte Mosen klar, daß Krieg sein, daß eine Schlacht sein müsse zwischen Jahwe und Amalek, und wenn ewige Feindschaft zwischen ihnen daraus erwachsen sollte von Geschlecht zu Geschlecht. Die Oase müsse man haben; sie sei der gegebene Raum des Wachstums sowohl wie der Heiligung.

Mose war sehr bedenklich. Für ihn war es eine der Implikationen der Unsichtbarkeit Gottes, daß man seines Nächsten Haus nicht begehren solle, und er hielt es seinem Jüngling vor. Aber dieser antwortete: Kadesch sei nicht Amaleks Haus. Er wisse nicht nur im Raume Bescheid, sondern auch in den Vergangenheiten, und er wisse, daß Kadesch ehemals schon – er konnte freilich nicht sagen, wann – von ebräischen Leuten, nahverwandtem Blut, Nachkommen der Väter, bewohnt gewesen sei, die von den Amalekitern versprengt worden seien. Kadesch sei ein Raub, und einen Raub dürfe man rauben.

Mose bezweifelte das, aber er hatte seine eigenen Gründe dafür, daß Kadesch eigentlich Jahwe-Gebiet sei und denen zukomme, die mit Jahwe im Bunde waren. Nicht nur seiner natürlichen Reize wegen hieß Kadesch, wie es hieß, nämlich ›Heiligtum‹. Gewissermaßen war es ein Heiligtum des midianitischen Jahwe, den Mose als den Gott der Väter erkannt hatte. Nicht weit davon, gegen Osten und gegen Edom, lag, in einer Zeile mit anderen Bergen, der Berg Horeb, den Mose von Midian aus besucht und an dessen Hang der Gott sich ihm im brennenden Busch offenbart hatte. Horeb, der Berg, war der Sitz Jahwe's, – einer zum mindesten. Sein ursprünglicher Sitz, wußte Mose, war der Berg Sinai, im Gebirge des tiefen Mittags. Aber zwischen Sinai und Horeb, der Stätte von Mose's Beauftragung, bestand eine enge Beziehung, eben dadurch, daß Jahwe auf beiden saß: man konnte sie gleichsetzen, man konnte den Horeb auch Sinai nennen, und Kadesch hieß, wie es hieß, weil es, mit einiger Freiheit gesprochen, zu Füßen des heiligen Berges lag.

Darum willigte Mose in Joschua's Vorhaben und ließ ihn

seine Vorbereitungen treffen für den Waffengang Jahwe's mit Amalek.

XII.

Die Schlacht fand statt, sie ist eine historische Tatsache. Es war eine sehr schwere, hin und her wogende Schlacht, aber Israel ging siegreich daraus hervor. Diesen Namen nämlich, Israel, das heißt: »Gott führt Krieg«, hatte Mose vor der Schlacht dem Geblüt zur Stärkung verliehen, mit der Erläuterung, es sei ein sehr alter Name, der nur in Vergessenheit geraten sei; schon Jakob, der Erzvater, habe ihn sich errungen und auch die Seinen damit genannt. Es tat dem Geblüt sehr wohl; so lose seine Sippen zusammengehangen hatten, sie hießen nun alle Israel und kämpften vereint unter diesem geharnischten Namen, in Schlachtreihe gebracht und angeführt von Joschua, dem feldherrlichen Jüngling, und Kaleb, seinem Leutnant.

Die Amalekiter waren nicht im Zweifel gewesen über den Sinn der Annäherung des Wandervolkes; solche Annäherungen haben immer nur e i n e n Sinn. Ohne den Angriff auf die Oase abzuwarten, waren sie in hellen Haufen daraus hervorgekommen in die Wüste, größer an Zahl als Israel, auch besser bewaffnet, und in hoch aufwirbelndem Staub, Getümmel und Feldgeschrei entspann sich der Kampf, ungleich auch deshalb, weil Joschua's Leute vom Durst geplagt waren und seit vielen Tagen nichts anderes als Man zu essen gehabt hatten. Dafür hatten sie Joschua, den gerade blickenden Jüngling, der ihre Bewegungen leitete, und hatten Mose, den Gottesmann.

Dieser hatte sich zu Beginn des Gemenges, zusammen mit Aaron, seinem Halbbruder, und mit Mirjam, der Prophetin, auf einen Hügel zurückgezogen, von dem aus man die Walstatt überblickte. Seine Männlichkeit war nicht die des Kriegers. Vielmehr war es seine priesterliche Sache – und alle stimmten ohne Bedenken mit ihm überein, daß nur dies seine Sache sein könne – mit erhobenen Armen den Gott anzurufen in befeuernden Worten, wie etwa: »Steh auf, Jahwe, der Myriaden, der

Tausende Israels, daß deine Feinde zerstieben, daß deine Hasser fliehen vor deinem Angesicht!«

Sie flohen nicht und sie zerstoben nicht, oder taten beides vorderhand doch nur örtlich und ganz vorübergehend; denn wohl war Israel wütig vor Durst und Überdruß am Manna, aber der Myriaden Amaleks waren mehr, und sie drangen nach kurzer Entmutigung immer wieder vor, zuweilen bis in gefährliche Nähe des Aussichtshügels. Es stellte sich aber unzweideutig heraus, daß immer, solange Mose die Arme betend zum Himmel erhoben hielt, Israel siegte, ließ er aber die Arme sinken, so siegte Amalek. Darum, weil er aus eigener Kraft nicht unausgesetzt die Arme hochhalten konnte, unterstützten ihn Aaron und Mirjam beiderseits in den Achselhöhlen und faßten auch seine Arme an, daß sie oben blieben. Was das aber heißen will, mag man daran ermessen, daß die Schlacht vom Morgen bis an den Abend währte, in allwelcher Zeit Mose seine schmerzhafte Stellung einhalten mußte. Da sieht man, wie schwer die geistliche Männlichkeit es hat auf ihrem Gebetshügel, – wohl wahrlich schwerer, als die, die drunten dreinhauen darf im Getümmel.

Auch war es den ganzen Tag lang nicht durchzuführen; die Beistehenden mußten zuweilen für einen Augenblick des Meisters Arme herunterlassen, was aber immer sogleich die Jahwe-Streiter viel Blut und Bedrängnis kostete. Da hißten jene die Arme wieder, und aus dem Anblick schöpften die drunten frischen Mut. Hinzu kam die Feldherrngabe Jehoschua's, um einen günstigen Ausgang der Schlacht herbeizuführen. Er war ein planender Kriegsjüngling, mit Einfällen und Absichten, der Manöver erdachte, die völlig neu waren, bis dato ganz unerhört, wenigstens in der Wüste; dazu ein Befehlshaber, der den Nerv hatte, eine zeitweilige Preisgabe von Gelände ruhig mitanzusehen. Er versammelte seine beste Kraft, eine Auswahl, die Würgengel, am rechten Flügel des Feindes, drückte entschieden auf diesen, drängte ihn ab und war siegreich an dieser Stelle, während freilich indessen die Hauptmacht Amaleks gegen Israels Reihen in großem Vorteil war und ihnen in stürmischem Vordrang viel Raum abgewann. Vermittelst des Durchbruchs je-

doch an der Flanke gelangte Jehoschua in Amaleks Rücken, sodaß dieser sich gegen ihn wenden, zugleich aber die fast schon
geschlagene, doch wieder ermutigt vorgehende Hauptmacht Israels bekämpfen mußte, sodaß Kopflosigkeit bei ihm die Oberhand gewann und er an seiner Sache verzagte. »Verrat!« rief er.
»Es ist alles verloren! Hofft nicht mehr zu siegen! Jahwe ist über
uns, ein Gott von unergründlicher Tücke!« Und unter dieser
verzweifelten Losung ließ Amalek sich das Schwert entsinken
und wurde niedergemacht.

Nur wenigen der Seinen gelang die Flucht nach Norden, wo
sie sich mit dem Hauptstamm vereinigten. Israel aber bezog die
Oase Kadesch, die sich als durchzogen von einem breiten, rau-
schenden Bach, bestanden mit Nutzsträuchern und Fruchtbäu-
men und von Bienen, Singvögeln, Wachteln und Hasen erfüllt
erwies. Die in den Dorflagern zurückgelassenen Kinder Amaleks vermehrten die Zahl seines eigenen Nachwuchses. Die Weiber Amaleks wurden Israels Weiber und Mägde.

XIII.

Mose, obgleich ihn noch lange die Arme schmerzten, war ein
glücklicher Mann. Daß er ein sehr geplagter blieb, über alle
Menschen auf Erden, wird sich erweisen. Vorderhand aber war
er sehr glücklich über den günstigen Gang der Dinge. Die Auswanderung war gelungen, Pharao's rächende Macht im Schilfmeer versunken, die Wüstenfahrt gnädig vonstattengegangen
und die Schlacht um Kadesch mit Jahwe's Hilfe gewonnen worden. Groß stand er da vor seines Vaters Geblüt, im Ansehen des
Erfolges, als »der Mann Mose, der uns aus Ägypen geführt hat«,
und das war es, was er brauchte, um sein Werk beginnen zu
können, das Werk der Reinigung und Gestaltung im Zeichen des
Unsichtbaren, des Bohrens, Wegsprengens und Formens in
Fleisch und Blut, wonach er begehrte. Glücklich war er, dies
Fleisch nun abgesondert im Freien für sich zu haben in der Oase
mit Namen »Heiligtum«. Sie war seine Werkstatt.

Er zeigte dem Volke den Berg, der unter anderen Bergen im Osten von Kadesch hinter der Wüste zu sehen war: Horeb, den man auch Sinai nennen mochte, buschig bewachsen zu zwei Dritteln hinauf und oben kahl, den Sitz Jahwe's. Daß er es war, schien glaubhaft, denn es war ein eigentümlicher Berg, ausgezeichnet vor seinen Geschwistern durch eine Wolke, die, niemals weichend, dachförmig über seinem Gipfel lag und tags grau erschien, nachts aber leuchtete. Dort, hörte das Volk, an dem buschigen Hange des Berges, unterhalb des felsigen Gipfels, hatte Jahwe zu Mose aus dem brennenden Dornstrauch geredet und ihn beauftragt, sie aus Ägypten zu führen. Sie hörten es mit Furcht und Zittern, die bei ihnen noch die Stelle von Ehrfurcht und Andacht einnahmen. Wirklich pflegten sie alle, auch die bärtigen Männer mit den Knien zu schlottern, wie wilde Memmen, wenn Mose ihnen den Berg mit der Dauerwolke zeigte und sie bedeutete, daß der Gott dort saß, der Lust zu ihnen hatte und ihr alleiniger Gott sein wollte, und Mose schalt sie, die Fäuste schüttelnd, ob dieses ordinären Gebarens und ließ es sich angelegen sein, sie mit Jahwe mutig-vertrauter zu machen, indem er ihm auch mitten unter ihnen, zu Kadesch selbst, eine Stätte errichtete.

Denn Jahwe hatte eine bewegliche Gegenwart, – das hing, wie so manches andere, mit seiner Unsichtbarkeit zusammen. Er saß auf dem Sinai, er saß auf dem Horeb, – nun schuf ihm Mose, kaum daß man sich zu Kadesch in den Dorflagern der Amalekiter ein wenig eingerichtet, ein Heim daselbst, ein Zelt in der Nähe des eigenen, das er das Begegnungs- oder Versammlungszelt, auch wohl die Stiftshütte nannte, und worin er heilige Gegenstände unterbrachte, die eine Handhabe zur Verehrung des Bildlosen boten. Vorwiegend waren es Dinge, die Mose nach der Erinnerung dem Kult des midianitischen Jahwe entnahm: eine Art von Kasten vor allem, mit Tragestangen, auf welchem nach Mose's Aussage – und er mußte es wissen – die Gottheit unsichtbar thronte, und die man würde mit ins Feld hinausnehmen und vor sich hertragen können zum Kampf, wenn etwa Amalek anrücken und Rache zu nehmen versuchen sollte. Ein

eherner Stab mit Schlangenkopf, auch die Eherne Schlange genannt, war bei der Lade verwahrt, zum Andenken an Aaron's gut
gemeintes Kunststück vor Pharao, doch mit dem Nebensinn,
daß es zugleich auch der Stab sein sollte, den Mose ausgereckt
hatte, über das Schilfmeer, daß es sich teile. Besonders noch aber
barg das Jahwe-Zelt auch das sogenannte Ephod, die Schüttel-
Tasche, aus der, als Ja oder Nein, Recht oder Unrecht, Gut oder
Böse, die Orakel-Lose ›Urim und Tummim‹ sprangen, wenn
man gezwungen war, in einer schweren Streitfrage, den Menschen unlösbar, unmittelbar Jahwe's Schiedsgericht anzurufen.

Meist nämlich richtete Mose selbst, an Jahwe's Statt, in allerlei
Streit- und Rechtsfragen, die sich unter den Leuten aufwarfen.
Es war sogar das Erste, was er zu Kadesch tat, daß er eine Ge-
richtsstelle einrichtete, wo er an bestimmten Tagen Streitfragen
schlichtete und Recht sprach: dort wo die stärkste Quelle ent-
sprang, die immer schon Me-Meriba, das ist: Prozeßwasser geheißen hatte, dort sprach er Recht und ließ es heilig erfließen wie
das Wasser der Erde entquoll. Bedenkt man aber, daß es insge-
samt zwölftausendfünfhundert Seelen waren, die seiner
alleinigen Gerechtsame unterstanden, so ermißt man, was für
ein geplagter Mann er war. Denn umso mehr Rechtsuchende
drängten sich immer zu seinem Quellensitze, als das Recht dem
verlassenen und verlorenen Geblüt etwas ganz Neues war und es
bisher kaum gewußt hatte, daß es so etwas gäbe, – da es denn
nun erfuhr, erstens, daß das Recht mit der Unsichtbarkeit Gottes
und seiner Heiligkeit ganz unmittelbar zusammenhänge und in
ihrem Schutze stehe, zweitens aber, daß es auch das Unrecht
umfasse, was das Pöbelvolk lange Zeit nicht begreifen konnte.
Denn es dachte, wo Recht erflösse, da müsse jeder recht bekommen, und wollte anfangs nicht glauben, daß einer zu seinem
Recht kommen könne, auch dadurch, daß er zu seinem Unrecht
kam und mit langer Nase abziehen mußte. Ein solcher bereute
dann wohl, daß er die Sache nicht lieber mit seinem Streitpartner
nach früherer Art vermittelst eines Steins in der Faust ausgemacht habe, wodurch sie vielleicht einen anderen Ausgang genommen hätte, und lernte nur mühsam von Mose, daß dies ge-

gen die Unsichtbarkeit Gottes gewesen wäre, und daß niemand mit langer Nase abzöge, der unrecht bekommen habe von Rechtes wegen; denn das Recht sei gleich schön und würdevoll in seiner heiligen Unsichtbarkeit, ob es einem nun recht oder unrecht gäbe.

So mußte Mose nicht allein Recht sprechen, sondern auch Recht lehren noch dazu und war sehr geplagt. Er hatte ja selbst im thebanischen Internat das Recht gelernt, die ägyptischen Gesetzrollen und den Codex Hammurapi's, des Königs am Euphrat. Das half ihm zur Urteilsklärung in vielen vorkommenden Fällen, so zum Beispiel, wenn ein Ochs einen Mann oder Weib zu Tode gestoßen hatte, so war der Ochse zu steinigen, und sein Fleisch sollte nicht gegessen werden, der Herr des Ochsen aber war unschuldig, ausgenommen der Ochs wäre bekanntermaßen schon immer stößig gewesen, und der Herr habe ihn schlecht verwahrt: dann sei auch dessen Leben verwirkt, außer, er könne es ablösen mit dreißig Silberschekeln. Oder, wenn jemand eine Grube eröffnete und deckte sie nicht ordentlich zu, so daß ein Ochs oder Esel hineinfiel, so sollte der Herr der Grube den Mann des Schadens mit Geld versöhnen, das Aas aber sollte ihm gehören. Oder was sonst noch vorkam an Körperverletzung, Sklavenmißhandlung, Diebstahl und Einbruch, Flurschädigung, Brandlegung und Mißbrauch von Anvertrautem. In allen diesen Fällen und hundert anderen fand Mose das Urteil, in Anlehnung an Hammurapi, gab recht und unrecht. Aber es waren für einen Richter der Fälle zuviele, der Quellsitz war überlaufen, untersuchte der Meister das einzelne Vorkommnis nur einigermaßen treulich, so ward er nicht fertig, mußte vieles zurückstellen, Neues kam immer hinzu, und er war geplagt über alle Menschen.

XIV.

Darum war es ein großes Glück, daß sein Schwager Jethro, von Midian, ihn zu Kadesch besuchte und ihm einen guten Rat erteilte, auf den er von selbst, seiner gewissenhaften Eigenmächtigkeit wegen, nicht gekommen wäre. Mose hatte nämlich bald nach der Ankunft in der Oase nach Midian hinabgeschickt zu seinem Schwäher, daß dieser ihm sein Weib Zipora und seine beiden Söhne zurücksende, die er ihm während der ägyptischen Tribulationen ins Zelt gegeben hatte. Jethro aber kam freundlicherweise selbst, ihm Weib und Söhne persönlich zu überhändigen, ihn zu umarmen, sich bei ihm umzusehen und von ihm zu hören, wie alles gegangen sei.

Er war ein beleibter Scheich, heiter blickend, mit ebnen, gewandten Gebärden, ein Weltmann, eines entwickelten, gesellschaftlich wohl geübten Volkes Fürst. Sehr festlich empfangen, kehrte er ein bei Mose, in dessen Hütte, und vernahm nicht ohne Erstaunen, wie einer seiner Götter, und gerade der Bildlose unter ihnen, sich an Mose und den Seinen so außerordentlich bewährt und wie er gewußt habe, sie von der Ägypter Hand zu erretten.

»Wer hätte es gedacht!« sagte er. »Er ist offenbar größer, als wir vermuteten, und was du mir erzählst, legt mir die Befürchtung nahe, daß wir seiner bisher zu lässig gepflegt haben. Ich will dafür sorgen, daß er auch bei uns zu höheren Ehren kommt.«

Auf den nächsten Tag wurden öffentliche Brandopfer anberaumt, wie Mose sie selten veranstaltete. Nicht übertrieben viel hielt er von Opfern; sie seien nicht wesentlich, sagte er, vor dem Unsichtbaren, und opfern täten die anderen auch, die Völker der Welt. Jahwe aber spreche: »Auf meine Stimme hört vor allen Dingen, das ist: auf die meines Knechtes Mose, dann werd' ich euer Gott sein und ihr mein Volk.« Diesmal aber gab es Schlacht- und Brandopfer, für Jahwe's Nase sowohl als auch zur Feier von Jethro's Ankunft. Und wieder am nächsten Tag, schon früh am Morgen, nahm Mose seinen Schwäher mit zum

Prozeßwasser, damit er einer Gerichtssitzung beiwohne und sähe, wie Mose saß, das Volk zu richten. Das stand um ihn herum von Morgen bis Abend, und war keine Rede von Fertigwerden.

»Nun bitte ich dich um alles, Herr Schwager«, sagte der Gast, als er mit Mose von der Stätte hinwegging, »was machst du Mann dir für Plage! Sitzest allein, und alles Volk steht um dich herum von Morgen bis Abend! Warum tust du denn das?«

»Ich muß doch«, antwortete Mose. »Das Volk kommt zu mir, daß ich richte zwischen einem jeglichen und seinem Nächsten und zeige ihnen Gottes Recht und seine Gesetze.«

»Aber Bester, wie kann man so ungeschickt sein!« sagte Jethro wieder. »Regiert man denn so, und muß sich ein Herrscher so schinden, daß er alles allein macht? Du müdest dich ab, daß es ein Jammer ist, und kannst kaum aus den Augen sehen, bist auch deiner Stimme verlustig vom Richten. Dazu ist das Volk nicht weniger müde. So fängt man doch das nicht an, du kannst auf die Länge nicht alle Geschäfte allein ausrichten. Es ist ja das garnicht nötig, – höre auf meine Stimme! Wenn du das Volk vor Gott vertrittst und vor ihn bringst die großen Geschäfte, die alle angehen, so ist das völlig genug. Sieh dich aber um«, sagte er mit bequemen Bewegungen, »unter deinem Gehudel nach rechtlichen Leuten, ein bißchen angesehenen, und setze sie über das Volk: über tausend, über hundert, ja über fünfzig und zehn, daß sie sie richten nach dem Recht und nach den Gesetzen, die du dem Volk gestellt. Und nur wo eine große Sache ist, die sollen sie an dich bringen, alle geringen aber erledigen sie, – du brauchst davon garnichts zu wissen. Ich hätte auch mein Bäuchlein nicht und wäre garnicht abkömmlich gewesen, dich zu besuchen, wenn ich dächte, von allem wissen zu müssen, und es treiben wollte wie du.«

»Aber die Richter werden Geschenke nehmen«, antwortete Mose schwermütig, »und die Gottlosen recht haben lassen. Denn Geschenke machen die Sehenden blind und verkehren die Sachen der Gerechten.«

»Weiß ich auch«, erwiderte Jethro. »Weiß ich ganz gut. Aber

etwas davon muß man in den Kauf nehmen, wenn nur Recht gesprochen wird überhaupt und eine Ordnung ist, werde sie auch etwas verwickelter durch Geschenke, das macht nicht soviel. Siehe, die da Geschenke nehmen, das sind gewöhnliche Leut', aber das Volk besteht auch aus gewöhnlichen Leuten, darum hat es Sinn fürs Gewöhnliche, und wird ihm das Gewöhnliche gemütlich sein in der Gemeinde. Dazu aber, ist Einem seine Sache verkehrt worden vom Richter über zehn, weil der vom Gottlosen genommen hat, so soll er den Dienstweg einschlagen und den Rechtszug verfolgen; er soll den Richter aufrufen über fünfzig und den über hundert und schließlich den über tausend, – der bekommt am allermeisten Geschenke und hat darum einen freieren Blick, bei dem wird er schon Recht finden, wenn's ihm nicht vorher zu langweilig geworden ist.«

So äußerte Jethro sich, mit ebenen Gebärden, die einem das Leben erleichterten, wenn man sie nur sah, und zeigte, daß er eines entwickelten Wüstenvolkes Priesterkönig war. Schwermütig hörte Moses ihm zu und nickte. Er hatte die bestimmbare Seele des einsamen, geistlichen Mannes, der nachdenklich nickt zu der Klugheit der Welt und einsieht, daß sie wohl recht haben mag. Auch befolgte er wirklich den Rat des gewandten Schwähers – es war ganz unumgänglich. Er setzte Laienrichter ein, die an der großen Quelle und an den kleineren Recht erfließen ließen nach seinen Belehrungen und die alltäglichen Fälle beurteilten (wenn etwa ein Esel in eine Grube gefallen war); und nur die Kapitalfälle kamen an ihn, den Priester Gottes, über die ganz großen aber entschieden die heiligen Lose.

So war er nicht länger über Gebühr in die Geschäfte verstrickt, sondern bekam die Arme frei für das weitere Bildungswerk, das er an dem ungestalten Volksleib zu tun gedachte, und für das ihm Joschua, der strategische Jüngling, die Werkstatt erstritt, nämlich die Oase Kadesch. Zweifellos war das Recht ein wichtiges Beispiel für die Implikationen der Unsichtbarkeit Gottes, aber doch nur ein Beispiel, und eine gewaltige, lange, in Zorn und Geduld zu bewältigende Arbeit würde es sein, aus den ungebärdigen Horden nicht nur ein Volk zu bilden wie andere mehr, dem das Gewöhnliche gemütlich war, sondern ein außergewöhnliches und abgesondertes, eine reine Gestalt, aufgerichtet dem Unsichtbaren und ihm geheiligt.

XV.

Das Geblüt merkte bald, was es heißen wollte, einem zornig-geduldigen, dem Unsichtbaren verantwortlichen Werkmann gleich Mosen in die Hände gefallen zu sein, und merkte, daß jene unnatürliche Weisung, es sei jedes Freudengeschrei zu unterlassen, über des Feindes Ersaufen, nur ein Anfang gewesen war – und zwar ein vorwegnehmender Anfang, der schon weit im Gebiet der Reinheit und Heiligkeit lag und viele Voraussetzungen hatte, die zu erfüllen waren, ehe man dahin gelangte, eine solche Forderung nicht als völlig unnatürlich zu empfinden. Wie es aussah in dem Gehudel, und wie sehr es ein bloßer Rohstoff war aus Fleisch und Blut, dem die Grundbegriffe der Reinheit und Heiligkeit abgingen; wie sehr Mose von vorn anfangen und ihnen das Früheste beibringen mußte, das merkt man den notdürftigen Vorschriften an, mit denen er daran herumzuwerken, zu meißeln und zu sprengen begann – nicht zu ihrem Behagen; der Klotz ist nicht auf des Meisters Seite, sondern gegen ihn, und gleich das Früheste, was zu seiner Formung geschieht, kommt ihm am allerunnatürlichsten vor.

Immer war Mose unter ihnen, bald hier, bald da, bald in diesem und bald in jenem Dorflager, gedrungen, mit seinen weit stehenden Augen und seiner plattgetriebenen Nase, schüttelte die Fäuste an breiten Handgelenken und rüttelte, mäkelte, krittelte und regelte an ihrem Dasein, rügte, richtete und säuberte daran herum, indem er die Unsichtbarkeit Gottes dabei zum Prüfstein nahm, Jahwe's, der sie aus Ägypten geführt hatte, um sie sich zum Volk zu nehmen, und der heilige Leute an ihnen haben wollte, heilig, wie Er es war. Vorläufig waren sie nichts als Pöbelvolk, was sie schon dadurch bekundeten, daß sie ihre Leiber ins Lager entleerten, wo es sich treffen wollte. Das war eine Schande und eine Pest. Du sollst außen vor dem Lager einen Ort haben, wohin du zur Not hinauswandelst, hast du mich verstanden? Und sollst ein Schäuflein haben, womit du gräbst, ehe du dich setzest; und wenn du gesessen hast, sollst du's zuscharren, denn der Herr, dein Gott, wandelt in deinem Lager, das darum ein heilig Lager sein soll, nämlich ein sauberes, damit Er sich nicht die Nase zuhalte und sich von dir wende. Denn die Heiligkeit fängt mit der Sauberkeit an, und ist diese Reinheit im Groben, aller Reinheit gröblicher Anbeginn. Hast du das aufgefaßt, Ahiman, und du Weib Naemi? Das nächste Mal will ich bei jedem ein Schäuflein sehen, oder der Würgengel soll über euch kommen!

Du sollst sauber sein und dich viel mit lebendigem Wasser baden um der Gesundheit willen; denn ohne die ist keine Reinheit und Heiligkeit, und Krankheit ist unrein. Denkst du aber, Pöbelei ist gesünder denn saubere Sitte, so bist du ein Blödian und sollst geschlagen sein mit Gelbsucht, Feigwarzen und Drüsen Ägyptens. Übst du nicht Sauberkeit, so werden böse schwarze Blattern auffahren und Keime der Pestilenz gehen von Blut zu Blut. Lerne unterscheiden zwischen Reinheit und Unreinheit, sonst bestehst du nicht vor dem Unsichtbaren und bist nur Pöbel. Darum, wenn ein Mann oder Weib einen fressenden Aussatz hat und einen bösen Fluß am Leibe, Grind oder Krätze, die sollen unrein sein und nicht im Lager gelitten werden, sondern hinausgetan sein draußen davor, abgesondert in Unreinheit, wie der Herr euch abgesondert hat, daß ihr rein wäret. Und was ein solcher angerührt hat, und worauf er gelegen, und der Sattel worauf er geritten, das soll verbrannt werden. Ist er aber rein worden in der Absonderung, so soll er sieben Tage zählen, ob er auch wirklich rein ist, und sich gründlich mit Wasser baden, dann mag er wiederkommen.

Unterscheide! sage ich dir und sei heilig vor Gott, sonst kannst du nicht heilig sein, wie ich dich haben will. Du ißt ja alles durcheinander, ohne Wahl und Heiligkeit, wie ich sehen muß, das ist mir ein Greuel. Du sollst aber das eine essen und das andere nicht, und sollst deinen Stolz haben und deinen Ekel. Was da die Klauen spaltet und wiederkäut unter den Tieren, das magst du essen. Was aber wiederkäut und hat Klauen, spaltet sie aber nicht, wie das Kamel, das sei euch unrein, und sollt's nicht essen. Wohl gemerkt, das gute Kamel ist nicht unrein als Gottes lebendig Geschöpf, aber als Speise schickt es sich nicht, so wenig als wie das Schwein, das sollt ihr auch nicht essen, denn es spaltet die Klauen wohl, wiederkäut aber nicht. Darum unterscheidet! Alles, was Flossen und Schuppen hat in den Wassern, das mögt ihr essen, aber was ohne solche darin herumschlüpft, das Molchgezücht, das ist zwar auch von Gott, aber als Speise soll es euch eine Scheu sein. Unter den Vögeln sollt ihr verschmähen den Adler, den Habicht, den Fischaar, den Geier und ihresgleichen. Dazu alle Raben, den Strauß, die Nachteule, den Kuckuck, das Käuzlein, den Schwan, den Uhu, die Fledermaus, die Rohrdommel, den Storch, den Reiher und Häher sowie die Schwalbe. Ich habe den Wiedehopf vergessen, den sollt ihr auch vermeiden. Wer wird das Wiesel essen, die Maus, die Kröte oder den Igel? Wer ist so pöbelhaft, die Eidechse, den Maulwurf und die Blindschleiche zu verzehren oder sonst irgend etwas, was da auf Erden schleicht und auf seinem Bauche kreucht? Ihr tut es aber und macht eure Seele zum Scheusal! Wen ich noch einmal eine Blindschleiche essen sehe, mit dem will ich abfahren, daß er's nicht wieder tut. Denn er stirbt zwar nicht dran, und es ist nicht schädlich, ist aber schimpflich, und euch soll vieles schimpflich sein. Darum sollt ihr kein Aas essen, das ist auch noch schädlich.

So machte er ihnen Speisevorschriften und schränkte sie ein in Dingen der Nahrung, aber nicht nur in diesen. Ebenso tat er es in Dingen der Lust und Liebe, denn auch darin ging es bei ihnen drunter und drüber nach rechter Pöbelart. Du sollst die Ehe nicht brechen, sagte er ihnen, denn sie ist eine heilige Schranke. Weißt du aber auch, was das sagen will, die Ehe nicht brechen? Hundert Einschränkungen bedeutet es mit Rücksicht auf Gottes Heiligkeit und nicht nur, daß du deines Nächsten Weib nicht begehren sollst, das ist das Wenigste. Denn du lebst im Fleisch, bist aber dem Unsichtbaren verschworen, und die Ehe ist der

Inbegriff aller Reinheit im Fleisch vor Gottes Angesicht. Darum sollst du nicht ein Weib nehmen und die Mutter dazu, um nur ein Beispiel zu nennen. Das schickt sich nicht. Und sollst nie und nimmer bei deiner Schwester liegen, daß du ihre Scham siehst und sie deine, denn es ist eine Blutschande. Nicht einmal bei deiner Tante sollst du liegen, das ist weder ihrer würdig noch deiner, und sollst davor zurückschrecken. Wenn ein Weib ihre Krankheit hat, sollst du sie scheuen und nicht herantreten an den Brunnen ihres Blutes. Wenn aber einem Mann was Schamhaftes zustößt im Schlaf, der soll unrein sein bis zum nächsten Abend und sich fleißig mit Wasser baden.

Ich höre, du hältst deine Tochter zur Hurerei an und nimmst Hurengeld von ihr? Tu das nicht mehr, denn beharrst du darauf, will ich dich steinigen lassen. Was fällt dir ein, beim Knaben zu schlafen wie beim Weibe? Das ist ein Unding und Völkergreuel, und sollen beide des Todes sterben. Treibt aber einer es mit dem Vieh, sei es Mann oder Weib, die sollen nun vollends ausgerottet sein und erwürgt werden mitsamt dem Vieh.

Man stelle sich ihre Bestürzung vor über all die Einschränkungen! Sie hatten zunächst das Gefühl, daß überhaupt vom lieben Leben beinahe nichts übrig bleibe, wenn man all dies befolgte. Er sprengte mit dem Meißel an ihnen herum, daß die Stücke flogen, und das war sehr wörtlich zu nehmen, denn mit den Ahndungen, die er auf die schlimmsten Überschreitungen der Schranken setzte, war es kein Spaß, und hinter seinen Verboten standen der junge Joschua und seine Würgengel.

»Ich bin der Herr, euer Gott«, sagte er, auf die Gefahr hin, daß sie ihn wirklich selbst dafür hielten, »der euch aus Ägyptenland geführt und abgesondert hat von den Völkern. Darum sollt ihr auch absondern das Reine vom Unreinen und nicht den Völkern nachhuren, sondern mir heilig sein. Denn ich, der Herr, bin heilig und habe euch abgesondert, daß ihr mein wäret. Das Aller-Unreinste ist, sich um irgend einen Gott zu kümmern, außer um mich, denn ich heiße ein Eiferer. Das Aller-Unreinste ist, sich ein Bild zu machen, sehe es nun aus wie ein Mann oder Weib, ein Ochs oder Sperber, ein Fisch oder Wurm, denn damit ist man schon abtrünnig von mir, auch wenn das Bild mich vorstellen soll, und könnte ebenso gut mit seiner Schwester schlafen oder mit einem Vieh, das liegt ganz nahe dabei und ergibt sich gar bald daraus. Hütet euch! Ich bin unter euch und sehe alles. Hurt einer den Tier- und Totengöttern Ägyptens nach, dem will ich's eintränken. Ich will ihn in die Wüste jagen und ihn absondern wie einen Auswurf. Insgleichen wer da dem Moloch opfert, an den ihr, wie ich wohl weiß, auch noch eine Erinnerung habt, daß er ihm seine Kraft verbrennt, der ist ein Übel, und übel will ich mit ihm verfahren. Darum sollst du deinen Sohn oder deine Tochter nicht durchs Feuer gehen lassen nach blöder Völkerart, noch achten auf Vogelflug und -schrei, noch munkeln mit Wahrsagern, Tagewählern und Zeichendeutern, noch die Toten befragen, und nicht Zauber treiben mit meinem Namen. Ist einer ein Schurke und führt dabei meinen Namen im Munde zur Zeugenschaft, der führt ihn am allerunnützlichsten, ich will ihn fressen. Aber Zauber und Völkergreuel ist es bereits, sich Male zu stechen, sich kahl zu scheren über den Augen und sich das Gesicht zu zerschneiden aus Trauer um einen Toten, – ich will's nicht dulden.«

Wie groß war ihre Bestürzung! Nicht einmal Trauerschnitte sollten sie sich machen und sich nicht ein bißchen tätowieren. Sie merkten, was es auf sich hatte mit der Unsichtbarkeit Gottes. Es bedeutete große Einschränkung, mit Jahwe im Bunde zu sein; da aber hinter Mose's Verboten der Würgengel stand und sie nicht gern in die Wüste gejagt werden wollten, so kam ihnen das, was er verbot, bald fürchterlich vor, – anfangs nur im Zusammenhang mit der Strafe; diese aber verfehlte nicht, die Sache selbst zu einem Übel zu stempeln, bei dessen Begehung einem übel zu Mute war, der Strafe nicht einmal mehr zu gedenken.

Halte dein Herz im Zaum, sagte er ihnen, und wirf nicht dein Auge auf eines anderen Habe, daß du sie haben möchtest, denn leicht bringt dich das dazu, sie ihm zu nehmen, sei es durch heimliche Entwendung, was eine Feigheit ist, oder indem du ihn totschlägst, was eine Rohheit ist. Jahwe und ich wollen euch weder feig noch roh, sondern die Mitte davon sollt ihr sein, nämlich anständig. Habt ihr soviel begriffen? Stehlen ist schleichendes

Elend, aber zu morden, sei es aus Wut oder Gier, oder gieriger Wut, oder wütender Gier, das ist eine lodernde Untat, und wer sie begeht, gegen den will ich mein Antlitz setzen, daß er nicht weiß, wo er sich bergen soll. Denn er hat Blut vergossen, da doch das Blut eine heilige Scheu und ein großes Geheimnis ist, mir eine Altargabe und eine Versöhnung. Blut sollt ihr nicht essen und kein Fleisch, wenn es im Blute ist, denn es ist mein. Wer nun aber gar beschmiert ist mit eines Menschen Blut, dessen Herz soll an kaltem Entsetzen kranken, und ich will ihn jagen, daß er vor sich selber davonläuft bis ans Ende der Welt. Sagt Amen dazu!

Und sie sagten Amen, in der Hoffnung noch, daß mit dem Mord eben nur Tötung gemeint sei, zu dem nicht gar viele Lust hatten, oder doch nur gelegentlich. Aber es stellte sich heraus, daß Jahwe dem Wort einen so weiten Sinn gab wie dem Ehebruch, und alles Mögliche darunter verstand, sodaß Mord und Totschlag sehr früh begannen: bei jeder Verletzung des anderen durch Falschheit und Übervorteilung, wozu doch fast alle Lust hatten, floß schon sein Blut. Sie sollten nicht fälschlich handeln untereinander, nicht gegen jemanden aussagen als Lügenzeuge, rechtes Maß brauchen, rechte Pfunde und rechten Scheffel. Es war höchst unnatürlich, und vorderhand war es nur die natürliche Furcht vor Strafe, die einen Schein von Natürlichkeit warf auf Gebot und Verbot.

Daß man seinen Vater und seine Mutter ehren solle, wie Mose verlangte, hatte ebenfalls einen weiteren Sinn, als man im ersten Augenblick gleich vermutete. Wer die Hand erhob gegen seine Erzeuger und ihnen fluchte, – nun ja, mit dem wollte er abfahren. Aber die Ehrerbietung sollte sich auf die erstrecken, die deine Erzeuger auch nur hätten sein können. Vor einem grauen Haupte sollst du aufstehen, die Arme kreuzen und dein dummes Haupt neigen, verstehst du mich? So will es der Gottesanstand. – Der einzige Trost war, daß, da der Nächste einen nicht erschlagen durfte, man Aussichten hatte, ebenfalls alt und grau zu werden, sodaß dann die anderen vor einem aufstehen mußten.

Zuletzt aber zeigte sich, daß Alter ein Gleichnis war für das

Alte im Allgemeinen, für alles, was nicht von heute und gestern war, sondern von weither kam, das fromm Überlieferte, den Väterbrauch. Dem sollte man Ehre erweisen und Gottesfurcht. So sollst du meine Feiertage heiligen, den Tag, da ich dich aus Ägypten führte, den Tag der ungesäuerten Brote, und immer den Tag, da ich von der Schöpfung ruhte. Meinen Tag, den Sabbat, sollst du nicht mit Arbeitsschweiß verunreinigen, ich verbiete es dir! Denn ich habe dich aus dem ägyptischen Diensthause geführt, mit mächtiger Hand und mit ausgestrecktem Arm, wo du ein Knecht warst und ein Arbeitstier, und mein Tag soll der Tag deiner Freiheit sein, die sollst du feiern. Sechs Tage lang sollst du ein Ackerer sein oder ein Pflugmacher oder ein Topfdreher oder ein Kupferschmied oder ein Schreiner, aber an meinem Tag sollst du ein rein Gewand anlegen und garnichts sein, außer ein Mensch, und deine Augen aufschlagen zum Unsichtbaren.

Du warst ein geschundener Knecht in Ägyptenland – gedenke dessen bei deinem Gehaben gegen die, die fremd sind unter dir, die Kinder Amaleks zum Beispiel, die dir Gott in die Hände gab, und schinde sie nicht! Sieh sie an wie dich selbst und gib ihnen gleiches Recht, oder ich will dreinfahren, denn sie stehen in Jahwe's Schutz. Mache überhaupt nicht einen so dummdreisten Unterschied zwischen dir und den anderen, daß du denkst, du allein bist wirklich und auf dich kommt's an, der andere aber ist nur ein Schein. Ihr habt das Leben gemeinsam, und es ist nur ein Zufall, daß du nicht er bist. Darum liebe nicht dich allein, sondern liebe ihn gleicherweise und tue mit ihm, wie du wünschen würdest, daß er mit dir täte, wenn er du wäre! Seid lieblich miteinander und küßt die Fingerspitzen, wenn ihr einander vorübergeht, und neigt euch mit Lebensart und sprecht den Gruß: »Sei heil und gesund!« Denn es ist ebenso wichtig, daß jener gesund ist, wie daß du es bist. Und ist's auch nur äußere Lebensart, daß ihr so tut und küßt die Fingerspitzen, so gibt euch die Gebärde doch etwas ins Herz von dem, was darin sein soll gegen euren Nächsten. – So sagt Amen zu alledem!

Und sie sagten Amen.

XVI.

Mit dem Amen aber war wenig getan, – sie sagten es nur, weil er der Mann war, der sie mit Glück aus Ägypten geführt, Pharao's Wagen versenkt und die Schlacht um Kadesch gewonnen hatte, und bis ihnen leidlich, oder auch scheinbar nur, in Fleisch und Blut übergegangen war, was er sie lehrte und ihnen auferlegte, die Schranken, Gebot und Verbot, das dauerte lange, und ein gewaltiges Stück Arbeit war es, dessen er sich da unterwunden: aus dem Gehudel dem Herrn ein heiliges Volk aufzurichten, eine reine Gestalt, die da bestände vorm Unsichtbaren. Im Schweiß seines Angesichtes werkte er daran zu Kadesch, seiner Werk-statt, indem er seine weitstehenden Augen überall hatte, – metzte, sprengte, formte und ebnete an dem unwilligen Klotz mit zäher Geduld, mit wiederholter Nachsicht und öfterem Ver-zeihen, mit loderndem Zorn und strafender Unerbittlichkeit, und wollte doch oft verzagen, wenn sich das Fleisch, in dem er arbeitete, so widerspenstig und vergeßlich-rückfällig erwies, wenn wieder die Leute mit dem Schäuflein zu graben versäum-ten, Blindschleichen aßen, mit ihrer Schwester schliefen oder auch mit dem Vieh, sich Male stachen, mit Wahrsagern hockten, auf Diebstahl schlichen und einander totschlugen. »O Pöbel-volk!« sagte er dann zu ihnen. »Ihr werdet sehen, der Herr wird einmal plötzlich über euch kommen und euch vertilgen.« Zum Herrn selbst aber sagte er: »Was soll ich machen mit diesem Fleisch, und warum hast du deine Gnade von mir genommen, daß du mir aufhalst, was ich nicht tragen kann? Lieber will ich einen Stall ausmisten, der sieben Jahre nicht Wasser und Spaten gesehen, und ein Dschungel lichten mit bloßen Händen zum Fruchtfeld, als daß ich dir hieraus eine reine Gestalt errichte. Wie komme auch ich dazu, das Volk in den Armen zu tragen, als ob ich's geboren hätte? Ich bin ihm nur halb verwandt, von Vaters Seite. Darum, so bitte ich dich, laß mich meines Lebens froh werden und schenk mir die Aufgabe, sonst aber erwürge mich lieber!«

Aber Gott antwortete ihm aus seinem Inneren mit so deutlicher Stimme, daß er's mit Ohren hörte und aufs Angesicht fiel:

»Gerade weil du ihnen nur halb verwandt bist, vonseiten des Verscharrten, bist du der Mann, sie mir zu bearbeiten und sie mir aufzurichten zum heiligen Volk. Denn stecktest du mitten darin und wärst recht einer von ihnen, so sähst du sie nicht und könntest nicht Hand an sie legen. Außerdem ist das alles nur Ziererei, daß du wehklagst vor mir und willst dich losbitten vom Werke. Denn du siehst wohl, daß es schon anschlägt bei ihnen, und hast ihnen schon ein Gewissen gemacht, daß ihnen übel zu Mute ist, wenn sie Übles tun. Darum stelle dich nicht vor mir, als hättest du nicht die größte Lust zu deiner Plage! Es ist meine Lust, die du hast, Gotteslust ist es, und ohne sie würde dir das Leben zum Ekel, wie Manna dem Volk, schon nach wenigen Tagen. Nur wenn ich dich erwürgte, freilich, dann könntest du ihrer entraten.«

Das sah der Geplagte ein, nickte mit dem Kopf zu Jahwe's Worten, während er auf dem Angesicht lag, und stand wieder auf zu seiner Plage. Er war aber ein geplagter Mann nicht nur als Bildner des Volks, sondern Plage und Kummer reichten in sein Familienleben hinein: Da gab es Ärger, Scheelsucht und Zank um seinetwillen, und war kein Friede in seiner Hütte, – durch seine Schuld, wenn man wollte; denn seine Sinne waren Ursach des Ungemachs, – die waren erregt vom Werk und hingen an einer Mohrin, an der bekannten Mohrin.

Man weiß, daß er damals mit einer Mohrin lebte, außer mit seinem ersten Weibe Zipora, der Mutter seiner Söhne, – mit einer Person vom Lande Kusch, die schon als Kind nach Ägypten gelangt war, unter dem Geblüte in Gosen gelebt und sich dem Auszuge angeschlossen hatte. Zweifellos hatte sie schon manchen Mann erkannt, und dennoch nahm Mose sie an sich als Bettgenossin. In ihrer Art war sie ein prachtvolles Stück, mit Bergesbrüsten, rollendem Augenweiß, Wulstlippen, in die sich im Kuß zu versenken ein Abenteuer sein mochte, und einer Haut voller Würze. Mose hing gewaltig an ihr um seiner Entspannung willen und konnte nicht von ihr lassen, obgleich er dabei die Gegnerschaft seines ganzen Hauses zu tragen hatte: nicht nur seines midianitischen Weibes und ihrer Söhne, sondern besonders auch die seiner Halbgeschwister Mirjam und Aaron. Zipora nämlich, die viel von dem ebenen Weltsinn ihres Bruders Jethro hatte, fand sich noch leidlich mit der Rivalin ab, besonders da diese ihren weiblichen Triumph über sie verbarg und sich sehr unterwürfig gegen sie hielt; sie behandelte die Mohrin mehr mit Spott als mit Haß und begegnete auch dem Mose eher ironisch in dieser Sache, als daß sie ihrer Eifersucht hätte die Zügel schießen lassen. Die Söhne aber, Gersom und Eliezer, die zu Joschua's reisiger Schar gehörten, besaßen des Sinnes für Zucht zuviel, daß sie sich empörerisch gegen den Vater hätten stellen mögen; man merkte ihnen nur an, daß sie sich ärgerten und schämten um seinetwillen.

Ganz anders lagen die Dinge bei Mirjam, der Prophetin, und Aaron, dem Salbungsvollen. Ihr Haß auf die Bett-Mohrin war giftiger als der der anderen, weil er mehr oder minder ein Auslaß war für eine tiefere und allgemeinere Mißgunst, die sie gegen Mose verband: Seit längerem schon hatten sie begonnen, ihm sein nahes Verhältnis zu Gott, sein geistliches Meistertum, seine persönliche Erwähltheit zum Werk zu neiden, die sie großen Teils für Einbildung hielten; denn sie erachteten sich für ebenso gut, ja besser als ihn, und sagten untereinander: »Redet denn der Herr allein durch Mose? Redet er nicht auch durch uns? Wer ist dieser Mann Mose, daß er sich so über uns erhoben hat?« – Dies lag dem Anstoß zugrunde, den sie an seinem Verhältnis zur Mohrin nahmen, und immer, wenn sie dem Bruder, zu seinem Leide, keifend mit Vorwürfen zusetzten von wegen der Leidenschaft seiner Nächte, bildeten diese nur den Ausgangspunkt für weitere Anklagen: bald kamen sie ab davon auf das Unrecht, das ihnen geschehe durch seine Größe.

So waren sie einst, als der Tag sich neigte, bei ihm in der Hütte und quälten ihn, wie ich sagte, daß sie ihn zu quälen pflegten: die Mohrin hier und die Mohrin da, und daß er an ihren schwarzen Brüsten hinge, und welch ein Skandal es sei, welche Schmach für Zipora, sein erstes Weib, und welche Bloßstellung für ihn selbst, der doch beanspruche, ein Gottesfürst zu sein und Jahwe's alleiniges Mundstück auf Erden...

»Beanspruche?« sagte er. »Was Gott mir auferlegt hat zu sein, das bin ich. Wie häßlich aber von euch, wie gar sehr häßlich, daß ihr mir meine Lust mißgönnt und die Entspannung an meiner Mohrin Brüsten! Denn es ist keine Sünde vor Gott, und ist kein Verbot unter allen Verboten, die er mir eingab, daß man bei einer Mohrin nicht liegen solle. Nicht, daß ich wüßte.«

Ei, ja, sagten sie, er suche sich die Verbote aus nach eigenem Geschmack und werde wohl nächstens noch aufstellen, daß es geradezu geboten sei, bei Mohrinnen zu liegen, denn er halte sich ja für Jahwe's alleiniges Mundstück. Dabei seien sie, Mirjam und Aaron, Amrams, des Levi-Enkels, echte Kinder, er aber sei doch am Ende nur ein Findling aus dem Schilf und solle ein wenig Demut lernen, denn daß er so auf der Mohrin bestände, ungeachtet des Ärgernisses, daraus spreche auch nur sein Stolz und Dünkel.

»Wer kann für seine Berufenheit?« sagte er. »Und wer kann dafür, daß er auf den brennenden Dornbusch stößt? Mirjam, ich habe immer deine prophetischen Gaben geschätzt und nie geleugnet, daß du es wohl kannst auf der Pauke –«

»Warum hast du mir dann meine Hymne ›Roß und Mann‹ verboten?« fragte sie, »und mir untersagt, den Weibern vorzupauken im Reigen, weil angeblich Gott es seinen Scharen verwiesen habe, über den Untergang der Ägypter zu jubeln? Das war abscheulich von dir!«

»Und dich, Aaron«, fuhr der Bedrängte fort, »habe ich als Hohen Priester beim Stiftzelte angestellt und dir die Lade, das Ephod und die Eherne Schlange untergeben, daß du ihrer wartest. So schätze ich dich.«

»Das war das Wenigste, was du tun konntest«, versetzte Aaron, »denn ohne meine Beredsamkeit hättest du nie das Volk für Jahwe gewonnen, bei der Blödigkeit deines Mundes, noch sie zum Auszug bewogen. Du aber nennst dich den Mann, der uns aus Ägypten geführt hat. Wenn du uns aber schätzest und dich nicht dünkelhaft über die echten Geschwister erhebst, warum hörst du dann nicht auf unsere Worte und verstockst dich gegen die Mahnung, daß du den ganzen Stamm in Gefahr bringst mit deiner Schwarzbuhlerei? Denn dieselbe ist ein gallenbitterer Trank für Zipora, dein midianitisch Weib, und ganz Midian stößest du damit vor den Kopf, also daß Jethro, dein Schwäher, uns noch mit Krieg überziehen wird, alles um deiner schwarzen Grille willen.«

»Jethro«, sagte Mose mit großer Selbstbeherrschung, »ist ein ebener, weltläufiger Herr, der wohl verstehen wird, daß Zipora – geachtet sei ihr Name! – einem hoch geplagten und schwer beauftragten Manne, wie mir, nicht mehr die nötige Entspannung zu bieten hat. Die Haut meiner Mohrin aber ist wie Zimmet und Nelkenöl in meiner Nase, an ihr hängt mein ganzer Sinn, und darum bitte ich euch, liebe Freunde, gönnt sie mir doch!«

Aber das wollten sie nicht. Sie heischten keifend, daß er sich nicht nur von der Mohrin trennen und sie seines Bettes verweisen solle, sondern daß er sie auch ohne Wasser hinaus in die Wüste stieße.

Da schwoll die Zornesader hochauf, und heftig begann er mit den Fäusten zu beben an seinen Schenkeln. Bevor er jedoch den Mund öffnen konnte zu einer Erwiderung, geschah ein ganz anderes Beben, – Jahwe schritt ein, er setzte sein Angesicht gegen die hartherzigen Geschwister und nahm sich seines Knechtes Mose an, daß sie's nimmer vergaßen. Etwas Entsetzliches und nie Dagewesenes geschah.

XVII.

Die Grundfesten bebten. Die Erde stieß, schütterte und schlingerte unter ihren Füßen, daß sie sich auf ihnen nicht halten konnten, sondern alle drei hin und her taumelten in der Hütte, deren Tragepfeiler wie von Riesenfäusten geschüttelt wurden. Es wankte aber die Feste nicht nur nach einer Seite, sondern auf ganz verzwickte und schwindlichte Weise nach allen zugleich, so daß es ein Grauen war, und in einem damit geschah ein unterirdisches Brüllen und Poltern und von oben und außen ein Schall wie von einer sehr starken Posaune, dazu noch anderes Dröhnen, Donnern und Prasseln. Es ist sehr seltsam und eigentümlich beschämend, wenn man eben im Begriffe war, in Zorn auszubrechen, der Herr aber nimmt's einem vom Munde und bricht selber aus – viel mächtiger, als man hätte ausbrechen können, und schüttelt die Welt, da man nur seine Fäuste hätte schütteln können.

Mose war noch am wenigsten schreckensbleich, denn jederzeit war er auf Gott gefaßt. Aber mit Aaron und Mirjam, den Schreckensbleichen, stürzte er aus dem Hause: da sahen sie, daß die Erde ihr Maul aufgetan hatte und ein großer Riß klaffte dicht vor der Hütte, der war sichtlich für Mirjam und Aaron bestimmt gewesen und hatte sie nur um ein paar Ellen verfehlt, sonst hätte sie beide die Erde verschlungen. Und sahen: der Berg im Morgen hinter der Wüste, Horeb oder Sinai, – ja, was begab sich mit Horeb, und was ging vor mit dem Berge Sinai! Ganz und gar stand der in Rauch und Flammen, schleuderte glühende Brocken zum Himmel mit fernem Knallgetöse, und Feuerbäche liefen an seinen Seiten hinunter. Sein Qualm, darin es blitzte, verdunkelte die Sterne über der Wüste, und ein langsamer Aschenregen fing an, auf die Oase Kadesch niederzugehen.

Aaron und Mirjam fielen auf ihre Stirnen, denn der ihnen zugedachte Riß hatte sie sehr entsetzt, und die Offenbarung Jahwe's am Berge belehrte sie, daß sie zu weit gegangen waren und törlich gesprochen hatten. Aaron rief:

»Ach, mein Herr, dieses Weib, meine Schwester, hat häßlich gefaselt, nimm doch meine Fürbitte an und laß die Sünde nicht auf ihr bleiben, womit sie sich versündigt hat an dem Gesalbten des Herrn!«

Und Mirjam schrie auch zu Mose und sprach:

»Herr, man konnte nicht törlicher reden als mein Bruder Aaron getan. Vergib ihm doch, und laß die Sünde nicht auf ihm bleiben, damit nicht Gott ihn verschlinge, weil er dich so lose mit deiner Mohrin geneckt!«

Mose war nicht ganz sicher, ob wirklich Jahwe's Kundgebung den Geschwistern galt und ihrer Lieblosigkeit, oder ob es sich nur so traf, daß er eben jetzt an ihn seinen Ruf ergehen ließ, damit er wegen des Volks und des Bildungswerks mit ihm rede, – denn solches Rufs war er stündlich gewärtig. Er ließ sie aber bei ihrer Annahme und antwortete:

»Ihr seht es. Fasset aber Mut, Kinder Amrams, ich will ein gutes Wort für euch einlegen droben bei Gott auf dem Berge, wohin er mich ruft. Denn nun sollt ihr sehen, und alles Volk soll sehen, ob euer Bruder entnervt ist von schwarzer Buhlschaft, oder ob Gottesmut in seinem Herzen wohnt, wie in keinem sonst. Auf den feurigen Berg will ich gehen, ganz allein, empor zu Gott, daß ich seine Gedanken vernehme und furchtlos mit dem Fürchterlichen verkehre auf du und du, fern von den Menschen, aber in ihrer Sache. Denn längst schon weiß ich, daß Er alles, was ich sie gelehrt zu ihrer Heiligung vor ihm, dem Heiligen, ins Bündige bringen will und ins Ewig-Kurzgefaßte, damit ich's herniedertrage zu euch von Seinem Berge und das Volk es besitze im Stiftszelt, mit der Lade zusammen, dem Ephod und der Ehernen Schlange. Lebt wohl! Ich kann auch verderben in Gottes Aufruhr und in den Feuern des Berges, – das mag wohl sein, ich muß damit rechnen. Kehre ich aber wieder, so bringe ich euch aus Seinen Donnern das Ewig-Kurzgefaßte herab, Gottes Gesetz.«

Wirklich war dies sein fester Vorsatz, auf Leben und Tod hatte er's beschlossen. Denn um das Gehudel, das halsstarrige, immer rückfällige, in Gottesgesittung zu bannen und sie die Gebote fürchten zu lassen, war garnichts wirksamer, als daß er sich bar und allein in Jahwe's Schrecken emporgetraute, auf den speienden Berg und ihnen von da das Diktat herniedertrüge, – dann, dachte er, würden sie's halten. Darum, als sie von allen Seiten zu seiner Hütte gelaufen kamen, mit den Knien schlotternd ob dieser Zeichen und um des zerreißenden Wankens der Erde willen, das sich noch einmal und zweimal abgeschwächt wiederholte, verwies er ihnen das ordinäre Schlottern und sprach ihnen anständige Fassung zu: Gott rufe ihn, sagte er, um ihretwillen, und er wolle zu Jahwe steigen, oben auf den Berg, und ihnen, will's Gott, etwas mitbringen. Sie aber sollten nach Hause gehen und sich sämtlich auf einen Auszug vorbereiten: heiligen sollten sie sich und ihre Kleider waschen und sich ihrer Weiber enthalten, denn morgen sollten sie ausziehen aus Kadesch in die Wüste, näher zum Berge, und sollten ihm gegenüber ein Lager aufschlagen und da auf ihn warten, bis er vom furchtbaren Stelldichein zu ihnen zurückkäme und ihnen vielleicht etwas mitbrächte.

So geschah es, oder doch ähnlich. Denn Mose hatte, nach seiner Art, nur daran gedacht, daß sie ihre Kleider wüschen und sich den Weibern nicht nahten; Joschua bin Nun aber, der strategische Jüngling, gedachte dessen, was sonst noch nötig war für solchen Volksausflug, und sorgte mit seiner Schar für alles Erforderliche, was mitzunehmen war an Wasser und Zehrung für Tausende in der Wüste; ja auch für einen Verbindungsdienst sorgte er zwischen Kadesch und dem Lager draußen gegen den Berg. Kaleb, seinen Leutnant, ließ er mit einer Polizei-Abteilung zu Kadesch bei denen zurück, die nicht mitziehen konnten oder wollten. Die anderen aber, als der dritte Tag gekommen und alle Zurüstung getroffen war, zogen aus mit Karren und Schlachttieren dem Berge entgegen, eine Tagereise und noch eine halbe weit: da machte Joschua ihnen ein Gehege, noch in gemessener Entfernung von Jahwe's qualmendem Sitz, und verbot ihnen streng in Mose's Namen, daß keiner sich solle beikommen lassen, auf den Berg zu steigen, noch auch nur dessen Fuß zu berühren: dem Meister allein sei es vorbehalten, so nahe zu Gott zu gehen; auch sei es lebensgefährlich, und wer den Berg anrühre, der solle gesteinigt oder mit dem Bogen erschossen werden. Leicht ließen sie sich's gesagt sein, denn Pöbelvolk hat garkeine Lust, allzu nahe zu Gott zu gehen, und für den gemeinen Mann sah der Berg nicht im mindesten einladend aus, weder am Tage, wo Jahwe in einer dicken, von Blitzen durchzuckten Wolke auf ihm stand, noch gar bei Nacht, wo diese Wolke glühte und der ganze Gipfel dazu.

Joschua war außerordentlich stolz auf den Gottesmut seines Herrn, der schon am ersten Tage, vor allem Volk, allein und zu

Fuß, am Wanderstabe, nur ausgerüstet mit einer irdenen Flasche, ein paar Wecken und einigem Werkzeug: Haue, Meißel, Spachtel und Stichel, sich auf den Weg zum Berge gemacht hatte. Sehr stolz war der Jüngling auf ihn, und glücklich über den Eindruck, den solche heilige Kühnheit auf die Menge machen mußte. Aber auch besorgt war er um den Verehrten und hatte ihn sehr gebeten, sich doch ja nicht zu unmittelbar nahe an Jahwe heranzutrauen und sich vor der heißen Schmelzbrühe zu hüten, die an den Seiten des Berges hinunterlief. Im Übrigen, hatte er gesagt, werde er ihn schon dann und wann dort oben besuchen und bei ihm nach dem Rechten sehen, damit es dem Meister in Gottes Wildnis nicht am Nötigsten fehle.

XVIII.

Mose also durchschritt am Stabe die Wüste, die weit stehenden Augen auf den Berg Gottes gerichtet, der wie ein Ofen rauchte und öfters spie. Der Berg war eigentümlich gestaltet: mit umlaufenden Rissen und Einschnürungen, die ihn in verschiedene Stockwerke zu teilen schienen und hinanführenden Wegen glichen, solche aber nicht waren, sondern eben nur Abstufungen mit gelben Rückwänden. Den dritten Tag gelangte der Berufene über Vorhöhen an des Berges rauhen Fuß: da begann er hinaufzusteigen, die Faust um den Wanderstab geschlossen, den er vor sich her setzte, und stieg ohne Weg und Steg, durch geschwärztes, verbrühtes Gebüsch hindurch, manche Stunde lang Schritt vor Schritt immer höher in Gottes Nähe soweit, wie eben ein Mensch es vermochte, denn allmählich benahmen die schweflig nach heißen Metallen riechenden Dämpfe, von denen die Luft erfüllt war, ihm den Atem, und Husten befiel ihn. Aber bis zur obersten Einschnürung und Terrasse kam er, unter dem Gipfel, wo man einen weiten Blick auf die kahle, wilde Gebirgskette zu beiden Seiten und hinaus in die Wüste bis gegen Kadesch hatte. Auch das Gehege des Volks sah man näherbei klein in der Tiefe sich abzeichnen.

Hier fand der hustende Mose eine Höhle in der Bergwand, mit vorspringendem Felsdach, das ihn schützen konnte gegen geschleuderte Brocken und rinnende Brühe: darin nahm er Wohnung und richtete sich ein, um nach kurzem Verschnaufen das Werk in Angriff zu nehmen, das Gott ihm befahl, und das ihn unter beschwerlichen Umständen – denn die Metalldämpfe lagen ihm immer schwer auf der Brust und verliehen selbst dem Wasser einen Schwefelgeschmack – nicht weniger als vierzig Tage und vierzig Nächte hier oben festhalten sollte.

Warum aber so lange? Müßige Frage! Das Ewig-Kurzgefaßte, das Bündig-Bindende, Gottes gedrängtes Sittengesetz galt es zu befestigen und in den Stein Seines Berges zu graben, damit Mose es dem wankelnden Pöbelvolk, seines verscharrten Vaters Blut, herniedertrage in das Gehege, wo sie warteten, und es unter ihnen stehe, von Geschlecht zu Geschlecht, unverbrüchlich, eingegraben auch in ihre Gemüter und in ihr Fleisch und Blut, die Quintessenz des Menschenanstandes. Gott befahl ihm laut aus seiner Brust, zwei Tafeln zu hauen aus dem Berg und das Diktat hineinzuschreiben, fünf Worte auf die eine und fünf auf die andere, im ganzen zehn Worte. Die Tafeln zu schaffen, zu glätten und zu einigermaßen würdigen Trägern des Ewig-Kurzgefaßten zu machen, war keine Kleinigkeit; für den einsamen Mann, mochte er auch die Milch einer Steinmetzentochter getrunken und breite Handgelenke haben, war es ein vielem Mißlingen ausgesetztes Stück Arbeit, das von den vierzig Tagen allein ein Viertel in Anspruch nahm. Die Beschriftung aber war ein Problem, dessen Lösung die Zahl der Bergtage Mose's leicht sogar auf über vierzig hätte bringen können.

Denn wie sollte er schreiben? Im thebanischen Internat hatte er sowohl die schmuckhafte Bildschrift Ägyptens nebst ihrer geläufigen Zurichtung, wie auch das keilig-heilige Dreiecksgedränge vom Euphrat erlernt, in welchem die Könige der Welt auf Tonscherben ihre Gedanken tauschten. Er hatte dazu bei den Midianitern die Bekanntschaft eines dritten Bedeutungszaubers aus Augen, Kreuzen, Käfern, Bügeln und verschieden gestalteten Schlangenlinien gemacht, der, im Sinailande gebräuchlich, mit Wüsten-Ungeschick den Bildern Ägyptens abgesehen war, dessen Marken aber nicht ganze Worte und Ding-Ideen, sondern nur Teile von solchen, offene Silben bezeichneten, die zusammenzulesen waren. Keine dieser drei Methoden der Gedankenbefestigung wollte ihm passen, – aus dem einfachen Grunde nicht, weil eine jede an die Sprache gebunden war, die sie bedeutungsweis redete, und weil Mose sich vollkommen darüber im klaren war, daß er unmöglich und nimmermehr das Zehn-Worte-Diktat auf babylonisch, ägyptisch oder im Sinai-Beduinen-Jargon würde zu Stein bringen können. Das konnte und durfte allein in der Sprache des Vatergeblütes, der Mundart geschehen, die es redete, und in der er es sittlich bearbeitete, – ob sie's nun würden ablesen können oder nicht. Und wie sollten sie's ablesen, da man es schon gleich garnicht schreiben konnte und ein Bedeutungszauber für ihre Rede schlechterdings nicht zur Hand war?

Inbrünstig wünschte Mose einen solchen herbei, – nämlich einen, den sie bald, recht bald würden ablesen können, also einen, den Kinder, wie sie waren, in wenigen Tagen würden lernen können, folglich auch einen, der in wenigen Tagen, mit Hilfe von Gottes Nähe, auszudenken und zu erfinden war. Denn ausgedacht und erfunden mußte die Schriftart sein, da sie nicht vorhanden war.

Was für eine drängende und gedrängte Aufgabe! Er hatte sie im Voraus garnicht erwogen, hatte nur »Schreiben« gedacht und nicht bedacht, daß man so ohne weiteres garnicht schreiben könne. Sein Kopf glühte und rauchte davon wie ein Ofen und wie der Gipfel des Berges, befeuert vom inbrünstig volkstümlichen Wunsche. Ihm war, als gingen ihm Strahlen vom Kopf, als träten ihm Hörner oben aus der Stirn vor wünschender Anstrengung und einfacher Erleuchtung. Er konnte nicht Zeichen für alle Worte erfinden, deren das Blut sich bediente, oder für Silben, aus denen sich seine Worte zusammensetzten. War auch der Wortschatz gering derer dort unten im Gehege, zuviele Marken würden es sein, daß man sie schüfe in gemessenen Bergtagen und vor allem auch, daß man sie rasch möchte lesen lernen.

Darum machte er's anders, und Hörner standen ihm ab von der Stirn vor Stolz auf den Gotteseinfall. Er sammelte die Laute der Sprache, die mit den Lippen, mit Zunge und Gaumen und mit der Kehle gebildet wurden, indem er die wenigen leer tönenden davon absonderte, die, von jenen eingefaßt, abwechselnd in den Worten vorkamen und von ihnen erst zu Worten gemacht wurden. Auch der umgebenden Geräuschlaute waren es nicht übermäßig viele, kaum zwanzig; und wenn man ihnen Zeichen verlieh, die, zum Hauchen und Fauchen, zum Mummeln und Rummeln, zum Platzen und Schmatzen nach Übereinkunft aufforderten, so konnte man sie, unter Aussparung der Grundlaute, die sich von selbst aus ihnen ergaben, zu Worten und Dingbildern zusammenfügen, – zu jedem beliebigen, zu allen, die es gab, nicht nur in der Sprache des Vaterbluts, sondern in allen Sprachen, – man hätte sogar ägyptisch und babylonisch damit schreiben können.

Ein Gotteseinfall. Eine Idee mit Hörnern. Sie sah demjenigen ähnlich, von dem sie kam, dem Unsichtbaren und Geistigen, dessen die Welt war, und der, obgleich er sich das Blut dort unten besonders erlesen, der Herr auf Erden war allenthalben. Sie war auch höchst angemessen ihrem nächsten und dringendsten Zweck, für den und aus dem sie geboren war: dem Text der Tafeln, dem bündig-bindenden. Denn wohl war dieser zunächst gemünzt auf das Blut, das Mose aus Ägypten geführt, weil Gott und er gemeinsam Lust zu ihm hatten; wie aber mit der Handvoll Zeichen notfalls die Worte aller Sprachen der Völker geschrieben werden konnten, und wie Jahwe der Gott der Welt war allenthalben, so war auch, was Mose zu schreiben gedachte, das Kurzgefaßte, von solcher Art, daß es als Grundweisung und Fels des Menschenanstandes dienen mochte unter den Völkern der Erde – allenthalben.

So probierte denn Mose feurigen Kopfes in loser Anlehnung an die Marken der Sinaileute Zeichen aus an der Felswand für die lallenden, prallenden und knallenden, die zischenden und gischenden, schnurrenden und murrenden Laute mit seinem Stichel, und als er die Sigel in einer gewissen Gefälligkeit wohl unterschieden beisammen hatte, – siehe, da konnte man die ganze Welt damit schreiben, das, was da Raum einnahm, und was keinen Raum einnahm, das Gemachte und das Gedachte, – reinweg alles.

Und er schrieb, will sagen: er stichelte, meißelte und spachtelte in den splittrigen Stein der Tafeln, die er mühsam zuerst gemacht, und mit deren Erstellung diejenige der Buchstaben schon Hand in Hand gegangen war. Daß aber dies alles vierzig Tage dauerte, darüber kann es kein Wundern geben.

Ein paar Mal kam Joschua, sein Jüngling, zu ihm hinauf, um ihm Wasser und Fladen zu bringen, ohne daß das Volk es gerade zu wissen brauchte; denn es dachte, Mose lebte dort oben von Gottes Nähe und seinem Gespräch allein, und aus strategischen Gründen wünschte es Joschua, es bei dieser Annahme zu lassen. Darum waren seine Besuche nur kurz und geschahen bei Nacht.

Mose aber saß vom Aufgang des Tageslichtes über Edom bis zu seinem Erlöschen hinter der Wüste und werkte. Man muß ihn sich vorstellen, wie er dort oben saß, mit bloßem Oberleib, die Brust mit Haaren bewachsen und von sehr starken Armen, die er wohl von seinem mißbrauchten Vater hatte, – mit seinen weit stehenden Augen, der eingeschlagenen Nase, dem geteilten, ergrauenden Bart, und, an einem Fladen kauend, zuweilen auch hustend von den Metalldämpfen des Berges, im Schweiße seines Angesichts die Tafeln behaute, abmeißelte, glatt scheuerte, wie er vor den an die Felswand gelehnten kauerte und sorglich im Kleinen schuftend seine Krähenfüße, diese alles vermögenden Runen in die Flächen einsenkte, nachdem er sie mit dem Stichel vorgezeichnet.

Er schrieb auf eine Tafel:

Ich, Jahwe, bin dein Gott; du sollst vor mir keine
   anderen Götter haben.
Du sollst dir kein Gottesbild machen.
Du sollst meinen Namen nicht liederlich führen.
Meines Tages gedenke, daß du ihn heiligst.
Ehre deinen Vater und deine Mutter.

Und auf die andere Tafel schrieb er:

Du sollst nicht morden.
Du sollst nicht ehebrechen.
Du sollst nicht stehlen.
Du sollst deinem Nächsten nicht Unglimpf tun als
    ein Lügenzeuge.
Du sollst kein begehrliches Auge werfen auf
    deines Nächsten Habe.

Dies war es, was er schrieb, unter Auslassung der tönenden Leerlaute, die sich von selbst verstanden. Und immer war ihm dabei, als stünden ihm Strahlen gleich einem Paar Hörner aus dem Stirnhaar hervor.

Als Joschua das letzte Mal auf den Berg kam, blieb er ein wenig länger, zwei ganze Tage; denn Mose war noch nicht fertig mit seiner Arbeit, und sie wollten zusammen hinuntergehen. Der Jüngling bewunderte aufrichtig, was sein Meister geleistet, und tröstete ihn ob einiger Lettern, die trotz aller aufgewandten Liebe und Sorgfalt zu Mose's Kummer zersplittert und unkenntlich waren. Aber Joschua versicherte ihm, daß der Gesamteindruck dadurch keinen Abtrag leide.

Was Mose zuletzt noch tat in Joschua's Anwesenheit, war, daß er die vertieften Buchstaben mit seinem Blute ausmalte, damit sie sich besser hervorhöben. Kein anderer Farbstoff war zur Hand, womit es zu leisten wäre; so stach er sich mit dem Stichel in den starken Arm und wischte sorglich das tröpfelnde Blut in die Lettern, daß sie rötlich leuchtend im Steine standen. Als die Schrift trocken war, nahm Mose unter jeden Arm eine Tafel, gab seinen Stab, an dem er gekommen war, dem Jüngling zu tragen, und so stiegen sie mit einander vom Berge Gottes herab, dem Gehege des Volkes zu, gegenüber dem Berg in der Wüste.

XIX.

Als sie nun in gewisse Nähe des Lagers gekommen waren, in entfernte Hörweite, drang ein Geräusch zu ihnen, dumpf, mit Gequiek, wovon sie sich keine Rechenschaft zu geben wußten. Mose war es, der es als Erster hörte, aber es war Joschua, der es zuerst zur Sprache brachte.

»Hörst du den seltsamen Krach da«, fragte er, »den Tumult, das Getöse? Da ist was los, meiner Meinung nach, eine Rauferei, ein Handgemenge, wenn ich nicht irre. Und es muß heftig und allgemein sein, daß man's hört bis hierher. Ist es, wie ich denke, so ist's gut, daß wir kommen.«

»Daß wir kommen«, antwortete Mose, »ist jedenfalls gut, aber soviel ich unterscheide, ist das keine Schlägerei und kein Raufgemenge, sondern eine Lustbarkeit und etwas wie ein Singetanz. Hörst du nicht höheres Gejohle und Paukenkrach? Joschua, was ist in die gefahren? Laß uns ausschreiten!«

Damit nahm er seine beiden Tafeln höher unter die Achseln und schritt schneller aus mit dem kopfschüttelnden Jehoschua. »Ein Singetanz... Ein Singetanz...« wiederholte er immer nur beklommen und schließlich in offenem Schrecken; denn daß man es mit keiner Balgerei zu tun hatte, bei der einer oben lag und der andere unten, sondern mit einem Gaudium in Einigkeit, litt bald keinen Zweifel mehr, und fragte sich nur, was für eine Art von Einigkeit das war, in der sie jodelten.

Auch das fragte sich bald nicht mehr, wenn es sich je gefragt hatte. Die Bescherung war fürchterlich. Als Mose und Joschua das hohe Balkentor des Lagers durcheilten, bot sie sich ihnen dar in schamloser Unzweideutigkeit. Das Volk war los. Es hatte alles abgeworfen, was Mose ihnen heiligend auferlegt, die ganze Gottesgesittung. Es wälzte sich in haarsträubender Rückfälligkeit.

Gleich hinter dem Tor war ein freier Platz, von Hütten frei, der Versammlungsplatz. Da ging es zu, da trieben sie es, da wälzten sie sich, da feierten sie eine elende Freiheit. Vor dem Singetanz hatte alles sich vollgefressen, man sah es auf den ersten

Blick, überall trug der Platz die Spuren der Schlachtung und Völlerei: Und wem geopfert, geschlachtet, sich vollgeschlagen? Da stand's. Inmitten der Blöße auf einem Stein, einem Altar-Sockel stand es, ein Bild, ein Machwerk, ein Götzenunfug, ein güldenes Kalb.

Es war kein Kalb, es war ein Stier, der richtige, ordinäre Fruchtbarkeitsstier der Völker der Welt. Ein Kalb heißt es nur, weil es nicht mehr als mäßig groß war, eher klein, auch mißgegossen und lächerlich gestaltet, ein ungeschickter Greuel, aber als Stier allerdings nur allzu gut zu erkennen. Um das Machwerk herum ging ein vielfacher Ringelreigen, wohl ein Dutzend Kreise, von Männern und Weibern Hand in Hand, zu Cymbelgeläut und Paukenknall, die Köpfe verdrehten Auges im Nakken, die Knie zum Kinn geschleudert, mit Kreischen, Röhren und krasser Huldigung der Gebärden. Verschieden herum ging es, ein Schandringel immer nach rechts, der andere nach links; im Innern aber des Wirbels, vorm Kalbe, sah man Aaron hopsen, in dem langen Ärmelkleid, das er als Verweser der Stiftshütte trug, und das er hoch gerafft hatte, damit er seine langen, haarigen Beine schleudern könnte. Und Mirjam paukte den Weibern vor.

Dies war nur die Reigenrose ums Kalb. Aber rings herum in der Freiheit ereignete sich das Zubehör; es ist hart zu gestehen, wie das Volk sich entblödete. Einige aßen Blindschleichen. Andere lagen bei ihrer Schwester und das öffentlich, dem Kalbe zu Ehren. Wieder andere saßen da einfach und leerten sich aus, des Schäufleins uneingedenk. Man sah Männer dem Stier ihre Kraft verbrennen. Irgendwo tachelte einer seine leibliche Mutter rechts und links.

Bei diesem entsetzlichen Anblick schwoll Mosen die Zornader zum Platzen. Hochroten Angesichts, schlug er sich, die Ringe des Reigens zerreißend, der taumelnd zum Stillstand kam und dessen Verüber mit betretenem Grinsen glotzten, da sie den Meister erkannten, geraden Wegs zum Kalbe durch, dem Kerne, der Quelle, der Ausgeburt des Verbrechens. Hoch hob er die eine Gesetztafel mit gewaltigen Armen und schmetterte sie nieder auf das lachhafte Biest, daß es in den Beinen zusammenknickte, schlug wieder und aber zu mit solcher Wut, daß zwar auch die Tafel in Stücke ging, das Machwerk aber bald eine formlose Masse war; schwang dann die zweite Tafel und gab dem Greuel den Rest, zermalmte ihn gänzlich, und, da die zweite noch heil war, zerschmetterte er sie mit einem Hieb am steinernen Sockel. Da stand er mit bebenden Fäusten und stöhnte aus tiefster Brust:

»Du Pöbelvolk, du gottverlassenes! Da liegt, was ich dir herniedergetragen von Gott, und was Er für dich geschrieben mit eigenem Finger, daß es dir ein Talisman sei gegen die Misere der Unbildung! Da liegt's in Scherben bei deines Abgottes Trümmern! Was fang' ich nun an mit dir vor dem Herrn, daß er dich nicht fresse?«

Und sah Aaron, den Springer, bei sich stehen, mit niedergeschlagenen Augen und öligen Löckchen im Nacken, lang und blöde. Den nahm er vorn am Gewand und schüttelte ihn und sprach:

»Wo kommt der güldene Belial her, der Unflat, und was hat das Volk dir getan, daß du es in solches Verderben stößest, wo ich auf dem Berge bin, und böckelst ihm selber vor im Luderreigen?«

Aaron aber antwortete:

»Ach, lieber Herr, laß deinen Zorn über mich nicht ergrimmen und auch über meine Schwester nicht, wir mußten weichen. Du weißt, daß dies Volk böse ist, es hat uns gezwungen. Verzogst du doch allzu lange und bliebst auf dem Berg eine Ewigkeit, so dachten wir alle, du kämest nicht mehr. Da sammelte sich das Volk wider mich und schrie: ›Niemand weiß, was aus diesem Mann Mose geworden ist, der uns aus Ägypten geführt hat. Er kommt nicht mehr. Wahrscheinlich hat ihn das Maul des Berges verschlungen, womit er speit. Auf, mache uns Götter, die vor uns hergehen können, wenn Amalek kommt! Wir sind ein Volk wie ein anderes und wollen eine Ausgelassenheit haben vor Göttern, die wie anderer Leute Götter sind!‹ – So sprachen sie, Herr, denn, mit Verlaub gesagt, sie glaubten, sie wären dich los. Sage aber, was hätte ich machen sollen, da sie sich wider mich sammelten? Ich befahl ihnen an, mir alle ihre güldenen Ohrringe zu bringen von ihren Ohren, die schmolz ich im Feuer und machte eine Form und goß das Kälblein, ihnen zum Gott.«

»Ganz unähnlich gegossen war's auch noch«, warf Mose verächtlich ein.

»Es eilte so sehr«, erwiderte Aaron, »denn schon den nächsten Tag, das ist heute, wollten sie ihre Ausgelassenheit haben vor herzhaften Göttern. Darum händigte ich ihnen das Gegossene ein, dem du alle Ähnlichkeit doch nicht absprechen solltest, und sie freuten sich und sprachen: ›Das sind deine Götter, Israel, die dich aus Ägypten geführt haben.‹ Und wir bauten einen Altar davor, und sie brachten Brandopfer und Dankopfer und aßen, und danach spielten und tanzten sie etwas.«

Mose ließ ihn stehen und schlug sich wieder zurück durch die aufgelösten Glieder des Reigens zum Tore hin, da stellte er sich unters Borkengekreuz mit Jehoschua und rief aus aller Macht:

»Her zu mir, wer dem Herrn angehört!«

Da kamen viele zu ihm, die gesunden Herzens waren und es nicht gern getrieben hatten, und Joschua's Waffenjugend sammelte sich um die Beiden.

»Ihr Unglückseligen«, sagte Mose, »was habt ihr getan, und wie soll ich nun eure Sünde versühnen vor Jahwe, daß er euch nicht verwirft als ein unverbesserlich halsstarrig Volk und frißt euch auf? Macht euch einen güldenen Belial, sobald ich den Rücken drehe! Schmach über euch und mich! Seht ihr die Trümmer da, ich meine nicht die des Kalbes, die hole die Pest, ich meine die anderen? Das ist die Gabe, die ich euch verhieß und euch herniederbrachte, das Ewig-Kurzgefaßte, der Fels des Anstandes. Die zehn Worte sind's, die ich bei Gott für euch schrieb in euerer Sprache, und schrieb sie mit meinem Blut, mit dem Blut meines Vaters, mit eurem Blute schrieb ich sie. Nun liegt das Mitgebrachte in Scherben.«

Da weinten viele, die es hörten, und war ein großes Schluchzen und Schneuzen auf dem Lagerplatz.

»Es wird sich vielleicht ersetzen lassen«, sagte Mose. »Denn der Herr ist geduldig und von großer Barmherzigkeit und vergibt Missetat und Übertretung – und läßt niemand ungestraft«, donnerte er plötzlich, indem ihm das Blut zu Kopfe schoß und die Ader ihm wieder zum Platzen schwoll, »sondern heim suche ich, sagte er, die Missetat bis ins dritte und vierte Glied als der Eiferer, der ich bin. Hier wird ein Gericht gehalten werden«, rief er, »und eine blutige Reinigung verordnet sein, denn mit Blut war's geschrieben. Ausgemacht sollen die Rädelsführer sein, die da zuerst nach güldenen Göttern geschrien und frech behauptet haben, das Kalb habe euch aus Ägypten geführt, wo ich allein es getan habe – spricht der Herr. Die sollen des Würgengels sein, und soll nicht die Person dabei angesehen werden. Zu Tode soll man sie steinigen und mit Geschoß erschießen, und wären's dreihundert! Die anderen aber sollen allen Schmuck von sich tun und trauern, bis ich wiederkehre – denn ich will wieder hinaufgehen auf Gottes Berg und sehen, was ich allenfalls noch für dich ausrichten kann, halsstarrig Volk!«

XX.

Mose wohnte den Hinrichtungen nicht bei, die er des Kalbes wegen angeordnet hatte, sie waren des starken Jehoschua Sache. Er selbst war wieder auf dem Berg, vor seiner Höhle unter dem rumorenden Gipfel, während das Volk trauerte, und blieb abermals vierzig Tage und vierzig Nächte allein in den Dünsten. Warum aber wieder so lange? Die Antwort lautet: Nicht nur, weil Jahwe ihn anwies, die Tafeln noch einmal zu machen und das Diktat aufs neue hineinzuschreiben; denn damit ging es ein wenig schneller diesmal, da er schon Übung hatte und vor allem die Schrift schon besaß. Sondern auch, weil er mit dem Herrn, bevor dieser die Erneuerung gewährte, einen langen Kampf zu bestehen hatte, ein Ringen, bei dem Zornmut und Barmherzigkeit, Werkmüdigkeit und Liebe zum Unternommenen einander das Feld streitig machten, und bei dem Mose viel Überredungskunst und klugen Appell aufbieten mußte, um Gott davon abzuhalten, daß er den Bund für gebrochen erkläre und sich nicht nur von dem halsstarrigen Pöbelvolk lossage, sondern es auch zerscheitere, wie Mose in loderndem Zorn mit den Tafeln des Gesetzes getan.

»Ich will nicht vor ihnen herziehen«, sagte Gott, »um sie ins Land der Väter zu führen, bitte mich nicht darum, ich kann mich auf meine Geduld nicht verlassen. Ich bin ein Eiferer und lodere, und du sollst sehen, eines Tages kenne ich mich nicht mehr und fresse sie unterwegen auf.«

Und er bot Mosen an, er wolle das Volk, das nun einmal mißgegossen sei wie das güldene Kalb, und an dem nichts zu bessern sei, – unmöglich könne man sich's zum heiligen Volk aufrichten, sondern nichts bleibe übrig, als es zusammenzuschlagen, – er bot ihm an, Israel, wie es da sei, zu zerschmettern und auszutilgen, ihn selbst aber, Mosen, zum großen Volk zu machen und mit ihm im Bunde zu leben. Was Mose aber nicht wollte, sondern: »Nein, Herr«, sagte er, »vergib ihnen ihre Sünde; wo nicht, so tilge mich auch aus deinem Buch, denn ich will's nicht überleben und kein heilig Volk werden für meine Person statt ihrer.«

Und er nahm Gott bei der Ehre und sprach: »Stelle dir, Heiliger, das doch vor: Wenn du dies Volk nun tötest wie einen Mann, so würden die Heiden sagen, die das Geschrei vernähmen: ›Pah! Der Herr konnte mit nichten dies Volk ins Land bringen, das er ihnen geschworen hatte, er war's nicht imstande; darum hat er sie geschlachtet in der Wüste.‹ Willst du dir das nachsagen lassen von den Völkern der Welt? Darum laß nun die Kraft des Herrn groß werden und sei gnädig der Missetat dieses Volkes nach deiner Barmherzigkeit!«

Namentlich dies Argument war es, womit er Gott überwand und ihn zur Vergebung bestimmte, wenn auch noch immer mit Einschränkung nur, denn die Verkündigung wurde ihm allerdings, daß von diesem Geschlechte keiner das Land der Väter sehen solle, außer Joschua und Kaleb. »Eure Kinder«, entschied der Herr, »will ich hineinbringen. Aber die jetzt über zwanzig sind ihres Alters, die sollen das Land nicht mehr sehen, sie sind mit ihren Leibern der Wüste verfallen.«

»Gut, Herr, es soll gut sein«, antwortete Mose. »Dabei wollen wir's lassen.« Denn da der Bescheid mit seinen und Joschua's eigenen Absichten wohl übereinstimmte, argumentierte er nicht weiter dagegen. »Laß mich nun die Tafeln erneuern«, sagte er, »daß ich den Menschen dein Kurzgefaßtes herniederbringe. Am Ende war es ganz gut, daß ich die ersten im Zorn zerschmetterte. Es waren ohnedies ein paar ungeratene Lettern darin. Ich will dir nur gestehen, daß ich unter der Hand daran dachte, als ich sie zerscheiterte.«

Und wieder saß er, von Joschua heimlich getränkt und geatzt, und metzte und meißelte, schrubbte und glättete, – saß und schrieb, mit dem Handrücken manchmal die Stirn wischend, griffelnd und spachtelnd die Schrift in die Tafeln, – die wurden besser sogar, als das erste Mal. Danach strich er wieder die Lettern mit seinem Blute aus und stieg hinab, das Gesetz unter den Armen.

Israel aber ward angesagt, daß es die Trauer beenden und seinen Schmuck wieder anlegen solle, – ausgenommen die Ohrringe natürlich: die waren zu bösem Zwecke vertan. Und alles Volk kam vor Mose, daß er ihm das Mitgebrachte überhändige, die Botschaft Jahwe's vom Berge, die Tafeln mit den zehn Worten.

»Nimm sie hin, Vaterblut«, sagte er, »und halte sie heilig in Gottes Zelt, was sie aber besagen, das halte heilig bei dir im Tun und Lassen! Denn das Bündig-Bindende ist es und Kurzgefaßte, der Fels des Anstandes, und Gott schrieb's in den Stein mit meinem Griffel, lapidar, das A und O des Menschenbenehmens. In eurer Sprache hat er's geschrieben, aber in Sigeln, mit denen man notfalls alle Sprachen der Völker schreiben kann; denn Er ist der Herr allenthalben, darum ist sein das ABC, und seine Rede, möge sie auch an dich gerichtet sein, Israel, ist ganz unwillkürlich eine Rede für alle.

In den Stein des Berges metzte ich das ABC des Menschenbenehmens, aber auch in dein Fleisch und Blut soll es gemetzt sein, Israel, sodaß jeder, der ein Wort bricht von den zehn Geboten, heimlich erschrecken soll vor sich selbst und vor Gott, und soll ihm kalt werden um's Herz, weil er aus Gottes Schranken trat. Ich weiß wohl, und Gott weiß es im Voraus, daß seine Gebote nicht werden gehalten werden; und wird verstoßen werden gegen die Worte immer und überall. Doch eiskalt ums Herz soll es wenigstens jedem werden, der eines bricht, weil sie doch auch in sein Fleisch und Blut geschrieben sind und er wohl weiß, die Worte gelten.

Aber Fluch dem Menschen, der da aufsteht und spricht: ›Sie gelten nicht mehr.‹ Fluch ihm, der euch lehrt: ›Auf, und seid ihrer ledig! Lügt, mordet und raubt, hurt, schändet und liefert Vater und Mutter ans Messer, denn so steht's dem Menschen an, und sollt meinen Namen preisen, weil ich euch Freiheit verkündete.‹ Der ein Kalb aufrichtet und spricht: ›Das ist euer Gott. Zu seinen Ehren tuet dies alles und dreht euch ums Machwerk im Luderreigen!‹ Er wird sehr stark sein, auf goldenem Stuhl wird er sitzen und für den Weisesten gelten, weil er weiß: das Trachten des Menschenherzens ist böse von Jugend auf. Das aber wird auch alles sein, was er weiß, und wer nur das weiß, der ist so dumm wie die Nacht, und wäre ihm besser, er wäre nie geboren. Weiß er doch von dem Bunde nichts zwischen Gott und Mensch, den keiner brechen kann, weder Mensch noch Gott, denn er ist unverbrüchlich. Blut wird in Strömen fließen um seiner schwarzen Dummheit willen, Blut, daß die Röte weicht aus den Wangen der Menschheit, aber sie kann nicht anders, gefällt muß der Schurke sein. Und will meinen Fuß aufheben, spricht der Herr, und ihn in den Kot treten, – in den Erdengrund will ich den Lästerer treten hundertundzwölf Klafter tief, und Mensch und Tier sollen einen Bogen machen um die Stätte, wo ich ihn hineintrat, und die Vögel des Himmels hoch im Fluge ausweichen, daß sie nicht darüber fliegen. Und wer seinen Namen nennt, der soll nach allen vier Gegenden speien und sich den Mund wischen und sprechen: ›Behüte!‹ Daß die Erde wieder die Erde sei, ein Tal der Notdurft, aber doch keine Luderwiese. Sagt alle Amen dazu!«

Und alles Volk sagte Amen.

Die Betrogene

In den zwanziger Jahren unseres Jahrhunderts lebte in Düsseldorf am Rhein, verwitwet seit mehr als einem Jahrzehnt, Frau Rosalie von Tümmler mit ihrer Tochter Anna und ihrem Sohne Eduard in bequemen, wenn auch nicht üppigen Verhältnissen. Ihr Gatte, Oberstleutnant von Tümmler, war ganz zu Anfang des Krieges, nicht im Gefecht, sondern auf recht sinnlose Weise durch einen Automobilunfall, doch konnte man trotzdem sagen: auf dem Felde der Ehre, ums Leben gekommen, – ein harter Schlag, in patriotischer Ergebung hingenommen von der damals erst vierzigjährigen Frau, die nun für ihre Kinder des Vaters, für sich selbst aber eines heiteren Gemahls entbehren mußte, dessen öftere Abweichungen von der Richtschnur ehelicher Treue nur das Merkmal überschüssiger Rüstigkeit gewesen waren.

Rheinländerin von Geblüt und Mundart, hatte Rosalie die Jahre ihrer Ehe, zwanzig an der Zahl, in dem gewerbfleißigen Duisburg verbracht, wo von Tümmler garnisonierte, war aber nach dem Verlust des Gatten mit der achtzehnjährigen Tochter und dem um zwölf Jahre jüngeren Söhnchen nach Düsseldorf übergesiedelt, teils um der schönen Parkanlagen willen, die diese Stadt auszeichnen (denn Frau von Tümmler war eine große Naturfreundin), teils weil Anna, ein ernstes Mädchen, der Malerei zuneigte und die berühmte Kunstakademie zu besuchen wünschte. Seit einem Jahrzehnt bewohnte die kleine Familie in einer ruhigen mit Linden bepflanzten, nach Peter von Cornelius benannten Villenstraße ein gartenumschlossenes, mit dem etwas verjährten, aber behaglichen Mobiliar im Stil von Rosaliens Vermählungszeit ausgestattetes Häuschen, das einem kleinen Kreis von Verwandten und Freunden, darunter Professoren der Maler- und auch der medizinischen Akademie, dann ein und das andere Ehepaar aus industrieller Sphäre, öfters zu anständig aufgeräumten, nach Landesart auch gern ein wenig weinseligen Abendfeiern gastlich offenstand.

Frau von Tümmler war gesellig von Anlage. Sie liebte es, auszugehen und in den ihr gesteckten Grenzen ein Haus zu machen. Ihre schlichte und heitere Gemütsart, ihre Herzenswärme, von der ihre Liebe zur Natur ein Ausdruck war, erwarben ihr allgemeine Zuneigung. Nicht groß von Person, die Figur aber wohlerhalten, mit schon stark ergrautem, reichlichem, welligem Haar und feinen, wenn auch etwas alternden Händen, auf deren Rücken gar zu viele und große, sommersprossenähnliche Hautverfärbungen sich mit den Jahren hervorgetan hatten (eine Erscheinung, gegen die noch kein Mittel gefunden ist), wirkte sie jugendlich kraft eines Paars prächtiger, lebendiger brauner Augen, die, genau von der Farbe geschälter Kastanien, aus einem fraulich lieben Gesicht von den angenehmsten Zügen leuchteten. Einer kleinen Neigung zur Nasenröte, die sich gerade in Gesellschaft, bei angeregter Stimmung, geltend machte, suchte sie durch ein wenig Puder abzuhelfen – unnötigerweise, da sie sie nach allgemeinem Urteil herzig kleidete.

Im Frühling geboren, ein Maienkind, hatte Rosalie ihr fünfzigstes Wiegenfest mit ihren Kindern und zehn oder zwölf Hausfreunden, Damen und Herren, an blumenbestreuter Tafel in einem mit bunten Lampions geschmückten Wirtsgarten vor der Stadt bei Gläserklang und teils gemütvollen, teils scherzhaften Toastsprüchen begangen und war fröhlich gewesen mit den Fröhlichen – nicht ganz ohne Anstrengung; denn seit längerem schon, und so gerade an diesem Abend, litt ihr Wohlbefinden unter organisch-kritischen Vorgängen ihrer Jahre, dem stockenden, bei ihr unter seelischen Widerständen sich vollziehenden Erlöschen ihrer physischen Weiblichkeit. Es schuf ihr ängstliche Wallungen, Unruhe des Herzens, Kopfweh, Tage der Schwermut und einer Reizbarkeit, die ihr auch an jenem Festabend einige der zu ihren Ehren gehaltenen launigen Herrenreden als unleidlich dumm hatten erscheinen lassen. Sie hatte deswegen leicht verzweifelte Blicke mit ihrer Tochter getauscht, bei der es, wie sie wußte, keiner besonderen Disposition zur Unduldsamkeit bedurfte, um dergleichen Bowlen-humor albern zu finden.

Sie stand auf sehr herzlichem, vertrautem Fuß mit diesem Kinde, das ihr, dem Sohne an Jahren so weit voran, zu einer Freundin geworden war, vor der sie auch mit den Nöten ihres Übergangszustandes nicht schweigsam zurückhielt. Anna, jetzt neunundzwanzig, bald dreißig schon, war unverheiratet geblie-ben, was Rosalie aus einfachem Egoismus, weil sie die Tochter lieber als Hausgenossin und Lebensgefährtin behielt, als sie einem Manne abzutreten, nicht ungern sah. Höher gewachsen als ihre Mutter, hatte Fräulein von Tümmler dieselben kasta-nienfarbenen Augen wie jene, – und dieselben doch nicht, da ihnen die naive Lebendigkeit der mütterlichen fehlte, ihr Blick vielmehr von sinnender Kühle war. Anna war mit einem Klumpfuß geboren, der, in ihrer Kindheit einmal ohne nachhal-tigen Erfolg operiert, sie immer von Tanz und Sport, eigentlich von aller Teilnahme an jugendlichem Leben ausgeschlossen hatte. Eine ungewöhnliche Intelligenz, in der Anlage gegeben, verstärkt durch die Benachteiligung, mußte aufkommen für das Versagte. Sie hatte mit Leichtigkeit, bei nur zwei oder drei pri-vaten Unterrichtsstunden am Tage, das Gymnasium absolviert, die Reifeprüfung bestanden, dann aber keine Wissenschaft wei-ter verfolgt, sondern sich der bildenden Kunst, zunächst der Pla-stik, hierauf der Malerei zugewandt und dabei schon als Schüle-rin eine höchst geistige, die bloße Naturnachahmung verschmä-hende, den Sinneseindruck ins streng Gedankliche, abstrakt Symbolische, oft ins kubisch Mathematische transfigurierende Richtung eingeschlagen. Frau von Tümmler betrachtete die Bil-der ihrer Tochter, in denen sich das Hochentwickelte dem Pri-mitiven, das Dekorative dem Tiefsinnigen, ein sehr verfeinerter Sinn für Farbenkombinationen dem Asketischen der Gestaltung vereinte, mit betrübter Hochachtung.

»Bedeutend, sicher bedeutend, liebes Kind«, sagte sie. »Pro-fessor Zumsteg wird es schätzen. Er hat dich in dieser Malweise bestärkt und hat das Auge und den Verstand dafür. Man muß das Auge und den Verstand dafür haben. Wie nennst du es?«

»Bäume im Abendwind.«

»Das gibt doch einen Wink dafür, wohin deine Absichten gingen. Sollten diese Kegel und Kreise auf grau-gelbem Grunde die Bäume – und diese eigentümliche Linie, die sich spiralförmig aufwickelt, den Abendwind vorstellen? Interessant, Anna, interessant. Aber guter Gott, mein Kind, die liebe Natur, was macht ihr aus ihr! Wolltest du doch ein einzig Mal dem Gemüt etwas bieten mit deiner Kunst, etwas fürs Herz malen, ein schönes Blumenstilleben, einen frischen Fliederstrauß, so anschaulich, daß man seinen entzückenden Duft zu spüren meinte, bei der Vase aber stünden ein paar zierliche Meißener Porzellanfiguren, ein Herr, der einer Dame eine Kußhand zuwirft, und alles müßte sich in der glänzend polierten Tischplatte spiegeln...«

»Halt, halt, Mama! Du hast ja eine ausschweifende Phantasie. Aber so kann man doch nicht mehr malen!«

»Anna, du wirst mir nicht einreden wollen, daß du etwas Herzerquickendes dieser Art nicht malen könntest, bei deiner Begabung.«

»Du mißverstehst mich, Mama. Es handelt sich nicht darum, ob ich es könnte. Man kann es nicht. Der Stand von Zeit und Kunst läßt es nicht mehr zu.«

»Desto trauriger für Zeit und Kunst! Nein, verzeih, mein Kind, ich wollte das nicht so sagen. Wenn es das fortschreitende Leben ist, das es verhindert, so ist keine Trauer am Platze. Im Gegenteil wäre es traurig, hinter ihm zurückzubleiben. Ich verstehe das vollkommen. Und ich verstehe auch, daß Genie dazu gehört, sich eine so vielsagende Linie wie deine da auszudenken. Mir sagt sie nichts, aber ich sehe ihr deutlich an, daß sie vielsagend ist.«

Anna küßte ihre Mutter, indem sie die Palette und den nassen Pinsel in ihren Händen weit von ihr abhielt. Und Rosalie küßte sie auch, in der Seele froh darüber, daß die Tochter in ihrem zwar abgezogenen und, wie ihr schien, abtötenden, aber doch handwerklich-praktischen Tun, im Malerkittel, Trost und Ausgleich fand für vielen Verzicht.

Wie sehr ein hinkender Gang dem anderen Geschlecht die sinnliche Teilnahme an einer Mädchenerscheinung verkümmert, hatte Fräulein von Tümmler früh erfahren und sich dagegen mit einem Stolz gewappnet, der nun wieder, wie es so geht, in Fällen, wo trotz ihrem Gebrechen die Neigung eines jungen Mannes sich ihr hatte zuwenden wollen, sie durch kalt abweisenden Unglauben entmutigt und im Keim erstickt hatte. Einmal, bald nach vollzogenem Aufenthaltswechsel, hatte sie geliebt – und sich ihrer Leidenschaft qualvoll geschämt, da sie der körperlichen Schönheit des jungen Mannes galt, eines Chemikers von Ausbildung, nach dessen Sinn es gewesen war, die Wissenschaft möglichst bald zu Gelde zu machen, so daß er es nach Ablegung des Doktorexamens schnell zu einer ansehnlich-einträglichen Position in einer Düsseldorfer chemischen Fabrik gebracht hatte. Seine bräunliche Mannespracht, bei einem offenen, auch die Männer gewinnenden Wesen und soviel Tüchtigkeit, war Gegenstand der Schwärmerei aller Mädchen und Frauen der Gesellschaft, der Verhimmelung durch Gänse und Puten; und Annas schnödes Leid war es nun gewesen, zu schmachten, wo alle schmachteten, und sich durch ihre Sinne zu einem Allerweltsgefühl verurteilt zu finden, für dessen Tiefe sie vor sich selbst vergebens um Eigenwürde kämpfte.

Übrigens unterhielt Dr. Brünner (so hieß der Herrliche), gerade weil er sich als praktischen Streber kannte, eine gewisse korrigierende Neigung zum Höheren und Aparten und bemühte sich eine Zeitlang unverhohlen um Fräulein von Tümmler, plauderte in Gesellschaft mit ihr über Literatur und Kunst, raunte ihr mit seiner einschmeichelnden Stimme abschätzig-moquante Bemerkungen zu über diese und jene seiner Verehrerinnen und schien einen Bund mit ihr schließen zu wollen gegen die ihn lüstern belästigende, durch kein Gebrechen verfeinerte Durchschnittlichkeit. Wie es um sie selber stand, und welche qualvolle Beglückung er ihr durch die Verspottung anderer Frauen bereitete, davon schien er keine Ahnung zu haben, sondern nur Schutz zu suchen und zu finden in ihrer intelligenten Nähe vor den Beschwernissen verliebter Nachstellung, deren

173

Opfer er war, und um ihre Achtung zu werben eben dafür, daß er Wert legte auf diese Achtung. Die Versuchung, sie ihm zu gewähren, war groß und tief gewesen für Anna, obgleich sie wußte, daß ihr nur daran lag, ihre Schwäche für seinen Mannesreiz damit zu beschönigen. Zu ihrem süßen Entsetzen hatte sein Werben angefangen, nach wirklicher Werbung, nach Wahl und Antrag auszusehen, und Anna mußte sich immer gestehen, daß sie ihn rettungslos geheiratet hätte, wenn es zum entscheidenden Wort gekommen wäre. Dieses blieb aber aus. Ihn sich hinwegsetzen zu lassen über ihren Körperschaden und dazu noch über ihre bescheidene Mitgift, hatte sein Ehrgeiz nach dem Höheren nicht zugereicht. Er hatte sich bald von ihr gelöst und eine reiche Fabrikantentochter aus Bochum geehelicht, in deren Stadt und väterliches Chemikaliengeschäft er denn auch zum Jammer der Düsseldorfer Frauenwelt und zu Annas Erleichterung verzogen war.

Rosalie wußte von diesem schmerzlichen Erlebnis ihrer Tochter und hätte davon gewußt, auch wenn diese damals nicht eines Tages, in einer Anwandlung hemmungsloser Ergießung, an ihrem Busen über das, was sie ihre Schmach nannte, bittere Tränen vergossen hätte. Frau von Tümmler besaß, obgleich sonst nicht sehr klug, einen ungewöhnlichen, nicht etwa boshaften, sondern rein sympathetischen Scharfblick für alles weibliche Leben, das seelische und das physische, für alles, was die Natur dem Weibe auferlegt hat, so daß ihr in ihrem Kreise nicht leicht ein Vorgang und Zustand dieses Bezirks entging. Sie erkannte an einem vermeintlich unbeobachteten Vorsichthinlächeln, einem Erröten oder einem Aufglänzen der Augen, welches Mädchen für welchen jungen Mann eingenommen war und berichtete der vertrauten Tochter, die nichts davon wußte und kaum davon wissen wollte, über ihre Wahrnehmungen. Instinktweise, zu ihrem Vergnügen oder Bedauern, war ihr bekannt, ob eine Frau in ihrer Ehe Zufriedenstellung fand oder es daran fehlte. Eine Schwangerschaft stellte sie mit Sicherheit im alleranfänglichsten Stadium fest, wobei sie, wohl weil es sich um Erfreulich-Natürliches handelte, in den Dialekt fiel und sagte: »Da is wat am kommen.« Es freute sie, zu sehen, daß Anna dem jungen Bruder, der die oberen Gymnasialklassen besuchte, gern bei seinen Schulaufgaben half; denn, vermöge einer so naiven wie treffenden psychologischen Gewitztheit erriet sie die Genugtuung, die dieser überlegene Dienst am Männlichen der Verschmähten bewußt oder unbewußt bereitete.

Man kann nicht sagen, daß sie an dem Sohn, einem lang aufgeschossenen Rotkopf, der dem verstorbenen Vater ähnlich sah und übrigens für die humanistischen Studien wenig veranlagt war, sondern vielmehr vom Brücken- und Wegebau träumte und Ingenieur werden wollte, besonderen Anteil genommen hätte. Eine kühle, nur obenhin und mehr der Form wegen sich erkundigende Freundlichkeit war alles, was sie ihm entgegenbrachte. Der Tochter dagegen, der hing sie an, ihrer einzigen wirklichen Freundin. Bei Annas Verschlossenheit hätte man das Vertrauensverhältnis zwischen den beiden einseitig nennen können, wenn nicht die Mutter ohnehin alles von ihres gehemmten Kindes Seelenleben, der stolzen und bitteren Resignation dieser Seele gewußt und daraus das Recht und die Schuldigkeit abgeleitet hätte, sich ihr ebenfalls rückhaltlos aufzuschließen.

Ohne Empfindlichkeit, mit gutem Humor, nahm sie dabei so manches liebevoll-nachsichtige, auch wehmütig-spöttische, sogar etwas gepeinigte Lächeln der töchterlichen Freundin in den Kauf und ließ sich, selbst gütig, gern gütig behandeln, zum Lachen bereit über die eigene Herzenseinfalt, die sie ja doch für das Glücklich-Rechte hielt, so daß sie zugleich über sich selbst und über Annas verzogene Miene lachte. So war es oft, besonders wenn sie ihrer Naturinnigkeit die Zügel schießen ließ, für die sie das geistige Mädchen immerfort zu gewinnen trachtete. Es ist nicht zu sagen, wie sie den Frühling liebte, ihre Jahreszeit, in der sie geboren war, und die ihr, so behauptete sie, von jeher ganz persönlich geheime Ströme von Gesundheit und Lebenslust zugeführt habe. Beim Locken der Vögel in den lind gewordenen Lüften verklärte sich ihr Gesicht. Im Garten die ersten Krokus und Märzenbecher, das Sprießen und Prangen der Hyazinthen und Tulpen in den Rabatten am Haus freute die Gute zu

Tränen. Die lieben Veilchen an ihren Wegen ins Land, das gelb erblühende Ginster- und Forsythiengebüsch, der Rot- und Weißdorn, der Flieder gar, und wie die Kastanien ihre Kerzen aufsteckten, weiße und rote, – die Tochter mußte es alles mit ihr bewundern und in ihr Entzücken einstimmen: Rosalie holte sie aus ihrer zum Atelier eingerichteten Nordstube, von ihrem abstrakten Handwerk, und willig lächelnd legte Anna den Kittel ab und begleitete die Mutter stundenlang; denn sie war überraschend gut zu Fuß, und, wenn sie in Gesellschaft ihr Hinken durch möglichste Sparsamkeit der Bewegung verbarg, so ging sie doch, wenn sie frei und beliebig stampfen durfte, mit großer Ausdauer.

Die Baumblüte, wenn die Chausseen poetisch wurden, die heimatliche Landschaft um ihre Spazierwege sich in weiße und rosige, fruchtverheißende Lieblichkeit kleidete – was für eine bezaubernde Jahreszeit! Von den Blütenkätzchen der hohen Silberpappeln, die den Wasserlauf säumten, wo sie oft gingen, stäubte es schneeig auf sie hinab, trieb im Winde, bedeckte den Boden; und Rosalie, die auch dies entzückend fand, wußte genug Botanik, um die Tochter belehren zu können, daß die Pappelbäume »zweihäusige« Gewächse seien, bei denen die einen nur eingeschlechtig männliche, die anderen nur weibliche Blüten tragen. Sie sprach auch gern von Windbestäubung, will sagen: vom Liebesdienste des Zephirs an den Kindern der Flur, seinem gefälligen Hintragen des Blütenstaubes auf die keusch wartende weibliche Narbe, – eine Art der Befruchtung, die ihr besonders anmutig schien.

Die Rosenzeit war ihre ganze Wonne. Sie zog die Königin der Blumen an Stöcken in ihrem Garten, schützte sie sorgfältig, mit gebotenen Mitteln, gegen fressende Raupen, und immer standen, solange die Glorie nur währte, auf den Etagèren und Tischchen ihres Boudoirs Sträuße von wohlerquickten Rosen, knospenden, halb- und vollerblühten, roten namentlich (denn weiße sah sie nicht gern), von eigener Zucht oder Gaben der Aufmerksamkeit von Besucherinnen, denen ihre Passion bekannt war. Sie konnte lange, mit geschlossenen Augen ihr Gesicht in solchem Strauße bergen und, wenn sie es wieder daraus erhob, versichern, das sei Götterduft; als Psyche sich mit der Lampe über den schlafenden Amor beugte, habe sein Hauch, hätten seine Locken und Wangen ihr Näschen gewiß mit diesem Wohlgeruch erfüllt; es sei Himmelsarom, und sie zweifle nicht, daß man als seliger Geist dort oben in Ewigkeit Rosenduft atmen werde. – Dann werde man sich, war Annas skeptische Bemerkung dazu, sehr bald bis zu dem Grade an ihn gewöhnt haben, daß man ihn überhaupt nicht mehr spüren werde. Aber Frau von Tümmler verwies ihr die Altklugheit. Was sie da vorbringe, könne man ja, wenn man spotten wolle, von der ganzen Seligkeit sagen, und unbewußtes Glück sei Glück nichtsdestoweniger. Es war eine der Gelegenheiten, wo Anna der Mutter einen Kuß zärtlicher Nachsicht und Versöhnung gab, worauf sie zusammen lachten.

Fabrizierte Riechstoffe, Parfüms, gebrauchte Rosalie niemals, nur ausgenommen ein wenig erfrischendes Kölnisches Wasser von J. M. Farina, gegenüber dem Jülichsplatz. Aber was die Natur unserem Geruchssensorium an Holdheit, Süßigkeit, würziger Bitternis, auch an Schwülem, Berauschendem zu bieten hat, das liebte sie aus der Maßen und nahm es tief und dankbar, mit der sinnlichsten Andacht auf. An einem ihrer Spazierwege gab es einen Abhang, eine gestreckte Bodenfalte und untiefe Schlucht, auf ihrem Grunde dicht bewachsen mit Jasmin- und Faulbaumgesträuch, von dem an feucht-warmen, zum Gewitter neigenden Junitagen ganze Schwaden, Wolken erwärmten Wohlgeruchs beinahe betäubend emporquollen. Anna, obgleich sie leicht Kopfschmerzen davon bekam, mußte die Mutter immer wieder dorthin begleiten. Rosalie atmete den schwer aufwallenden Brodem mit bewunderndem Genuß, blieb stehen, ging weiter, verweilte wieder, beugte sich über den Hang und seufzte: »Kind, Kind, wie wundervoll! Das ist der Atem der Natur, das ist er, ihr süßer Lebenshauch, sonnerhitzt und getränkt mit Feuchte, so weht er uns wonnig aus ihrem Schoße zu. Genießen wir ihn in Verehrung, die wir auch ihre lieben Kinder sind.«

»Wenigstens du, Mama«, sagte Anna, indem sie den Arm der Schwärmerin nahm und sie hinkend weiterzog. »Mich mag sie weniger und verursacht mir diesen Druck in den Schläfen mit ihrem Duftgebräu.«

»Ja, weil du deinen Kopf gegen sie setzest«, antwortete Rosalie, »und ihr nicht huldigst mit deinem Talent, sondern dich mit ihm über sie erheben willst, sie zum bloßen Gedankenthema machst, wie du selber dich rühmst, und deine Sinneseindrücke Gott weiß wohin überträgst, ins Kalte. Ich achte es, Anna, aber an Stelle der lieben Natur würde ich es euch ebenfalls übelnehmen.« Und sie schlug ihr ernstlich vor: wenn sie schon auf Abstraktheit versessen sei und durchaus übertragen sein müsse, so solle sie doch einmal versuchen, Düfte in Farben auszudrücken.

Auf diesen Gedanken kam sie zur Zeit der Lindenblüte, gegen den Juli, – dieser denn doch für sie nun wieder einzig lieblichen Zeit, wenn ein paar Wochen lang die Alleebäume draußen bei offenen Fenstern das ganze Haus mit dem unbeschreiblich reinen und milden Geruchszauber ihres späten Flors erfüllten und das entzückte Lächeln überhaupt nicht von Rosaliens Lippen wich. Da sagte sie denn: »Das solltet ihr malen, euch künstlerisch daran versuchen! Ihr wollt die Natur ja nicht ganz und gar aus der Kunst vertreiben, sondern geht immerhin von ihr aus bei eueren Abstraktionen und braucht das Sinnliche zu seiner Vergeistigung. Nun, der Duft ist, wenn ich so sagen darf, sinnfällig und abstrakt zugleich, man sieht ihn nicht, ätherisch spricht er uns an, und der Versuch müßte euch reizen, das unsichtbar Beglückende dem Augensinn zu überliefern, auf dem doch schließlich die Malkunst beruht. Auf! Wo habt ihr eure Palette? Mischt das Beseligende darauf und tragt's auf die Leinwand als farbiges Glück, das ihr dann ›Lindenduft‹ etikettieren mögt, damit der Beschauer weiß, worauf ihr hinauswolltet.«

»Liebste Mama, du bist erstaunlich!« erwiderte Fräulein von Tümmler. »Problemstellungen denkst du dir aus, auf die kein Malprofessor verfällt! Aber weißt du auch, daß du eine ausge-

pichte Romantikerin bist mit deiner synästhetischen Vermi-
schung der Sinne und deiner mystischen Wandlung von Düften
in Farben?«

»Ich verdiene wohl deinen gelehrten Spott.«

»Nein, du verdienst keinen Spott«, sagte Anna mit Innigkeit.

Aber auf einem Spaziergang im hohen August, am Nachmittag,
bei großer Hitze, kam ihnen etwas Sonderbares vor, das an Spott
gemahnte. Zwischen Wiesenland und dem Rand eines Gehölzes
gehend, fühlten sie sich plötzlich von Moschusduft angerührt,
fast unmerklich leise erst, dann stärker. Rosalie war es, die ihn
zuerst erschnupperte und mit einem »Ah! Woher das?« ihre
Wahrnehmung aussprach; aber gleich mußte die Tochter ihr zu-
stimmen: Ja, da war so ein Geruch, und zwar von der Klasse des
Moschusparfüms – unverkennbar. Zwei Schritte genügten, um
sie seiner Quelle ansichtig zu machen, die widerwärtig war. Es
war, am Wegesrand, ein in der Sonne kochendes, mit Schmeißfliegen dicht besetztes und von ihnen umflogenes Unrathäuf-
chen, das sie lieber gar nicht genauer betrachteten. Auf kleinem
Raum waren da Tierexkremente, oder auch menschliche, mit
faulig Pflanzlichem zusammengekommen, und der weit schon
verweste Kadaver irgendeines kleinen Waldgeschöpfes war auch
wohl dabei. Kurz, fieser konnte nichts sein, als dies brütende
Häufchen; seine üble, die Schmeißfliegen zu Hunderten anzie-
hende Ausdünstung aber war in ihrer zweideutigen Übergäng-
lichkeit und Ambivalenz schon nicht mehr Gestank zu nennen,
sondern ohne Zweifel als Moschusgeruch anzusprechen.

»Komm weiter«, sagten die Damen gleichzeitig, und Anna,
stärker den Fuß schleppend beim neuen Ansatz zum Gehen,
hängte sich bei der Mutter ein. Eine Weile schwiegen sie, als ob
sie den wunderlichen Eindruck bei sich verarbeiten müßten.
Dann sagte Rosalie:

»Da sieht man's, ich habe doch Moschus nie gemocht, noch
Bisam, was wohl dasselbe ist, und verstehe nicht, wie man sich
damit parfümieren mag. Zibet, glaube ich, gehört auch dahin.
Es riecht ja auch keine Blume und Blüte so, sondern in der Na-

turgeschichtsstunde haben wir es gehabt, daß manche Tiere es absondern aus gewissen Drüsen, Ratten, Katzen, die Zibetkatze, das Moschustier. Erinnerst du dich: In Schillers ›Kabale und Liebe‹ kommt ein Männchen vor, so eine Schranze, höchst läppisch, von dem es heißt, daß er mit großem Gekreisch hereinkommt und einen Bisamgeruch über das ganze Parterre verbreitet. Wie habe ich immer lachen müssen über die Stelle!«

Und sie erheiterten sich. Rosalie konnte noch immer ihr warmes, vom Herzen aufquellendes Lachen haben, auch damals, als die organischen Anpassungsschwierigkeiten ihrer Jahre, die stockende, dorrende Rückbildung ihres Weibtums ihr körperlich und seelisch zu schaffen machten. In der Natur hatte sie zu der Zeit einen Freund, ganz nahe bei ihrem Heim, in einem Winkel des Hofgartens (die Straße ›Malkasten‹ führte dorthin). Es war ein alter, einzeln stehender Eichbaum, knorrig verkrüppelt, mit zum Teil bloßliegenden Wurzeln, einem gedrungenen Stamm, der sich schon in geringer Höhe in knotige Äste teilte, dicke und davon abzweigende dünne. Der Stamm war hohl da und dort, mit Zement plombiert, – die Parkverwaltung tat etwas für den hundertjährigen Burschen; aber mancher Ast war schon abgestorben und brachte kein Laub mehr zustande, sondern griff kahl und verkrümmt in die Luft; andere dagegen, einzelne nur, aber bis hoch hinauf, begrünten im Frühling sich noch mit den immer heilig gehaltenen, zackig gebuchteten Blättern, aus welchen man Siegeskränze flicht. Rosalie sah das gar zu gern, verfolgte um die Zeit ihres Geburtstags das Keimen, Sprießen und Sichentfalten des Laubes an den Zweigen und Zweiglein des Baumes, zu denen noch Leben drang, teilnehmend von Tag zu Tag. Nahe bei ihm, auf einer Bank am Rande der Wiese, wo er stand, nahm sie mit Anna Platz und sagte:

»Wackerer Alter! Kannst du's ohne Rührung sehen, wie der sich hält und es immer noch treibt? Sieh dir die Wurzeln an, die armdicken, holzigen, wie die breithin sich ans Erdreich klammern und fest im Nährenden ankern. Hat manchen Sturm erlebt und wird noch manchen überleben. Der fällt nicht um. Hohl, zementiert, und zu voller Belaubung reicht es nicht mehr. Aber kommt seine Zeit, da steigen die Säfte ihm doch – nicht überall hin, aber er bringt's fertig, ein bißchen zu grünen, und man achtet es und schont seine Tapferkeit. Siehst du da oben das dünne Ausläuferchen mit seinen Blattknospen im Winde nicken? Rund herum will's nicht mehr recht, aber das Zweiglein da macht den Ehrenretter.«

»Gewiß, Mama, es ist achtenswert, wie du sagst«, entgegnete Anna. »Aber wenn es dir recht ist, möchte ich nun doch lieber nach Hause gehen. Ich habe Schmerzen.«

»Schmerzen? Sind es deine – aber ja, liebes Kind, wie konnte ich das vergessen! Ich mache mir Vorwürfe, dich mitgenommen zu haben. Gaffe den Alten an und achte nicht darauf, daß du dich vorbeugst beim Sitzen. Verzeih! Nimm meinem Arm, und wir gehen.«

Fräulein von Tümmler litt von jeher an heftigen Leibschmerzen, wenn ihre Regel im Anzuge war, – es hatte nichts auf sich damit, war nur eine längst gewohnte, auch von ärztlicher Seite als solche angesprochene konstitutionelle Unannehmlichkeit, die nun einmal in den Kauf zu nehmen war. So konnte die Mutter denn auch, auf dem kurzen Heimweg, geruhig tröstend, gut gemeint erheiternd und übrigens, ja dies besonders, mit Neid darüber zu der Geplagten sprechen.

»Weißt du noch«, sagte sie, »wie es schon gleich das erste Mal so war, als es dir jungem Dinge zuerst geschah und du so erschrakst, ich aber dich aufklärte, daß das nur natürlich und notwendig sei und erfreulich, ja eine Art von Ehrentag, weil sich daran zeige, daß du nun zum Weibe gereift seist? Du hast Leibweh zuvor, gut, das ist lästig und nicht unbedingt nötig, ich habe nie welches gehabt, aber es kommt vor, ich kenne außer dir noch zwei, drei Fälle, wo Schmerzen sind, und ich denke mir: Schmerzen, à la bonne heure, die sind bei uns Frauen was anderes als sonst wohl in der Natur und bei den Männern, die haben keine, außer nur, sie sind krank, und dann geben sie furchtbar an, auch Tümmler tat das, dein Vater, sobald er irgendwo Schmerzen hatte, obgleich er doch Offizier war und den Heldentod gestorben ist. Unser Geschlecht verhält sich da anders, leidet Schmerzen geduldiger, wir sind Dulderinnen, sozusagen zum Schmerz geboren. Denn vor allem kennen wir ja den natürlichen und gesunden Schmerz, den gottgewollten und heiligen bei der Geburt, der etwas ganz und gar Weibliches ist, den Männern erspart oder vorenthalten. Die dummen Männer entsetzen sich wohl vor unserem halb bewußtlosen Schreien und machen sich Vorwürfe und halten sich den Kopf, und bei allem Schreien lachen wir sie im Grunde aus. Als ich dich zur Welt brachte, Anna, da war es sehr arg. Von der ersten Wehe an dauerte es sechsunddreißig Stunden, und Tümmler lief die ganze Zeit in der Wohnung herum und hielt sich den Kopf, aber es war doch ein großes Lebensfest, und ich schrie auch nicht selbst, es schrie, es war eine heilige Ekstase der Schmerzen. Bei Eduard späterhin war es nicht halb so schlimm, aber für einen Mann wär's immer noch übergenug gewesen, die Herren Männer, die würden sich schönstens bedanken. Siehst du, Schmerzen, die sind gewöhnlich das Warnungssignal der immer wohlmeinenden Natur, daß eine Krankheit sich im Körper entwickelt, – holla, heißt es, da ist was in Unordnung, tu gleich etwas dagegen, nicht sowohl gegen die Schmerzen, als gegen das, was damit gemeint ist. Es kann auch bei uns so sein und diese Meinung haben, gewiß. Aber, wie du ja weißt, dein Leibweh da, vor der Regel, das ist nicht von dieser Meinung und warnt dich vor nichts. Eine Spielart von Weibesschmerzen ist das und darum ehrwürdig, so mußt du es nehmen, als weiblichen Lebensakt. Immer, solange wir Weib sind, kein Kind mehr und noch keine unfähige Alte, immer wieder ist da ein verstärktes strotzendes Blutleben unseres mütterlichen Organs, wodurch die liebe Natur es vorbereitet, das befruchtete Ei aufzunehmen, und wenn eines da ist, wie es ja schließlich auch in meinem langen Leben nur zweimal in großem Abstande der Fall war, dann bleibt es aus, das Monatliche, und wir sind in gesegneten Umständen. Himmel, wie ich freudig erschrak, als es mir ausblieb das erste Mal, vor dreißig Jahren! Das warst du, mein liebes Kind, mit der ich da gesegnet war, und ich weiß noch, wie ich es Tümmler anvertraute und errötend meinen Kopf an seinen lehnte und ganz leise sagte: ›Robert, es ist an dem, alle Anzeichen sprechen dafür, und bei mir, da is wat am kommen‹...«

»Liebe Mama, tu mir die einzige Liebe und sprich nicht so rheinisch, es irritiert mich im Augenblick.«

»Oh, verzeih, Herzenskind, das ist gewiß das Letzte, was ich beabsichtige, daß ich dich auch noch irritiere. Es ist nur, daß ich damals in meiner glückseligen Verschämtheit wirklich zu Tümmlern so sagte. Und dann: wir sprechen ja von natürlichen Dingen, nicht wahr, und Natur und Dialekt, die haben für mein Gefühl was miteinander zu tun, wie Natur und Volk miteinander zu tun haben, – wenn es Unsinn ist, so verbessere mich, du bist soviel klüger, als ich. Ja, klug bist du und stehst als Künstlerin mit der Natur nicht auf bestem Fuß, sondern mußt sie ins Geistige übertragen, in Kubusse und Spiralen, und da wir schon davon sprechen, wie eins mit dem andern zu tun hat, so möchte ich wohl wissen, ob das nicht zusammenhängt, dein stolzes, geistreiches Verhalten zu der Natur – und daß sie gerade dir diese Leibschmerzen macht bei der Regel.«

»Aber Mama«, sagte Anna und mußte lachen. »Mich schiltst du geistreich und stellst selber ganz unerlaubt geistreiche Theorien auf!«

»Wenn ich dich ein bißchen gaudiere damit, Kind, soll die einfältigste Theorie mir recht sein. Was ich aber sagte von redlichen Weibesschmerzen, damit meine ich es ganz ernst und tröstlich. Sei nur froh und stolz mit deinen dreißig Jahren, daß du in voller Blüte stehst deines Blutes. Glaube mir: ich wollte beliebige Leibwehen gern in Kauf nehmen, wenn es mir noch ginge wie dir. Aber leider will es mir nicht mehr so gehen, immer spärlicher und unregelmäßiger geschah es mir, und seit zwei Monaten schon ist es überhaupt nicht mehr eingetreten. Ach, es geht mir nicht mehr nach der Weiber Weise, wie es in der Bibel heißt, ich glaube, von Sara, ja, von Sara, bei der dann ein Fruchtbarkeitswunder geschah, aber das ist wohl nur so eine fromme Geschichte, wie sie heutzutage nicht mehr geschieht. Wenn es uns nicht mehr geht nach der Weiber Weise, dann sind wir eben kein Weib mehr, sondern nur noch die vertrocknete Hülle von einem solchen, verbraucht, untauglich, ausgeschieden aus der Natur. Mein liebes Kind, das ist sehr bitter. Bei den Männern, da braucht es, glaube ich, ihr Leben lang nicht zu enden. Ich kenne welche, die lassen mit achtzig noch keine Frau in Ruh, und Tümmler, dein Vater, war auch so einer, – wie habe ich dem durch die Finger sehen müssen, als er schon Oberstleutnant war! Was sind auch fünfzig Jahre für einen Mann? Ein bißchen Temperament vorausgesetzt, hindern die ihn noch lange nicht, den Schwerenöter zu machen, und mancher hat Glück mit grauen Schläfen bei ganz jungen Mädchen. Aber uns Frauen sind alles in allem fünfunddreißig gesetzt für unser Blut- und Weibesleben, für unser Vollmenschentum, und wenn wir fünfzig sind, da sind wir ausgedient, da erlischt unsere Fähigkeit, zu gebären, und vor der Natur sind wir bloß noch Gerümpel.«

Auf diese Worte von naturfrommer Härte antwortete Anna anders, als manche Frau zu Recht wohl geantwortet hätte. Sie sagte aber:

»Wie du doch sprichst, Mama, und wie du die Würde schmähst und zu verschmähen scheinst, die der älteren Frau gebührt, wenn sie ihr Leben erfüllt hat und von der Natur, die du doch liebst, in einen neuen und milden Stand überführt wird, einen Würdenstand höherer Liebenswürdigkeit, worin sie den Menschen, Nächsten und Ferneren, so viel noch zu geben, zu sein vermag. Die Männer, du willst sie beneiden, weil ihr Geschlechtsleben ungenauere Grenzen hat, als das weibliche. Aber ich zweifle, ob das gar so achtbar, ob es ein Grund ist zum Neide, und jedenfalls haben alle gesitteten Völker immer der Matrone die ausgesuchteste Ehrerbietung entgegengebracht, haben sie geradezu heilig gehalten, und heilig halten wollen wir dich in deiner lieben, reizenden Alterswürde.«

»Liebste« – und Rosalie zog die Tochter an sich im Gehen –, »du sprichst so schön und klug und überlegen, trotz deiner Schmerzen, über die ich dich trösten wollte, und nun tröstest du deine törichte Mutter ob ihrer unwürdigen Kümmernisse.

Aber es ist recht schwer mit der Würde und mit dem Abschied, mein liebes Kind, recht schwierig schon für den Körper allein, sich in seinen neuen Stand zu finden, das bringt viel Plage an und für sich schon. Und wenn da nun auch noch ein Gemüt ist, das von Würde und vom verehrten Matronenstande noch gar nicht viel wissen will und in Widerspruch steht zur Vertrocknung des Körpers, – da ist es schwierig erst recht. Die Anpassung der Seele an die neue Körperverfassung, die ist das Schwierigste.«

»Gewiß, Mama, ich verstehe das wohl. Aber sieh doch, Körper und Seele, die sind ja eins; das Psychische ist nicht weniger Natur, als das Physische; die Natur schließt auch jenes ein, und dir braucht nicht bange zu sein, daß dein Seelisches lange sich disharmonisch verhalten kann zur natürlichen Wandlung des Körpers. Du mußt es dir so denken, daß das Seelische nur eine Ausstrahlung ist des Körperlichen, und wenn die liebe Seele glaubt, ihr falle die allzu schwere Aufgabe zu, sich dem veränderten Körperleben anzupassen, so wird sie bald merken, daß sie gar nichts zu tun hat, als dieses gewähren und auch an ihr sein Werk tun zu lassen. Denn es ist der Körper, der sich die Seele schon bildet nach seinem Stande.«

Fräulein von Tümmler wußte, warum sie das sagte, denn um die Zeit, als die vertraute Mutter zu ihr sprach, wie oben, war daheim schon öfters ein neues Gesicht zu sehen, eines mehr als bisher, und verlegenheitsträchtige Entwicklungen hatten sich angebahnt, die Annas stiller, besorgter Beobachtung nicht entgingen.

Das neue Gesicht, herzlich wenig bemerkenswert, wie Anna fand, nicht eben vom Geiste gezeichnet, gehörte einem jungen Mann namens Ken Keaton, einem etwa vierundzwanzig Jahre alten, vom Kriege herübergeführten Amerikaner, der sich seit einiger Zeit in der Stadt aufhielt und in einem und dem anderen Hause englischen Unterricht erteilte oder auch nur zu englischer Konversation von reichen Industriellendamen gegen Honorar herangezogen wurde. Davon hatte Eduard, seit Ostern in Ober-

prima, gehört und seine Mutter recht sehr um die Gunst gebeten, sich von Mr. Keaton einige Male die Woche, nachmittags,
ins Englische einführen zu lassen. Denn das Gymnasium bot
ihm zwar eine Menge Griechisch und Latein und glücklicherweise auch hinlänglich viel Mathematik, aber kein Englisch,
welches ihm doch für seine Zukunftsziele sehr wichtig schien.
Sobald er schlecht und recht mit dem langweiligen Humanis-
mus zu Rande gekommen sein würde, wollte er das Polytechni-
kum beziehen und, so plante er, später zu weiterer Ausbildung
nach England oder auch gleich ins Dorado der Technik, nach
den Vereinigten Staaten gehen. Darum war er froh und dankbar,
daß die Mutter, aus Achtung vor der Klarheit und Entschiedenheit seiner Willensrichtung, ihm seinen Wunsch bereitwillig erfüllte, und die Arbeit mit Keaton, montags, mittwochs und
samstags, machte ihm großes Vergnügen, ihrer Zweckmäßig-
keit halber und dann weil es spaßig war, eine neue Sprache so
ganz aus den Anfangsgründen, wie ein ABC-Schütz, zuerst an
Hand einer kleinen ›primer‹, will sagen einer Kinderfibel, zu lernen: Vokabeln, ihre oft abenteuerliche Rechtschreibung, ihre
höchst wunderliche Aussprache, die Ken dem Schüler, indem er
das l auf mehr als rheinische Art im Halse bildete und das r am
Gaumen ungerollt tönen ließ, in so gedehnter Übertriebenheit
vormachte, als wollte er seine eigene Muttersprache ins Komi-
sche ziehen. »Scrr-ew the top on!« sagte er. »I sllept like a top.«
»Alfred is a tennis play-err. His shoulders are thirty inches
brr-oaoadd.« Eduard konnte über Alfred, den breitschultrigen
Tennisspieler, über den noch so manches Rühmliche, unter Verwendung von möglichst viel »though« und »thought« und
»taught« und »tough« ausgesagt wurde, die ganzen anderthalb
Unterrichtsstunden lachen, machte aber sehr gute Fortschritte,
gerade weil Keaton gar kein gelernter Lehrer war und eine völlig
lockere Methode verfolgte, will sagen: alles aufs Gelegentliche
abstellte und unbekümmert drauflos praktizierend, mit slang-
Geschwätz und nonsense den Schüler, der sich nichts besseres
wünschte, in seine bequeme und humoristische, weltläufige
Sprache hineinzog.

Frau von Tümmler, angelockt von der in Eduards Zimmer herrschenden Vergnügtheit, kam manchmal zu den jungen Leuten herüber und nahm etwas teil an der förderlichen Kurzweil, lachte herzlich mit über Alfred, the tennis play-err und fand eine gewisse Ähnlichkeit zwischen ihm und dem jungen Privatlehrer ihres Sohnes, besonders was die Schultern betraf, die auch bei diesem von stattlicher Breite waren. Übrigens hatte Ken dichtes blondes Haar, ein nicht sonderlich hübsches, aber auch nicht unangenehmes, harmlos freundliches Jungengesicht, das dank einem Anfluge angelsächsischen Gepräges denn doch hier nicht ganz gewöhnlich wirkte, und war vorzüglich gewachsen, was sich trotz seiner lockeren, weiten Kleidung ersehen ließ, jugendlich kräftig, mit langen Beinen und schmalen Hüften. Sehr anständige Hände hatte er auch, mit einem nicht zu schmuckhaften Ring an der linken. Sein einfaches, völlig ungezwungenes, aber nicht unmanierliches Wesen, sein drolliges Deutsch, das sein Mund ebenso unverleugbar englisch formte wie die französischen und italienischen Brocken, die er wußte (denn er war in mehreren europäischen Ländern gewesen) – dies alles gefiel Rosalien sehr; namentlich seine große Natürlichkeit nahm sie für ihn ein; und dann und wann, schließlich beinahe regelmäßig, lud sie ihn nach dem Unterricht, ob sie diesem nun beigewohnt hatte oder nicht, zum Abendessen ein. Zum Teil beruhte ihr Interesse für ihn darauf, daß sie gehört hatte, er habe viel Glück bei Frauen. Mit diesem Gedanken musterte sie ihn und fand das Gerücht nicht unbegreiflich, obgleich es ihr nicht ganz gefallen wollte, daß er, wenn er beim Essen und Sprechen ein wenig aufstoßen mußte, die Hand vor den Mund legte und »Pardon me!« sagte, was manierlich gemeint war, aber auf den Zwischenfall ganz unnötig aufmerksam machte.

Ken war, wie er bei Tische erzählte, in einer kleinen Stadt eines östlichen Staates geboren, wo sein Vater in wechselnden Berufen tätig gewesen war, einmal als broker, einmal als Leiter einer Tankstelle, und im realestate business hatte er zeitweise auch etwas Geld gemacht. Der Sohn hatte die High School besucht, wo man, wenn man ihm glauben sollte, – »nach europäischen Begriffen«, wie er respektvoll hinzufügte – überhaupt nichts lernte, und war dann, ohne erst viel zu fragen, eben um noch etwas zu lernen, in Detroit, Michigan, in ein College eingetreten, wo er sich das Studium durch seiner Hände Arbeit, als Geschirrwäscher, Koch, Speisenträger, Campus-Gärtner verdient hatte. Frau von Tümmler fragte ihn, wie er sich denn dabei die weißen, man könne sagen: herrschaftlichen Hände habe bewahren können, und er antwortete, bei grober Arbeit habe er immer Handschuhe getragen, kurze Polohemdärmel wohl, oder auch gar nichts am Oberkörper, aber Handschuhe. Das täten viele oder die meisten Arbeiter drüben, Bauarbeiter etwa, damit sie keine schwieligen Proletarierpfoten bekämen, sondern Hände behielten wie Advokatenschreiber, mit einem Ring daran.

Rosalie lobte den Brauch, aber Keaton meinte: Brauch? Das Wort sei zu gut dafür, und einen ›Brauch‹, im Sinne alter europäischer Volksbräuche – er pflegte ›continental‹ für ›europäisch‹ zu sagen – könne man es nicht nennen. So ein alter deutscher Volksbrauch zum Beispiel, wie der der ›Lebensrute‹ – daß nämlich die Burschen in der Weihnachts- und der Osterzeit die Mädchen und auch wohl Vieh und Bäume mit frischen Birken- und Weidengerten schlügen, oder ›pfefferten‹ oder ›fitzten‹, wie sie es nannten, wobei es auf Gesundheit und Fruchtbarkeit abgesehen sei, – ja das sei ein Brauch, ein urtümlicher, und das gefalle ihm. ›Schmackostern‹ heiße das Pfeffern oder Fitzen im Frühjahr.

Tümmlers wußten gar nichts vom Schmackostern und wunderten sich über Kens Beschlagenheit im Volkstümlichen. Eduard lachte über die Lebensrute, Anna zog ein Gesicht, und nur Rosalie zeigte sich, ganz in Übereinstimmung mit dem Gaste, entzückt davon. Der sagte, das sei allerdings was anderes als Handschuhe beim Arbeiten, und so etwas könne man lange suchen in Amerika, schon weil es dort Dörfer nicht gäbe und die Bauern gar keine Bauern seien, sondern Unternehmer wie alle anderen und keinerlei Bräuche hätten. Überhaupt ließ er, obgleich so unverwechselbar amerikanisch nach seinem ganzen

Habitus, geringe Anhänglichkeit merken an sein großes Heimatland. »He didn't care for America«, er machte sich nichts daraus, ja fand es mit seiner Dollarjagd und Kirchengängerei, seiner Erfolgsbigotterie und kolossalen Durchschnittlichkeit, vor allem aber mit seinem Mangel an historischer Atmosphäre eigentlich greulich. Natürlich habe es eine Geschichte, aber das sei nicht ›History‹, sondern bloß eine kurze, platte success story. Gewiß habe es, außer seinen enormen Wüsten, schöne und großartige Landschaften, aber es sei ›nichts dahinter‹, während in Europa bei allem so viel dahinter sei, besonders hinter den Städten mit ihrer tiefen historischen Perspektive. Die amerikanischen Städte – he didn't care for them. Sie seien gestern hingestellt und könnten morgen ebensogut wieder weggenommen werden. Die kleinen seien stumpfsinnige Nester, von denen eines genau aussehe wie das andere, und die großen aufgeplusterte, grausame Ungeheuer mit Museen voll aufgekauften ›continentalen‹ Kulturgutes. Aufgekauft sei ja besser, als wenn es gestohlen wäre, aber viel besser nicht, denn was von 1400 und 1200 nach Christo sei, das sei an gewissem Ort doch so gut wie gestohlen.

Man lachte über Kens pietätlose Redereien und tadelte ihn auch deswegen, aber er entgegnete, es sei gerade Pietät, was ihn so reden lasse, nämlich der Respekt vor der Perspektive und vor der Atmosphäre. Ganz frühe Geschichtszahlen, 1100, 700 nach Christo, die seien seine Passion und sein hobby, und in Geschichte sei er auf dem College immer am besten gewesen – in Geschichte und in athletics. Es habe ihn schon längst nach Europa gezogen, wo die frühen Geschichtszahlen zu Hause seien, und bestimmt hätte er sich auch ohne Krieg, auf eigene Hand, als Matrose oder Tellerwäscher, herübergearbeitet, um nur historische Luft zu atmen. Aber der Krieg sei ihm freilich wie gerufen gekommen, und 1917 habe er sich gleich zur army gemeldet und während des trainings immer gefürchtet, der Krieg möchte zu Ende gehen, bevor sie ihn hinüberbrächten. Gerade war er dann doch noch vor Torschluß in der Pferche eines Truppentransports hergelangt, nach Frankreich, und war wirklich noch ins Gefecht gekommen, nahe Compiègne, wobei er denn auch eine Verwundung davongetragen hatte, gar keine ganz leichte, so daß er wochenlang im Hospital habe liegen müssen. Es war eine Nierenverletzung gewesen, und nur eine seiner Nieren arbeitete jetzt noch, was ihm aber völlig genügte. Immerhin, sagte er lachend, sei er etwas wie ein Invalide und beziehe auch eine kleine Invalidenpension, die ihm mehr wert sei, als die zerschossene Niere.

Vom Invaliden habe er wirklich gar nichts, stellte Frau von Tümmler fest, und er erwiderte: »Nein, gottlob, only a little cash!«

Aus dem Hospital entlassen, hatte er den Dienst quittiert, war ›honorably discharged‹ worden, mit einer Tapferkeitsmedaille, und war für unbestimmte Zeit in Europa geblieben, wo er es wundervoll fand und wo er in frühen Geschichtszahlen schwelgte. Die französischen Kathedralen, die italienischen Campaniles, Palazzi und Galerien, die Schweizer Ortschaften, ein Platz wie Stein am Rhein, das sei ja most delightful indeed. Und der Wein überall, die bistro's in Frankreich, die Trattorien in Italien, die gemütlichen Wirtshäuser in der Schweiz und in Deutschland, ›zum Ochsen‹, ›zum Mohren‹, ›zum Sternen‹, – wo gebe es so etwas drüben? Da gebe es gar keinen Wein, sondern nur drinks, Whisky und Rum und keinen kühlen Schoppen Elsässer oder Tiroler oder Johannisberger am eichenen Tisch in der historischen Trinkstube oder in einer Geißblattlaube. Good heavens! Die in Amerika, die wüßten überhaupt nicht zu leben.

Deutschland! Das war sein Lieblingsland, obgleich er wenig weit darin vorgedrungen war und eigentlich nur die Ortschaften am Bodensee und dann, dies allerdings sehr genau, das Rheinland kannte. Das Rheinland mit seinen lieben, lustigen Leuten, so amiable, besonders wenn sie ein bißchen ›knüll‹ seien; mit seinen altehrwürdigen Städten voller Atmosphäre, Trier, Aachen, Koblenz, dem heiligen Köln, – man solle nur einmal versuchen eine amerikanische Stadt ›heilig‹ zu nennen – Holy Kansas City, haha! Der Goldschatz, gehütet von den Nixen des

Missouri-River, hahaha – Pardon me! Von Düsseldorf und seiner langen Geschichte seit den Merowingern wußte er mehr, als Rosalie und ihre Kinder zusammengenommen, und sprach vom Hausmeier Pippin, vom Barbarossa, der die Kaiserpfalz von Rindhusen erbaut, und von der Salierkirche in Kaiserswerth, wo Heinrich IV. als Kind zum König gekrönt wurde, von Albert vom Berg, Jan Wellem vom Palatin und von viel anderem noch, wie ein Professor.

Rosalie sagte denn auch, er könne ja ebensogut Geschichtsunterricht erteilen wie englischen. Da wäre die Nachfrage zu gering, erwiderte er. Oh, nicht doch, gab sie zur Antwort. Sie selbst zum Beispiel, die durch ihn recht gewahr werde, wie wenig sie wisse, würde gleich Stunden bei ihm nehmen. »A bit fainthearted« würde er sein, gestand er; und da äußerte sie etwas mit Empfindung Beobachtetes: Es sei im Leben so seltsam und gewissermaßen schmerzlich, daß Zaghaftigkeit herrsche zwischen Jugend und Alter. Die Jugend sei scheu vor dem Alter, weil sie von seiner Würde kein Verständnis für ihren grünen Lebenszustand erwarte, und das Alter scheue die Jugend, weil es sie, eben als Jugend, in tiefster Seele bewundere, es aber seiner Würde schuldig zu sein glaube, diese Bewunderung hinter Spott und falscher Herablassung zu verbergen.

Ken lachte vergnügt und beifällig, Eduard meinte, die Mama rede ja wie ein Buch, und Anna sah ihre Mutter forschend an. Diese war recht lebhaft in Mr. Keatons Gegenwart, leider sogar manchmal etwas geziert; sie lud ihn oft ein und betrachtete ihn, selbst wenn er hinter der Hand »Pardon me« sagte, mit einem Ausdruck mütterlicher Rührung, welcher Anna, die trotz der Europaschwärmerei des jungen Menschen, seiner Passion für Jahreszahlen wie 700 und seiner Kenntnis sämtlicher Altbierkneipen Düsseldorfs, nichts an ihm fand, etwas fragwürdig im Punkte der Mütterlichkeit erschien und ihr wenig behaglich war. Zu oft erkundigte Frau von Tümmler sich, wenn Mr. Keatons Gegenwart bevorstand, mit nervöser Besorgnis bei ihr, ob auch ihre Nase nicht gerötet sei. Sie war es, obgleich Anna es beruhigend bestritt. Und war sie es nicht im voraus, so rötete sie sich doch ungewöhnlich stark beim Zusammensein mit dem Jungen. Dann aber schien die Mutter nicht mehr daran zu denken.

Anna sah recht: Rosalie hatte begonnen, sich an den jugendlichen Präzeptor ihres Sohnes zärtlich zu verlieren, ohne dem raschen Aufkeimen dieser Neigung Widerstand zu leisten, vielleicht ohne ihrer recht gewahr zu werden und jedenfalls ohne sich um ihre Geheimhaltung sonderlich zu bemühen. Merkmale, die ihrer weiblichen Beobachtung bei jeder anderen nicht entgangen wären: ein girrendes und überentzücktes Lachen bei Kens Plaudereien, ein inniges Blicken und dann Sichverbergen der glänzender gewordenen Augen, schien sie bei sich selbst für unbemerkbar zu halten, – wenn sie nicht trotzte auf ihr Gefühl und zu stolz darauf war, um ein Hehl daraus zu machen.

Ganz deutlich wurde der gequälten Anna die Lage der Dinge an einem sehr sommerlich warmen Septemberabend, als Ken zu Tische geblieben war und Eduard nach der Suppe, der großen Hitze wegen, um die Erlaubnis bat, seine Jacke abzulegen. Die jungen Leute, hieß es, möchten sich doch keinen Zwang auferlegen, und so folgte Ken dem Beispiel seines Schülers. Er machte sich nicht das geringste daraus, daß er, anders als Eduard, der ein farbiges Hemd mit langen Manschettenärmeln trug, seine Jacke einfach über sein weißes, ärmelloses Trikothemd gezogen hatte und nun also seine bloßen Arme zeigte, – sehr ansehnliche, runde, kräftige, weiße junge Arme, die es ganz glaubhaft machten, daß er auf dem College in ›athletics‹ ebensogut gewesen war, wie in Geschichte. Die Erschütterung, die ihr Anblick der Hausfrau zufügte, war er sicher weit entfernt zu bemerken, und auch Eduard hatte kein Auge dafür. Aber Anna beobachtete diese Erschütterung mit Pein und Erbarmen. Rosalie, fieberhaft sprechend und lachend, war abwechselnd wie mit Blut übergossen und erschreckend bleich, und ihre entweichenden Augen kehrten nach jeder Flucht, unbändig angezogen, zu diesen Armen zurück, um für selbstvergessene Sekunden mit einem Ausdruck tiefer sinnlicher Trauer darauf zu verweilen.

Anna, erbittert über Kens primitive Harmlosigkeit, der sie nicht einmal völlig traute, machte, sobald es sich irgend rechtfertigen ließ auf die nun doch durch die offene Glastür vom Garten hereindringende Abendkühle aufmerksam und empfahl, vor Erkältung warnend, das Wiederanlegen der Jacken. Aber Frau von Tümmler beendete den Abend fast unmittelbar nach Tische. Sie schützte Migräne vor, verabschiedete sich von dem Gast auf eine gewisse fliegende Weise und zog sich in ihr Schlafzimmer zurück. Auf ihre Ottomane hingestreckt, das Gesicht mit den Händen bedeckt und wieder noch im Kissen verborgen, machte sie sich, überwältigt von Scham, Schrecken und Wonne, das Geständnis ihrer Leidenschaft.

»Großer Gott, ich liebe ihn ja, liebe ihn, wie ich nie geliebt, ist das denn zu fassen? Bin ich doch zur Ruhe gesetzt, von der Natur in den milden, würdigen Matronenstand überführt. Ist es da nicht ein Gelächter, daß ich noch Wollust pflegen soll, wie ich es tue in meinen verschreckten, wonnevollen Gedanken bei seinem Anblick, beim Anblick seiner Götterarme, von denen umschlossen zu sein mich wahnsinnig verlangt, seiner herrlichen Brust, die ich in Jammer und Begeisterung unter dem Trikot sich abzeichnen sah? Bin ich eine schamlose Alte? Nein, nicht schamlos, denn vor ihm schäme ich mich, vor seiner Jugend, und weiß nicht, wie ich ihm begegnen und ihm in die Augen, die schlichten, freundlichen Knabenaugen blicken soll, die sich von mir keines heißen Gefühles versehen. Ich aber bin mit der Lebensrute geschlagen, er selbst, der Nichtsahnende, hat mich damit gefitzt und gepfeffert, Schmackostern hat er mir angetan! Warum mußte er davon sprechen in seiner Jugendfreude an altem Volksbrauch? Nun läßt der Gedanke an seine weckenden Rutenstreiche mein ganzes Inneres überströmt, überschwemmt sein von schamvoller Süßigkeit. Ich begehre ihn – habe ich denn je schon begehrt? Tümmler begehrte mich, als ich jung war, und ich ließ mir's gefallen, willigte in sein Werben, nahm ihn zur Ehe in seiner Stattlichkeit, und wir pflegten der Wollust auf sein Begehren. Diesmal bin ich's, die begehrt, von mir aus, auf eigene Hand, und habe mein Auge auf ihn geworfen wie ein Mann auf das junge Weib seiner Wahl – das machen die Jahre, mein Alter macht es und seine Jugend. Jugend ist weiblich und männlich das Verhältnis des Alters zu ihr, aber nicht froh und zuversichtlich in seinem Begehren, sondern voll Scham und Zagen vor ihr und der ganzen Natur, seiner Untauglichkeit wegen. Ach, viel Leiden steht mir bevor, denn wie kann ich hoffen, daß er sich mein Begehren gefallen läßt, und wenn gefallen, daß er willigt in mein Werben, wie ich in Tümmlers. Ist er ja doch auch kein Mädchen mit seinen festen Armen, – nichts weniger als das, sondern ein junger Mann, der selbst begehren will und, so sagt man, viel Glück darin hat bei Frauen. Frauen hat er, soviel er will, hier in der Stadt. Meine Seele windet sich und schreit auf bei dem Gedanken vor Eifersucht. Er macht englische Konversation mit Louise Pfingsten in der Pempelforter Straße und mit der Lützenkirchen, Amélie Lützenkirchen, deren Mann, der Topffabrikant, dick, kurzatmig und faul ist. Louise ist überlang von Statur und hat einen schlechten Haaransatz, ist aber erst achtunddreißig und kann süße Augen machen. Amélie ist nur wenig älter und hübsch, sie ist leider hübsch, und der Dicke läßt ihr jede Freiheit. Ist es möglich, daß sie in seinen Armen liegen, oder doch eine von ihnen, wahrscheinlich Amélie, kann aber auch gleichzeitig sein die lange Louise, – in diesen Armen, nach deren Umschlingung mich mit einer Inbrunst verlangt, die ihre dummen Seelen nicht aufbringen? Daß sie seines heißen Atems, seiner Lippen, seiner Hände genießen, die ihre Formen liebkosen? Meine Zähne, diese noch so guten, wenig ausgebesserten Zähne knirschen, ich knirsche mit ihnen, da ich es denke. Auch meine Formen sind besser, der Liebkosung seiner Hände würdiger, als ihre, und welche Zärtlichkeit hätte ich ihm bereit, welche unsägliche Hingabe! Sie aber sind fließende Brunnen und ich ein versiegter, dem keine Eifersucht mehr zukommt. Eifersucht, quälende, zehrende, knirschende! Habe ich einmal nicht, auf der Gartenpartie bei Rollwagens, dem Maschinen-Rollwagen und seiner Frau, wo er mit eingeladen war, – habe ich nicht mit meinen Augen, die alles sehen, einen raschen Austausch von Blick und Lächeln zwischen ihm und Amélie aufgefangen, der fast unzweifelhaft auf Heimlichkeit deutete? Damals schon zog sich mein Herz zusammen in schnürendem Schmerz, doch ich verstand es nicht und dachte nicht, daß es Eifersucht sei, weil ich mich ihrer nicht mehr für fähig erachtete. Aber ich bin's, nun verstehe ich es und leugne es mir nicht ab, sondern juble ob meiner Schmerzen, die da in wunderbarer Disharmonie stehen zur Wandlung des Körpers. Das Seelische nur eine Ausstrahlung des Körperlichen, sagt Anna, und dieses bildet sich schon die Seele nach seinem Stande? Anna weiß viel, Anna weiß gar nichts. Nein, ich will nicht sagen, daß sie nichts weiß. Sie hat gelitten, sinnlos geliebt und schamvoll gelitten, und so weiß sie manches. Aber daß die Seele mit dem Körper zusammen in den milden, ehrwürdigen Matronenstand überführt wird, das weiß sie falsch, denn sie glaubt nicht an Wunder, weiß nicht, daß die Natur die Seele kann wunderbar aufblühen lassen, wenn es schon spät ist, ja zu spät ist, – aufblühen in Liebe, Begehren und Eifersucht, wie ich es in seliger Qual erfahre. Sara, die Greisin, hörte es hinter der Tür der Hütten, was ihr noch zugedacht war, und lachte. Dafür zürnte ihr Gott und sprach: Warum lachet deß Sara? Ich, ich will nicht gelacht haben. Ich will glauben an das Wunder meiner Seele und Sinne, will das Naturwunder verehren meines schmerz- und schamhaften Seelenfrühlings, und meine Scham soll nur der Begnadung gelten durch diese späte Heimsuchung...«

So Rosalie, für sich allein, an jenem Abend. Nach einer Nacht voll auffahrender Unruhe und einigen Stunden tiefen Morgenschlafs, war ihr erster Gedanke beim Erwachen der an die Leidenschaft, mit der sie geschlagen, gesegnet war, und der sich zu verweigern, die sittlich von sich zu weisen, ihr nicht einmal in den Sinn kam. Die liebe Frau war begeistert von der überlebenden Fähigkeit ihrer Seele, zu blühen in süßem Leide. Fromm war sie nicht besonders und ließ Gott, den Herrn, aus dem Spiel. Ihre Frömmigkeit galt der Natur und ließ sie bewundern und hochhalten, was diese, gleichsam gegen sich selbst, in ihr wirkte. Ja, gegen die natürliche Schicklichkeit war es, dies Aufblühen ihrer Seele und Sinne, beglückend zwar, doch ermutigend nicht und wollte verhehlt und verschwiegen sein vor aller Welt, sogar vor der vertrauten Tochter, besonders aber vor ihm, dem Geliebten, der nichts ahnte und nichts ahnen durfte; denn wie durfte sie mutig die Augen aufschlagen zu seiner Jugend?

So kam in ihr Verhalten zu Keaton ein gesellschaftlich völlig absurdes Etwas von Unterwürfigkeit und Demut, das Rosalie trotz allem Stolze auf ihr Gefühl nicht daraus zu verbannen vermochte, und das auf den Sehenden, auf Anna also, peinvoller wirkte, als alle anfängliche Lebhaftigkeit und Überheiterkeit des Gebarens. Schließlich sah sogar Eduard, und es gab Augenblicke, wo die Geschwister, über ihre Teller geneigt, sich auf die Lippen bissen, während Ken, vom verlegenen Schweigen verständnislos angerührt, fragend um sich blickte. Rat und Aufklärung suchend stellte Eduard bei Gelegenheit seine Schwester zur Rede.

»Was ist mit Mama?« fragte er sie. »Mag sie Keaton nicht mehr?« Und da Anna schwieg, setzte der junge Mensch verzogenen Mundes hinzu: »Oder mag sie ihn zu gern?«

»Was fällt dir ein«, war die verweisende Antwort. »Das sind nicht Dinge für Jungen. Nimm deinen Anstand zusammen und erlaube dir keine unzukömmlichen Wahrnehmungen!« Es folgte noch: Soviel könne er sich pietätvollerweise sagen, daß die Mutter, wie alle Frauen einmal, durch eine Periode dem Wohlbefinden abträglicher Schwierigkeiten zu gehen habe.

»Sehr neu und lehrreich für mich!« meinte der Primaner ironisch. Aber die Erläuterung sei ihm zu allgemein. Die Mutter quäle sich auf speziellere Art, und auch sie selbst, die sehr verehrte Schwester, sei ja offensichtlich gequält, – von ihm, dem dummen Jungen, hier nicht zu reden. Vielleicht könne der dumme Junge sich nützlich machen, indem er die Entfernung seines allzu netten Lehrers anrege. Er habe genug von Keaton profitiert, könne er der Mutter sagen, und dieser möge wieder einmal ›honorably discharged‹ werden.

»Tu das, lieber Eduard«, sagte Anna; und er tat es.

»Mama«, sagte er, »ich denke, wir könnten nun mit den Englischstunden und mit den laufenden Ausgaben dafür, die ich dir zugemutet habe, ein Ende machen. Eine gute Grundlage ist dank deiner Generosität mit Mr. Keatons Hilfe gelegt, und durch etwas private Lektüre kann ich dafür sorgen, daß sie sich nicht verliert. Im übrigen lernt niemand wirklich eine fremde Sprache zu Hause, außerhalb des Landes, wo alle sie reden, und wo man ganz auf sie angewiesen ist. Bin ich einmal in England oder Amerika, so wird mir nach der Vorbereitung, die du mir gegönnt hast, das Weitere schon mühelos anfliegen. Jetzt nähert sich, weißt du, allmählich das Abitur, und dabei prüft niemand mich im Englischen. Dagegen muß ich sehen, daß ich in den alten Sprachen nicht durchrassele, und dazu gehört Konzentration. So ist wohl der Augenblick da, meinst du nicht?, Keaton recht schönen Dank zu sagen für seine Bemühungen und ihn freundlichst davon zu entbinden.«

»Aber Eduard«, entgegnete Frau von Tümmler rasch, ja anfänglich mit einiger Hast. »Was du da sagst, überrascht mich, und ich kann nicht sagen, daß ich es billige. Wohl verstanden, es ist zartfühlend von dir, daß du mir weitere Ausgaben für diesen Zweck ersparen möchtest. Aber der Zweck ist gut, er ist für dein späteres Leben, wie es dir vorschwebt, von Wichtigkeit, und so steht es nicht mit uns, daß wir für deine sprachliche Ausbildung nicht aufkommen könnten, so gut, wie früher für Annas Studium auf der Akademie. Ich begreife nicht, warum du bei deinem Vorsatz, dir die Kenntnis des Englischen zu erobern, auf halbem Wege stehenbleiben willst. Man könnte sagen, lieber Junge, nimm's mir nicht übel, daß du mir gerade damit schlecht für meine Bereitwilligkeit danken würdest. Dein Abitur – gewiß, das ist eine ernste Sache, und ich verstehe, daß du für die alten Sprachen, mit denen dir's nun einmal sauer wird, noch tüchtig wirst büffeln müssen. Aber die Englischstunden, ein paarmal die Woche, – du wirst nicht behaupten wollen, Eduard, daß die dir nicht eher zur Erholung und wohltätigen Zerstreuung dabei dienen werden, als daß sie eine zusätzliche Anstrengung bedeuteten. Außerdem – und nun laß mich aufs Persönliche, Menschliche kommen – steht Ken, wie er genannt wird, steht also Herr Keaton zu unserem Hause doch längst nicht mehr in dem Verhältnis, daß man zu ihm sagen könnte: Sie sind nun überflüssig – und ihm so einfach den Laufpaß geben. So einfach erklären: Der Mohr kann gehen. Er ist zu einem Hausfreund, gewissermaßen zu einem Glied der Familie geworden und wäre mit Recht verletzt von solcher Abfertigung. Uns allen würde er fehlen, besonders Anna, glaube ich, wäre verstimmt, wenn er nicht mehr käme und unsere Mahlzeiten belebte durch seine intime Kenntnis der Düsseldorfer Geschichte, uns nicht mehr vom jülich-klevischen Erbfolgestreit erzählte und vom Kurfürsten Jan Wellem, der auf dem Marktplatz steht. Auch du würdest ihn vermissen und sogar ich. Kurz, Eduard, dein Vorschlag ist gut gemeint, seine Ausführung aber weder notwendig noch auch recht möglich. Wir lassen am besten alles beim alten.«

»Wie du meinst, Mama«, sagte Eduard und berichtete der Schwester von seinem Mißerfolg, die ihm erwiderte:

»Ich dachte es mir, mein Junge. Mama hat die Situation im Grunde richtig gekennzeichnet, und ich hatte ähnliche Bedenken wie sie, als du mir deinen Schritt bei ihr ankündigtest. Soweit jedenfalls hat sie ja recht, daß Keaton ein angenehmer Gesellschafter ist und wir sein Wegbleiben alle bedauern würden. Mach also nur weiter mit ihm.«

Eduard sah der Sprechenden ins Gesicht, das sich nicht bewegte, zuckte die Achseln und ging. Ken erwartete ihn gerade in seinem Zimmer, las ein paar Seiten Emerson oder Macaulay mit ihm, dann eine amerikanische Mystery Story, die für die letzte halbe Stunde Stoff zum Schwatzen gab, und blieb zum Abendessen, wozu er längst nicht mehr eigens gebeten wurde. Sein Bleiben nach dem Unterricht war zur stehenden Einrichtung geworden, und Rosalie hielt Rat an den Wochentagen ihres unzukömmlichen und furchtsamen, von Schmach getrübten Glückes mit Babette, der Wirtschafterin, über das Menü, ließ Gutes anrichten, sorgte für einen gehaltvollen Pfälzer oder Rüdesheimer, bei dem man nach dem Essen im Wohnzimmer noch eine Stunde zusammenblieb, und dem sie über ihre Gewohnheit zusprach, um den unvernünftig Geliebten mutiger anblicken zu können. Oft aber auch machte der Wein sie müde und verzweifelt, und dann kämpfte sie einen verschieden ausgehenden Kampf, ob sie bleiben und unter seinen Augen leiden oder sich zurückziehen und in der Einsamkeit um ihn weinen sollte.

Da mit dem Oktober die gesellschaftliche Saison begonnen hatte, sah sie Keaton auch außer ihrem Hause, bei Pfingstens in der Pempelforter Straße, bei Lützenkirchens, bei Oberingenieur Rollwagen in größerem Kreise. Sie suchte und mied ihn dann, floh die Menschengruppe, der er sich zugesellt hatte, wartete in einer anderen mechanisch plaudernd darauf, daß er zu ihr käme und ihr Aufmerksamkeit erwiese, wußte immer, wo er war, erlauschte im Gewirr der Stimmen die seine und litt entsetzlich, wenn sie Anzeichen heimlichen Einverständnisses wahrzunehmen glaubte zwischen ihm und Louise Pfingsten oder Amélie Lützenkirchen. Obgleich der junge Mann außer seinem guten Körperbau, seiner vollkommenen Unbefangenheit und freundlichen Schlichtheit des Geistes nichts Sonderliches zu bieten hatte, war er beliebt und gesucht in diesem Kreise, profitierte vergnüglich von der deutschen Schwäche für alles Ausländische und wußte recht wohl, daß seine Aussprache des Deutschen, die kindlichen Wendungen, deren er sich dabei bediente, sehr gefielen. Übrigens sprach man gern englisch mit ihm. Kleiden mochte er sich, wie er wollte. Er verfügte über keinen evening dress; aber ohnehin hatten die gesellschaftlichen Sitten sich seit Jahren gelockert, weder in der Theaterloge noch bei Abendgesellschaften war der Smoking mehr strikte Vorschrift, und auch bei Gelegenheiten, wo die Mehrzahl der Herren ihn trug, war Keaton im gewöhnlichen Straßenanzug, seiner losen, bequemen Tracht, der gegürteten braunen Hose, braunen Schuhen und grauer, wolliger Jacke willkommen.

So bewegte er sich zwanglos in den Salons, machte sich angenehm bei den Damen, mit denen er Englisch trieb, und bei solchen, von denen er noch dafür gewonnen zu werden wünschte, schnitt sich, nach der Sitte seines Landes, bei Tische das Fleisch zuerst in kleine Stücke, legte dann das Messer quer über den Rand des Tellers, ließ den linken Arm hängen und aß auf, die

Gabel mit der Rechten führend, was er sich zubereitet. Bei dieser Gewohnheit blieb er, weil er sah, daß seine Nachbarinnen und der Herr gegenüber sie mit so großem Interesse beobachteten.

Mit Rosalie plauderte er gern, auch abseits, unter vier Augen, – nicht nur weil sie zu seinen Brotgebern und ›bosses‹ gehörte, sondern aus wirklicher Hingezogenheit. Denn während die kühle Intelligenz und die geistigen Ansprüche ihrer Tochter ihm Furcht einflößten, sprach die treuherzige Fraulichkeit der Mutter ihn sympathisch an, und ohne ihre Empfindungen richtig zu deuten (er kam nicht darauf, das zu tun), ließ er sich's wohl sein in der Wärme, die ausging von ihr zu ihm, gefiel sich in ihr und kümmerte sich wenig um dabei vorkommende Merkmale der Spannung, Beklommenheit, Verwirrung, die er als Äußerungen europäischer Nervosität verstand und darum hochachtete. Es kam hinzu, daß, so sehr sie litt, ihre Erscheinung damals ein Neuerblühen, eine Verjüngung ins Auge fallen ließ, über die man ihr Komplimente machte. Immer hatte ihre Gestalt sich ja jugendlich erhalten, aber was auffiel, war der Glanz ihrer schönen braunen Augen, der, mochte er auch etwas fieberhaft Heißes haben, ihr doch reizend zustatten kam, die Erhöhung ihrer Gesichtsfarbe, die sich aus gelegentlichem Erbleichen rasch wiederherstellte, die Beweglichkeit der Züge ihres voller gewordenen Gesichtes bei Gesprächen, die lustig zu sein pflegten und ihr immer die Möglichkeit gaben, eine sich eindrängende Verzerrung ihrer Miene durch ein Lachen zu korrigieren. Man lachte viel und laut bei diesen Geselligkeiten, denn in einmütiger Reichlichkeit sprach man dem Wein und der Bowle zu, und was exzentrisch hätte wirken können in Rosalies Wesen, ging unter in der allgemeinen, zur Verwunderung wenig aufgelegten Gelöstheit. Wie glücklich war sie aber, wenn es in Kens Gegenwart geschah, daß eine der Frauen zu ihr sagte: »Liebste, Sie sind erstaunlich! Wie entzückend Sie aussehen heute abend! Sie stechen die Zwanzigjährigen aus. Sagen Sie doch, welchen Jungbrunnen haben Sie ausfindig gemacht?« Und wenn der Geliebte dann gar bestätigte: »Right you are! Frau von Tümmler is perfectly delightful tonight.« Sie lachte, wobei ihr tiefes Erröten aus der

Freude über die empfangene Schmeichelei erklärt werden mochte. Sie sah weg von ihm, aber sie dachte seiner Arme, und wieder fühlte sie dies Überströmt-, Überschwemmtwerden ihres Inneren von ungeheuerer Süßigkeit, das ihr so oft jetzt geschah, und das die anderen wohl mit Augen sehen mußten, wenn sie sie jung, wenn sie sie reizend fanden.

Es war an einem dieser Abende, nach dem Auseinandergehen der Gesellschaft, daß sie ihrem Vorsatz untreu wurde, das Geheimnis ihres Herzens, dies unstatthafte und leidvolle, aber berückende Seelenwunder tief bei sich zu bewahren und sich auch der töchterlichen Freundin nicht darüber zu eröffnen. Ein unwiderstehliches Mitteilungsbedürfnis zwang sie, das Versprechen, das sie sich gegeben, zu brechen und sich der klugen Anna anzuvertrauen, nicht nur, weil sie liebend verstehende Teilnahme ersehnte, sondern auch aus dem Wunsch, was die Natur an ihr tat, als die menschliche Merkwürdigkeit, die es war, zu intelligenten Ehren zu bringen.

Die beiden Damen waren bei nassem Schneewetter um Mitternacht in einer Taxi-Droschke nach Hause zurückgekehrt. Rosalie fröstelte. »Laß mich«, sagte sie, »liebes Kind, noch für eine halbe Stunde bei dir einkehren, in deinem gemütlichen Schlafzimmer. Mich friert, aber mein Kopf, der glüht, und an Schlaf, fürchte ich, wird so bald nicht zu denken sein. Wenn du uns einen Tee machtest, zu guter Letzt, ich meine, das wäre nicht schlecht. Diese Rollwagensche Bowle setzt einem zu. Rollwagen braut sie selbst, hat aber nicht die glücklichste Hand dabei und gießt einen zweifelhaften Apfelsinenschabau in den Mosel und dann deutschen Sekt. Wir werden morgen wieder alle gehörige Kopfschmerzen, einen bösen hang-over haben. Das heißt, du nicht. Du bist besonnen und trinkst nicht viel. Aber ich vergesse mich beim Plaudern und achte nicht darauf, daß sie mein Glas immer auffüllen und denke, es ist noch das erste Glas. Ja, mach uns einen Tee, das ist recht. Tee regt an, aber er beruhigt zugleich, und ein heißer Tee, im rechten Augenblick genommen, schützt vor Erkältung. Bei Rollwagens war es überheizt – jedenfalls kam es mir so vor –, und dann draußen das Schlackerwetter. Meldet am Ende gar schon der Frühling sich darin an? Heut mittag im Hofgarten glaubt' ich ihn tatsächlich schon zu erschnuppern. Aber das tut deine närrische Mutter sobald nur der kürzeste Tag vorbei und das Licht wieder wächst. Eine gute Idee, daß du die elektrische Sonne einschaltest; hier ist die Heizung schon schwach geworden. Mein liebes Kind, du weißt es uns behaglich zu machen und trauliche Umstände herzustellen für ein kleines Gespräch unter vier Augen vor Schlafengehen. Sieh, Anna, ich habe längst den Wunsch nach einer Aussprache mit dir, – zu der du mir, da hast du recht, die Gelegenheit nie vorenthalten hast. Aber es gibt Dinge, Kind, zu deren Aussprache, deren Besprechung es besonders trauliche Umstände braucht, eine günstige Stunde, die einem die Zunge löst...«

»Was für Dinge, Mama? Mit Rahm kann ich nicht aufwarten. Nimmst du ein paar Tropfen Zitrone?«

»Dinge des Herzens, Kind, Dinge der Natur, der wundervollen, der rätselhaften, allmächtigen, die uns zuweilen so Seltsames, Widerspruchsvolles, ja Unbegreifliches antut. Du weißt es auch. Ich habe, liebe Anna, in letzter Zeit viel an deine einstige – verzeih, daß ich daran rühre –, an deine Affäre von damals mit Brünner denken müssen, an dein Leid, das du mir in einer Stunde, nicht unähnlich dieser, klagtest, und das du in deiner Erbitterung gegen dich selbst sogar eine Schmach nanntest, nämlich des beschämenden Konfliktes wegen, in dem deine Vernunft, dein Urteil mit deinem Herzen lagen, oder, wenn du lieber willst, mit deinen Sinnen.«

»Du verbesserst dich sehr zu recht, Mama. Herz ist sentimentaler Schwindel. Man soll nicht Herz nennen, was ganz etwas anderes ist. Unser Herz spricht doch wahrhaft nur unter Zustimmung des Urteils und der Vernunft.«

»So magst du wohl sagen. Denn du warst immer für Einheit und hieltest dafür, daß die Natur schon ganz von selbst Harmonie herstellt zwischen Seele und Körper. Aber daß du damals in Disharmonie lebtest, nämlich zwischen deinen Wünschen und deinem Urteil, das kannst du nicht leugnen. Du warst sehr jung zu der Zeit, und vor der Natur brauchte dein Verlangen sich nicht zu schämen, nur vor deinem Urteil, das dieses Verlangen erniedrigend nannte. Es bestand nicht vor ihm, und das war deine Scham und dein Leiden. Denn du bist stolz, Anna, sehr stolz, und daß es einen Stolz geben könnte auf das Gefühl allein, einen Stolz des Gefühls, der leugnet, daß es vor irgend etwas zu bestehen und sich zu verantworten habe – Urteil und Vernunft und sogar die Natur selbst –, das willst du nicht wahrhaben, und darin sind wir verschieden. Denn mir geht das Herz über alles, und wenn die Natur ihm Empfindungen einflößt, die ihm nicht mehr gebühren und einen Widerspruch zu schaffen scheint zwischen dem Herzen und ihr, – gewiß, das ist eine schmerzliche Scham, aber die Scham gilt nur der Unwürdigkeit und ist süßes Staunen, ist Ehrfurcht im Grunde vor der Natur und vor dem Leben, das ihr am Abgelebten zu wirken gefällt.«

»Meine liebe Mama«, erwiderte Anna, »laß mich vor allem die Ehre zurückweisen, die du meinem Stolz und meiner Vernunft erweist. Die wären kläglich damals dem unterlegen, was du poetisch das Herz nennst, wenn nicht ein gnädiges Schicksal sich ins Mittel gelegt hätte, und wenn ich denke, wohin mein Herz mich geführt hätte, so muß ich Gott danken, daß es nicht nach seinen Wünschen ging. Ich bin die letzte, die einen Stein aufheben dürfte. Aber nicht von mir ist die Rede, sondern von dir, und die Ehre will ich nicht zurückweisen, daß du dich mir eröffnen willst. Denn nicht wahr, das willst du. Deine Worte deuten darauf, nur sind sie dunkel in ihrer Allgemeinheit. Lehre mich, bitte, wie ich sie auf dich zu beziehen und sie zu verstehen habe!«

»Was würdest du sagen, Anna, wenn deine Mutter auf ihre alten Tage von einem heißen Gefühl ergriffen wäre, wie es nur der vermögenden Jugend, der Reife nur und nicht einem abgeblühten Weibtum zukommt?«

»Wozu das Konditionale, Mama? Offenbar steht es so mit dir, wie du sagst. Du liebst?«

»Wie du das sagst, mein süßes Kind! Wie frei und kühn und offen du das Wort aussprichst, das mir so schwer über die Lippen ginge, und das ich tief in mir verschlossen gehalten habe so lange

Zeit, nebst allem, was es an schamhaftem Glück und Leid besagt, – es verhehlt habe vor aller Welt und auch vor dir, so streng, daß du eigentlich aus den Wolken fallen müßtest, den Wolken deines Glaubens an die Matronenwürde deiner Mutter! Ja, ich liebe, liebe heiß und begehrend und selig und jammervoll, wie du einst liebtest in deiner Jugend. Vor der Vernunft hält mein Gefühl so wenig stand, wie einst das deine, und wenn ich auch stolz bin auf den Seelenfrühling, mit dem mich die Natur wunderbarerweise beschenkt, so leide ich doch, wie du einst littest, und unwiderstehlich trieb es mich, dir alles zu sagen.«

»Meine liebe, gute Mama! So sage mir ruhig alles. Wo es so schwer ist, zu sprechen, da will gefragt sein. Wer ist es?«

»Es muß dir eine erschütternde Überraschung sein, mein Kind. Der junge Freund unseres Hauses. Der Lehrer deines Bruders.«

»Ken Keaton?«

»Er.«

»Er also. Nun gut. Du hast von mir nicht zu fürchten, Mama, daß ich in den Ruf ›Unbegreiflich!‹ ausbreche, obgleich das Menschenart ist. Es ist so billig und dumm, ein Gefühl unbegreiflich zu schelten, in das man sich nicht versetzen kann. Und doch – so sehr ich fürchten muß, dich zu verletzen – verzeih meiner Teilnahme die Frage: Du sprichst von einer Ergriffenheit, die deinen Jahren nicht mehr gebühre, klagst dich an, Gefühle zu hegen, deren du nicht mehr würdig bist. Hast du dich je gefragt, ob er, dieser junge Mensch, deiner Gefühle würdig ist?«

»Er, würdig? Ich verstehe kaum, was du meinst. Ich liebe, Anna. Ken ist das Herrlichste an junger Männlichkeit, was meinen Augen je vorgekommen.«

»Und darum liebst du ihn. Wollen wir nicht versuchen, Ursache und Wirkung die Plätze tauschen zu lassen und sie damit vielleicht richtig zu stellen? Könnte es nicht so sein, daß er dir nur so herrlich erscheint, weil du in ihn... weil du ihn liebst?«

»O Kind, du trennst, was untrennbar ist. In meinem Herzen hier sind meine Liebe und seine Herrlichkeit eines.«

»Aber du leidest, liebste, beste Mama, und so unendlich gern möchte ich dir helfen. Könntest du nicht versuchen, ihn einen Augenblick – nur einen Augenblick, vielleicht wäre schon das dir heilsam – nicht im verklärenden Licht deiner Liebe zu sehen, sondern bei Tageslicht, in seiner Wirklichkeit, als den netten, ansprechenden – gewiß, ich gebe dir das zu! – ansprechenden Jungen, der er ist, der aber doch zur Leidenschaft, zum Leiden um ihn, an und für sich so wenig Anlaß gibt?«

»Du meinst es gut, Anna, ich weiß. Du möchtest mir wohltun, ich bin überzeugt davon. Aber nicht auf seine Kosten darf das geschehen, nicht, indem du ihm Unrecht tust. Und Unrecht tust du ihm mit deinem ›Tageslicht‹, das ein so falsches, so gänzlich irreführendes Licht ist. Du nennst ihn nett, nennst ihn eben nur ansprechend und willst damit sagen, daß er ein Durchschnittsmensch und nichts Besonderes an ihm ist. Aber er ist ja ein ganz außergewöhnlicher Mensch, dessen Leben ans Herz greift. Bedenke seine schlichte Herkunft, wie er sich mit eiserner Willenskraft durchs College gearbeitet und dabei in der Geschichte und in den Leibesübungen alle seine Mitschüler übertraf, wie er dann zu den Fahnen eilte und sich als Soldat so vorzüglich verhielt, daß er am Ende honorably discharged wurde...«

»Verzeih, das wird jeder, der sich nicht geradezu eine Ehrlosigkeit hat zuschulden kommen lassen.«

»Jeder. Immer spielst du auf seine Durchschnittlichkeit an und willst ihn mir damit ausreden, daß du ihn, wenn nicht direkt, so doch andeutungsweise als simpel, als einen einfältigen Jungen hinstellst. Aber du vergißt, daß Einfalt etwas Erhabenes und Siegreiches sein kann, und daß seine Einfalt den großen demokratischen Geist seines weiten Heimatlandes zum Hintergrunde hat...«

»Er mag sein Land ja gar nicht.«

»Darum ist er doch sein echter Sohn, und wenn er Europa liebt, der historischen Perspektive und der alten Volksbräuche wegen, so ehrt ihn auch das und zeichnet ihn aus vor der Mehrzahl. Für sein Land aber hat er sein Blut gegeben. Honorably discharged, sagst du, wird jeder. Aber wird auch jedem eine

Tapferkeitsmedaille verliehen, das Purple heart, zum Zeichen, daß der Heldenmut, mit dem einer sich dem Feinde entgegengeworfen, ihm eine Verwundung, vielleicht eine schwere eingetragen hat?«

»Ach, liebe Mama, ich glaube, im Kriege erwischt es den einen und den anderen nicht, der eine fällt, und der andere kommt davon, ohne daß das mit der Tapferkeit des einen und des anderen viel zu tun hätte. Wird einem ein Bein abgerissen oder die Niere zerschossen, so ist die Medaille ein Trost und eine kleine Entschädigung für sein Mißgeschick, aber ein Abzeichen besonderer Tapferkeit ist sie meistens wohl nicht.«

»Jedenfalls hat er eine seiner Nieren auf dem Altar des Vaterlandes geopfert!«

»Ja, er hatte dies Mißgeschick. Und gottlob kommt man zur Not mit einer Niere aus. Aber eben nur zur Not, und es ist doch ein Mangel, ein Defekt, der Gedanke daran schränkt die Herrlichkeit seiner Jugend doch etwas ein, und zu dem Tageslicht, in dem man ihn sehen sollte, gehört es, daß er trotz seiner guten – oder sagen wir: normalen – Gestalt körperlich nicht ganz komplett, ein Invalide und kein ganz vollständiger Mensch mehr ist.«

»Du großer Gott, Ken nicht mehr komplett, Ken kein ganzer Mensch! Mein armes Kind, der ist komplett bis zur Herrlichkeit und kann spielend auf eine Niere verzichten – nicht nur nach seiner eigenen Meinung, sondern nach der Meinung aller, der Frauen nämlich, die alle hinter ihm her sind, und bei denen er denn auch wohl sein Vergnügen findet! Liebe, gute, kluge Anna, weißt du denn nicht, warum, hauptsächlich, ich mich dir anvertraut und dieses Gespräch mit dir begonnen habe? Weil ich dich fragen wollte und deine aufrichtige Meinung darüber erfahren, ob er nach deiner Beobachtung und Überzeugung mit Louise Pfingsten ein Verhältnis hat, oder mit Amélie Lützenkirchen, oder vielleicht mit beiden, wozu er durchaus komplett genug wäre! Das ist es, worüber ich im quälendsten Zweifel schwebe, und ich wollte so gern von dir reinen Wein darüber eingeschenkt bekommen, die du die Dinge ruhigeren Blutes, bei Tageslicht sozusagen, betrachten kannst...«

»Arme Herzensmama, wie du dich quälst, wie du leidest! Es tut mir so weh. Nein doch, ich glaube nicht – ich weiß ja wenig von seiner Lebensweise und fühle keinen Beruf, sie auszuforschen –, aber ich glaube nicht und habe nie sagen hören, daß er zu Frau Pfingsten oder Frau Lützenkirchen in den Beziehungen steht, die du argwöhnst. Beruhige dich doch, bitte, darüber!«

»Gebe Gott, gutes Kind, daß du das nicht nur sagst, um mich zu trösten und Balsam auf meine Qual zu träufeln, aus Mitleid! Aber sieh, das Mitleid – obgleich ich es vielleicht sogar bei dir suche – ist ja auch wieder gar nicht am Platze, weil ich ja selig bin in meiner Qual und Scham und voller Stolz auf den Schmerzensfrühling meiner Seele, das bedenke, Kind, wenn ich auch scheinbar um Mitleid bettle!«

»Ich finde nicht, daß du bettelst. Aber das Glück und der Stolz, die sind in solchem Falle doch eng verquickt mit dem Leiden, sie sind mit ihm ein und dasselbe, und solltest du auch kein Mitleid suchen, so kommt es dir doch zu von denen, die dich lieben und die dir wünschen, du hättest selber Mitleid mit dir und suchtest dich aus dieser absurden Verzauberung zu befreien... Verzeih meine Worte! Gewiß sind sie falsch, aber ich kann mich nicht sorgen um Worte. Um dich, Liebste, sorge ich mich und nicht erst seit heute, nicht erst seit deinem Geständnis, für das ich dir dankbar bin. Du hast dein Geheimnis mit großer Selbstbeherrschung in dich verschlossen, aber daß es ein solches gab, daß es um dich seit Monaten schon ganz besonders und eigentümlich stand, das konnte doch denen, die dich lieben, unmöglich verborgen bleiben, und sie sahen es mit gemischten Gefühlen.«

»Wen meinst du mit ›sie‹?«

»Ich spreche von mir. Du hast dich in letzter Zeit auffallend verändert, Mama, – das heißt: nicht verändert, ich sage es nicht recht, du bist ja dieselbe geblieben, und wenn ich sage: verändert, so meine ich damit, daß eine Art von Verjüngung über dein Wesen gekommen ist, – was aber auch das rechte Wort wieder nicht ist, denn natürlich kann es sich nicht um eine wirkliche und eigentlich nachweisbare Verjüngung deines lieben Bildes handeln. Aber meinem Auge war es zuweilen, für Augenblicke, auf eine gewisse phantasmagorische Weise, als ob aus deiner lieben Matronengestalt auf einmal die Mama von vor zwanzig Jahren hervorträte, wie ich sie kannte, als ich ein junges Mädchen war, – ja mehr noch, ich glaubte plötzlich dich zu sehen, wie ich dich nie gesehen habe, nämlich so, wie du ausgeschaut haben magst, als du selber ein ganz junges Mädchen warst. Und diese Sinnestäuschung, wenn es eine bloße Sinnestäuschung war, aber es war etwas Wirklichkeit daran, hätte mir doch Freude machen, hätte mir doch vor Vergnügen das Herz hüpfen lassen müssen, nicht wahr? Das tat sie aber nicht, sondern nur schwer machte sie mir das Herz, und gerade in solchen Augenblicken, wo du dich vor meinen Augen verjüngtest, hatte ich furchtbares Mitleid mit dir. Denn zugleich sah ich ja, daß du littest, und daß die Phantasmagorie, von der ich spreche, nicht nur mit deinem Leiden zu tun hatte, sondern geradezu der Ausdruck, die Erscheinung davon war, ein ›Schmerzensfrühling‹, wie du dich eben ausdrücktest. Liebe Mama, wie kommt es, daß du dich so ausdrückst? Es liegt nicht in deiner Art. Du bist ein schlichtes Gemüt, höchst liebenswert; deine Augen gehen gut und klar in Natur und Welt, nicht in Bücher, du hast nie viel gelesen. Du brauchtest bisher nicht Worte, wie Dichter sie bilden, so wehe und kranke Worte, und wenn du es nun dennoch tust, so hat das etwas von –«

»Wovon denn, Anna? Wenn Dichter solche Worte brauchen, so eben, weil sie sie b r a u c h e n, weil Gefühl und Erleben sie aus ihnen hervortreiben, und so ist es denn auch wohl mit mir, der sie nach deiner Meinung nicht zukommen. Das ist nicht richtig. Sie kommen dem zu, der sie nötig hat, und er kennt keine Scheu vor ihnen, da sie aus ihm hervorgetrieben werden. Deine Sinnestäuschung aber, oder Phantasmagorie, was du nämlich an mir zu sehen glaubtest, das will ich dir erklären. Es war das Werk s e i n e r Jugend. Es war das Ringen meiner Seele, es seiner Jugend gleichzutun, um nicht in Scham und Schande vor ihr vergehen zu müssen.«

Anna weinte. Sie hielten einander in den Armen, und ihre Tränen vermischten sich.

»Auch dies«, sagte die Lahme mit Anstrengung, »auch das, was du da sagst, geliebtes Herz, ist dem fremden Wort verwandt, das du brauchtest, und es hat, wie dieses, in deinem Munde etwas von Zerstörung. Diese unselige Anwandlung zerstört dich, ich sehe es mit Augen, ich höre es deiner Rede an. Wir müssen ihr Einhalt tun, ein Ende machen, dich vor ihr retten, um jeden Preis. Man vergißt, Mama, wenn man nicht mehr sieht. Nur auf einen Entschluß kommt es an, einen rettenden Entschluß. Der junge Mann darf nicht mehr zu uns kommen, wir müssen ihm aufsagen. Das ist nicht genug. Du siehst ihn anderswo in Gesellschaft. Gut, so müssen wir ihn bestimmen, die Stadt zu verlassen. Ich getraue mich, ihn dazu zu bringen. Ich werde freundschaftlich mit ihm reden, ihm vorhalten, er verliege und vertue sich hier, er sei längst fertig mit Düsseldorf und dürfe nicht ewig hier hängenbleiben, Düsseldorf sei nicht Deutschland, das er besser und weiter kennenlernen müsse, München, Hamburg, Berlin, die seien auch noch da und wollten ausprobiert sein, beweglich müsse er sich halten und da und dort eine Weile leben, bevor er, wie es seine natürliche Pflicht sei, in seine Heimat zurückkehre und einen ordentlichen Beruf ergreife, statt in Europa den invaliden Sprachlehrer zu machen. Ich werde ihm das schon zu Gemüte führen. Und will er nicht und versteift sich auf Düsseldorf, wo er nun einmal seine Verbindungen hat, nun, Mama, dann gehen wir selbst. Dann geben wir das Haus hier auf und siedeln nach Köln oder Frankfurt über oder an einen schönen Ort im Taunus, und du läßt hier zurück, was dich quälte und dich zerstören wollte, und vergissest mit Hilfe des Nicht-mehr-Sehens. Man muß nur nicht mehr sehen, das hilft unfehlbar, denn nicht vergessen können, das gibt es nicht. Du magst es eine Schande nennen, daß man vergißt, aber man tut es, verlaß dich darauf. Und du genießt dann im Taunus die liebe Natur und bist wieder unsere alte, liebe Mama.«

So Anna mit vieler Inständigkeit, aber wie ganz vergebens!

»Halt, halt, Anna, nichts mehr von dem, was du sagst, ich kann es nicht hören! Du weinst mit mir, und deine Sorge ist liebreich, aber was du sagst, deine Anträge, die sind unmöglich und mir entsetzlich. Vertreiben, ihn? Fortziehen, wir? Wohin verirrt sich deine Fürsorge! Du sprichst von der lieben Natur, aber du schlägst ihr ins Gesicht mit deinen Zumutungen, du willst, daß ich ihr ins Gesicht schlage, indem ich den Schmerzensfrühling ersticke, mit dem sie wunderbarerweise meine Seele begnadet! Welche Sünde wäre das, welcher Undank wäre es wohl, welche Treulosigkeit gegen sie, die Natur, und welche Verleugnung des Glaubens an ihre gütige Allmacht! Weißt du noch, – Sara, wie die sich versündigte? Die lachte bei sich hinter der Tür und sprach: ›Nun ich alt bin, soll ich noch Wollust pflegen, und mein Herr auch alt ist?‹ Gott, der Herr, aber sagte empfindlich: ›Warum lachet deß Sara?‹ Meiner Meinung nach lachte sie weniger ihres eigenen versiegten Alters wegen, als weil auch Abraham, ihr Herr, so sehr alt und wohlbetagt war, schon neunundneunzig. Welcher Frau müßte denn nicht der Gedanke zum Lachen sein, mit einem Neunundneunzigjährigen Wollust zu pflegen, möge auch das Liebesleben der Männer weniger scharf begrenzt sein, als das weibliche. Mein Herr aber ist jung, blutjung, und wieviel leichter und lockender muß mir der Gedanke – – Ach, Anna, mein treues Kind, ich pflege Wollust, schamund gramvolle Wollust in meinem Blut, meinen Wünschen und kann nicht lassen von ihr, kann nicht in den Taunus fliehen, und wenn du Ken überredetest, fortzuziehen, – ich glaube, ich würde dich hassen bis in den Tod!«

Die Pein war groß, mit der Anna diese hemmungslosen, berauschten Worte mit anhörte.

»Liebste Mama«, sagte sie mit gepreßter Stimme, »du bist sehr erregt. Was dir not tut jetzt, ist Ruhe und Schlaf. Nimm zwanzig Tropfen Baldrian in Wasser, auch fünfundzwanzig. Dies harmlose Mittel ist oft sehr hilfreich. Und sei versichert, daß ich auf eigene Hand nichts unternehmen werde, was deinem Gefühl entgegen ist. Laß diese Versicherung auch zu deiner Beruhigung dienen, an der mir alles gelegen ist! Wenn ich abschätzig von Keaton sprach, den ich achte als Gegenstand deiner Neigung, obgleich ich ihn verwünschen muß als Ursache deiner Leiden, so wirst du verstehen, daß ich es damit auch nur um deiner Beruhigung willen versuchte. Für dein Vertrauen bin ich dir unendlich dankbar und hoffe, ja glaube fest, daß du dir durch diese Aussprache mit mir das Herz doch etwas erleichtert hast. Vielleicht war diese Aussprache die Voraussetzung für deine Genesung – ich meine: für deine Beruhigung. Dies liebe, frohe, uns allen teuere Herz wird sich wiederfinden. Es liebt unter Leiden – meinst du nicht, daß es, sagen wir: mit der Zeit, lernen könnte, leidlos und nach der Vernunft zu lieben? Siehst du, die Liebe –«, (Anna sagte dies, indem sie die Mutter sorgsam in ihr Schlafzimmer hinüberführte, um ihr dort selbst den Baldrian ins Glas zu träufeln) »die Liebe, was ist sie nicht alles, wie Vielartiges deckt ihr Name, und wie ist sie doch immer die Eine! Die Liebe einer Mutter zu ihrem Sohne etwa – ich weiß, Eduard steht dir nicht besonders nahe –, aber diese Liebe kann sehr innig, sehr leidenschaftlich sein, sie kann sich zart, aber deutlich von der Liebe zu einem Kinde des eigenen Geschlechts unterscheiden und doch keinen Augenblick aus den Schranken der Mutterliebe treten. Wie, wenn du die Tatsache, daß Ken dein Sohn sein könnte, dazu benutztest, die Zärtlichkeit, die du für ihn hegst, aufs Mütterliche abzustellen, sie dir zum Heil im Mütterlichen anzusiedeln?«

Rosalie lächelte unter Tränen.

»Damit das rechte Einvernehmen herrsche zwischen Körper und Seele, nicht wahr?« spottete sie traurig. »Mein liebes Kind, wie ich deine Klugheit in Anspruch nehme, sie strapaziere und mißbrauche! Es ist nicht recht von mir, denn umsonst bemühe ich sie. Das Mütterliche – das ist ja denn auch wohl so etwas wie der Taunus... Rede ich nicht mehr ganz klar? Ich bin todmüde, da hast du recht. Hab Dank, Liebste, für deine Geduld, deine Teilnahme! Dank auch dafür, daß du Ken achtest um dessentwillen, was du meine Neigung nennst. Und hasse ihn nicht zugleich, wie ich dich hassen müßte, wenn du ihn vertriebest! Er ist das Mittel der Natur, an meiner Seele ihr Wunder zu tun.«

Anna verließ sie. Eine Woche verging, während welcher Ken Keaton zweimal bei Tümmlers zu Nacht aß. Das erste Mal war ein älteres Ehepaar aus Duisburg dabei, Verwandte Rosaliens: die Frau war eine Cousine von ihr. Anna, die wohl wußte, daß von gewissen Beziehungen und Gefühlsspannungen fast unabwendbar ein Fluidum von Auffälligkeit ausgeht gerade auf ganz Fernstehende, beobachtete die Gäste scharf. Sie sah die Cousine ein paarmal verwundert hin und her blicken zwischen Keaton und der Hausfrau, sah einmal sogar ein Lächeln im Schnurrbart des Mannes. An diesem Abend bemerkte sie auch eine Veränderung von Kens Verhalten zu ihrer Mutter, eine neckische Umstellung und Anpassung seiner Reaktionen, und daß er es nicht dulden wollte, wenn sie, mühsam genug, vorgab, sich nicht um ihn zu kümmern, sondern sie nötigte, sich ihm zuzuwenden. – Das andere Mal war sonst niemand zugegen. Frau von Tümmler verstand sich da zu einer skurrilen, ihrer Tochter zugedachten und von jenem Gespräch mit ihr inspirierten Aufführung, mit der sie gewisse Ratschläge Annas verspottete und zugleich aus der Travestie ihren Nutzen zog. Es hatte sich nämlich herausgestellt, daß Ken letzte Nacht ausgiebig gebummelt, mit ein paar guten Freunden, einem Mal-Eleven und zwei Fabrikantensöhnen, bis in den Morgen hinein eine Altbierreise getan hatte und mit einem gehörigen Brummschädel, einem hang-over ersten Ranges, wie Eduard sagte, der die Sache ausplauderte, zu Tümmlers gekommen war. Beim Abschied, als man einander gute Nacht sagte, sah Rosalie die Tochter einen Augenblick mit erregter Verschmitztheit an, ja, hielt zunächst noch den Blick auf sie gerichtet, während sie schon den jungen Mann am Ohrläppchen faßte und zu ihm sagte:

»Und du, Söhnchen, nimm von Mama Rosalie einen ernsten Verweis und laß dir sagen, daß ihr Haus nur Leuten von gesetzten Sitten und nicht Nachtvögeln und Bierinvaliden offensteht, die kaum noch imstande sind, Deutsch zu sprechen oder nur, aus den Augen zu sehen! Hast du's gehört, Taugenichts? Bessere dich! Wenn dich die bösen Buben locken, so folge ihnen nicht und verfahre fortan so wüst nicht mit deiner Gesundheit! Willst du dich bessern, dich bessern?« Immerfort zupfte sie ihn dabei am Ohrläppchen, und Ken gab dem leichten Zuge übertrieben nach, tat, als sei die Strafe wunder wie schmerzhaft und bog sich recht kläglich grimassierend unter ihrer Hand, wobei er seine hübschen, blanken Zähne entblößte. Sein Gesicht war ganz nahe dem ihren, und in dies nahe Gesicht hinein sagte sie noch:

»Denn tust du's wieder und besserst dich nicht, unartiges Söhnchen, so verweise ich dich aus der Stadt, weißt du das wohl? Ich schicke dich an einen stillen Ort im Taunus, wo zwar die Natur sehr schön ist, es aber keine Versuchungen gibt und du die Bauernkinder im Englischen unterrichten magst. Für diesmal nun schlaf deinen schwarzen Kater aus, Bösewicht!« Und sie ließ von seinem Ohr, nahm Abschied von der Nähe seines Gesichtes, sah Anna noch einmal mit bleicher Verschmitztheit an und ging.

Acht Tage später ereignete sich etwas Außerordentliches, das Anna von Tümmler im höchsten Grade erstaunte, ergriff und verwirrte – verwirrte insofern, als sie sich zwar für ihre Mutter darüber freute, dabei aber nicht recht wußte, ob sie es als ein Glück oder Unglück betrachten sollte. Sie wurde um zehn Uhr vormittags durch das Zimmermädchen zur gnädigen Frau gebeten. Da die kleine Familie getrennt frühstückte – Eduard zuerst, dann Anna, die Hausfrau zuletzt –, so hatte sie die Mutter heute noch nicht gesehen. Rosalie lag auf der Chaiselongue ihres Schlafzimmers, mit einer leichten Kaschmirdecke zugedeckt, bläßlich, aber mit gerötetem Näschen. Sie nickte der aufstampfend eintretenden Tochter mit einem Lächeln von etwas gezierter Mattigkeit zu, sagte aber nichts und ließ diese fragen:

»Was gibt es, Mama? Du bist doch nicht krank?«

»O nein, mein Kind, beunruhige dich nicht, das ist keine Krankheit. Ich war sehr versucht, statt dich rufen zu lassen, selbst zu dir hinüberzugehen und dich zu begrüßen. Aber ich bin etwas schonungsbedürftig, etwas darauf angewiesen, mich ruhig zu halten, wie wir Frauen es mitunter sind.«

»Mama! Wie soll ich deine Worte verstehen?«

Da richtete Rosalie sich auf, schlang die Arme um den Hals

der Tochter, wodurch sie sie zu sich niederzog, auf den Rand der Chaiselongue, und flüsterte, Wange an Wange mit ihr, an ihrem Ohr, schnell, selig, in einem Atem:

»Triumph, Anna, Triumph, es ist mir wiedergekehrt, mir wiedergekehrt nach so langer Unterbrechung, in voller Natürlichkeit und ganz wie es sich schickt für eine reife, lebendige Frau! Teures Kind, welches Wunder! Was tut die große, gute Natur für ein Wunder an mir und segnet damit meinen Glauben! Denn ich habe geglaubt, Anna, und nicht gelacht, dafür lohnt mir nun die gute Natur und nimmt zurück, was sie mit meinem Körper schon veranstaltet zu haben schien, sie erweist es als Irrtum und stellt die Harmonie wieder her zwischen Seele und Körper, aber auf andere Weise, als du wolltest, daß es geschähe. Nicht so, daß die Seele ergeben den Körper sein Werk an ihr tun und sich von ihm überführen läßt in den würdigen Matronenstand, sondern umgekehrt, umgekehrt, liebes Kind, so, daß die Seele sich als Meisterin erweist über den Körper. Beglückwünsche mich, Liebste, denn ich bin sehr glücklich! Bin ich doch wieder Weib, ein Vollmensch wieder, eine fähige Frau, darf mich würdig fühlen der Mannesjugend, die es mir angetan, und brauche vor ihr nicht mehr im Gefühl der Ohnmacht die Augen niederzuschlagen. Die Lebensrute, mit der sie mich schlug, hat nicht nur die Seele, hat auch den Körper getroffen und ihn wieder zum fließenden Brunnen gemacht. Küsse mich, mein vertrautes Kind, nenne mich glücklich, so glücklich wie ich es bin, und preise mit mir die Wundermacht der großen und guten Natur!«

Sie sank zurück, schloß die Augen und lächelte selbstgefällig, das Näschen hochrot.

»Liebe, süße Mama«, sagte Anna, zur Mitfreude willig genug und doch beklommenen Herzens, »das ist wirklich ein großes, rührendes Vorkommnis und ein Zeichen für die Prächtigkeit deiner Natur, die sich schon in der Frische deines Gefühls erwies und nun diesem auch noch solche Macht gewährt über dein Körperleben. Du siehst, ich finde mich ganz in deine Auffassung, daß, was dir körperlich widerfahren, das Produkt des Seelischen, deines jugendstarken Gefühles ist. Was ich auch je und je einmal gesagt haben mag über diese Dinge, – für so philiströs darfst du mich nicht halten, daß ich dem Seelischen alle Macht abstritte über das Körperliche und diesem allein das entscheidende Wort ließe in ihrer beider Verhältnis. Daß beide voneinander abhängig sind, soviel weiß ich auch von der Natur und ihrer Einheit. Wie sehr die Seele unterworfen sein mag den Zuständen des Körpers, – was sie ihrerseits auszurichten vermag an ihm, grenzt oft ans Wunderbare, und dein Beispiel dafür ist eines der prächtigsten. Und doch laß mich sagen: dies schöne, heitere Geschehnis, auf das du so stolz bist – und mit Recht, gewiß darfst du stolz darauf sein –, es will mir, wie ich nun einmal bin, einen solchen Eindruck nicht machen, wie dir. Ich finde, es ändert nicht viel, meine prächtige Mama, und erhöht nicht wesentlich meine Bewunderung für deine Natur – oder die Natur überhaupt. Ich Lahmfuß und alterndes Mädchen habe wohl Grund, aufs Körperliche nicht gar viel Gewicht zu legen. Deine Gefühlsfrische, im Widerspruch gerade zur Altersverfassung des Körpers, schien mir prächtig genug, Triumph genug – beinahe als ein reinerer Sieg des Seelischen erschien sie mir, als nun dies, daß die Unverwüstlichkeit deines Gemüts organisches Ereignis geworden.«

»Sei du lieber still, mein armes Kind. Was du meine Gefühlsfrische nennst, und woran du dich erlabt haben willst, das hast du mir mehr oder minder unumwunden als Narretei hingestellt, mit der ich mich lächerlich machte, und hast mir geraten, aufs mütterliche Altenteil mich zurückzuziehen, mein Gefühl abzustellen aufs Mütterliche. Ei, dazu wäre es denn doch zu früh gewesen, meinst du das nun nicht auch, Ännchen? Die Natur hat dagegen gesprochen. Sie hat mein Gefühl zu ihrer Sache gemacht und mich unmißverständlich bedeutet, daß es sich nicht zu schämen hat vor ihr und vor der blühenden Jugend, der es gilt. Und du meinst wirklich, das ändert nicht viel?«

»Was ich meine, du liebe, wunderbare Mama, ist nun einmal gewiß nicht, daß ich das Wort der Natur mißachtete. Es ist vor allem nicht, daß ich dir die Freude verkümmern möchte an ihrem Spruch. Du wirst das nicht glauben. Wenn ich meinte, das Geschehene ändere nicht viel, so bezog sich das auf die äußere Wirklichkeit, aufs Praktische sozusagen. Als ich dir riet, dir innig wünschte, du möchtest es über dich gewinnen, es möchte dir nicht einmal schwerfallen, dein Gefühl für den jungen Mann – verzeih, daß ich so kühl von ihm spreche – für unsern Freund Keaton also – einzufrieden ins Mütterliche, da stützte meine Hoffnung sich auf die Tatsache, daß er dein Sohn sein könnte. An dieser Tatsache, nicht wahr, hat sich doch nichts geändert, und sie wird nicht umhin können, das Verhältnis zwischen dir und ihm von beiden Seiten her, von deiner und auch von seiner her zu bestimmen.«

»Und auch von seiner. Du sprichst von beiden Seiten, meinst aber nur seine. Du glaubst nicht, daß er mich anders lieben könnte, als allenfalls wie ein Sohn?«

»Ich will das nicht sagen, liebste, beste Mama.«

»Wie könntest du es auch sagen, Anna, mein treues Kind! Bedenke, du hast das Recht nicht dazu, die nötige Autorität nicht in Liebesdingen. Du hast wenig Scharfblick auf diesem Gebiet, weil du früh resigniertest, mein Herz, und deine Augen wegwandtest von derlei Belangen. Das Geistige bot dir Ersatz fürs Natürliche, das ist gut, wohl dir, es ist schön. Aber wie willst du urteilen und mich verurteilen zur Hoffnungslosigkeit? Du hast keine Beobachtung und siehst nicht, was ich sehe, fängst die Zeichen nicht auf, die mir dafür sprechen, daß sein Gefühl bereit ist, dem meinen entgegenzukommen. Willst du behaupten, daß er in solchen Augenblicken nur sein Spiel mit mir treibt? Hältst du ihn lieber für frech und herzlos, als daß du mir Hoffnung gönntest auf das Einstimmen seines Gefühls in meines? Was wäre so Wunderbares daran? Bei all deiner Distanz zum Liebesleben wird dir nicht unbekannt sein, daß junge Leute sehr oft eine gereifte Weiblichkeit der unerfahrenen Jugend, dem blöden Gänschentyp vorziehen. Da mag wohl ein Heimverlangen nach der Mutter im Spiele sein – wie umgekehrt mütterliche Gefühle mit einfließen mögen in die Leidenschaft einer Frau von Jahren für einen jungen Mann. Wem sag' ich es? Mir ist doch ganz, als hättest du kürzlich selbst gesprächsweise Verwandtes geäußert.«

»Wirklich? Jedenfalls hast du recht, Mama. Ich gebe dir überhaupt recht in allem, was du sagst.«

»Dann darfst du mich nicht hoffnungslos nennen, heute dazu, wo die Natur sich zu meinem Gefühl bekannt hat. Du darfst es nicht, trotz meinen grauen Haaren, auf die du, wie mir scheint, die Augen richtest. Ja, ich bin leider recht grau. Es war ein Fehler, daß ich nicht längst begonnen habe, mir das Haar zu färben. Jetzt kann ich nicht plötzlich damit anfangen, obgleich die Natur mich gewissermaßen dazu ermächtigt hat. Aber für mein Gesicht kann ich einiges tun, nicht nur durch Massage, sondern auch durch die Verwendung von etwas Rouge. Ihr Kinder werdet doch keinen Anstoß daran nehmen?«

»Wie sollten wir, Mama. Eduard merkt es gar nicht, wenn du nur einigermaßen diskret dabei zu Werke gehst. Und ich... finde zwar, daß das Künstliche zu deinem Natursinn nicht recht passen will, aber es ist ja gewiß keine Sünde gegen die Natur, ihr auf so gebräuchliche Weise nachzuhelfen.«

»Nicht wahr? Und es gilt doch, zu verhindern, daß in Kens Gefühlen der Hang zum Mütterlichen eine zu große, eine überwiegende Rolle spielt. Das wäre gegen meine Hoffnung. Ja, liebes, treues Kind, dies Herz – ich weiß, du sprichst und hörst nicht gern vom ›Herzen‹ – aber mein Herz ist geschwellt von Stolz und Freude, von dem Gedanken, wie so ganz anders ich seiner Jugend begegnen werde, mit wie anderem Selbstvertrauen. Geschwellt ist das Herz deiner Mutter von Hoffnung auf Glück und Leben!«

»Wie schön, liebste Mama! Und wie reizend von dir, daß du mich teilnehmen läßt an deiner Beglückung! Ich teile sie, teile sie von Herzen, du wirst daran nicht zweifeln, auch nicht, wenn ich sage, daß etwas Sorge sich in meine Mitfreude mischt, – das sieht mir ähnlich, nicht wahr? – etwas Bedenklichkeit –, praktische Bedenklichkeit, um das Wort zu wiederholen, das ich statt eines besseren schon einmal gebrauchte. Du sprichst von deiner Hoffnung und allem, was dich dazu berechtigt – ich finde, es ist vor allem ganz einfach deine liebenswürdige Person. Aber du unterläßt es, diese Hoffnung näher zu bestimmen und mir zu sagen, worauf sie zielt, worauf sie in der Wirklichkeit des Lebens hinauswill. Hast du die Absicht, dich wieder zu verheiraten? Ken Keaton zu unserem Stiefvater zu machen? Mit ihm vor den Traualtar zu treten? Es mag feig von mir sein, aber da der Unterschied euerer Jahre dem zwischen Mutter und Sohn gleichkommt, fürchte ich etwas das Befremden, das dieser Schritt erregen würde.«

Frau von Tümmler sah ihre Tochter groß an.

»Nein«, antwortete sie, »dieser Gedanke ist mir neu, und wenn es dich beruhigt, kann ich dich versichern, daß er mir auch fremd ist. Nein, Anna, närrisches Ding, ich habe nicht vor, euch einen vierundzwanzigjährigen Stiefvater zu geben. Wie sonderbar von dir, so starr und fromm von ›Traualtar‹ zu sprechen!«

Anna schwieg, die Augen mit einem Nicken der Lider an ihrer Mutter vorbei ins Leere gerichtet.

»Die Hoffnung«, sagte diese, »wer will sie bestimmen, wie du es verlangst? Die Hoffnung ist die Hoffnung, wie willst du, daß sie sich selbst, wie du es nennst, nach praktischen Zielen frage? Was die Natur an mir getan hat, ist so schön – nur Schönes kann ich davon erwarten, dir aber nicht sagen, wie ich mir denke, daß es kommen, wie sich verwirklichen und wohin führen wird. Das ist die Hoffnung. Sie denkt überhaupt nicht – am wenigsten an den Traualtar.«

Annas Lippen waren leicht verpreßt. Zwischen ihnen äußerte sie leise, wie unwillkürlich und mit Widerstreben:

»Der wäre ein relativ vernünftiger Gedanke.«

Mit Bestürzung betrachtete Frau von Tümmler die Lahme, die sie nicht ansah, und suchte in ihren Zügen zu lesen.

»Anna!« rief sie gedämpft. »Wie denkst du und wie verhältst du dich? Laß mich gestehen, daß ich dich gar nicht wiedererkenne! Sage, wer ist denn die Künstlerin von uns beiden, – ich oder du? Nie hätte ich gedacht, daß du an Vorurteilslosigkeit so hinter deiner Mutter zurückstehen könntest – und nicht bloß hinter der, sondern auch hinter der Zeit und ihren freieren Sitten! In deiner Kunst bist du so fortgeschritten und betreibst das Allerneueste, so daß ein Mensch von meinem schlichten Verstande mit Mühe nur folgen kann. Aber moralisch scheinst du weiß Gott wann zu leben, Anno dazumal, vor dem Kriege. Wir haben doch jetzt die Republik, wir haben die Freiheit, und die Begriffe haben sich sehr verändert zum Légèren, Gelockerten hin, das zeigt sich in allen Stücken. So ist es jetzt unter den jungen Leuten guter Ton, daß sie das Taschentuch, von dem früher immer nur ein Eckchen in der Brusttasche sichtbar war, lang heraushängen lassen, – wie eine Fahne lassen sie es heraushängen, das halbe Taschentuch, – ganz deutlich ist darin ein Zeichen und sogar eine bewußte Kundgebung republikanischer Auflockerung der Sitten zu erkennen. Auch Eduard läßt so nach der Mode sein Taschentuch hängen, und ich sehe es mit einem gewissen Vergnügen.«

»Du beobachtest sehr hübsch, Mama. Aber ich glaube, dein Taschentuchsymbol ist in Eduards Fall nicht sehr persönlich zu nehmen. Du selbst sagst oft, der junge Mann – ein solcher ist er nachgerade ja schon – habe viel von unserem Vater, dem Oberstleutnant. Es ist im Moment vielleicht nicht ganz taktvoll, daß ich Papas Person in unser Gespräch und in unsere Gedanken bringe. Und doch –«

»Anna, euer Vater war ein vorzüglicher Offizier und ist auf dem Felde der Ehre gefallen, aber ein Junker Leichtfuß war er und ein Mann der Seitensprünge bis ganz zuletzt, das schlagendste Beispiel für die ungenaue Umgrenztheit des männlichen Geschlechtslebens, und unaufhörlich habe ich seinetwegen beide Augen zudrücken müssen. Ich kann es darum nicht als besondere Taktlosigkeit empfinden, daß du auf ihn die Rede bringst.«

»Desto besser, Mama, – wenn ich so sagen darf. Aber Papa war Edelmann und Offizier und lebte bei alldem, was du seine Leichtfüßigkeit nennst, in bestimmten Ehrbegriffen, die mich nicht viel angehen, von denen aber, glaube ich, auf Eduard manches gekommen ist. Nicht nur äußerlich, nach Figur und Gesichtszügen, sieht er dem Vater ähnlich. Unter gewissen Umständen würde er unwillkürlich reagieren wie er.«

»Das heißt – unter was für Umständen?«

»Liebe Mama, laß mich ganz offen sein, wie wir es immer gegeneinander waren! Es ist sehr wohl denkbar, daß Beziehungen, wie sie dir zwischen Ken Keaton und dir vorschweben, völlig in Dunkel gehüllt, der Gesellschaft ganz unbekannt bleiben können. Allerdings habe ich meine Zweifel, ob das bei deiner reizenden Impulsivität, deiner liebenswerten Unfähigkeit, dich zu verstellen und aus deinem Herzen eine Mördergrube zu machen, so ganz gelingen würde. Laß irgendeinen Frechling unserem Eduard spöttische Andeutungen machen, ihm zu verstehen geben, man wisse, daß seine Mutter – nun, wie sagt man – einen leichten Lebenswandel führe, und er würde zuschlagen, er würde den Burschen ohrfeigen, und wer weiß, was für polizeiwidrige Dummheiten gefährlicher Art sich aus seiner Ritterlichkeit ergeben würden.«

»Um Gottes willen, Anna, was denkst du dir aus! Du ängstigst mich! Ich weiß, du tust es aus Fürsorge, aber grausam ist sie, deine Fürsorge, grausam wie Kinderurteil über die Mutter...«

Rosalie weinte etwas. Anna war ihr behilflich beim Trocknen ihrer Tränen, indem sie ihr liebevoll die Hand führte, in der sie das Tüchlein hielt.

»Liebste, beste Mama, verzeih! Wie ungern tu' ich dir weh! Aber du – sprich nicht von Kinderurteil! Meinst du, ich würde nicht – nein, nicht mit Duldsamkeit, das klingt schon überheblich – sondern mit Ehrerbietung und zartester Rücksicht dem zusehen, was du nun einmal für dein Glück erachtest? Und Eduard – ich weiß kaum, wie ich auf ihn kam, – nur durch sein republikanisches Taschentuch. Nicht von uns ist die Rede, noch auch nur von den Leuten. Sondern von dir, Mama. Sieh, du nanntest dich vorurteilslos. Aber bist du es wirklich? Wir sprachen von Papa und von gewissen überkommenen Begriffen, in denen er lebte, und gegen die seines Wissens die Seitensprünge nicht verstießen, mit denen er dich betrübte. Daß du sie ihm immer wieder verzeihst, kam daher – mache dir das doch klar –, daß du im Grunde derselben Meinung warst, – des Wissens nämlich, daß sie mit eigentlicher Libertinage nichts zu tun hatten. Für die war er nicht geboren und geistig nicht auf sie eingerichtet. Auch du bist das nicht, – höchstens ich, als Künstlerin, bin da aus der Art geschlagen, aber ich bin nun wieder auf andere Weise ungeeignet, von meiner Emanzipation und moralischen Deklassiertheit Gebrauch zu machen.«

»Mein armes Kind«, unterbrach sie Frau von Tümmler, »sprich nicht so traurig von dir!«

»Als ob ich überhaupt von mir spräche«, erwiderte Anna. »Von dir, von dir spreche ich und sorge mich innig um dich. Für dich wäre wirklich Libertinage, was für Papa, den Lebemann, nur Flottheit ganz ohne Widerspruch gegen sich selbst noch gegen das gesellschaftliche Urteil war. Harmonie zwischen Körper und Seele, das ist gewiß eine gute, unentbehrliche Sache, und du bist stolz und glücklich, weil die Natur, deine Natur, dich auf fast wunderbare Weise damit beschenkt hat. Aber Harmonie zwischen Leben und angeborener sittlicher Überzeugung, die ist am Ende noch unentbehrlicher, und wo sie zerrissen ist, da kann nur Zerrissenheit des Gemüts und das heißt: Unglück herauskommen. Ahnt dir nicht, daß das wahr ist? Daß du gegen dich selbst leben würdest, wenn du zu Wirklichkeit machtest, wovon du träumst? Im Grunde bist du, so gut wie Papa es war, an bestimmte Begriffe gebunden, und die Zerstörung dieser Bindung käme der Zerstörung gleich deiner selbst... Ich sage es, wie ich es mit Bangigkeit fühle. Warum kommt mir wieder dies Wort auf die Lippen: Zerstörung? Ich weiß, ich habe es in Ängsten schon einmal gebraucht, und empfunden hab ich es mehr als einmal. Warum muß mir immer zumute sein, als ob diese ganze Heimsuchung, deren beglücktes Opfer du bist, etwas mit Zerstörung zu tun hätte? Ich will dir ein Geständnis machen. Neulich, vor ein paar Wochen, nach unserer Unterredung beim Tee, spät abends bei mir, als du so sehr erregt warst, da war ich versucht, mit Dr. Oberloskamp, der Eduard behandelte, als er die Gelbsucht hatte, und mich einmal, als ich vor Halsentzündung nicht schlucken konnte – du brauchst ja nie einen Arzt –, mit ihm also war ich damals versucht, über dich zu sprechen und über alles, was du mir anvertraut, nur um mir deinetwegen Beruhigung von ihm zu holen. Aber ich verbot es mir dann, sehr bald verbot ich es mir, aus Stolz, Mama, das wirst du verstehen, aus Stolz auf dich und für dich, und weil es mir erniedrigend schien, dein Erleben so einem Medizinmann auszuliefern, bei dem es mit Gottes Hilfe reicht für Gelbsucht und Halsentzündung, aber doch nicht für tieferes Menschenleid. Ich bin der Meinung, daß es Krankheiten gibt, die für den Doktor zu gut sind.«

»Für beides bin ich dir dankbar, mein liebes Kind«, sagte Rosalie, »für die Sorge, die dich trieb, mit Oberloskamp über mich zu reden, und dafür, daß du die Regung verwarfst. Wie willst du denn auch, was du meine Heimsuchung nennst, das Ostern meiner Weiblichkeit und was die Seele an meinem Körper getan, auch nur aufs loseste in Verbindung bringen mit dem Begriff der Krankheit? Ist Glück – Krankheit? Leichtfertigkeit ist es freilich auch nicht, sondern Leben, Leben in Wonne und Leid, und Leben ist Hoffnung, – die Hoffnung, über die ich deiner Vernunft keine Auskunft geben kann.«

»Ich verlange keine von dir, liebste Mama.«

»So geh, mein Kind. Laß mich ruhen. Du weißt, ein wenig stille Zurückgezogenheit empfiehlt sich uns Frauen an solchen Ehrentagen.«

Anna küßte die Mutter und verließ aufstampfend das Schlafzimmer. Beide Frauen hingen für sich dem eben gepflogenen Gespräche nach. Anna hatte nicht alles gesagt, noch sagen können, was sie auf dem Herzen hatte. Wie lange, zweifelte sie, würde bei der Mutter, was sie als das ›Ostern ihrer Weiblichkeit‹ pries, diese rührende Wiederbelebung, denn vorhalten? Und Ken, wenn er – es war ganz wahrscheinlich – sich ihr ergab, – wie lange vorhalten würde auch das, wie würde die spät Liebende beständig vor jeder Jüngeren zu zittern haben, wie sehr, vom ersten Tage an, um seine Treue, um seine Achtung sogar? Nur gut noch, daß sie das Glück nicht als Lust und Freude begriff, sondern als Leben mit seinem Leid. Denn viel Leid sah Anna bangend voraus bei dem, was die Mutter erträumte.

Frau Rosalie ihrerseits war von den Vorhaltungen der Tochter tiefer beeindruckt, als sie sich hatte merken lassen. Nicht so sehr von dem Gedanken, daß Eduard unter Umständen für ihre Ehre sein junges Leben möchte in die Schanze zu schlagen haben, – die romantische Vorstellung, obgleich sie darüber geweint hatte, ließ ihr Herz eher höher schlagen. Aber was Anna von Zweifeln an ihrer ›Vorurteilslosigkeit‹, von Libertinage und der unentbehrlichen Harmonie zwischen Leben und sittlicher Überzeugung geäußert hatte, beschäftigte die gute Seele angestrengt während ihres Ruhetages, und nicht konnte sie umhin, diesen Zweifeln Berechtigung, den töchterlichen Vorstellungen ein gut Teil Wahrheit zuzuerkennen. Zwar konnte sie ebensowenig die innigste Freude unterdrücken auf das Wiedersehen mit dem jungen Geliebten unter so neuen Umständen. Aber dem Wort der klugen Tochter von einem Gegen-sich-selbst-Leben, dem hing sie grübelnd nach, und woran ihre Seele arbeitete, war, den Gedanken der Entsagung in den des Glücks aufzunehmen. Ja, konnte Entsagung nicht selber Glück sein, wenn sie kein klägliches Müssen war, sondern in Freiheit und in dem Bewußtsein der Ebenbürtigkeit geübt wurde? Rosalie kam zu dem Schluß, daß dem so sein könne.

Ken stellte sich drei Tage nach ihrer großen physiologischen Tröstung wieder bei Tümmlers ein, las und sprach englisch mit Eduard und blieb zur Abendmahlzeit. Die Beglückung durch den Anblick seines netten Jungengesichts, seiner hübschen Zähne, seiner breiten Schultern und schmalen Hüften leuchtete Rosalien aus den lieben Augen, und dieser lebendige Glanz rechtfertigte, so konnte man sagen, die Aufhöhung ihrer Wangen durch etwas künstliches Rot, ohne welches in der Tat die Blässe ihres Gesichts in Widerspruch gestanden haben würde zu jenem frohen Feuer. Sie hatte eine Art, bei der Begrüßung, diesmal und dann jedesmal, wenn Keaton kam, alle acht Tage, seine Hand zu nehmen, durch eine ziehende Bewegung seine Person der ihren nahe zu bringen und ihm dabei ernst, leuchtend und bedeutsam in die Augen zu blicken, daß Anna den Eindruck hatte, sie habe die größte Lust und sei geradezu im Begriffe, dem jungen Mann die Erfahrung bekannt zu geben, die sie mit ihrer Natur gemacht. Absurde Befürchtung! Selbstverständlich geschah es nicht, und im Verlauf des Abends dann war das Verhalten der Hausfrau zu dem jungen Gast von einer heiter gefestigten Güte, die sowohl die falsche Mütterlichkeit, mit der sie der Tochter damals einen Streich gespielt, wie auch alle Scham- und Zaghaftigkeit, alle peinigende Demut, die es zeitweise entstellt hatten, angenehm vermissen ließ.

Keaton, dem längst zu seinem Vergnügen klar geworden war, daß er, wie er da war, an dieser grauhaarigen, aber reizvollen Europäerin eine Eroberung gemacht hatte, wurde nicht recht klug aus der Veränderung ihres Wesens. Sein Respekt vor ihr, wie sich begreifen läßt, war gesunken durch das Gewahrwerden ihrer Schwäche; die aber hatte es seiner Männlichkeit auch wieder erregend angetan; seine Schlichtheit fühlte sich zu der ihren sympathisch hingezogen, und er fand, daß so prächtige, jugendlich dreinschauende Augen wohl aufkämen für fünfzig Jahre und alternde Hände. Der Gedanke, ein Liebesverhältnis mit ihr anzufangen, wie er es eine Zeitlang – nicht gerade mit Amélie Lützenkirchen oder Louise Pfingsten, aber mit einer anderen Frau der Gesellschaft, auf die Rosalie gar nicht verfallen war – unterhalten hatte, war ihm keineswegs unvertraut, und wie Anna beobachtete, hatte er begonnen, den Ton, in dem er mit der Mutter seines Schülers verkehrte, wenigstens dann und wann aufs Schäkernd-Herausfordernde zu stellen.

Das wollte dem Guten nun gar nicht mehr recht gedeihen. Trotz dem Händedruck zu Anfang jeder Begegnung, bei dem sie ihn dicht an sich heranzog, so daß ihre Körper sich fast berührten, und trotz dem nahen und tiefen Blick in seine Augen, stieß er bei solchen Experimenten auf eine freundliche, aber entschiedene Würde, die ihn in seine Schranken wies, nichts von dem aufkommen ließ, was er aufkommen zu lassen versuchte, und sein Verhalten sofort zur Unterwürfigkeit ernüchterte. Einleuchten wollte ihm diese wiederholte Erfahrung nicht. Ist sie verliebt in mich oder nicht, fragte er sich und schob die Zurück- und Zurechtweisung auf die Gegenwart ihrer Kinder, der Lahmen und des Primaners. Aber es ging ihm nicht anders, wenn es sich traf, daß er in einem Salonwinkel für einige Zeit mit ihr unter vier Augen war, – und nicht anders, wenn er dann seinen kleinen Vorstößen keinen neckischen, sondern einen ernsthaft zärtlichen und drängenden, sozusagen leidenschaftlichen Charakter verlieh. Er unternahm es einmal, sie mit seinem nicht gerollten Gaumen-R, das alle so gern hörten, in heißerem Tone »Rosalie« zu nennen, was, nur als Anrede genommen, nach seinen heimischen Begriffen nicht einmal eine besondere Kühnheit war. Aber, war sie auch einen Augenblick glühend errötet, so hatte sie sich doch fast sofort erhoben, war fortgegangen und hatte ihm diesen Abend weder Wort noch Blick mehr gewährt.

Der Winter, der sich wenig grimm erwiesen, kaum Frost und Schnee und nur desto mehr Regen gebracht hatte, ging dieses Jahr auch noch früh zu Ende. Schon im Februar gab es sonnig durchwärmte Tage, die Frühling atmeten. Winzige Blattknospen wagten sich da und dort am Gesträuch hervor. Rosalie, die die Schneeglöckchen ihres Gartens mit Liebe begrüßt hatte, konnte sich früher als sonst, fast vorzeitig, am Märzenbecher – dann gleich auch am kurzgestielten Krokus erfreuen, der überall in den Vorgärten der Villen und im Hofgarten sproß, und vor dem die Spaziergänger stehenblieben, um ihn einander zu zeigen und sich an seinem bunten Gedränge zu weiden.

»Ist es nicht merkwürdig«, sagte Frau von Tümmler zu ihrer Tochter, »wie er der Herbstzeitlose gleicht? Es ist ja so gut wie dieselbe Blume! Ende und Anfang – man könnte sie verwechseln, so ähneln sie einander, – könnte sich in den Herbst zurückversetzt meinen beim Anblick des Krokus und an Frühling glauben, wenn man die Abschiedsblume sieht.«

»Ja, eine kleine Verwirrung«, antwortete Anna. »Deine alte Freundin, Mutter Natur, hat wohl überhaupt eine anmutige Neigung zur Zweideutigkeit und Mystifikation.«

»Gleich hast du spitze Worte gegen sie auf der Zunge, böses Kind, und wo ich mich verwundere, da spöttelst du. Laß gut sein, du wirst mir mein zärtlich Verhältnis zu ihr, der lieben Natur, nicht wegspotten – am wenigsten jetzt, wo sie im Begriffe ist, meine Jahreszeit heraufzubringen, – ich nenne sie mein, weil doch die Jahreszeit unsrer Geburt uns besonders verwandt ist, und wir sind es ihr. Du bist ein Adventskind und kannst also wahrhaftig sagen, daß deine Ankunft in einem guten Zeichen stand – schon fast in dem des lieben Weihnachtsfestes. Du mußt dich sympathisch angesprochen fühlen von dieser wohl frostigen, aber dem Gedanken nach doch so freudig erwärmten Periode. Denn wirklich, sympathische Beziehungen sind es nach meiner Erfahrung, in denen wir stehen zu der Jahreszeit, die uns hervorbrachte. Ihre Wiederkehr hat etwas Bestätigendes und Bekräftigendes für unser Leben, etwas Erneuerndes, wie denn also für mich der Frühling es hat, – nicht weil es eben der Frühling ist, oder der Lenz, wie es in Gedichten heißt, eine allgemein beliebte Saison, sondern weil ich persönlich ihm zugehöre und mir ist, als lächelte er ganz persönlich mir zu.«

»Er tut es gewiß, liebste Mama«, erwiderte die Winterliche. »Und sei nur versichert, daß mir dazu kein einziges spitzes Wort auf die Zunge kommen wird!«

Es ist aber zu sagen, daß der Lebensauftrieb, den Rosalie von dem Nahen und Sichentfalten ›ihrer‹ Jahreszeit zu empfangen gewohnt war – oder gewohnt zu sein glaubte –, gerade als sie so sprach, sich nicht recht bewähren wollte. Fast war es, als ob die moralischen Vorsätze, die das Gespräch mit der Tochter ihr eingegeben, und an denen sie so getreulich festhielt, ihr gegen die Natur gingen, als ob sie auch damit oder gerade damit ›gegen sich lebte‹. Ganz dies war der Eindruck, den Anna gewann, und das lahmende Mädchen machte sich Vorwürfe, weil sie die Mutter zu einer Enthaltsamkeit überredet hatte, auf die ihre eigene freie Weltansicht gar nicht bestand, sondern die ihr eben nur für die Seelenruhe der lieben Frau als notwendig erschienen war. Etwas mehr noch: sie verdächtigte sich uneingestandener schlechter Motive. Sie fragte sich, ob sie, die Sinnenglück einmal gramvoll ersehnt, aber nie gekannt hatte, es nicht der Mutter heimlich mißgönnt und sie darum mit allerlei erklügelten Argumenten zur Sittsamkeit angehalten hatte. Nein, sie konnte das nicht von sich glauben, und doch bekümmerte und belastete, was sie sah, ihr Gewissen.

Sie sah, daß Rosalie auf ihren doch so geliebten Spaziergängen rasch ermüdete und daß sie es war, die, zuweilen unter dem Vorwand irgendeines häuslichen Geschäftes, nach einer halben Stunde schon, oder früher, auf Heimkehr drang. Sie ruhte viel, verlor aber trotz eingeschränkter Bewegung an Körpergewicht, und Anna beobachtete sorgenvoll die Magerkeit ihrer Unterarme, wenn diese einmal vom Kleide frei waren. Man hätte sie neuestens nicht mehr nach dem Jungbrunnen gefragt, aus dem sie getrunken haben müsse. Es sah nicht gut aus unter ihren Augen, bläulich-müde, und das Wangenrot, das sie dem jungen Mann zuliebe und zu Ehren ihrer wiedergewonnenen Vollweiblichkeit auflegte, täuschte schlecht über die gelbliche Blässe ihrer Gesichtsfarbe. Da sie aber Erkundigungen nach ihrem Befinden heiter-wegwerfend mit einem »Was willst du, es geht mir gut« beantwortete, so nahm Fräulein von Tümmler Abstand von dem Gedanken, Dr. Oberloskamp mit der rückgängigen Gesundheit ihrer Mutter zu befassen. Nicht nur Schuldgefühl, auch Pietät wirkte mit bei diesem Verzicht, – dieselbe, die sie in das Wort gefaßt hatte, es gebe Krankheiten, die für den Doktor zu schade seien.

Desto froher war Anna über die Unternehmungslust, das Zutrauen zu ihren Kräften, wie Rosalie sie bei einer kleinen Verabredung an den Tag legte, die eines Abends beim Wein zwischen ihr, ihren Kindern und Ken Keaton, der gerade anwesend war, getroffen wurde. Damals war noch kein voller Monat seit jener wunderbarlichen Mitteilung vergangen, zu der Anna ins Schlafzimmer der Mutter gerufen worden war. Rosalie war lieb und munter wie in alten Tagen an diesem Abend und konnte als Anregerin des Ausflugs gelten, auf den man sich einigte, – wenn man nicht Keaton das Verdienst daran zuschreiben wollte, da er durch historisierende Plauderei zu dem Gedanken hingeführt hatte. Er hatte von allerlei Schlössern und Burgen im Bergischen Land gesprochen, die er vormals aufgesucht, von der Burg an der Wupper, von Bensberg, Ehreshoven, Gimborn, Homburg und Krottorf und fiel dann auf den Kurfürsten Carl Theodor, der im achtzehnten Jahrhundert die Hofhaltung weg von Düsseldorf, nach Schwetzingen, sodann nach München verlegt hatte – kein Hindernis für seinen Statthalter, einen Grafen Goltstein, unterdessen hier allerlei Gärtnerisch-Bauliches von Bedeutung zu unternehmen und auszurichten: Unter ihm war die kurfürstliche Kunstakademie, die erste Anlage zum Hofgarten entstanden, Schloß Jägerhof erbaut worden – und, fügte Eduard hinzu, seines Wissens in denselben Jahren auch das etwas entlegenere Schloß Holterhof beim gleichnamigen Dorfe südlich der Stadt. Natürlich, auch Holterhof, bestätigte Keaton, mußte dann aber zu seiner eigenen Verwunderung bekennen, daß er gerade dies Erzeugnis des späten Rokoko nie mit Augen gesehen, noch auch nur den zugehörigen, bis zum Rhein sich hinziehenden Park, berühmt wie er war, je besucht habe. Frau von Tümmler und Anna hatten sich dort wohl ein und das andere Mal ergangen, waren aber, wie übrigens auch Eduard, nie dazu gekommen, das Innere des reizend placierten Schlosses zu besichtigen.

»Wat et nit all jibt!« sagte die Hausfrau lustig mißbilligend. Es war immer ein Zeichen von Frohmut und Behagen, wenn sie dem Dialekt huldigte. Schöne Düsseldorfer, setzte sie hinzu, seien sie alle vier! Der eine sei überhaupt noch nicht dort gewesen, und die anderen hätten die Räumlichkeiten dieses Bijous von Schloß nicht gesehen, durch die doch jeder Fremde sich führen lasse. »Kinder«, rief sie, »so geht es nicht weiter und darf dabei nicht sein Bewenden haben. Auf zum Ausflug nach Holterhof, wie wir da beisammen sind, gleich in den nächsten Tagen! Es ist so schön jetzt, die Jahreszeit so reizend, und das Barometer steht auf Beständig. Im Park wird es sprießen, er mag in seiner Frühlingsverfassung lieblicher sein, als zur Zeit der Sommerschwüle, als Anna und ich dort spazierten. Ich habe plötzlich geradezu Sehnsucht nach den schwarzen Schwänen, die auf dem Wassergraben im Park – du erinnerst dich, Anna – mit ihren roten Schnäbeln und Ruderfüßen so melancholisch hochmütig dahinglitten. Wie sie ihren Appetit in Herablassung zu kleiden wußten, als wir sie fütterten! Wir wollen Weißbrot mitnehmen für sie... Wartet, heute ist Freitag – am Sonntag wollen wir fahren, ist das abgemacht? Nur der kommt ja für Eduard in Betracht und für Mr. Keaton wohl auch. Zwar werden am Sonntag viele Leut' unterwegs sein, aber mir macht das nichts, ich mische mich gern unters geputzte Volk und genieße mit den Genießenden, bin gern dabei, wo wat jefällig ist – bei Volksfesten draußen vor Oberkassel, wenn es nach Schmalzgebackenem riecht, die Kinder rote Zuckerstangen lutschen und vor einer Zirkusbude so abenteuerlich ordinäre Leute klingeln, tuten und schreien. Das finde ich wundervoll. Anna denkt da anders. Sie findet es traurig. Doch, Anna, das tust du und bist mehr für die vornehme Traurigkeit des schwarzen Schwanenpaars auf dem Wassergraben... Da fällt mir ein, Kinder, wir wollen zu Wasser fahren! Die Überlandfahrt mit der Elektrischen ist ohnehin langweilig. Kein bißchen Wald und kaum freies Feld. Auf dem Wasser ist's lustiger, der Vater Rhein soll uns tragen. Eduard, würdest du dich nach dem Fahrplan der Dampfschiffahrtsgesellschaft umtun? Oder wart, wenn wir's fein machen wollen, so leisten wir's uns und mieten ein Privat-Motorboot für die Fahrt rheinauf. Da sind wir unter uns wie die schwarzen Schwäne... Fragt sich nur, ob wir vor- oder nachmittags losgondeln wollen.«

Man war für den Vormittag. Eduard glaubte zu wissen, daß das Schloß ohnehin nur wenige Stunden in den Nachmittag hinein der Besichtigung offenstehe. Am Sonntagmorgen also. Unter Rosaliens energischem Antrieb war die Abmachung schnell und fest getroffen. Es war Keaton, der mit dem Chartern des Motorbootes beauftragt wurde. Bei der Pegeluhr, am Rathausufer, der Abfahrtsstelle, wollte man sich früh neun Uhr am übernächsten Tage zusammenfinden.

So geschah es. Der Morgen war sonnig und etwas windig. Am Quai staute sich viel unternehmendes Publikum, das mit Kindern und Fahrrädern den Zutritt zu einem der weißen Dampfer der Köln-Düsseldorfer Schiffahrtslinie erwartete. Für Tümmlers und ihren Begleiter lag das gemietete Motorboot bereit. Sein Führer, ein Mann mit Ringen in den Ohrläppchen, rasierter Oberlippe und einem rötlichen Schifferbart unterm Kinn, half den Damen beim Einsteigen. Man fuhr ab, kaum daß die Gäste auf der Rundbank unter dem auf Stangen ruhenden Verdeck Platz genommen. Das Boot hielt gutes Tempo gegen die Strömung der breiten Wasser, deren Ufer übrigens voller Nüchternheit waren. Der alte Schloßturm, der krumme Turm der Lambertuskirche, die Hafenanlagen der Stadt blieben zurück. Mehr ihresgleichen erschien hinter der nächsten Schleife des Stromes, Lagerschuppen, Fabrikgebäude. Nach und nach wurde es ländlich hinter den vom Ufer in den Fluß hineinragenden Steinmolen. Ortschaften, alte Fischerdörfer, deren Namen Eduard und auch Keaton wußten, lagen im Schutz der Deiche vor flacher Landschaft aus Wiesen, Feldern, Weidenbüschen und Tümpeln. So würde es bleiben, wie oft auch der Strom sich wand, wohl anderthalb Stunden lang, bis zu ihrem Ziel. Aber wie gut, rief Rosalie, hätten sie doch getan, sich für das Boot zu entscheiden, statt den Weg auf greulichen Vorstadtstraßen in einem Bruchteil der Zeit zurückzulegen! Sie schien den elementaren Reiz der Wasserfahrt von Herzen zu genießen. Die Augen geschlossen, sang sie mit halber Stimme irgend etwas Freudiges in den zuweilen fast stürmischen Wind hinein: »O Wasserwind, ich liebe dich; liebst du mich auch, du Wasserwind?« Ihr verschmälertes Gesicht war sehr lieblich unter dem Filzhütchen mit der Feder darauf, und der grau und rot karierte Mantel aus leichtem Wollstoff, mit Umlegekragen, den sie trug, kleidete sie vorzüglich. Auch Anna und Eduard hatten sich für die Fahrt mit Mänteln versehen, und nur Keaton, der zwischen Mutter und Tochter saß, begnügte sich mit einem grauwollenen Sweater unter seiner Flausjacke. Das Taschentuch hing ihm lang aus der Brusttasche, und mit einer plötzlichen Wendung, die Augen auf einmal offen, stopfte Rosalie es ihm tief in die Tasche hinein.

»Sittsam, sittsam, junger Mann!« sagte sie mit ehrbar verweisendem Kopfschütteln.

Er lächelte: »Thank you« und wollte dann wissen, was für ein song das gewesen sei, den man eben von ihr gehört.

»Song?« fragte sie, »habe ich denn gesungen? Das war ein

Singsang und kein song.« Und schon schloß sie wieder die Augen und summte mit kaum bewegten Lippen: »Du Wasserwind, wie lieb' ich dich!«

Dann plauderte sie im Geräusch des Motors und oft gezwungen, ihr Hütchen festzuhalten, das ihr der Wind vom noch reichen, gewellten grauen Haar reißen wollte, – ließ sich darüber aus, wie es weitergehen könnte mit der Rheinfahrt über Holterhof hinaus nach Leverkusen und Köln und weiter von da über Bonn nach Godesberg und Bad Honnef zu Füßen des Siebengebirges. Dort sei es hübsch, in Weinbergen und Obstpflanzungen liege der schmucke Kurort am Rhein, und einen alkalischen Säuerling gebe es da, sehr gut gegen Rheumatismus. Anna sah ihre Mutter an. Sie wußte, daß diese jetzt zuweilen an Kreuzschmerzen litt, und hatte gelegentlich mit ihr einen Kuraufenthalt in Godesberg oder Honnef für den Frühsommer ins Auge gefaßt. Das ein wenig kurzatmige Geplauder in den Wind hinein über den guten Säuerling hatte etwas Unwillkürliches und ließ Anna vermuten, daß die Mutter auch eben jetzt von dieser ziehenden Beschwerde nicht frei war.

Nach einer Stunde frühstückte man einige Schinkenbrötchen und trank Portwein dazu aus kleinen Reisebechern. Es war halb elf Uhr, als das Boot sich an einen leichten Landungssteg legte, der, für größere Schiffe unbenutzbar, ganz nahe beim Schloß und Park in den Fluß gebaut war. Rosalie entlohnte den Schiffer, denn die Rückfahrt sollte denn doch der Einfachheit halber zu Lande, mit der Straßenbahn, vonstatten gehen. Nicht ganz erstreckte der Park sich bis an den Strom. Sie hatten einen noch ziemlich feuchten Wiesenweg zurückzulegen, ehe alt-herrschaftliche Natur sie aufnahm, wohlgepflegt und gestutzt. Von erhöhtem Rondell mit Ruhebänken in Taxusnischen gingen da- und dorthin Alleen prächtiger Bäume aus, knospend fast alle schon, wenn auch mancher Trieb sich noch in braunblanker Schutzhülle barg, – fein bekieste, oft vom Gezweig überwölbte Wandelwege zwischen manchmal gar vierfach gereihten Buchen, Eiben, Linden, Roßkastanien, hochstämmigen Ulmen. Auch weithergeholte Baumraritäten, einzeln, auf Wiesenplänen, gab es zu sehen, fremdartige Koniferen, farnblättrige Buchen, und Keaton erkannte den kalifornischen Mammutbaum, die Sumpfzypresse mit weichen Atemwurzeln.

Rosalie nahm an diesen Sehenswürdigkeiten kein Interesse. Natur, meinte sie, müsse vertraut sein, sonst spreche sie nicht zum Gemüt. Aber die Parkherrlichkeit schien es ihrem Natursinn überhaupt nicht sehr anzutun. Kaum hie und da an den stolzen Stämmen emporblickend, ging sie schweigsam an Eduards Seite hinter dessen jungem Sprachmeister und der aufstampfenden Anna dahin, die übrigens diese Anordnung durch ein Manöver zu ändern wußte. Sie blieb stehen und rief den Bruder an ihre Seite, um sich bei ihm nach dem Namen des Baumganges, den sie verfolgten, und dem das geschlängelten Fußpfades zu erkundigen, der ihn durchkreuzte. Denn alle diese Wege hatten althergebrachte Namen, wie ›Fächerallee‹, ›Trompetenallee‹ und so fort. Anna behielt dann im Weitergehen Eduard bei sich und ließ Ken bei Rosalie zurück. Er trug ihren Mantel, den sie abgelegt hatte, da es windstill im Park und viel wärmer war als auf dem Wasser. Mild schien die Frühlingssonne durch das hohe Gezweig, sprenkelte die Wege und spielte auf den Gesichtern, die sie blinzeln machte.

In ihrem hübsch gearbeiteten, knapp ihre jugendlich schlanke Gestalt umschließenden braunen Jackenkleid schritt Frau von Tümmler an Kens Seite und warf dann und wann einen verschleiert lächelnden Blick auf ihren über seinem Arm hängenden Mantel. »Da sind sie!« rief sie und meinte das schwarze Schwanenpaar; denn sie gingen nun an dem von Silberpappeln gesäumten Graben hin, und in gemessener Eile glitten die Vögel bei Annäherung der Besucher auf dem etwas schleimigen Gewässer heran. »Wie schön sie sind! Anna, erkennst du sie wieder? Wie majestätisch sie die Hälse tragen! Wo ist ihr Brot?« – Keaton zog es aus der Tasche, in Zeitungspapier gewickelt, und reichte es ihr. Es war warm von seinem Körper, und sie nahm von dem Brot und aß davon.

»But it is old and hard!« rief er mit einer Bewegung aus, die zu spät kam, ihr Einhalt zu tun.

»Ich habe gute Zähne«, erwiderte sie.

Einer der Schwäne aber, ganz nahe ans Ufer stoßend, breitete seine dunklen Schwingen aus und schlug die Luft damit, indem er den Hals vorreckend zornig zu ihnen emporzischte. Man lachte über seine Eifersucht, zugleich etwas erschrocken. Die Vögel kamen dann zu dem Ihren. Rosalie warf ihnen nach und nach die altbackenen Brocken zu, und würdevoll, in unüberstürztem Hinundherschwimmen, nahmen sie sie entgegen.

»Ich fürchte doch«, meinte Anna im Weitergehen, »daß der Böse dir den Raub an seinem Futter nicht leicht vergessen wird. Er markierte vornehme Gekränktheit die ganze Zeit.«

»Warum nicht gar«, antwortete Rosalie. »Er hatte nur einen Augenblick Angst, daß ich ihm alles wegessen würde. Desto besser mußte ihm schmecken, wovon ich mir selbst hatte schmecken lassen.«

Sie kamen zum Schloß, zu dem blanken, kreisrunden Weiher, in dem es sich spiegelte, mit einem Inselchen seitlich darin, auf dem eine einzelne Pappel stand. Auf dem Kiesplatz vor der Freitreppe des in Flügelbogen leicht geschwungenen Bauwerks, dessen beträchtliche Dimensionen in Zierlichkeit aufgelöst schienen, und dessen rosa Fassade freilich bröckelte, standen einige Leute, die in Erwartung der Elf-Uhr-Führung sich die Zeit damit vertrieben, die Figuren des Wappengiebels, die zeitvergessene, von einem Engel getragene Uhr darüber, die steinernen Blumengewinde über den hohen weißen Türen mit den Angaben ihrer Handbücher zu vergleichen. Unsere Freunde gesellten sich zu ihnen und sahen wie sie an der reizend geschmückten Feudalarchitektur zu den ovalen œils-de-bœuf im schieferfarbenen Dachgeschoß empor. Mythologisch leichtgeschürzte Figuren, Pan und seine Nymphen, standen auf Sockeln zu seiten der tiefreichenden Fenster, verwitternd wie die vier Sandsteinlöwen, die, grämlich von Miene, die Pranken gekreuzt, Freitreppe und Auffahrt flankierten.

Keaton zeigte sich historisch begeistert. Er fand alles ›splendid‹ und ›excitingly continental‹. O dear, wenn er an sein prosaisches Land drüben dachte! Da gab es so etwas in aristokratischer

Grazie Bröckelndes nicht, denn es hatte an Kurfürsten und Landgrafen gefehlt, die souverän zur eigenen Ehre und der der Kultur ihrer Prachtlust hatten frönen können. Übrigens verhielt er sich auch wieder keck genug gegen die würdig in der Zeit stehengebliebene Kultur, daß er sich zur Erheiterung der Wartenden einem der wachthaltenden Löwen rittlings auf die Kruppe setzte, obgleich die mit einem spitzen Zapfen versehen war, wie manche Spielpferdchen, von denen man den Reiter abnehmen kann. Er faßte den Dorn vor sich mit beiden Händen, tat mit Hi! und On, old chap! als ob er der Bestie die Sporen gäbe und hätte wirklich kein netteres, jungenhafteres Bild abgeben können in seinem Übermut. Anna und Eduard vermieden es, ihre Mutter anzusehen.

Dann knarrten Riegel, und Keaton beeilte sich, von seinem Reittier herunterzukommen, da der Kastellan, ein Mann mit leer aufgerolltem linken Ärmel und in Militärhosen, kriegsbeschädigter Unteroffizier allem Anschein nach, den man mit diesem stillen Amte getröstet, den Flügel des Mittelportals aufschlug und den Zutritt eröffnete. Er stellte sich im hohen Türrahmen auf, ließ das Publikum an sich vorüber, indem er von einem kleinen Block Entreebilletts abgab, die er mit seiner einzigen Hand gleich auch noch halb durchzureißen verstand. Dabei begann er auch schon zu reden, mit schief gestelltem Mund und heiser verschriener Stimme die auswendig gelernten und hundertmal vorgebrachten Belehrungen herzusagen: Daß der plastische Schmuck der Fassade von einem Bildhauer stamme, den der Kurfürst eigens von Rom herberufen habe; daß Schloß und Park das Werk eines französischen Baumeisters seien, und daß man es mit dem bedeutendsten Rokokobau am Rheine zu tun habe, der allerdings schon Übergänge zum Stil Ludwigs XVI. zeige; daß das Schloß fünfundfünfzig Säle und Zimmer enthalte und 800 000 Taler gekostet habe – und so fort.

Das Vestibül atmete vermuffte Kälte. Große, kahnartige Filzpantoffeln standen dort aufgereiht, in die man unter viel Damengekicher zu steigen hatte, zur Schonung der kostbaren Parketts, die wirklich beinahe die Hauptsehenswürdigkeit der Lustgemächer waren, durch welche man dem hersagenden Einarm in unbeholfenem Schlurfen und Gleiten folgte. Verschieden gemustert von Raum zu Raum, bildeten ihre Intarsien in der Mitte Sternformen aller Art und Phantasieen von Blumen. Ihre Blankheit nahm wie stilles Wasser die Schatten der Menschen, der geschweiften Prunkmöbel in sich auf, während hohe Spiegel, zwischen goldenen, von Girlanden umschlungenen Säulen und in Goldleisten gefaßten Tapetenfeldern aus geblümter Seide, einander die Bilder der Kristall-Lüster, der zärtlichen Deckengemälde, der Medaillons und Embleme der Jagd und Musik über den Türen wiederholend zuwarfen und trotz so manchem Blindflecken noch immer die Illusion unabsehbarer Raumfluchten erwecken konnten. Rechenschaftsfreie Üppigkeit, unbedingter Wille zum Vergnügen sprachen aus dem Geriesel von Zierlichkeit und goldenem Schnörkelwerk, gehalten, gebunden allein durch den unverbrüchlichen Geschmacksstil der Zeit, die es hervorgebracht. Im runden Bankettsaal, den in Nischen Apoll und die Musen umstanden, wurde das eingelegte Holzwerk des Fußbodens zum Marmor, gleich dem, der die Wände bekleidete. Rosige Putten zogen dort eine gemalte Draperie von der durchbrochenen Kuppel zurück, durch die das Tageslicht fiel, und von deren Galerie, wie der Schloßwart hersagte, einst Musik zu den unten Tafelnden heraberklungen war.

Ken Keaton führte Frau von Tümmler am Ellbogen. Jeder Amerikaner führt so seine Dame über den Fahrdamm. Unter Fremden, von Anna und Eduard getrennt, hielten sie sich hinter dem Pedell, der heiser, in hölzernem Buchdeutsch seinen Text abspulte und den Leuten vorsprach, was sie sahen. Sie sähen nicht alles, was da sei, war seine Rede. Von den fünfundfünfzig Räumen des Schlosses, sagte er her und fiel nach der Schablone ein wenig ins Hölzern-Anzügliche, ohne daß seine Miene mit dem schiefen Mund sich im geringsten auf die Scherzhaftigkeit seiner Worte eingelassen hätte, – lägen nicht alle so ohne weiteres offen. Die Herrschaften von damals hätten viel Sinn fürs Neckische, Geheime und Verborgene gehabt, für Verstecke des Hintergrundes und Gelegenheit bietende Abgelegenheiten, zugänglich durch mechanische Tricks, wie zum Beispiel diesen hier. Und er blieb bei einem Wandspiegel stehen, der sich, dem Druck auf eine Feder gehorchend, beiseite schob und überraschend den Blick auf eine enge Wendeltreppe mit fein durchbrochenem Geländer freigab. An ihrem Fuß, gleich zur Linken, stand auf einem Sockel der armlose Dreiviertelstorso eines Mannes, der, einen Beerenkranz im Haar und geschürzt mit einem nicht authentischen Blattgewinde, etwas zurückgelehnten Oberleibes, über seinem Bocksbart priapisch bewillkommnend ins Leere hinunterlächelte. Es gab Aha's und Oho's. »Und so weiter«, sagte der Führer, wie er es jedesmal sagte, und ließ den Vexierspiegel an seinen Platz zurückkehren. »Oder auch so«, sagte er im Weitergehen und machte, daß ein Feld der Seidentapete, dem nichts anzusehen gewesen war, sich als Geheimtür auftat und einen ins Ungewisse führenden Gang eröffnete, aus dem Moderduft drang. »Das hatten sie gern«, sagte der Einarm. »Andere Zeiten, andere Sitten«, sagte er noch mit sentenziöser Ödigkeit und setzte die Führung fort.

Die Filzkähne waren nicht leicht an den Füßen zu halten. Frau von Tümmler verlor einen der ihren; er fuhr auf dem glatten Boden ein Stück von ihr weg, und während Keaton ihn lachend einfing und ihn niederkniend ihr wieder anlegte, wurden sie von der Besichtigungsgesellschaft überholt. Aufs neue legte er seine Hand unter ihren Ellbogen, aber mit einem verträumten Lächeln blieb sie noch stehen, den in weiteren Gemächern Verschwindenden nachblickend, und, immer von seiner Hand unterstützt, wandte sie sich zurück und tastete hastig an der Tapete, dort, wo sie sich geöffnet hatte.

»You aren't doing it right«, flüsterte er. »Leave it to me. 't was here.« Er fand die Druckfeder, die Tür gehorchte, und die Moderluft des Geheimganges nahm sie auf, in dem sie einige Schritte vorwärts taten. Es war dunkel um sie. Mit einem aus letzten Tiefen heraufgeholten Seufzer schlang Rosalie die Arme um den Nacken des Jungen, und auch er umfing beglückt ihre zitternde Gestalt. »Ken, Ken«, stammelte sie, das Gesicht an seinem Halse, »ich liebe dich, ich liebe dich, nicht wahr, du weißt es, nicht ganz hab ich's dir verbergen können, und du, und du, liebst du mich auch, ein wenig, ein wenig nur, sag, kannst du mich lieben mit deiner Jugend, wie die Natur mir gab, dich zu lieben im grauen Haar? Ja? Ja? Deinen Mund, oh, endlich denn deinen jungen Mund, nach dem ich gedarbt, deine lieben Lippen, so, so – – Kann ich küssen? Sag, kann ich's, mein süßer Erwecker? Alles kann ich, wie du. Ken, die Liebe ist stark, ein Wunder, so kommt sie, und tut große Wunder. Küsse mich, Liebling! Nach deinen Lippen hab ich gedarbt, oh, wie gedarbt, denn du mußt wissen, mein armer Kopf verfiel auf allerlei Klügeleien, wie daß Vorurteilslosigkeit und Libertinage nicht meine Sache seien, und daß mir Zerstörung drohe vom Widerspruch zwischen Lebenswandel und angeborener Überzeugung. Ach, Ken, fast hätte die Klügelei mich zerstört und das Darben nach dir… Das bist du, das bist endlich du, das ist dein Haar, das ist dein Mund, der Atem ist das deiner Nase, die Arme, die Arme umschlingen mich, die ich kenne, das ist deines Leibes Wärme, von der ich kostete, und der Schwan war böse…«

Es fehlte nicht viel, so wäre sie an ihm hingesunken. Er hielt sie und zog sie fort im Gange, der sich ihren Augen ein wenig erhellte. Stufen gingen da vorn hinab vor den offenen Rundbogen einer Tür, hinter der getrübtes Oberlicht in einen Alkoven fiel, dessen Tapeten mit schnäbelnden Taubenpaaren durchwirkt waren. Eine Art von Causeuse stand da, an der ein geschnitzter Amor mit verbundenen Augen in einer Hand ein Ding hielt wie eine Fackelleuchte. Dort saßen sie nieder im Dumpfen.

»Hu, Totenluft«, schauderte Rosalie an seiner Schulter. »Wie traurig, Ken, mein Liebling, daß wir uns finden müssen hier bei den Abgestorbenen. Im Schoß der guten Natur, umfächelt von ihrem Duft, im süßen Gedünst von Jasmin und Faulbaum, hab ich geträumt, da hätte es sein, da hätt' ich dich küssen sollen zum erstenmal und nicht in diesem Grabe! Geh, laß, Böser, ich will dir ja gehören, aber im Moder nicht. Morgen komm ich zu dir, auf deine Stube, morgen vormittag, wer weiß, noch heute abend. Ich richte es ein, ich schlage der klügelnden Anna ein

Schnippchen...« Er ließ sich's versichern. Sie fanden ja auch, daß sie zu den anderen müßten, zurück oder vorwärts. Keaton entschied sich fürs Vorwärts. Durch eine andere Tür verließen sie das tote Lustgemach, ein dunkler Gang war wieder da, der wendete sich, der stieg, und sie gelangten vor eine verrostete Pforte, die unter Kens kräftigem Stemmen und Rütteln schütternd nachgab und außen so dicht mit ledrigem Schlingwerk umwachsen war, daß sie kaum durchdrangen. Himmelsluft wehte sie an. Es rauschte von Wasser; Kaskaden gingen hinter ausgebreiteten Beeten nieder, bestellt mit Blumen des frühen Jahres, gelben Narzissen. Es war der rückwärtige Schloßgarten. Eben näherte sich von rechts die Gruppe der Besucher, schon ohne den Führer, Anna und ihr Bruder zuletzt. Das Paar mischte sich unter die Vorderen, die anfingen, sich gegen die Wasserkünste und in der Richtung des Baumparks zu zerstreuen. Es war richtig, stehenzubleiben, sich umzuschauen, den Geschwistern entgegenzugehen. »Wo wart ihr nur geblieben?« hieß es und: »Das fragen wir euch« und: »Kann man sich so aus den Augen verlieren?« Anna und Eduard wollten sogar umgekehrt sein, um die Abhandengekommenen zu suchen, aber vergebens. »Schließlich konntet ihr nicht aus der Welt gekommen sein«, sagte Anna. »So wenig wie ihr«, erwiderte Rosalie. Es sah keiner den anderen an.

Zwischen Rhododendronsträuchern umgingen sie die Flanke des Schlosses und kehrten zum vorderen Weiher zurück, dem die Haltestelle der Straßenbahn ganz nahe lag. So langwierig das Schiffen stroman durch die Rheinwindungen gewesen, so rasch ging die Rückfahrt mit der lärmend durch Fabrikbezirke und vorbei an Kolonien von Arbeiterhäusern eilenden elektrischen Tram vonstatten. Die Geschwister tauschten hie und da ein Wort miteinander oder mit der Mutter, deren Hand Anna eine Weile hielt, da sie sie hatte zittern sehen. In der Stadt, nahe der Königsallee, nahm man Abschied. –

Frau von Tümmler kam nicht zu Ken Keaton. Diese Nacht, gegen Morgen, befiel sie schwere Unpäßlichkeit und versetzte das

Haus in Schrecken. Das, was sie bei erster Wiederkehr so stolz, so glücklich gemacht, was sie als Wundertat der Natur und hohes Werk des Gefühls gepriesen, erneuerte sich auf eine unheilvolle Weise. Sie hatte die Kraft gehabt, zu klingeln, aber ohnmächtig fanden die Herbeieilenden, Tochter und Magd, sie in ihrem Blut.

Der Arzt, Dr. Oberloskamp, war rasch zur Stelle. Unter seinen Händen zu sich kommend zeigte sie sich erstaunt über seine Anwesenheit.

»Wie, Doktor, Sie hier?« sagte sie. »Hat Anna Sie wohl bemüht? Aber es geht mir doch nur nach der Weiber Weise.«

»Unter Umständen, meine liebe gnädige Frau, bedürfen diese Funktionen einer gewissen Überwachung«, antwortete der Graukopf. Der Tochter erklärte er mit Entschiedenheit, daß die Verbringung der Patientin, am besten mit Ambulanz, in die gynäkologische Klinik geboten sei. Der Fall fordere genaueste Untersuchung, – die übrigens seine Harmlosigkeit ergeben möge. Durchaus könnten die Metrorrhagien, die erste, von der er nun höre, und diese alarmierendere zweite, von einem Myom herrühren, das operativ ohne Schwierigkeit zu beseitigen sei. Bei dem Direktor und ersten Chirurgen der Klinik, Professor Muthesius, werde die Frau Mama sich in der zuverlässigsten Obhut befinden.

Man handelte nach seiner Verfügung – ohne Widerstand von Frau von Tümmlers Seite, zu Annas stiller Verwunderung. Nur sehr große, fernblickende Augen hatte die Mutter bei allem, was mit ihr geschah.

Die bimanuelle Untersuchung, von Muthesius vorgenommen, ließ einen für das Alter der Patientin viel zu großen Uterus, beim Verfolgen des Eileiters unregelmäßig verdicktes Gewebe und statt eines schon sehr kleinen Ovariums einen unförmigen Geschwulstkörper erkennen. Die Curettage ergab Carcinomzellen, dem Charakter nach vom Eierstock herrührend zum Teil; doch ließen andere nicht zweifeln, daß im Uterus selbst Gebärmutterkrebszellen in voller Entwicklung begriffen waren. Es wies all die Bösartigkeit Zeichen rapiden Wachstums auf.

Der Professor, ein Mann mit Doppelkinn und stark gerötetem Gesicht, in dessen wasserblaue Augen leicht Tränen traten, ohne daß das mit Gemütsbewegung eben zu tun gehabt hätte, erhob den Kopf vom Mikroskop.

»Nenne ich ausgedehnten Befund«, sagte er zu seinem Assistenten, der Dr. Knepperges hieß. »Wir operieren aber doch, Knepperges. Die Totalexstirpation bis zum letzten Bindegewebe im kleinen Becken und zu allem lymphatischen Gewebe kann allenfalls Lebensverlängerung bringen.«

Doch die Eröffnung der Bauchhöhle bot Ärzten und Schwestern im weißen Licht der Bogenlampen ein zu furchtbares Bild, als daß auch nur auf vorübergehende Besserung zu hoffen gewesen wäre. Der Zeitpunkt, sie zu bewirken, war offenbar längst versäumt. Nicht nur, daß alle Beckenorgane bereits vom Verderben befallen waren: auch das Bauchfell zeigte, dem bloßen Auge schon, die mörderische Zellenansiedlung, alle Drüsen des lymphatischen Systems waren carcinomatös verdickt, und kein Zweifel war, daß es Krebszellenherde gab auch in der Leber.

»Nun sehen Sie sich die Bescherung an, Knepperges«, sagte Muthesius. »Wahrscheinlich übertrifft sie Ihre Erwartungen.« Daß sie auch seine eigenen übertraf, ließ er nicht merken. »Unserer edlen Kunst«, fügte er hinzu, in den Augen Tränen, die nichts zu bedeuten hatten, »wird da ein bißchen viel zugemutet. Das kann man nicht alles herausschneiden. Wenn Sie zu bemerken glauben, daß das Zeug auch in beide Harnleiter schon metastatisch hineingewachsen ist, so bemerken Sie recht. Die Urämie kann nicht lange säumen. Sehen Sie, ich leugne gar nicht, daß die Gebärmutter das Freßgezücht selbst produziert. Und doch rate ich Ihnen, meine Vermutung zu übernehmen, daß die Geschichte vom Eierstock ausging, – von unbenützten granulösen Zellen nämlich, die seit der Geburt da manchmal ruhen und nach dem Einsetzen der Wechseljahre durch Gott weiß welchen Reizvorgang zu maligner Entwicklung kommen. Da wird denn der Organismus, post festum, wenn Sie so wollen, mit Estrogenhormonen überschüttet, überströmt, überschwemmt, was zur hormonalen Hyperplasie der Gebärmutter-Schleimhaut mit obligaten Blutungen führt.«

Knepperges, ein hagerer, ehrgeizig-selbstbewußter Mensch, verbeugte sich knapp, mit versteckter Ironie für die Belehrung dankend.

»Also los, ut aliquid fieri videatur«, sagte der Professor. »Das Lebenswichtige müssen wir ihr lassen, so tief hier das Wort in Melancholie getaucht ist.« –

Anna erwartete die Mutter droben im Krankenzimmer, als diese, vom Lift emporgeführt, auf ihrer Tragbahre dorthin zurückkehrte und von Schwestern gebettet wurde. Dabei erwachte sie aus dem nachnarkotischen Schlaf und sprach unklar:

»Anna, mein Kind, er hat mich angezischt.«

»Wer, liebste Mama?«

»Der schwarze Schwan.«

Sie schlief schon wieder. Des Schwans aber gedachte sie noch öfter in den folgenden paar Wochen, seines blutroten Schnabels, des schwarzen Schlags seiner Schwingen. Ihr Leiden war kurz. Das urämische Koma senkte sie bald in tiefe Bewußtlosigkeit, und einer doppelseitigen Lungenentzündung, die sich unterdessen entwickelte, konnte das ermattete Herz nur Tage noch standhalten.

Ganz kurz vor dem Ende jedoch, nur einige Stunden vorher, lichtete sich ihr Geist noch einmal. Sie schlug die Augen auf zu der Tochter, die, Hand in Hand mit ihr, an ihrem Bette saß.

»Anna«, sagte sie und vermochte, ihren Oberkörper etwas weiter zum Bettrand hin, der Vertrauten näher, zu rücken, »hörst du mich?«

»Gewiß höre ich dich, liebe, liebe Mama.«

»Anna, sprich nicht von Betrug und höhnischer Grausamkeit der Natur. Schmäle nicht mit ihr, wie ich es nicht tue. Ungern geh ich dahin – von euch, vom Leben mit seinem Frühling. Aber wie wäre denn Frühling ohne den Tod? Ist ja doch der Tod ein großes Mittel des Lebens, und wenn er für mich die Gestalt lieh von Auferstehung und Liebeslust, so war das nicht Lug, sondern Güte und Gnade.«

Ein kleines Rücken noch, näher zur Tochter, und ein verge-
hendes Flüstern:

»Die Natur – ich habe sie immer geliebt, und Liebe – hat sie
ihrem Kinde erwiesen.«

Rosalie starb einen milden Tod, betrauert von allen, die sie
kannten.

Thomas Mann
Sämtliche Erzählungen

Der Wille zum Glück
und andere Erzählungen
1893 – 1903
Band 9439

Schwere Stunde
und andere Erzählungen
1903 – 1912
Band 9440

Unordnung und frühes Leid
und andere Erzählungen
1919 – 1930
Band 9441

Die Betrogene
und andere Erzählungen
1940 – 1953
Band 9442

Fischer Taschenbuch Verlag

fi 666008 / 1

Thomas Mann

Fischer Taschenbuch Verlag

fi 555 042 / 1

Thomas Mann
Briefwechsel

Thomas Mann /
Agnes E. Meyer
Briefwechsel 1937-1955
Herausgegeben von
Hans Rudolf Vaget
1172 Seiten mit
24seitigem Bildteil.
Leinen. S. Fischer

**Briefwechsel mit
seinem Verleger**
Gottfried Bermann
Fischer 1932-1955
Herausgegeben von
Peter de Mendelssohn
Bände 1 + 2
Band 1566

Thomas Mann /
Heinrich Mann
Briefwechsel 1900-1949
Herausgegeben von
Hans Wysling
Band 12297

Hermann Hesse /
Thomas Mann
Briefwechsel
Herausgegeben von
Anni Carlsson und
Volker Michels
Band 15672

Theodor W. Adorno /
Thomas Mann
Briefwechsel 1943-1955
Herausgegeben von
Christoph Gödde und
Thomas Sprecher
Band 15839

Briefe
Herausgegeben von
Erika Mann
Band 1: 1889-1936. Bd. 2136
Band 2: 1937-1947. Bd. 2137
Band 3: 1948-1955 und
Nachlese. Bd. 2138

Fischer Taschenbuch Verlag

fi 666007 / 2

Thomas Mann
Buddenbrooks
Verfall einer Familie
Roman
Pappband mit dem geprägten Motiv der ersten
einbändigen Ausgabe von 1903

»Diese Geschichte des alten Lübecker Patriziergeschlech-
tes Buddenbrook (in Firma Johann Buddenbrook), welche
mit dem alten Johann Buddenbrook um 1830 einsetzt, en-
det mit dem kleinen Hanno, seinem Urenkel, in unseren
Tagen. Sie umfaßt Feste und Versammlungen, Taufen und
Sterbestunden (besonders schwere und schreckliche Sterbestunden), Verheirathungen und Ehescheidungen, große
Geschäftserfolge und die herzlosen unaufhörlichen Schläge
des Niederganges, wie das Kaufmannsleben sie mit sich
bringt … Auch der Letzte, der kleine Hanno, geht mit nach
innen gekehrtem Blick umher, aufmerksam die innere seelische Welt belauschend, aus der seine Musik hervorströmt.
In ihm ist noch einmal die Möglichkeit zu einem Aufstieg
(freilich einem anderen als Buddenbrooks erhoffen) gegeben: Die unendlich gefährdete Möglichkeit eines großen
Künstlerthums, die nicht in Erfüllung geht … Es ist ein
Buch ganz ohne Überhebung des Schriftstellers. Ein Act
der Ehrfurcht vor dem Leben, welches gut und gerecht ist,
indem es geschieht.« *Rainer Maria Rilke, Bremer Tagblatt
und General-Anzeiger vom 16.4.1902*

S. Fischer

fi 1-348124 / 1

Thomas Mann
Große kommentierte Frankfurter Ausgabe
Werke – Briefe – Tagebücher
Herausgegeben von Heinrich Detering,
Eckhard Heftrich, Hermann Kurzke, Terence J. Reed,
Thomas Sprecher, Hans R. Vaget und Ruprecht Wimmer
in Zusammenarbeit mit dem
Thomas-Mann-Archiv der ETH Zürich

Die auf 38 Bände angelegte Edition wird zum ersten Mal
das gesamte Werk, eine umfangreiche Auswahl der Briefe
und die Tagebücher in einer wissenschaftlich fundierten
und ausführlich kommentierten Leseausgabe zugänglich
machen. Nähere Informationen erhalten Sie in Ihrer Buch-
handlung oder unter www.thomasmann.de

»... denn es ist ein Irrtum, zu glauben,
der Autor selbst sei der beste Kenner und
Kommentator seines eigenen Werkes.«
Thomas Mann

S. Fischer

fi 555 018 / 3